Von der Kampener Vogelkoje aus kann man einen herrlichen Ausblick über Sylt genießen. Dazu könnte ein Besucher auf der einsamen Bank hoch oben auf dem Deich Platz nehmen. Wenn sie frei wäre. Doch das ist sie nicht. Vielmehr liegt dort ein elegant gekleideter Mann. Er trägt rahmengenähte Schuhe und einen Dreiteiler mit seidenem Einstecktuch. Der Anzug ist blutüberströmt, denn im Körper des Mannes stecken sechs Messer. Silja Blanck, Bastian Kreuzer und Sven Winterberg identifizieren ihn als den allseits unbeliebten Literaturkritiker Konrad Otze, der kurz zuvor noch sechs Teilnehmende eines Colloquiums getriezt hat. Doch kann literarische Feindschaft in Gewalt münden?

Nervenkitzel pur mit der Sylt-Krimi-Reihe:

Band 1: Engel sterben
Band 2: Frauen lügen
Band 3: Männer schweigen
Band 4: Mörder weinen
Band 5: Mädchen töten
Band 6: Sünder büßen
Band 7: Falscher Glanz
Band 8: Einsames Grab
Band 9: Böser Abschied
Band 10: Toter Blick
Band 11: Bitteres Ende

Eva Ehley studierte Literaturwissenschaften und Mathematik und arbeitete als Lehrerin. In ihren Texten erzählt sie allerdings von Dingen, über die man in der Schule nichts lernt. Hier werden Neurotiker leicht zu Mördern, während Egoisten unter Umständen ein Helfersyndrom entwickeln. Eva Ehleys Sylt-Krimis sind klassische Whodunits mit Tendenz zum Psychothriller. Und sie sind nicht nur an der Nordsee Kult. Ehleys Texte wurden vielfach preisgekrönt, u.a. mit dem Agatha-Christie-Krimipreis. Die Autorin lebt in Berlin. Sie ist verheiratet und hat zwei erwachsene Söhne.

Weitere Informationen finden Sie auf www.fischerverlage.de

eva
Ehley

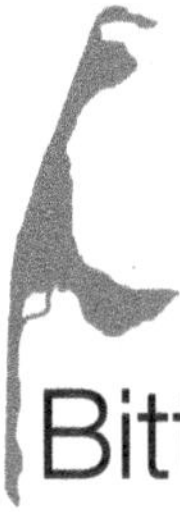

Bitteres Ende

Ein Sylt-Krimi

FISCHER
Taschenbuch

FSC
www.fsc.org
MIX
Papier | Fördert
gute Waldnutzung
FSC® C014496

Originalausgabe

Erschienen bei FISCHER Taschenbuch
Frankfurt am Main, April 2024

Satz: Pinkuin Satz und Datentechnik, Berlin
Druck und Bindung: GGP Media GmbH, Pößneck
ISBN 978-3-596-70894-9

Samstag, 27. September, 14.17 Uhr, Pension Seemöwe, Wenningstedt

Fred Hübner ist froh, wenn dieser Affenzirkus endlich vorbei ist.

Zwar sitzt er brav wie alle anderen an dem langen, halbwegs festlich gedeckten Tisch im Speiseraum der Pension und lauscht scheinbar konzentriert den Abschiedsworten der Moderatorin, aber insgeheim wünscht er sich nichts sehnlicher, als sich möglichst schnell seinen Rollkoffer zu schnappen und den knappen Kilometer zum Wenningstedter Dorfteich zurückzulegen, wo er zu Hause ist.

»Colloqium zur Zukunft der Literatur«, so lautete der hochtrabende Titel der einwöchigen Zusammenkunft von sieben extrem unterschiedlichen, aber allesamt beeindruckend narzisstischen Autorinnen und Autoren, die von irgendeiner nebulösen Stiftung veranstaltet worden ist und Freds unbedeutender Meinung nach nichts weltbewegend Neues zutage gefördert hat. *Gedankenaustausch in lockerer Atmosphäre* war das Ganze untertitelt. *Gegenseitiges Augenauskratzen unter notdürftigster Beibehaltung der Anstandsregeln* wäre nach Freds Meinung eine weitaus angemessenere Beschreibung der vergangenen Woche gewesen.

Der Journalist, der aufgrund seiner recht erfolgreichen Buchveröffentlichungen eingeladen worden war, lässt den Blick über die restlichen Anwesenden schweifen.

Am Kopf des Tisches thront Melinda Jakobsen, die unangefochtene Königin des Fernsehtalks, die es trotz ihres übervollen Terminkalenders auf sich genommen hat, alle Anwesenden durch die vergangene Woche zu lotsen, wie sie nicht müde wird zu betonen. Gerade klingelt wieder eines von Melindas drei Handys, und sie unterbricht ihren salbungsvollen Wortschwall kurz, um dem Anrufer barsch zu bedeuten, er möge sich an ihr Sekretariat wenden. Dann knallt sie das Handy auf den Tisch, dass die Gläser klirren, wirft ihr sorgfältig gewelltes Haar mit einem energischen Schwung zurück, strafft ihr ohnehin schon ziemlich straffes Gesicht, streicht sich den Blazer glatt und setzt ihre Rede mitten im Satz fort.

Enard Gastmann, ein hagerer Schlacks, der Fred am Ende des Tisches genau gegenübersitzt und ausschließlich dunkle Rollkragenpullis und extrem hässliche Sneakers zu tragen scheint, verdreht hinter seinem dunklen Brillengestell, das garantiert nur Fensterglas enthält, melodramatisch die Augen. Obwohl Gastmanns Lyrik als hermetisch und kaum verständlich gilt, seine Verkaufszahlen sich im allerniedrigsten vierstelligen Bereich bewegen, räumt er regelmäßig die gut dotierten Literaturpreise ab. Auf Fred hat Gastmann während der ganzen vergangenen Woche wie ein desorientierter Stummfilmstar gewirkt, der sich ebenso unerwartet wie unwillig in einer amerikanischen Soap-Opera wiedergefunden hat.

Ganz im Gegensatz dazu scheint die erfolgreiche Kinderbuchautorin Lorena Larsen jede einzelne Stunde, die sie im Kreis ihrer gelehrt daherschwatzenden Kollegen verbracht hat, genossen zu haben. Mit ihrem erfrischenden Lachen und ihrer direkten Art hat sie so manche peinliche Situation gerettet. Vielleicht war es überhaupt nur ihr spitzbübisches Auftreten, das verhindert hat, dass die Kollegen nicht schon vor Tagen aufeinander losgegangen sind. Auch jetzt sitzt sie wie ein übermütiger Puck, grünäugig, rothaarig und höchstens eins sechzig groß, zwischen dem strengen Lyriker und Saskia Grothe, einer üppigen Blondine mit Hang zu fettem Modeschmuck, deren gutgehende Ratgeber vor allem von frustrierten Frauen im Klimakterium gekauft werden dürften, wie Fred mutmaßt.

Der Journalist hat die selbstverliebte, vorlaute und rechthaberische Grothe von Anfang an nicht ausstehen können und jede einzelne Spitze, die der äußerst scharfzüngige Kritiker Konrad Otze gegen sie losgelassen hat, gefeiert. Auch jetzt kann Fred beobachten, wie Otze, der zur Linken der Moderatorin sitzt und damit der Grothe genau gegenüber, seinen Blick über ihre füllige Gestalt schweifen lässt und dabei sein Gesicht mit den scharfgeschnittenen Wangenknochen zu einer Fratze leichten Ekels verzieht. Fast gegen seinen Willen muss Fred ihm Respekt zollen für die Ausdauer, mit der der allseits gefürchtete Kritiker seine strengen Anforderungen an Sprache und Stil gegen triviale Argumente wie Verkaufsmillionen oder Followerzahlen verteidigt.

Bei der gefeierten jungen Autorin Shirin Yildirim hat er damit nur spöttische Kommentare geerntet. Sie ist mit ihrem Erstling im Sturmschritt an die Spitzen der Bestsellerlisten geeilt, wo sie seit Monaten jeder Konkurrenz trotzt. Die türkischstämmige junge Frau hat auch wirklich alles, was eine Celebrity braucht, wie sich Fred mit einem Blick auf seine Nachbarin zur Linken überzeugen kann. Ihr Gesicht mit den großen dunklen Augen und den vollen Lippen, das lange pechschwarze Haar und die schlanke Figur machen sich auf Lesungen ebenso gut wie auf jeder Titelseite. Wenn Shirin Yildirim mit samtweicher Stimme ihre saftigen Texte vorträgt und sich die großzügig vorhandenen pornographischen Details quasi auf der Zunge zergehen lässt, jubeln die Zuhörer, und die Schlangen derer, die sich nach einer Lesung unbedingt ein Autogramm abholen wollen, sind schier endlos. Gutes Aussehen, freche Sprache und ein ausgeprägtes Gefühl für Pointen sind die allzeit bewährten Zutaten, aus denen auch diese Bestsellerkönigin gemacht ist.

Fred Hübner ist so versunken in die Betrachtung von lovely Shirin, dass er das Ende der kleinen Ansprache der Moderatorin glatt verpasst hat. Doch jetzt hebt sie ihr Sektglas und bittet alle Anwesenden, mit ihr auf ein überaus gelungenes Colloqium anzustoßen. Fred muss sich ernsthaft einen bissigen Kommentar verkneifen, als er sein Wasserglas hebt und trinkt, ohne mit irgendjemandem Blickkontakt zu suchen – und schon gar nicht mit Melinda Jakobsen.

Melinda Jakobsen ekelt sich.

Trotzdem stürzt sie heldenhaft den Sekt hinunter und bemüht sich sehr, das leichte Schütteln zu unterdrücken, das sie immer durchfährt, wenn sie derart billiges Zeug trinken muss. Aber wie sähe es aus, wenn sie sich hier vor aller Augen ihre bevorzugte Champagnermarke genehmigen würde?

Eben.

Das geht gar nicht.

Obwohl sie zugeben muss, dass sie kurz vor Beginn dieser anstrengenden Woche darüber nachgedacht hat, ein verschwiegenes Bündnis mit dem Catering zu schließen. *Aber man weiß ja nie, wo der Feind sitzt, bevor man ihm nicht Auge in Auge gegenübergestanden hat*, denkt sie gerade und stellt das leere Glas erleichtert zurück auf den Tisch.

Rundum herrscht Schweigen. Alle glotzen sie an, als erwarteten sie weitere Heilsworte von ihr. Dabei wäre es jetzt verdammt nochmal an der Zeit, dass sich jemand von den anderen aufrafft und ihr in einer salbungsvollen Replik für ihre Mühe dankt. Immerhin hat sie diesen zotteligen Haufen in den letzten sieben Tagen halbwegs zusammengehalten. Was alles andere als einfach war. Und erfreulich schon gar nicht.

Melinda musste immer wieder die harschen Ausfälle des Kritikers parieren und anschließend seine Opfer trösten. Besonders Saskia Grothe, deren Ratgeber für Frauen jenseits der Menopause sich extrem gut verkaufen, ist mehrmals unter die Räder der Otze'schen Rhetorik geraten. Nicht ganz zu Unrecht, wie Melinda findet, allerdings hat sie mit dieser Meinung wohlweislich hinterm Berg gehalten.

Aber auch der Journalist Fred Hübner hat gehörig sein Fett abbekommen. *Lohnschreiber* und *Presseknecht* waren noch die freundlicheren der Titulierungen, die Konrad Otze für Hübner übrighatte. Immerhin hat dieser die Kritikerschelte wie ein Mann ertragen und sich nicht als Jammerlappen erwiesen. Fast schon belustigt hat Melinda einige Male bemerkt, wie Hübner eine Entgegnung hinunterzuschlucken schien. Von Tag zu Tag hat sie darauf gewartet, dass der Journalist zum großen, alles vernichtenden Gegenschlag ausholen würde, bisher allerdings vergeblich.

Die beiden jungen Frauen, Lorena Larsen, die nette, aber naive Kinderbuchtussi, und der Shootingstar Shirin Yildirim sind zwar von Otzes inhaltlichen Attacken verschont geblieben, haben sich aber dafür einiger körperlicher Übernahmeversuche erwehren müssen.

Oder es eben auch nicht getan.

Wenn sich Melinda nicht ganz getäuscht hat, war vor drei Nächten in dem von Otze bewohnten Nebenzimmer gehörig was los. Dem Jubeln und Stöhnen nach zu urteilen ist Otze dort zu Hochtouren aufgelaufen, und die kleine Yildirim stand ihm an Lautstärke und Begeisterung in nichts nach. Merkwürdig nur, dass der Kritiker sich schon am Folgetag von der anatolischen Schönheit abgewandt und der eher aschenputtelhaften Lorena zugewandt hat. Da deren Zimmer am anderen Ende des Flurs liegt, konnte Melinda wenig darüber in Erfahrung bringen, ob er auch bei ihr gelandet ist.

Für Melindas Geschmack hat die immer freundliche, ansonsten aber eher unscheinbare Lorena eine entschieden zu pappige Ausstrahlung. Aber Melinda, die selbst keine Kinder hat, nur ein paar Nichten und Neffen, die sie Gott sei Dank selten sieht, kann den Hype um Lorena Larsens Kinderbücher ohnehin nicht verstehen. Es soll sogar Erwachsene geben, die sich so was freiwillig reinziehen. Na, herzlichen Dank auch.

Das Klirren eines Löffels, der an ein Glas geschlagen wird, reißt die Moderatorin aus ihren Gedanken. Es ist ausgerechnet Enard Gastmann am anderen Ende des Tisches, der jetzt den Löffel aus der Hand legt, sich anschließend verlegen an seinem Rollkragenpulli zupft, dann zweimal seine schwarze Brille zurechtrückt und zögernd das Wort ergreift. In knappen Sätzen dankt er ihr, ohne sie auch nur ein einziges Mal anzusehen. Stattdessen saugt sich sein Blick an der Miene des Kritikers Otze fest, der seinerseits so tut, als bemerke er diese visuelle Belästigung gar nicht.

Konrad Otze ist genervt.

Dass ausgerechnet der sonst so zurückhaltende Enard Gastmann ihm bei einer Replik zuvorkommt, ist auch nicht dazu angetan, seine Laune zu bessern. Gastmann mag ein begnadeter Lyriker sein, Otze selbst hat ihm das durchaus schon bescheinigt und auch in der einen oder anderen

Literaturpreisjury ein gutes Wort für ihn eingelegt. Aber im täglichen Umgang ist der Typ einfach nur nervig. Verzärtelt, jammernd, ohne die geringste Spur von Eiern in der Hose. Und dazu noch schlecht angezogen. Allein diese extrem hässlichen Sneakers sind eine Beleidigung für jeden Stil-Aficionado.

Und dem einzigen anderen Mann in ihrer Runde, dem Journalisten Fred Hübner, der stets den obercoolen Hund gibt und so tut, als habe er mehr Cojones als so mancher Jungspund, traut Otze schon gar nicht über den Weg. Der wartet doch nur hechelnd auf den nächsten Skandal, den er dann auch wieder zu Geld machen kann.

Bei Frauen ist Otze im Prinzip zu einem großzügigeren Urteil bereit. Jedenfalls wenn eine gewisse Attraktivität vorhanden ist, wie bei der kleinen Yildirim mit ihren diversen Piercings, die auf den Kritiker zugleich ästhetisch abstoßend wie erotisch anziehend wirken. Die Nacht mit Shirin war dann auch insgesamt recht vergnüglich. Aber es blieb ein schaler Nachgeschmack. Konrad Otze hält sich eher für den Erorberertypus, und die junge Autorin war einfach zu leicht zu haben. Wie soll sich da ein echtes Erfolgsgefühl einstellen? Dann beißt Konrad sich schon lieber an der sperrigen Kinderbuchautorin die Zähne aus. Lorena ist als Vorname allerdings entschieden zu vielversprechend für sie. Trotz der roten Haare und der wirklich tollen grünen Augen sieht sie doch eher durchschnittlich aus.

Aber irgendwie hat sie was.

Wenn er nur wüsste, was genau es ist.

Nachdenklich mustert er die Larsen über den Tisch hinweg.

Ein Geruch eventuell? Eine Färbung ihrer Märchentantenstimme, die ihn anmacht? Erinnert sie ihn an irgendeine verflossene Liebschaft? Oder ist es vielleicht nur ihre beharrliche Weigerung, mit ihm zu flirten? Eigentlich müsste sie sich doch kniefällig bei ihm dafür bedanken, dass er ihr überhaupt seine Aufmerksamkeit schenkt. Aber nein. Sie reagiert auf jedes seiner Komplimente ebenso freundlich wie unverbindlich und wendet sich gleich darauf anderen Gesprächspartnern zu.

Vielleicht will ich sie auch nur, weil ich sie nicht kriegen kann, denkt Otze amüsiert.

Die überreife Saskia Grothe, die ihm genau gegenübersitzt, wäre dagegen ein allzu leichtes Opfer gewesen. *Die Frau hält sich wirklich für den Nabel der Welt und passt mit ihrem Selbstbewusstsein so wenig durch eine Tür wie mit ihrem aus dem Leim gegangenen Körper in ein Cocktailkleid von akzeptablen Ausmaßen,* denkt er und amüsiert sich insgeheim über seinen treffenden Vergleich. Die saugenden Blicke, mit denen die Grothe ihn in den ersten Tagen bedacht hat, konnte Otze nur durch beharrliches Niedermachen ihrer vermutlich ziemlich dümmlichen Ratgeber abstellen, von denen er selbstverständlich keinen einzigen gelesen hat.

Dagegen ist die Jakobsen als Typus viel interessanter. Otze lässt seinen Blick unauffällig über die links von ihm Sitzende schweifen. Mit Ende fünfzig sieht sie aus wie Mitte dreißig, schlank, schmal, fast schon drahtig. Er tippt auf ausgiebiges Fitnesstraining mindestens dreimal die Woche. Allerdings sind Melindas Gesichtszüge ein wenig zu glattgebügelt, um noch schön zu sein. Trotzdem wäre es vielleicht einen Versuch wert, zu erleben, wie sie sich in seinen Armen entspannen und möglicherweise sogar die Kontrolle verlieren würde. Jedoch bezweifelt Otze sehr, dass sie es dazu kommen lassen würde. Vielleicht wagt er in den nächsten Tagen einen Versuch, wenn die Jakobsen sich in ihre Villa auf der Insel zurückgezogen hat. Schließlich wird auch er noch eine Woche bleiben, um beim Surf Cup zuzuschauen. Da wäre eine Stippvisite mit einem üppigen Blumenstrauß als Dank für die Mühen der Moderation doch eine nette Idee. Andererseits wollte er sich in den kommenden Tagen ganz seinem Hobby, dem Windsurfen, widmen.

Bei dem Gedanken an die Sylter Wellen, sein Bord und das Gefühl absoluter Freiheit, das ihn jedes Mal erfüllt, wenn er sich in die Brandung stürzt, wird ihm sofort ganz anders. Noch geschätzte zwei Stunden, dann ist die Party hier vorbei, alle Teilnehmer des Colloquiums werden abreisen, allein er wird der Einfachheit halber das Zimmer behalten. Wobei er keinen Zweifel daran hat, dass er sich nur zum Schlafen in dieser eher mittelmäßigen Pension einfinden wird. Schließlich werden noch einige seiner alten Freunde aus unbeschwerten Surfertagen anreisen, mit denen er aufs Wasser gehen und anschließend um die Häuser ziehen kann. Konrad Otze freut sich unbändig darauf, das Image des gefürchteten Literaturkritikers abzulegen – wenn auch nur für eine kurze Woche.

Saskia Grothe hat einfach nur Hunger.

Ungeduldig hat sie den Worten der Moderatorin gelauscht, hastig hat sie den Sekt hinuntergekippt und anschließend höflich zu der schmallippigen Entgegnung von diesem Schnösel Gastmann genickt. Er redet so, wie er sich auch sonst benimmt. Stets scheint er von zerstreuter, fast schon distanzierter Unhöflichkeit zu sein, die nur knapp an echtem Desinteresse vorbeischrammt.

Mit Gastmann hat sie während der ganzen Woche keine zwei Sätze gewechselt, und zum Glück sitzt die quirlige Lorena zwischen ihm und ihr. Pullovertypen wie der haben sie noch nie interessiert, und Lorena scheint es ähnlich zu gehen, auch wenn sie es nicht so raushängen lässt. Soll er doch ruhig die ganzen Literaturpreise abräumen, solange Lorena und sie es sind, die mit ihren Bestsellern das Publikum mitreißen und die fette Kohle machen.

In diesem Punkt waren sich Saskia, Lorena Larsen und Shirin Yildirim völlig einig, als sie gleich am ersten Tag gemeinsam abgehauen sind, um in der Kampener Reiterbar ein paar Drinks zu kippen und über die Männer zu lästern, die der Veranstalter ihnen zur Seite gestellt hat.

Allen voran war natürlich dieses Kritikerarschloch Otze ihr gemeinsames Thema. Der Kerl hat es echt fertiggebracht, sämtliche Autoren am ersten Tag wie Luft zu behandeln und überhaupt nur mit pretty Melinda, ihrer aufgespritzten Moderatorin, zu reden.

Wahrscheinlich wollte er dringend in ihre nächste Talkshow eingeladen werden.

Was Fred Hübner anging, hatten die drei allerdings unterschiedliche Meinungen. Lorena fand den Journalisten einfach nur *nett*, so wie sie prinzipiell alles nett zu finden scheint, wie Saskia im Verlauf der nächsten Tage feststellen konnte. Auf Saskia, die in den letzten Jahren ein oder zwei Bücher von Hübner überflogen hat, wirkte er zunächst ganz umgänglich, doch in der vergangenen Woche bekam er zusehends schlechtere Laune, vielleicht weil Otze sich mit Shirin zusammentat, die der Journalist anfänglich selbst angeflirtet hatte.

»Langweilig und außerdem viel zu alt«, war Shirins knapper Kommentar zu Hübner, während sie von Anfang an für den Kritiker schwärmte. »Echt krass, der Typ«, war ihr augenrollender Kommentar. Saskia findet, dass Shirin selbst mit ihren Piercings und dem prominent auf dem linken Handrücken platzierten Tattoo ziemlich krass aussieht, und so ist es vielleicht kein Zufall, dass Shirin und Otze sich zumindest kurzfristig gefunden haben.

Saskia selbst sind die amourösen Verwicklungen dieser schrägen Truppe herzlich egal, sie hat bereits vor Jahren mit den Kerlen abgeschlossen, genauer gesagt an ihrem fünfzigsten Geburtstag. Seitdem lebt es sich deutlich unbeschwerter.

Das ist jedenfalls die Version für die Öffentlichkeit und ihre Leserinnen.

In Saskia Grothes echtem Leben hat es durchaus den einen oder anderen Rückfall gegeben, doch das geht niemanden etwas an. Diesen Otze, der ihr von Anfang an direkt gegenübersaß, so dass sie ihn ebenso ausgiebig wie unauffällig mustern konnte, hätte sie beispielsweise nicht von der Bettkante gestoßen. Er ist für Mitte vierzig durchaus proper, extrem schlank, nicht zu groß und nicht zu klein mit außerordentlich attraktiven Gesichtszügen. Und dazu immer exzellent gekleidet, was Saskia bei Männern zu schätzen weiß. Allerdings ist Otzes Arroganz ziemlich unerträglich, und das denkt sie nicht nur, weil sie natürlich auch ihr Fett abgekriegt hat. Seine ätzenden Bemerkungen machen auch vor der Gürtellinie nicht halt, dafür ist er berüchtigt.

Soll er doch weiter seine Giftpfeile abschießen, wenn ich nur endlich was zu essen kriege, denkt Saskia achselzuckend. Denn das Catering ist nicht von schlechten Eltern. Der doch recht schlichte Name der Firma, *Kutterscholle und Butterstulle*, lässt ein wesentlich einfacheres Essen erwarten, als es ihnen hier vorgesetzt wird. Sehnsüchtig schaut sich Saskia zur Küchentür um, die sich direkt hinter ihrem Rücken befindet. Eigentlich wäre es jetzt höchste Zeit für den ersten Gang. Unauffällig greift sie nach der Menükarte. Flusskrebssüppchen mit Avocadoschaum, das hört sich doch recht vielversprechend an.

Und als habe sie nur auf ein geheimes Signal gewartet, öffnet nun die Köchin die Schwingtür und stellt höchstselbst eine verlockend duftende Suppentasse vor Saskia ab. Jetzt gilt es nur noch abzuwarten, bis auch die anderen versorgt sind. Zum Hauptgang wird es Lammfilet geben und danach eine Crème brûlée. Nicht Aufregendes, aber wenn es gut gemacht ist, sicher extrem lecker.

Und nach dem Dessert ist es dann endlich vorbei mit dieser Zwangsgemeinschaft, in die das Colloquium sie alle gequetscht hat. In Vorfreude auf die drei Lesungen, die der Verlag für sie in den kommenden Tagen auf der Insel arrangiert hat, lehnt sich Saskia zurück. Selbstverständlich wird sie in den nächsten Tagen auch in einem anständigen Hotel wohnen und nicht weiter in dieser piefigen Pension, die der Veranstalter ihnen spendiert hat. Der niedrige Speiseraum, in dem normalerweise nur ein Frühstück für die Pensionsgäste serviert wird, hat ihnen auch als Besprechungsraum gedient, denn alle sieben Zimmer waren von den Teilnehmern des Colloquiums belegt. Ein einwöchiger Gefängnisaufenthalt mit unerträglichen Knastbrüdern und -schwestern. Wenn die Kochkünste der Caterin nicht gewesen wären, hätte Saskia diese grässliche Veranstaltung unter Garantie vor der Zeit verlassen. Nur die Aussicht auf zwei hervorragende Mahlzeiten pro Tag hat sie die restliche Quälerei ertragen lassen.

Als jetzt die Jakobsen ihr »Guten Appetit« über den Tisch

ruft und nach dem Suppenlöffel greift, atmet Saskia innerlich auf. Endlich etwas zu essen!

Lorena Larsen isst keine Tiere.

Lustlos stochert sie in ihrer Suppe herum, die natürlich kein Krebsfleisch enthält, aber möglicherweise aus dem Sud der Schalentiere gemacht worden ist. Vorsichtig versucht Lorena, wenigstens den Avocadoschaum abzuschöpfen. Vielleicht hätte sie bei den Vorbesprechungen doch auf eine komplett vegane Verpflegung bestehen sollen. Aber andererseits wollte sie niemandem ihre private Einstellung aufdrücken und vor allem nicht die anderen Colloquiumsteilnehmer um den Genuss der beachtlichen Kochkünste der hochgelobten Sylter Köchin bringen, die erst vor wenigen Monaten das Cateringunternehmen *Kutterscholle und Butterstulle* gegründet hat.

Jetzt geht Lorena allerdings das allgemeine Schlürfen auf die Nerven. Die letzte Woche war erheblich anstrengender, als sie erwartet hätte, immerhin aber ein echter Booster für ihre Kreativität. Darüber konnte und wird sie jedoch mit niemandem reden, denn wie sie zu den Tierfiguren ihrer Bücher kommt, ist ihr wohlgehütetes Geheimnis.

In den nächsten Jahren werden sich wahrscheinlich sämtliche Teilnehmer dieser Runde in Tiergestalt mehr oder weniger liebevoll zwischen Buchrücken beschrieben wiederfinden.

Saskia beispielsweise, die rechts neben Lorena mit echtem Heißhunger ihre Suppe vertilgt, ist die ideale Löwenmutter. Körperlich schwer, mit großem Kopf und lauter Stimme. Dominant und machtbewusst.

Melinda Jakobsen, die Moderatorin der vergangenen

Woche, die bestimmt auch gern eine Löwin wäre, ist für Lorena allerdings eindeutig eine Schlange. Sie ist schmal, wendig, ebenso anpassungsfähig wie gnadenlos und offensichtlich gewillt, alles unbarmherzig zu verschlingen, was es wagt, ihr in die Quere zu kommen.

Konrad Otze, der mit spitzem Mündchen seine Suppe löffelt, als wolle er auch darüber eine seiner gefürchteten Kritiken schreiben, ist ganz klar ein Fuchs. Flink und schlau, wendig und nicht recht zu greifen. Ein Surfer im Maßanzug, das muss man erst mal finden. Kurz hat Lorena überlegt, ob Otze nicht auch ein Chamäleon sein könnte, ein Tier, das sich so anpasst, dass man es kaum noch verorten kann. Aber letztendlich hat sich Lorena für den Fuchs entschieden, Otzes Sprachgewandtheit hat dabei den Ausschlag gegeben.

Schwieriger fand sie die Zuordnung bei Shirin Yildirim, die ihr direkt gegenübersitzt. Zierlich und kapriziös sollte das Tier sein, vielleicht ein Flamingo oder ein Kolibri, wobei ihr beide nicht temperamentvoll genug waren. Außerdem ist Shirin keinesfalls ein Vogel, das weiß Lorena instinktiv. Nachdenklich mustert sie die junge Frau mit den dunklen Haaren und den wunderschönen Augen. Ein Reh vielleicht? Nein, das ist zu brav. Anmutig sollte das Tier aber doch sein. Fließende Bewegungen muss es haben und ein ausgesprochen schönes Gesicht. Eine Katze wäre gut, entscheidet Lorena schließlich. Shirin ist eindeutig anschmiegsam und eigenwillig zugleich.

Zufrieden lehnt sich Lorena zurück und beobachtet, wie die Suppentassen von dem Cateringmitarbeiter abgeräumt werden, der zu ihr immer besonders freundlich und zuvorkommend ist. Lorena hat den Verdacht, dass er sich ebenfalls vegan ernährt. Und tatsächlich begleitet er wenig später auch das Servieren ihres wohlriechenden Linsencurrys mit einem einvernehmlichen Zwinkern.

Lorena wartet, bis den anderen die gratinierten Lammfilets serviert werden, dann kostet sie von dem Curry und findet es sofort köstlich. Kardamon, Kurkuma und Knoblauch geben eine phantastische Geschmackskombination ab.

Doch leider wird Lorenas Genuss getrübt, als sie sieht, wie ihr Tischnachbar die Gabel in sein Lammfilet rammt und es anschließend mit dem Messer malträtiert. Enard Gastmann ist kein Gourmet, das ist ihr sofort klar. Er schiebt das Essen auf dem Teller hin und her, steckt nur Bruchteile davon in den Mund und kaut dann, als sei er blind und vielleicht dazu noch geschmackstaub. Ganz eindeutig ist er auch während der Mahlzeit innerlich mit anderem beschäftigt.

Lorena weiß genau, welches Tier Gastmann ist. Ein Maulwurf. Bestimmt nimmt er alles auf, jede feinste Gefühlsregung der Umsitzenden, jede noch so abwegige Entwicklung der Konversation, um diese Dinge anschließend in seinen hermetischen Texten zu verarbeiten. Vielleicht ist sein Verfahren dem ihren gar nicht so unähnlich, nur dass es ihm nicht um Tiere, sondern um Worte und ihre verborgenen Beziehungen zueinander geht. Enard Gastmann wühlt sich durch die unterirdischen Gänge der Sprache und buddelt so lange, bis er ihre goldenen Essenzen entdeckt hat.

Bleibt nur noch Fred Hübner, der Journalist mit der kurzgeschorenen Bürstenfrisur. Der ist eindeutig ein Igel, findet Lorena. Nicht nur wegen seiner Haare, sondern auch, weil er trotz seiner oberflächlichen Freundlichkeit irgendwie ungreifbar bleibt. Und damit vermutlich auch unangreifbar. Auf bewundernswerte Weise hat er die beleidigenden Einlassungen Otzes an sich abtropfen lassen. So, als habe er sich durch seine Stacheln einen Panzer geschaffen, den die harschen Kritikerworte nicht durchstoßen konnten. Lorena ist fest davon überzeugt, dass da noch etwas kommt und dass nicht nur sie auf eine endgültige Abrechnung des Journalisten mit dem Kritiker wartet. Man soll schließlich den Tag nicht vor dem Abend loben.

Enard Gastmann ist zu Tode erschöpft.

Er fühlt sich wie ein Einsiedlerkrebs, der schon viel zu lange ohne Haus unterwegs ist. Ausgetrocknet, verletzlich und irgendwie porös. Nichts sehnt er so innig herbei wie das Ende dieser Veranstaltung. Es war ein Fehler, zugesagt zu haben, und sein Lektor hatte ihn gleich gewarnt. »Das ist nichts für dich, du bist viel zu sensibel«, hat er mit entschiedener Stimme verkündet. Doch Enard hat davon nichts wissen wollen, seit frühester Kindheit hat er es gehasst, sensibel genannt zu werden. Seine Mutter benutzte dieses Wort als Allzweckwaffe gegen jede Aktion, die ihr unheimlich, gefährlich oder sittlich anstößig schien. Oft denkt Enard, dass sie ihn zu diesem vorsichtigen und ängstlichen Menschen gemacht hat, um ihn lebenslänglich an sich zu binden. Tragischerweise ist sie dann sehr früh verstorben, so dass er seitdem heimatlos und unbeschützt in diesem Leben unterwegs ist.

Enard weiß genau, dass er die Gedanken an seine verstorbene Mutter höchstens nachts zulassen darf, und auch das nur, wenn sich ein ausreichender Vorrat an Schlaftabletten in der Nähe befindet. Es gilt also, möglichst schnell einen anderen Ankerpunkt für seine Gedanken zu finden. Doch womit soll er sich ablenken? Enard sitzt ganz am Ende der Tafel, ihm gegenüber der pragmatische und lebenszugewandte Journalist Fred Hübner, der nun wirklich kein geeigneter Gesprächspartner ist. Auch die junge Kinderbuchautorin rechts von ihm scheint in ihrer fröhlichen Harmlosigkeit kaum die Richtige für seine grüblerischen Überlegungen zu sein.

Enard hatte sich große Hoffnungen auf das eine oder andere gute Gespräch mit Konrad Otze gemacht, den er bisher merkwürdigerweise noch nie persönlich getroffen hat, obwohl er ihm zweifellos viel zu verdanken hat. Aber die Begegnung mit dem Kritiker war von Anfang an eine komplette Enttäuschung. Anstelle des einvernehmlichen, vielleicht sogar vertrauensvollen Gesprächs, das sich Enard erhofft hatte, ergab sich immer nur ein bemühtes Geplänkel, bei dem er stets das Gefühl hatte, der Kritiker lasse seine Augen auf ziemlich unanständige Weise die Körper der anwesenden Frauen abtasten, während er unkonzentriert Enards Ausführungen lauschte. Sowie sich die Gelegenheit ergab, löste sich Otze dann auch aus jedem Gespräch, manchmal unter Missachtung der basalsten Höflichkeitsregeln.

Trotz dieser bitteren Erfahrung hat Enard in den vergangenen Tagen mehrmals nachts von dem attraktiven Mann geträumt, ein Umstand der nicht gerade zu seiner Entspannung beigetragen hat. Auch tagsüber fällt es dem Lyriker schwer, seine Blicke von dem Kritiker zu lösen. Unter den vermutlich maßgeschneiderten Anzügen, die er jeden Tag wechselt, lassen sich gut definierte Muskeln und ein straffer Körper ahnen. Bestimmt macht Konrad Otze irgendeinen effizienten, weil extrem schweißtreibenden Sport.

Während das Lammfilet, von dem Enard kaum gekostet hat, abgetragen wird, wendet sich ihm überraschend Shirin Yildirim zu, die junge Bestsellerautorin mit türkischen Wurzeln. Sie hat ihn als Einzige von Anfang an geduzt, was Enard zu seiner eigenen Verwunderung sehr für sie eingenommen hat, obwohl er sonst eher der distanzierte Typ ist.

Jetzt deutet Shirin quer über den Tisch auf seinen Teller und fragt mit warmer Stimme: »Hast du das Filet nicht gemocht?«

»Mein Magen. Manchmal habe ich Probleme«, antwortet Enard ausweichend und sieht aus den Augenwinkeln, wie Otze, der neben Shirin sitzt, spöttisch das Gesicht verzieht.

»Nimmst du auch den Nachmittagszug zurück nach Berlin?«, fragt sie weiter.

Enard schüttelt den Kopf. »Ich bleibe noch auf der Insel.«

»Willst du auch zum Surf Cup?« Ihre Stimme klingt ungläubig, die Augen werden riesengroß. Von Otze kommt nur ein abfälliges Schnauben.

Enard zuckt verlegen mit den Schultern, er wünscht sich plötzlich, er wäre sportlich, möglichst sogar sportlicher als Otze, was natürlich komplett unrealistisch ist. Als Schüler hat er schon beim Kicken versagt, von Disziplinen wie Weitwurf oder Hochsprung ganz zu schweigen. Wasser ist ihm meist zu kalt, und Radfahren auf Großstadtstraßen findet er lebensgefährlich.

Offenbar hat Shirin sein Schulterzucken für verschämte Zustimmung gehalten, jedenfalls setzt sie jetzt nach: »Wirklich? Du surfst? Das ist ja toll!«

Bei der Vorstellung, dass man ihn für einen von diesen neoprengewandeten Muskeltypen halten könnte, schüttelt es Enard unwillkürlich.

»Natürlich surfe ich nicht. Das wäre absurd, oder? Ich habe mich für die kommenden zwei Wochen in Morsum eingemietet. Ein Zimmer, ziemlich abgelegen und sehr einfach. Genau das Richtige, um zur Besinnung zu kommen.«

»Verstehe«, antwortet die hübsche Bestsellerautorin, während sie sich sichtlich darum bemüht, den Ausdruck gelinder Enttäuschung aus ihrem Gesicht zu vertreiben.

Shirin Yildirim ist beschämt.

Enard Gastmann vor allen anderen Teilnehmern bloßzustellen, war nun wirklich nicht ihre Absicht. Sie wollte einfach nur nett sein und ihn ins Gespräch einbeziehen. Doch langsam hat sie den Eindruck, dass sie in jedes, aber auch wirklich jedes Fettnäpfchen tritt, das dieses Colloquium zu bieten hat. Dabei ist sie mit den allerbesten Vorsätzen angereist, denn dieser ganze Literaturzirkus ist schließlich immer noch neu für sie. Keiner konnte ahnen, dass ihr Erstling eine solche Wirkung entfalten und sofort auf den Bestsellerlisten landen würde. Stets charmant, schlagfertig und frech tourt sie seit Monaten durch die Republik, wobei ihr hoffentlich niemand anmerkt, wie viel Anstrengung sie das Ganze kostet.

Von dieser Woche im Kreise ihrer erfahreneren Kollegen hatte sie sich ein wenig Zuspruch und vielleicht auch den einen oder anderen Tipp erhofft, wie mit der ungewohnten Publicity umzugehen sei. Doch schon am ersten Abend, den sie mit Saskia und Lorena in der Kampener Bar verbracht hat, ist es zu keiner echten Unterhaltung gekommen, in deren Verlauf sie auch einmal Unsicherheiten oder Fehler hätte eingestehen können. Und seitdem ging es so weiter, wurde eher noch krasser. Alle Kolleginnen und Kollegen spreizen sich wie Pfauen, geben von morgens bis abends mit ihren Leistungen an und versuchen, sich im allerbesten Licht darzustellen.

Vielleicht ist es die Konkurrenzsituation, die durch die Anwesenheit der illustren Moderatorin und des gestrengen Kritikers automatisch entsteht. Vielleicht sind aber auch ausnahmslos alle Autoren eingebildete, selbstverliebte und eitle Geschöpfe, denen jedes soziale Gen abgeht.

Shirin wagt nicht zu beurteilen, was nun wirklich stimmt, und es ist ihr schnell klargeworden, dass sie es auch im Verlauf dieses Colloquiums nicht herausfinden wird. Trotzdem macht ihr dieses Problem zu schaffen, und sie muss so viel darüber nachdenken, dass ihr manchmal die Konzentration für andere Dinge fehlt.

Zum Beispiel hat sie viel zu spät bemerkt, dass ausgerechnet Enard Gastmann der Einzige war, der ihr nicht mit dieser merkwürdigen Mischung aus Überheblichkeit und Neid gegenübergetreten ist. Er war auf seine zurückhaltende Art immer sehr freundlich zu ihr, hat sie wie ein normaler Mensch behandelt und nicht wie ein schillerndes Wunderwesen.

Erst in den letzten zwei Tagen ist Shirin auf die Idee gekommen, dass es vielleicht an ihr gewesen wäre, ihren Status als gefeierter Shootingstar rechtzeitig zu relativieren, um die anderen zu mehr Empathie und Ehrlichkeit zu bewegen. Denn nach ihrem kurzen Techtelmechtel mit Konrad Otze, das in einem temperamentvollen One-Night-Stand gipfelte, der innerhalb der hellhörigen Pensionswände vermutlich niemandem verborgen geblieben ist, wurde die Situation vollkommen haltlos.

Dass Konrad sie am Morgen danach und auch in den folgenden drei Tagen mit äußerster Distanz behandelt hat, versteht Shirin ebenfalls nicht ganz. Sicher war die gemeinsame Nacht eine ziemliche Dummheit, aber andererseits auch kein Kapitalverbrechen. Soweit sie weiß, ist Konrad Otze ungebunden, und sie selbst hat zurzeit auch keinen festen Partner. Und sie hat von Anfang an klargestellt, dass sie aus einer höchst aufgeklärten Familie kommt. Bereits ihr Vater, ein türkischstämmiger Chirurg, ist nie auf den Gedanken gekommen, Shirins Mutter, die als Lehrerin arbeitet, in irgendeiner Weise zu bevormunden. Ganz sicher muss Konrad keine Angst vor irgendeiner mittelalterlich anmutenden Familienrache haben.

Warum also diese plötzliche Kälte?

Noch eine ungeklärte Frage, die Shirin umtreibt.

Konrad, der immerhin seit Beginn des Colloquiums neben ihr sitzt, redet auch bei ihrer Abschiedsmahlzeit konsequent nur mit Melinda Jakobsen. Gerade jetzt wieder, als er ziemlich geräuschvoll seinen Stuhl nach hinten schiebt, um aufzustehen, murmelt der Kritiker nur in Melindas Richtung ein knappes »Bin gleich wieder da«, bevor er mit schnellen Schritten nach draußen strebt.

Melinda nickt unkonzentriert, weil gerade wieder einmal eines ihrer drei Handys bimmelt, die sie auch beim Essen nicht aus den Augen lässt. Während sie mit deutlich zu lauter Stimme telefoniert, verstummen alle Gespräche am Tisch, und Shirin fängt diverse ungehaltene Blicke auf.

Dieses Colloquium war ein Reinfall, das ist vermutlich jedem hier am Tisch klar. Zu viele schlechte Schwingungen, zu viel Missverständnisse, zu viele falsche Bündnisse, denkt sie enttäuscht.

Samstag, 27. September, 15.02 Uhr, Pension Seemöwe, Wenningstedt

Als Fred Hübner mit seinem Dessertlöffel in die Crème brûlée sticht, hallt das Knacken der Zuckerkruste über den ganzen Tisch. Erst jetzt bemerkt er, dass niemand sonst den Löffel zur Hand genommen hat, obwohl doch vor allen Anwesenden bereits ein appetitlich gefülltes Schälchen steht. Fred muss sich ein wenig vorbeugen, um den Grund dafür ermitteln zu können. Ganz offenbar wartet Melinda Jakobsen, und mit ihr warten alle anderen auf die Rückkehr Konrad Otzes, der an Freds Tischseite gleich hinter Shirin Yildirim sitzt und dessen Verschwinden Fred gar nicht aufgefallen war.

»Was ist mit ihm?«, erkundigt sich der Journalist leise bei seiner Nachbarin.

»Keine Ahnung«, wispert sie zurück. »Er ist plötzlich aufgesprungen, und dann war er weg. Das ist jetzt aber bestimmt schon eine Viertelstunde her.«

Jetzt blickt auch Melinda Jakobsen ungeduldig auf ihre sichtbar teure Armbanduhr. »Ich weiß, es ist unhöflich, aber ich denke, wir sollten trotzdem mit dem Dessert beginnen«, verkündet sie und greift nun ihrerseits zum Löffel. Kauend fügt sie hinzu: »Ich gebe es nur ungern zu, aber ich habe in einer guten Stunde die nächste Besprechung und kann es mir nicht leisten, hier zu überziehen.«

Einige Sekunden lang hört man nur das Knacken der Zuckerkrusten am Tisch und anschließend genüssliches Murmeln. Die Crème brûlée ist wirklich vorzüglich, findet auch Fred. Allen anderen scheint es ebenso gut zu schmecken, denn das Gespräch ist inzwischen ganz verstummt. Fred würde darauf wetten, dass er nicht der Einzige ist, der erwägt, sofort nach dem Dessert den Abflug zu machen.

Doch zumindest für den schweigsamen Lyriker ihm gegenüber scheint sich die Problematik etwas anders darzustellen. Es ist Enard Gastmann, der schließlich den Löffel aus der Hand legt und vorsichtig vorschlägt: »Vielleicht sollte mal jemand nachsehen, ob mit Konrad Otze alles in Ordnung ist.« Gastmanns Blick ruht dabei sehr eindringlich auf Fred, offenbar um klarzumachen, dass er selbst ganz sicher nicht der Richtige ist, um den Kritiker in der Herrentoilette oder wo auch immer aufzusuchen.

Fred blickt sich um und muss feststellen, dass auch einige andere Augen erwartungsvoll auf ihn gerichtet sind. »Wenn's denn sein muss.« Widerstrebend legt auch er den Löffel nieder und steht auf.

Die Toiletten befinden sich am anderen Ende der Diele rechter Hand vom Speiseraum. Fred stößt die Schwingtür auf und sieht mit einem Blick, dass sowohl der Vorraum mit dem Urinal als auch beide Kabinen leer sind. Sicherheitshalber inspiziert er auch noch den Empfangstresen und das Treppenhaus, beides ohne Erfolg.

Kopfschüttelnd kehrt Fred in den Speiseraum zurück. »Der Vogel ist wohl ausgeflogen. Ich kann ihn nirgends finden.«

Verlegenes Schweigen antwortet ihm. Schließlich erklärt Saskia Grothe in belustigtem Tonfall: »Dann wird unser Großkritiker es vermutlich vorgezogen haben, sich ohne Abschied vom Acker zu machen. Würde mich, ehrlich gesagt, auch nicht wundern. Passt doch zu seinem sonstigen Auftreten.«

»Niemals«, widerspricht die Jakobsen energisch. »Wenn Konrad Otze auf irgendetwas wirklich Wert legt, dann sind das erstklassige Manieren.«

»Er wird doch nicht mit Bauchkrämpfen oben in seinem Zimmer liegen«, murmelt Shirin Yildirim und reißt verschreckt ihre Augen auf.

»Geh einfach nachsehen«, stichelt die Grothe sofort, »du kennst den Weg ja gut.«

Lorena Larsen bemüht sich wie immer um Konsens. »Eines ist jedenfalls klar. Er hatte nie Probleme mit dem Essen. Es muss also einen anderen Grund geben. Vielleicht hatte er einen Schwächeanfall.«

»Dieser Otze ist fit wie ein Turnschuh«, lässt sich nun Freds Gegenüber Gastmann hören, und Fred schmunzelt unwillkürlich über die Wortwahl des stets Sneakers tragenden Lyrikers.

»Dann hat er es wohl tatsächlich vorgezogen, sich klammheimlich aus dem Staub zu machen«, resümiert Saskia Grothe nicht ohne Häme.

Die Anwesenden blicken sich ratlos an. Einige Sekunden lang herrscht Schweigen. Schließlich wird es Fred zu bunt.

»Ich esse jetzt mein Dessert auf und gehe dann auch noch oben nachsehen.«

Erleichtertes Nicken und beifälliges Gemurmel begleiten seine letzten Bissen. Als er aufsteht und den Raum verlässt, kann er förmlich die gespannten Blicke der anderen in seinem Rücken spüren. Während Fred die Treppe zu den Gästezimmern hinaufsteigt, denkt er unwillig: *Im Grunde genommen hat Otze es richtig gemacht. Hat sich die verlogenen Abschiede erspart, die salbungsvollen Worte, hinter denen sich doch nur gedankliche Giftpfeile verbergen.*

Sekunden später klopft Fred an Otzes Zimmertür. Keine Reaktion. Er zögert kurz, dann legt er das Ohr horchend ans Türblatt. Drinnen rührt sich nichts. *Nach eiligem Kofferpacken hört sich das schon mal nicht an*, konstatiert Fred. Er klopft noch einmal, wartet kurz und ruft dann laut Otzes Namen. Nichts. *Sollte der Kritiker doch von einem plötzlichen*

Unwohlsein befallen worden sein? Entschlossen drückt Fred die Klinke herunter. Die Tür ist abgeschlossen.

»Dann eben nicht, du Trottel«, murmelt Fred achselzuckend und geht wieder nach unten. In die fragenden Blicke der Tischgesellschaft hinein erklärt er mit leisem Amüsement in der Stimme: »Die Tür ist zu. Dahinter kein Geräusch. Vermutlich hat unser hochmögender Kritiker in weiser Voraussicht schon am Vormittag sein Köfferchen gepackt und ist einfach so von uns gegangen.«

»Ausgeschlossen. Soweit ich weiß, bleibt er noch ein paar Tage hier wohnen«, erklärt Melinda Jakobsen, die nun doch etwas besorgt wirkt. »Haben Sie denn geklopft?«

»Habe ich. Gerufen auch. Keine Reaktion. Und er wird ja wohl nicht urplötzlich in Tiefschlaf verfallen sein.«

»Gibt es jemanden, der einen zweiten Schlüssel zu seinem Zimmer hat?«, erkundigt sich die Moderatorin.

»Die Rezeption ist ja nur bis vierzehn Uhr besetzt, wenn ich das richtig verstanden habe«, murmelt Lorena Larsen. »Aber für Notfälle gibt es eine Telefonnummer.«

»Okay, dann machen wir jetzt Folgendes«, Melinda Jakobsen steht auf und blickt allen Anwesenden nacheinander beschwörend in die Augen. »Ich kümmere mich um einen Ersatzschlüssel, und wir inspizieren danach gemeinsam Konrad Otzes Zimmer. Zunächst erkläre ich aber den offiziellen Teil unserer Zusammenkunft für beendet, danke Ihnen und euch allen noch einmal herzlich für die Teilnahme und die vielen engagierten und hilfreichen Beiträge.«

Den zaghaften Applaus, der sich anschließt, wartet die Moderatorin gar nicht mehr ab, so eilig hat sie es, den Raum zu verlassen, um das Management der Pension wegen Otzes Zimmerschlüssel zu kontaktieren.

Samstag, 27. September, 16.41 Uhr, Kriminalkommissariat Westerland

Kriminaloberkommissarin Silja Blanck beendet ihren Bericht über einen Raubüberfall im örtlichen Altersheim, der zum Glück für die Überfallene mit ein paar blauen Flecken glimpflich ausgegangen ist, fährt anschließend den Rechner herunter und steht auf. Die Kommissarin geht zum Fenster, wo sich ihre schlanke Gestalt mit den langen dunklen Haaren, die sie am Hinterkopf zusammengebunden hat, in den Scheiben spiegelt. Silja öffnet das Fenster und lehnt sich hinaus. Es ist ein wunderschöner Spätsommertag mit ungewöhnlich wenig Wind. Die Sonne vergoldet den Westerländer Bahnhof, der sich genau dem Kommissariat gegenüber befindet, ebenso wie die dahinterliegenden Wohnsiedlungen. Sogar die hässlichen Hochhäuser des in den sechziger Jahren gebauten Kurzentrums sehen in diesem Licht weniger schrecklich aus. Ein perfektes Wetter für einen langen Strandspaziergang, beschließt Silja und ist froh, dass sie bei der Vernehmung, die die Kollegen Bastian Kreuzer und Sven Winterberg gerade durchführen, nicht gebraucht wird.

Am Mittag ist ein Dealer im Südwäldchen mit einem erheblichen Drogenvorrat aufgegriffen und vorsorglich festgenommen worden. Der Tipp kam von einem Gastronomen, der den Kommissaren zunächst nicht ganz koscher vorkam. Doch die Menge der sichergestellten Drogen, vor allem Kokain, aber auch diverse Pillen hatte der Dealer vorrätig, rechtfertigten die Festnahme in jedem Fall. Seit drei Stunden versuchen Bastian und Sven jetzt schon vergeblich, die Kontaktleute des bisher wenig gesprächsbereiten Delinquenten zu ermitteln. Und es wäre ein echtes Wunder, wenn ihnen das noch gelingen würde.

Abgesehen von dem Raubüberfall und der Festnahme war heute ein ruhiger Tag, so dass Silja schon mal in den Feierabend starten kann. Auf dem Heimweg zu ihrer Wohnung im Norden von Westerland wird sie einen Schwenk über die Strandpromenade machen, um ein bisschen Stimmung beim Windsurf World Cup zu schnuppern. Selbst bei starkem Regen und bei Sturm sowieso stehen jedes Jahr Hunderte von Zuschauern am Strand und auf der Promenade, um die waghalsigen Loops und Manöver der Sportler zu verfolgen. Heute finden allerdings keine Wettkämpfe statt, weil der Wind einfach zu schwach ist. Aber für morgen sind wieder deutlich kräftigere Böen angesagt, so dass Bastian und Silja nach dem Frühstück den Surfern und Surferinnen bei ihren ersten Gigs zusehen können, wie sie es jedes Jahr machen.

Bastian ist nicht nur Siljas und Svens Chef, sondern seit einigen Jahren auch Siljas Lebenspartner. Im letzten November haben die beiden sich bei einer freien Trauung hoch oben auf dem Hörnumer Leuchtturm das Eheversprechen gegeben, und Silja hat es seitdem nicht eine Stunde bereut.

Silja legt ihrem Liebsten eine kurze Nachricht auf den Schreibtisch, der ebenso wie der des Kollegen Sven Winterberg im großen Büroraum des Kommissariats steht. Dann greift sie sich ihre knallrote Lederjacke vom Kleiderständer und verlässt das Büro. Auf dem Weg die Treppe hinunter hört sie eine aufgeregte Stimme, die ihr entfernt bekannt vorkommt.

Im Erdgeschoss des Polizeigebäudes befinden sich die Wache und die drei Zellen, in denen nur selten Schwerverbrecher, dafür häufiger hilflose Personen, in der Regel stark alkoholisiert, untergebracht werden. Ein Großteil des Erdgeschosses ist für den Publikumsverkehr offen gestaltet, und gerade steht am Counter der Streifenpolizei eine Dame mit adrett gewellten nussbraunen Haaren und herrscht eine uniformierte Beamtin an.

»Was soll das heißen, Sie können da nichts tun?«

»Wie ich schon sagte«, kontert die uniformierte Kollegin cool, »haben wir feste Regeln bei vermissten Personen.«

»Aber er ist einfach so beim Abschiedsessen verschwunden und hat alle seine Sachen in der Pension gelassen.«

»Sagten Sie nicht gerade, er habe das Zimmer noch für eine ganze Woche gemietet?«

»Ja, schon. Aber er hat sich auch nicht verabschiedet, was extrem unhöflich wäre.«

»Das mag alles sein, ist aber nicht unser Problem.«

Silja bleibt stehen und mustert die schlanke, etwas zu stark geliftete Dame am Counter nachdenklich. Plötzlich fällt ihr ein, woher sie sie kennt. Aus dem Fernsehen. Melinda Jakobsen moderiert eine der angesagtesten Talkshows des Landes, die seit Jahren zur Primetime ausgestrahlt wird. Silja meint, irgendwo gelesen zu haben, dass die Jakobsen – wie so viele Journalisten – ein Haus auf Sylt hat. Wenn sie sich recht erinnert, steht es irgendwo im Norden, vielleicht in der Lister Westerheide.

»Kann ich helfen?«, wendet sich die Kommissarin jetzt an die beiden Frauen vor und hinter dem Tresen.

»Die Dame möchte einen erwachsenen Mann als vermisst melden, der sich vor etwa zwei Stunden von einem gemeinsamen Essen entfernt hat, ohne sich zu verabschieden«, antwortet die Kollegin achselzuckend.

»Er ist ohne ersichtlichen Grund aufgesprungen, rausgelaufen und wurde danach nie wieder gesehen«, ergänzt die Jakobsen empört.

»Was veranlasst Sie zu der Annahme, dass er sich nicht einfach die Beine vertreten wollte? Vielleicht hat er einen Bekannten getroffen oder sonst etwas Spannendes erlebt, das ihn von einer Rückkehr abgehalten hat. Wo ist er überhaupt verschwunden?«

»In Wenningstedt. Aus der Pension Seemöwe. Wir hatten dort ein Colloquium zur Stellung der Literatur in heutiger Zeit.«

»*Hatten*, sagen Sie. Dann war das Colloquium also vorbei, als er verschwunden ist?«

»Ja, gerade erst. Aber trotzdem ist das so überhaupt nicht seine Art und deshalb ...«

»Ich mache Ihnen einen Vorschlag, Frau Jakobsen«, unterbricht Silja die Dame. »Sie sind doch Frau Jakobsen, oder?«

»Ja, das bin ich.« Die Moderatorin atmet tief durch. Es scheint ihr gutzutun, dass jemand sie endlich erkannt hat. »Und, hören Sie, es ist beileibe nicht so, dass ich es mir leisten kann, hier ewig rumzustehen und mich mit Ihrer Kollegin zu streiten. Ich komme gerade von einer Vorbesprechung für eine Talkrunde, die demnächst im Kamphüs stattfinden soll, und fürs Dinner bin ich auch schon verplant. Aber ich wollte doch meinen staatsbürgerlichen Pflichten Genüge tun und die Polizei kurz von einer äußerst merkwürdigen Begebenheit unterrichten. Der Vermisste ist niemand anderes als Konrad Otze.« Als Silja auf den Namen nicht reagiert, fügt die Jakobsen leicht verschnupft hinzu: »Ein äußerst renommierter Literaturkritiker. Und bei Prominenten weiß man letztendlich nie, ob sich nicht irgendein Irrer findet, der ihnen etwas antun will.«

»Wir wollen nicht gleich vom Schlimmsten ausgehen, Frau Jakobsen. Nur weil Anschläge auf Prominente sofort in der Presse landen, heißt das noch nicht, dass sie häufig vorkommen«, versucht Silja zu beschwichtigen. »Mein Name ist übrigens Silja Blanck, ich bin Kriminaloberkommissarin hier. Und ich möchte Sie keinesfalls abwimmeln. Es ist immer gut, wenn man sich um seine Mitmenschen sorgt. Daher mein Vorschlag: Geben sie mir Ihre und am besten auch die Handynummer des Vermissten, falls Sie die haben und davon ausgehen können, dass er nichts dagegen einzuwenden hätte. Dann können wir beide versuchen, bis morgen Kontakt zu diesem Herrn Otze aufzunehmen. Gelingt das nicht und kehrt er auch nicht in sein Hotelzimmer zurück, rufe ich Sie gern an, damit wir besprechen können, wie es weitergehen soll. Wissen Sie übrigens, ob er verheiratet ist, vielleicht sogar Familie hat? Denn bevor wir etwas unternehmen, sollten wir dort einmal nachfragen.«

»Er ist ledig, und Kinder hat er auch nicht, soweit ich weiß.«

»Eine Freundin oder einen Lebenspartner?«

»Ich bin über Konrad Otzes Privatleben nun wirklich nicht umfassend informiert«, schnappt die Jakobsen, und Silja kann sich des Eindrucks nicht erwehren, dass sie das beiläufig ärgert.

»Okay, Frau Jakobsen, dann regeln wir das so, wie eben vorgeschlagen. Wenn ich nur noch um die beiden Handynummern bitten dürfte.«

Melinda Jakobsen ziert sich kurz, es ist ihr deutlich anzusehen, dass sie die Herausgabe ihrer Handynummer für einen äußerst delikaten Akt hält, der nur wenigen Eingeweihten vorbehalten ist. Doch dann siegt die Vernunft, und sie zückt eine ihrer Visitenkarten, auf deren Rückseite sie nach kurzer Konsultation der Adressenliste ihres Handys auch die Nummer des Kritikers notiert. »Und ich höre ganz sicher morgen von Ihnen, sollte Konrad Otze nicht wieder auftauchen?«, versichert sie sich noch einmal.

»Selbstverständlich. Sie können also ganz beruhigt sein.«

Samstag, 27. September, 16.41 Uhr, Haus am Dorfteich, Wenningstedt

Fred Hübner schließt die Klappe seiner Waschmaschine und stellt den Intensivgang ein. Vielleicht bildet er sich das nur ein, aber irgendwie scheinen alle seine Kleidungsstücke nach dem Putzmittel zu riechen, das offenbar verschwenderisch in der Pension Seemöwe benutzt worden ist. Und da der Journalist schon immer etwas eigen war, was Gerüche angeht, hat er kurzerhand den gesamten Inhalt seines Rollkoffers in die Trommel verfrachtet. Jetzt richtet er sich auf und streicht sich durchs kurzgeschnittene graue Haar, das trotz seiner gut sechzig Jahre immer noch voll ist. Überhaupt legt er viel Wert auf ein sportlich gestähltes Äußeres, weshalb er jetzt auch beschließt, noch eine Trainingseinheit auf seinem Rennrad einzulegen. Das Wetter draußen ist herrlich, und sein Lieblingssport ist in der vergangenen Woche deutlich zu kurz gekommen. Außerdem kann ein wenig Distanz zu dem eindeutig missglückten Colloquium nichts schaden.

Während die Waschmaschine ihren Dienst aufnimmt, steigt Fred Hübner in seine Radfahrmontur, greift nach Helm, Handschuhen und Schlüsselbund und holt anschließend das Rad aus dem Keller. Er beschließt, entlang der alten Inselbahnstrecke, die schon seit vielen Jahren betoniert und für Radfahrer ebenso wie für Fußgänger zugänglich ist, über Kampen nach List zu fahren. Er schwingt sich aufs Rad und tritt kräftig in die Pedale. Schon nach wenigen hundert Metern hat er die Piste erreicht und atmet tief die prickelnde Nordseeluft ein. Fast sofort, so scheint es ihm, kühlt der Fahrtwind nicht nur sein Gesicht, sondern besänftigt auch seine angestauten Aggressionen und macht aus ihm einen beinahe wieder glücklichen Menschen.

Samstag, 27. September, 16.41 Uhr, Peter-Andresen-Wai, Tinnum

Lorena Larsen lässt sich auf das Sofa ihrer winzigen Wohnung fallen, legt den Kopf in den Nacken und schließt erleichtert die Augen. Endlich ist das Colloquium vorbei, und wenn es nach ihr geht, dann wird sie so schnell niemanden von den Teilnehmern freiwillig wiedersehen. Schon gar nicht die eitle Moderatorin Melinda Jakobsen oder die aufgedrehte Ratgeberautorin Saskia Grothe. Und besonders auf den eingebildeten Kritiker, der es sogar gewagt hat, ihr nachzustellen, kann sie in Zukunft gut verzichten.

Was Lorena allerdings unbedingt tun will, ist, ihre Eindrücke der so unterschiedlichen Teilnehmer in knappen Skizzen festzuhalten. Sie hat schon immer gern gezeichnet, und seit einigen Jahren illustriert sie ihre Kinderbücher selbst. Sie konnte den Verlag schnell von ihren Entwürfen begeistern und ist seitdem sehr zufrieden damit, dass ihre Figuren nun auch den Bildern, die sie beim Schreiben im Kopf hat, entsprechen.

Nach einer kurzen Konzentrationsphase greift Lorena nach ihrem Block, der immer auf der Fensterbank bereitliegt, und wählt den ersten Stift aus. Ein warmes Braun für das Fell des Maulwurfs, als den sie den verschlossenen Enard Gastmann darstellen will. Das Kätzchen Shirin Yildirim wird ein helles Gesicht und einen gelblichen Körper bekommen, beschließt Lorena, während sie noch an dem Maulwurf arbeitet. Und der Igel, in den sie den Journalisten Fred Hübner verwandeln wird, soll stahlblaue Stacheln und ebensolche Augen erhalten. Irgendetwas an Hübners Ausstrahlung schien ihr bis zum Schluss undurchdringlich zu sein und hat ihr manchmal sogar etwas Angst eingeflößt.

Auch die restlichen Teilnehmer sieht sie bereits deutlich vor ihrem inneren Auge. Die Farbe für den Fuchs Konrad Otze, der sich so plötzlich in einen wo auch immer gelegenen Bau verkrochen hat, wird ein knalliges Rot werden, für die Schlange Jakobsen stellt sich Lorena stechend giftgrüne Augen und ebensolche Schuppen vor, und die Löwin Saskia Grothe wird wohl vor allem durch ihre Körpermasse definiert werden.

Für jede der sechs Zeichnungen wird Lorena etwa zwanzig Minuten brauchen, so dass sie anschließend in Ruhe zu Abend essen, dabei die Stille in ihrer kleinen Wohnung genießen und sich dann vielleicht noch einen Teil ihrer aktuellen Lieblingsserie anschauen kann. Bei dem Gedanken an die abendliche Entspannung drückt sie etwas zu heftig auf, und die Mine ihres Stiftes bricht. Mit einem leisen Fluch steht Lorena auf, um den Anspitzer zu suchen.

Samstag, 27. September, 16.41 Uhr, Strönwai, Kampen

Saskia Grothe bummelt entspannt die Kampener Einkaufsmeile entlang. Neben Restaurants und Bars logieren hier exquisite Geschäfte in putzigen kleinen Friesenhäusern. Unter tiefgezogenen Reetdächern werden in üppig dekorierten Schaufenstern Schlangenledergürtel für mehrere tausend Euro ebenso schamlos präsentiert wie Duftkerzen für einige hundert Euro oder Luxusimmobilien, deren Kaufpreis mit Sicherheit im zweistelligen Millionenbereich liegt, obwohl er, vorgeblich aus Diskretionsgründen, nicht genannt wird.

Hier kann man in weniger als einer Stunde das Monatseinkommen eines höheren Beamten vershoppen, ohne sich großartig anstrengen zu müssen.

Auch Saskia Grothe ist bereits fündig geworden. In der linken Hand hält sie eine edle Tüte mit einem wunderbar weichen Kaschmirpulli in leuchtendem Pink, während sie sich mit der rechten durch die frisch gewaschenen und geföhnten Haare fährt.

Was für eine Erleichterung war es doch, das großzügige Zimmer im Hotel Rungholt zu beziehen, in dessen Bad sie locker noch hätte ein Gästebett aufstellen können. So niedlich ihr Raum in der Pension Seemöwe auch war, das Bad unter der Schräge schien eher für Kleinwüchsige konzipiert. Saskia jedenfalls konnte in der winzigen Dusche zum Haarewaschen kaum die Ellenbogen ausfahren.

Zum Glück erlaubt es ihr literarischer Erfolg, bei Lesereisen auf erstklassige Unterbringung zu bestehen. Und die

Tantiemen ermöglichen ihr zumindest ab und an durchaus kostspielige Einkäufe, wie jetzt gerade in Kampen.

Denn Saskia Grothe ist zutiefst frustriert und brauchte dringend einen dezenten Egobooster, schließlich soll sie schon heute Abend wieder in gewohnter Frische ihr Lesepublikum begeistern. Manchmal ist das sogar für sie gar nicht so einfach, vor allem, wenn ihr Selbstbewusstsein so angeknackst ist wie im Moment. Ihre ungeheure Erleichterung darüber, diesen widerwärtig eingebildeten Konrad Otze losgeworden zu sein, ohne sich ebenso salbungsvoll wie verlogen von ihm verabschieden zu müssen, konnte leider nicht ganz über die erlittene Schmach hinwegtäuschen.

Er hatte ihr gefallen. Sehr sogar. Als Mann und als Beute. Gern hätte sie ihn sich einverleibt, ihn aufgefressen mit Haut und Haar. Aber er wollte ja nicht, was vorkommen soll und im Prinzip auch verkraftbar gewesen wäre. Doch er hat sich nicht damit begnügt, sie einfach nur als Sexualpartnerin abzulehnen. Mehrmals musste Saskia beobachten, wie sein abschätziger Blick über ihre füllige Leibesmitte hinwegstrich. Das hat nicht nur weh getan, sondern auch alte Wunden aufgerissen.

Saskia war bereits als Kind pummelig und ist auch damals schon gehänselt worden. Ihr Ehemann hat sie vor zwölf Jahren wegen einer dünngehungerten Bohnenstange verlassen, eine Kränkung, die immer noch nachwirkt. Dass ihre Karriere gerade in Anschluss an die Scheidung Fahrt aufnahm, hat Saskia immer als gerechte Fügung empfunden. Ihre Ratgeber für üppige Frauen in der Lebensmitte haben ganz offenbar den Nerv eines sehr großen, sehr zahlungswilligen weiblichen Publikums getroffen. Und Saskia spielt leidenschaftlich gern die zufriedene, in sich selbst ruhende Person, die zu werden sich alle ihre Leserinnen wünschen.

Nur manchmal ist es eben unerwartet anstrengend, diesem Bild zu genügen. So wie jetzt gerade.

Seufzend steuert Saskia das Café Odin an und lässt sich auf einen der Hochstühle fallen, die an langen Holztischen im Vorgarten stehen. Die Nachmittagssonne hüllt Gäste und Mobiliar in ein warmes Licht, der sofort herbeieilende Kellner ist jung und smart, sein Lächeln bezaubernd. Saskia schenkt ihm einen Flirtblick, bestellt ein Stück von dem hochgelobten Pflaumenkuchen und ein Glas Champagner. Dann lehnt sie sich zurück, blinzelt in die Sonne und beschließt, den selbstgefälligen Kritiker für alle Zeiten zu vergessen.

Samstag, 27. September, 16.41 Uhr, Serkwai, Morsum

Rumpelnd rollt der Trolley hinter Enard Gastmann her. Links und rechts von ihm sind die letzten Häuser verschwunden, jetzt säumen Felder und Wiesen seinen Weg. Der Asphalt auf der Straße, die aus dem Ortszentrum Morsums hinausführt, ist an vielen Stellen brüchig, und die Rollen seines Trolleys sind nicht mehr die stabilsten.

Immer wieder blickt Enard auf die Karte seines Handys, um zu überprüfen, ob er nicht bald an der eingegebenen Adresse ankommen wird. Er verzichtet prinzipiell auf Taxifahrten und nutzt die öffentlichen Transportmittel, auch wenn es wie in diesem Fall bedeutet, von einem Bus in den nächsten umzusteigen und anschließend eine gefühlte Ewigkeit zu Fuß zurückzulegen. Zwar hat sich Enard für die nächsten beiden Sylt-Wochen mit voller Absicht ein Privatzimmer abseits des üblichen Trubels gesucht, aber mit dieser komplett ländlichen Abgeschiedenheit hat er nun doch nicht gerechnet.

Gerade hat er die helle schlichte Kirche St. Martin passiert, deren Inneres ebenso alt wie beeindruckend sein soll. Natürlich wird Enard sie noch besichtigen, doch zuerst muss er sein Ziel erreichen, den Trolley loswerden und sich ein wenig von den anstrengenden zurückliegenden Tagen erholen.

Es war von allem zu viel. Zu viele Menschen, zu viele Fragen, überhaupt zu viel Gerede. Enard schwirrt der Kopf, die Gestalten der Kollegen scheinen unablässig in seinem Hirn Csárdás zu tanzen, er bekommt zu diesen Figuren einfach keine Distanz, sie halten ihn besetzt und hindern sein ganzes Selbst daran, einen einzigen vernünftigen Gedanken zu fassen.

Enard weiß natürlich genau, dass er sich mit den Begegnungen der letzten Woche auseinandersetzen muss. Irgendwann werden ihn die ebenso vielfältigen wie verstörenden Erfahrungen sicher inspirieren, denn niemand kann ewig nur aus sich selbst heraus schöpfen. Aber im Moment strengt ihn jeder Gedanke an die vergangenen Tage nur maßlos an.

Oben links im Kopf pocht es seit einer halben Stunde mörderisch, und sein Nacken ist auf der gleichen Seite auch schon ganz steif. Ein untrügliches Anzeichen dafür, dass eine Migräneattacke im Anmarsch ist. Enard bemüht sich, durch tiefes Einatmen der wunderbar frischen Luft die kommende Attacke vielleicht noch abzuwehren, aber insgeheim weiß er längst, dass er verloren hat.

Ihm bleibt eigentlich nur noch die Hoffnung darauf, dass

das gebuchte Privatzimmer über hinreichende Verdunklungsmöglichkeiten verfügen möge, denn eine ausgewachsene Migräneattacke unter den Strahlen der grellen Herbstsonne durchzustehen, wäre die schlimmste aller denkbaren Foltern.

Wenigstens tauchen nun am Ende der Straße einige Häuser auf, und Enards Handy sagt ihm, dass eines davon für die nächsten zwei Wochen seine Herberge sein wird. Bevor er aber die Häuser näher in Augenschein nehmen kann, wird er durch ein merkwürdiges Rascheln und schrille Schreie seitlich des Weges abgelenkt.

Hinter einem niedrigen Zaun beginnt eine kleine Böschung, und zwischen Zaun und Böschung hat sich ein ziemlich großer Vogel verfangen, der immer wieder mit den Flügeln schlägt und dabei entsetzlich klagende Laute von sich gibt. Enard, zu dessen zahlreichen Phobien auch die vor Vögeln gehört, wagt es kaum, das Tier genauer zu betrachten. Doch auch so meint er erkennen zu können, dass es sich um einen Fasan handelt, der hier um sein Leben kämpft.

Als Enard spürt, wie sich ein saurer Geschmack in seiner Kehle breitmacht und unwillkürlich ein Brechreiz aufsteigt, geht er schnell weiter. Er weiß genau, dass er durch beherztes Zugreifen womöglich ein Vogelleben retten könnte, doch der Ekel und die Angst vor dem gefiederten Tier sind größer als sein Mitgefühl. Und so begleiten ihn die Schreie der geschundenen Kreatur, bis er das gesuchte Haus findet und dort unendlich erleichtert auf den Klingelknopf drückt.

Samstag, 27. September, 16.41 Uhr, Hindenburgdamm, Sylt-Ost

Shirin Yildirim fällt der Abschied von der Insel nicht schwer. Sie ist im Gegenteil froh, endlich auch eine räumliche Distanz zu den Vorkommnissen der vergangenen Tage zu schaffen. Erleichtert gibt die junge Erfolgsautorin sich dem gleichmäßigen Geräusch des fahrenden Zuges hin, äußerlich entspannt genießt sie die wärmenden Strahlen der Herbstsonne hinter der Fensterscheibe und beobachtet schläfrig das Treiben der Vögel im Watt.

Trotz allem kreisen ihre Gedanken ständig um Konrad Otze. Das ärgert sie maßlos, und sie hat wirklich alles versucht, um dieses unwürdige Gedankenkarussell zu verhindern. Aber nichts hilft. Der Kritiker hat sie mehr verletzt, als sie sich in den vergangenen Tagen eingestehen wollte. Zwar hat er sie von seinem beißenden Spott verschont, aber um welchen Preis?

Wie ein dummes, blindes Wild ist sie in seine Falle gelaufen, hat sich ihm unterworfen und musste gleich am nächsten Morgen die demütigende Erfahrung machen, dass diese eine Nacht, die sie in ihrer bodenlosen Naivität für eine Liebesnacht gehalten hat, für ihn ganz offensichtlich keine ähnlich geartete Bedeutung hatte. Dabei war es nicht so, dass sie in ehrfürchtiger Anbetung zu dem um einiges Älteren aufgesehen hätte. Doch der Sex mit Konrad Otze hat etwas in Shirin angerührt, das bisher gut verborgen unter der Oberfläche geschlummert hat. Ein kleines scheues Gefühl, das sich nicht so leicht zeigt und das Otze schon am nächsten Morgen mit Füßen getreten hat.

Shirin hat sich geschämt. Nicht dafür, dass sie ihm ihren Körper dargeboten hat, sondern dafür, dass sie ihrem Inneren nicht genügend Schutz hat angedeihen lassen. Ihr Versuch, diese heikle Sache mit Lorena zu besprechen, die ihr die natürliche Verbündete in dieser Runde zu sein schien, wurde umgehend von Otze konterkariert, indem er bereits am nächsten Morgen begann, ausgerechnet Lorena nachzustellen. Soweit Shirin es beurteilen konnte, ist Lorena nicht auf seine Avancen eingegangen, doch war es unter diesen Umständen unmöglich, sie ins Vertrauen zu ziehen. Lorena allerdings scheint sich ihr weiterhin enger verbunden zu fühlen, denn beim Abschied am Bahnhof hat sie Shirin äußerst warmherzig das Gästezimmer ihrer Sylter Wohnung angeboten, sollte es sie wieder einmal auf die Insel verschlagen.

Doch im Moment ist an eine Rückkehr nicht zu denken, Shirin ist ausgesprochen froh, mit der Insel auch die Kontakte zu den übrigen Teilnehmern des Colloquiums hinter sich zu lassen. Je weniger sie an die vergangenen Tage erinnert wird, desto schneller wird sie die verstörende Schmach vergessen können.

Inzwischen hat der Zug das Festland erreicht. Weite Wiesen glänzen im Sonnenlicht, vereinzelte Pfützen künden von der Nähe des Wattenmeeres. Die ersten Schafe lassen sich blicken, und eine Vielzahl von Vögeln schwirrt über das flache Land. Shirin atmet tief durch. Sie kann förmlich spüren, wie die Anspannung nachlässt und ihr übliches Selbstvertrauen zurückkehrt.

Es sind noch gute fünf Stunden bis Berlin, und der Waggon ist erfreulich leer. Shirin kramt ihren Laptop aus dem Rucksack und klappt ihn auf. Vielleicht ist dies der Moment, in dem sie mit einem neuen Roman beginnen kann.

Samstag, 27. September, 16.41 Uhr, Pension Seemöwe, Wenningstedt

Pernille Aurich ist außer Atem. Das Abschiedsessen für die Gäste des Literaturcolloquiums war für sie und ihr Team eine große Herausforderung. Vielleicht eine zu große. Erst vor einigen Monaten hat sich die Tochter eines Sylter Lehrerehepaars mit ihrem Cateringunternehmen selbständig gemacht. Davor hat sie in verschiedenen deutschen und Schweizer Restaurants ihr Handwerk von der Pike auf gelernt. Erst nach weiteren zehn Jahren, die sie in internationalen Hotels verbracht hat, ist Pernille mit großen Hoffnungen auf ihre Heimatinsel zurückgekehrt.

Natürlich wusste sie, dass der Anfang schwer werden würde, aber wenn sie geahnt hätte, wie hart die Konkurrenz auf der Insel tatsächlich ist, wäre sie womöglich verzagt und hätte es gar nicht erst probiert.

Doch jetzt kann sie mit ihrem Team auf den ersten großen Erfolg zurückblicken.

Die Gäste sind hochzufrieden abgereist, es gab während der vergangenen Tage erstaunlich wenig Pannen, dafür viel Lob und zum Glück das Verspechen Melinda Jakobsens, sie werde *Kutterscholle und Butterstulle* sehr gern weiterempfehlen und das junge Unternehmen möglicherweise demnächst auch selbst buchen.

In den vergangenen zwei Stunden haben Aaron, Nadine und Pernille die Küche aufgeräumt, alles auf Hochglanz geputzt und ihre mitgebrachten Utensilien verstaut. Jetzt lässt sich Pernille mit einem tiefen Seufzer auf den einsamen Stuhl fallen, der zwischen der Spüle und der Tür zum Gastraum steht. Ihr tut jeder einzelne Knochen weh, und das schon seit Tagen. Pernille ist fast eins achtzig groß, und die Kücheneinbauten der Pension sind alle auf Normhöhe angebracht. Für Pernille also locker fünfzehn Zentimeter zu niedrig. Mindestens fünfmal hat sie sich den Kopf an der unförmigen Dunstabzugshaube gestoßen, einmal hat es sogar eine blutige Scharte auf ihrer Stirn gegeben. Doch Pernille hat den Schmerz verdrängt und einfach weitergemacht.

Doch jetzt kann sie sich in Ruhe über das einhellige Lob der Colloquiumsteilnehmer freuen. Und Aaron und Nadine geht es mit Sicherheit nicht anders. Die beiden haben sich vor fünf Minuten in eine kurze Zigarettenpause verabschiedet und stehen nun draußen paffend in der Spätsommersonne, wie Pernille durchs Küchenfenster sehen kann.

Die Köchin nutzt den ungestörten Moment, um noch einmal den Blick über die blankgeputzten Arbeitsflächen, den breiten Herd und die beiden Industriespülmaschinen schweifen zu lassen. Alles sieht perfekt aus. Die beiden Kisten mit Pernilles eigenen Pfannen und Töpfen, den scharfen Messern und einigen zusätzlichen Geräten stehen bereits draußen, alles ist für den Abtransport bereit.

Pernille stemmt sich hoch und fühlt sich dabei so verspannt wie ihre eigene achtzigjährige Großmutter, die manchmal schon am Morgen das Bett mit dem fatalistischen Spruch verlässt: *Lieber Gott, lass Feierabend werden.*

Mit steifen Gelenken verlässt sie die Küche und stößt die Tür nach draußen auf. Aaron und Nadine haben inzwischen ihre Zigaretten ausgedrückt und wühlen stattdessen jeder in einer der Kisten.

»Was sucht ihr?«, erkundigt sich Pernille unkonzentriert, während sie sich selbst eine ansteckt.

»Die Messer«, murmelt Nadine. Ihre Stimme klingt dumpf, weil ihr Kopf fast im Inneren der Kiste verschwindet.

»*Meine* Messer?« Pernilles Stimme wird scharf, vor Schreck fällt ihr das Feuerzeug aus der Hand.

»Ja klar. Was sonst?« Aaron richtet sich auf und blickt seine Chefin ratlos an. »Der Block mit deinen sechs heiligen Messern stand doch die ganze Woche lang auf der Abstellfläche direkt unter dem Küchenfenster. Wir haben die Messer nie in die Spülmaschine getan, sondern immer sofort händisch abgewaschen, damit sie von den Spülzusätzen nicht unscharf werden. Und danach natürlich wieder in den Block gesteckt.«

»Das weiß ich doch alles. Aber warum sind sie jetzt weg?«

Nun taucht auch Nadines Kopf wieder aus der Kiste auf. »Keine Ahnung, warum. Jedenfalls war diese Kiste hier noch offen, und während wir rauchten, habe ich reingeguckt. Und da ist mir aufgefallen, dass zwar dein Messerblock drin ist, aber die Messer fehlen.«

»Ich habe sie ganz sicher nicht selbst verpackt, daran würde ich mich erinnern. Aber vielleicht hat einer von euch sie separat verstaut.«

Aaron und Nadine schütteln unisono die Köpfe.

»Das darf jetzt nicht wahr sein. Hier klaut doch niemand meine Messer.«

Pernille geht in die Hocke und beginnt hektisch, die vor ihr stehende Kiste auszupacken. Wenig später stehen der Pacossierer, der Sous-vide-Garer, der Dampfkochtopf und der Flambierbrenner neben einigen Edelstahltöpfen auf dem Kiesboden. Keine Messer. Pernille zieht die zweite Kiste zu sich heran und leert auch diese. Kupferpfannen, Rührlöffel, Schneebesen. Aber wieder keine Messer.

»Ich fass es nicht«, stöhnt Pernille.

»Wir haben die Messer doch vorhin noch benutzt«, sagt Nadine leise. »Aaron hat das Fleisch geschnitten, und ich habe das ganze Gemüse geputzt.«

»Und dann?«, faucht Pernille und springt so plötzlich auf, dass Nadine erschrocken einen Schritt zurückweicht. »Was habt ihr dann mit den Messern gemacht? Los, sagt schon.«

»Nichts, verdammt nochmal.« Aaron bleibt ruhig, wie immer, wenn seine Chefin einen dieser Wutanfälle bekommt, für die sie berüchtigt ist.

»Wir gucken im Geschirrspüler nach, vielleicht hat einer von uns nicht nachgedacht und sie doch noch …«, beginnt Nadine.

»Untersteht euch!« Pernille läuft zurück in die Küche und reißt die beiden Klappen der Geschirrspüler auf. Nichts. Dann durchwühlt sie sämtliche Schubladen der Pensionsküche. Vergeblich. Die Messer bleiben verschwunden.

Samstag, 27. September, 17.09 Uhr, Vogelkoje, Kampen

Konrad Otze fällt. Nein, es ist eher ein Sinken. Langsam, fast sanft, und überhaupt nicht unangenehm. So, als würden alle Körperflüssigkeiten sich im Rücken, im Nacken und in den hinteren Beinen sammeln. Die Brust, der Bauch und auch der vordere Kopf sind bereits leer. Alles fühlt sich leicht an, wie aufgeblasen, mit Luft gefüllt.

Nichts schmerzt. Dabei sieht Konrad Blut. Nicht viel, er kann ohnehin nicht mehr viel sehen, denn irgendetwas läuft ihm in die Augen, klebt seine Lider zusammen, lässt ihn alles nur verschwommen wahrnehmen.

Aber der Himmel über ihm ist eine einzige Offenbarung, das kann er im ganzen Körper spüren. Weit, hell und überirdisch schön scheint er Konrad nur so anzusaugen.

Konrad möchte tief durchatmen, sich durchströmen lassen von einem nahezu allumfassenden Glücksgefühl, doch seine Brust widersetzt sich dem Drang, sie ist plötzlich schwer und eng, als presse jemand Konrads gesamten Brustkorb zusammen. Auch der Himmel senkt sich jetzt auf ihn herab, er kommt näher und näher, das Weite, Helle verflüchtigt sich und weicht einer stetig wachsenden Panik. Ein Schatten verdunkelt Konrads ganzes Sichtfeld. Er röchelt, nass und klebrig läuft es ihm aus dem Mund, die Wangen hinab, am Hals entlang. Das Pressen wird stärker, jetzt spürt Konrad auch einen stechenden Schmerz in Brust und Bauch. Es ist, als durchbohrten ihn tausend Messer gleichzeitig, aber er kann sich nicht rühren, er kann sich nicht wehren. Arme, Hände, nichts gehorcht ihm mehr, er kann noch nicht einmal den Kopf heben.

Nur der Schmerz breitet sich aus, er überflutet alle Wahrnehmungen, er kommt in Schüben und übersteigt alle Maßen, er zerreißt Konrad von innen und von außen, er explodiert mit atomarer Kraft in Konrads Schädel, seinen Eingeweiden, seinem Unterleib. Er zersprengt Konrad in sämtliche Einzelteile, zersplittert und zertrümmert ihn auf die brutalst mögliche Art.

Und dann legt sich etwas schwer und fest auf Konrads Mund.

Der Ekel überschwemmt seine Sinne.

Er möchte kotzen.

Aber selbst das ist Konrad Otze unmöglich.

Samstag, 27. September, 17.14 Uhr, Vogelkoje, Kampen

Die Kampener Vogelkoje ist ein Ort mit blutiger Vergangenheit, das weiß Ludger Voigt natürlich besser als irgendjemand sonst.

Bis zur Schließung der Anlage vor gut hundert Jahren kamen hier jährlich mehr als viertausend Wildenten brutal zu Tode. Auf ihrem langen und entbehrungsreichen Flug in den Süden nutzten sie gern den Süßwasserteich zwischen Kampen und List, um ein letztes Mal ausgiebig zu trinken, bevor es übers salzige Meer ging. Das konnte der bitterarmen Sylter Bevölkerung auf Dauer nicht verborgen bleiben. Und so begann man, sich durch grausame Fangtechniken das begehrte Entenfleisch ebenso zu sichern wie die flaumweichen Daunen, die allerbeste Preise auf dem Markt erzielten.

Auf seiner abendlichen Runde durch das kleinste aller Sylter Naturschutzgebiete schwirren dem Verwalter des Areals die vielen Geschichten und Anekdoten durch den Kopf, die schon sein Vater und sein Großvater zu berichten gewusst haben. Seit drei Jahrzehnten ist die Beaufsichtigung und Pflege der Vogelkoje in Familienhand, und für Ludger Voigt war es seit seinem vierzehnten Lebensjahr klar, dass er diese Tradition fortsetzen würde.

Jetzt stapft der stämmige Enddreißiger, dessen volle dunkle Haare bereits die ersten grauen Strähnen aufweisen, in seinen Gummistiefeln durch den dichten Bewuchs des Naturschutzgebietes. Um die ehemaligen Reusen und Becken ist in den letzten Jahrzehnten ein veritabler Urwald gewachsen. Zwischen mattgrünen, silbrig glänzenden oder filzig-grauen Blättern hängen korallenrote Vogelbeeren und schwarze Holunderbeeren. Aus dem Unterholz ragen abgestorbene und gesplitterte knorrige Stämme und Äste hervor. Brombeerranken schmiegen sich an drei bis vier Meter hohe Bäume. Eine Bachrinne zieht sich durch den feuchten Boden, an den Ufern wachsen Farne und Schlingpflanzen. Ein einziger schmaler Weg schlängelt sich durch das wuchernde Grün von Zitterpappeln, Mehlbeeren und Faulbäumen, vorbei an mehreren Reetdachkaten und dem schilfumrahmten Süßwasserteich, der die Enten auf ihrem jährlichen Flug in den Süden anlockte.

Trinkwasser mitten in der Nordsee war und ist selten. Die Tiere konnten ja nicht ahnen, was sich die Bewohner Sylts für sie ausgedacht hatten. Die Enten wurden in vierzig Meter lange Fangkanäle gelockt, in denen sie ein jämmerliches Ende fanden. Die Kanäle gibt es immer noch. Ludger riecht das Brackwasser, das in ihnen steht, und lässt den Blick bis zu den Reusen an ihrem Ende schweifen, in denen die Enten sich fingen und zur wehrlosen Beute der damaligen Reusenwärter wurden.

Wenn Ludger Touristen über das Gelände führt und die Vorgehensweise der Entenfänger erläutert, wird er regelmäßig mit Äußerungen des Entsetzens konfrontiert. *Wenn du nichts zu fressen für dich und deine Kinners hast, ist Tierwohl das Letzte, das dich kümmert*, pflegt er dann lakonisch einzuwenden.

Ludger dreht dem Teich den Rücken zu und geht zu den Reetdachkaten, die früher die Reusenwärter beherbergten und in denen sich jetzt eine Dauerausstellung zu den damaligen Fangpraktiken befindet. In jede der Katen wirft Ludger Voigt einen gründlichen Blick. Er überprüft, ob vielleicht einer der Besucher nicht auf die Uhr gesehen oder die Schließzeit um siebzehn Uhr einfach vergessen hat. Das kommt immer wieder einmal vor, und Ludger hat keine Lust, seinen Feierabend damit zuzubringen, zwischen seinem Wohnort Morsum und der Vogelkoje hin- und herzufahren, um säumige Badegäste aus dem umzäunten Areal zu retten. Also überprüft er lieber dreimal, ob auch alle Fremden das Terrain verlassen haben.

Ludgers Weg endet am Watt, wo eine hölzerne Treppe den Deich hinaufführt. Er weiß genau, welcher phantastische Rundblick sich ihm gleich bieten wird, denn der Himmel ist wolkenlos und die Sicht ist klar. Linker Hand wird er den Lister Hafen und rechts den Kampener Leuchtturm, das Weiße Kliff, die Keitumer Kirche und sogar den Hindenburgdamm sehen können. Es gehört fest zu Ludgers Abendritual, sich für einige Minuten auf der einsamen Bank oben auf dem Deich niederzulassen, den großartigen Ausblick zu genießen, dabei zur Ruhe zu kommen und den vergangenen Tag Revue passieren zu lassen.

Aber Ludgers Lieblingsbank ist nicht frei, was ihn nicht sonderlich überrascht. Ludger kennt das schon. An diesem besonderen Ort kommt es häufig vor, dass Besucher der Vogelkoje angesichts der grandiosen Aussicht die Schließungszeiten vergessen und Ludger sie freundlich daran erinnern muss, ihm zum Ausgang zu folgen.

Doch der Person, die Ludger nun vor sich sieht, ist mit einer freundlichen Erinnerung ganz sicher nicht geholfen.

Auf der Bank liegt ein elegant gekleideter Mann. Er trägt rahmengenähte Schuhe und einen Dreiteiler mit seidenem Einstecktuch. Schuhe und Hosenbeine sind bis zu den Knien nass. Der Anzug ist blutüberströmt, denn in Kopf und Körper des Mannes stecken sechs Messer. Ihre Klingen sind tief hineingebohrt, so dass nur die unterschiedlich langen Schäfte herausstehen.

Mit wenigen Schritten ist Ludger neben der Bank und beugt sich über den Mann. Dessen Augen sind fast schon gebrochen, sein Atem geht sehr flach. Sollte er nicht schnellstens Hilfe bekommen, wird er sterben, das ist Ludger völlig klar.

Samstag, 27. September, 17.16 Uhr, Rettungswache Westerland

Das schrille Klingeln des Telefons erwischt Verena Sabatowski mitten in einer spannenden Phase ihres Handyspiels. Sie sichert den Spielstand, legt das Handy zur Seite, nimmt noch schnell einen Schluck aus ihrer Coladose und meldet sich dann mit professioneller Stimme am Festnetzapparat der Rettungswache.

Zunächst hört Verena nur Keuchen. Atemlos klingt das, wie nach einem Dauerlauf. Verena tippt auf einen Eigennotruf. Jemand hat sich sportlich überfordert und merkt nun, dass ihm die Pumpe zu schaffen macht.

»Bitte beruhigen Sie sich«, sagt sie mit fester Stimme ins Telefon. »Wo befinden Sie sich gerade, und was ist passiert?«

»Vogelkoje«, keucht es am anderen Ende. »Hier stirbt jemand.«

»So schnell stirbt es sich nicht.« Verena hasst Übertreibungen. Aber in ihrer Panik neigen die Leute leider dazu. »Sagen Sie mir zunächst mal Ihren Namen bitte.«

»Ludger Voigt. Voigt mit oi. Ich bin der Verwalter.« Die

Stimme klingt ungehalten. »Aber es geht nicht um mich. Vor mir liegt ein Mann mit x Messern im Körper. Er atmet kaum noch. Sie müssen so schnell wie möglich kommen.«

X Messer im Körper, schon klar, denkt Verena. *Der Typ will mich doch auf den Arm nehmen, jede Wette.* Sie weiß, dass es solche Fakeanrufe immer wieder gibt. Leute, die sich wichtig machen wollen. Jugendliche, die das für einen guten Scherz halten. Alte Menschen, die sich einfach nur langweilen.

»Messer im Körper?«, fragt sie misstrauisch. »Wie viele und an welchen Stellen?«

»Kopf, Bauch, Hoden, was weiß ich. Er ist blutüberströmt und stirbt ganz sicher, wenn nichts geschieht. Sie müssen so schnell wie möglich kommen. Es wird nicht ganz einfach, ich bin in der Vogelkoje, wie gesagt. Mit dem Rettungswagen kommen Sie hier auf keinen Fall durch.«

»Vogelkoje, okay. Die in Kampen oder die in Rantum?« Langsam glaubt Verena dem Anrufer doch. Während sie auf seine Antwort wartet, drückt sie den Alarmknopf. Sofort rühren sich die beiden Kollegen, die gerade Schicht haben.

»Kampen. Aber Sie können hier nicht reinfahren. Außerdem ist das Tor schon zu. Ich würde die Sanitäter auf dem Parkplatz erwarten, allerdings müssen wir dann übers ganze Gelände bis zum Watt laufen. Ich weiß nicht, ob er das überlebt … er hat … ich habe …« Der Satz bleibt unvollendet, der Anrufer schnappt nach Luft, ganz offenbar hat ihn das Entsetzen eingeholt.

»Bleiben Sie jetzt mal ganz ruhig, ich sage eben nur meinen Kollegen Bescheid. Kleinen Moment noch, dann bin ich wieder bei Ihnen.«

Verena wendet sich an Siegmund und Rashid, die diensthabenden Rettungssanitäter, die von allen nur Siegfried und

Roy genannt werden und inzwischen mit alarmierten Blicken vor ihr stehen. Der hühnenhafte weißblonde Siegmund und der feingliedrige arabischstämmige Rashid sind das beste Team, das sie auf der Insel haben. Wenn irgendjemand es schafft, einen Typen am Rande des Todes zu retten, dann sind es diese beiden.

»Ihr fahrt zur Vogelkoje in Kampen. Auf dem Parkplatz erwartet euch der Anrufer. Am Watt liegt ein Mann mit schweren Stichverletzungen, der offenbar viel Blut verloren hat. Ihr kommt nicht mit dem Wagen durch, müsst also wohl hinlaufen und alles Nötige mitnehmen. Ich habe den Anrufer noch in der Leitung und versuche gleich noch, Einzelheiten zu erfahren. Alles weitere kommt per Funk. Los geht's.«

Siggi und Rashid reißen ihre Jacken von den Haken und rennen raus zum Rettungswagen. Verena greift wieder nach dem Hörer.

»Okay, jetzt noch einmal von vorn. Stehen Sie neben dem Opfer?«

»Nicht mehr.«

Sie hört stampfende Schritte. Stiefel auf Holz vielleicht?

»Ich renne gerade zurück zum Parkplatz. Ich muss schließlich das Tor öffnen. Das habe ich Ihnen doch schon erklärt.«

»Ja natürlich. Trotzdem möchte ich Sie noch nach ein paar Einzelheiten fragen. Haben Sie das Opfer angefasst, vielleicht den Puls gefühlt oder die Atmung kontrolliert?«

»Klar. Ich wollte es mit einer Herzdruckmassage versuchen, aber eines der Messer steckt im Brustkorb, und das konnte ich doch nicht rausziehen, oder war das falsch?«

»Nein, das war goldrichtig. Auf keinen Fall dürfen Sie die Messer bewegen. Also keine Herzdruckmassage?«

»Nein, wie gesagt. Was wollten Sie noch wissen? Ach so, ja.

Puls habe ich nicht geprüft. Aber geatmet hat er, wenn auch unregelmäßig.«

»Okay, das ist doch schon mal was. War der Mann ansprechbar?«

»Überhaupt nicht. Ich hab's versucht, es kam aber keine Reaktion. Noch nicht mal ein Lallen oder so was.«

»Hat er nach Alkohol gerochen? War noch jemand in der Nähe? Oder gibt es sonst irgendwelche Besonderheiten, die wir wissen müssen?«

»Er lag allein auf der Bank am Watt, hier ist sonst niemand, und ich kann ziemlich weit gucken. Ich habe ihn nur gefunden, weil ich nach Feierabend immer das ganze Gelände kontrolliere. Sonst wäre der hier einfach so gestorben.«

»Wann haben Sie ihn gefunden?«

»Na ja, eben. Was glauben Sie denn? Ich habe kurz über Mund-zu-Mund-Beatmung nachgedacht, aber das klappt ja nicht ohne Herzdruckmassage. Also habe ich sofort bei Ihnen angerufen.«

»Sind sie allein?«

»Ja, bin ich.«

»Okay. Dann schließen Sie das Tor auf. Vielleicht kann der Rettungswagen ja wenigstens ein Stück reinfahren.«

»Hinten zum Versorgungstrakt ginge es, aber das nutzt nichts, der Weg durchs Gelände zum Watt ist kürzer.«

»Besprechen Sie das mit den Sanitätern. Und versuchen Sie, jemanden zu finden, der in der Zwischenzeit bei dem Verletzten bleiben kann. Vielleicht ist zufällig ein Arzt im Restaurant. Das ist doch direkt vor dem Eingang zur Vogelkoje, oder irre ich mich?«

»Das stimmt schon. Ich frage gleich nach. Aber wollen Sie meine ehrliche Meinung? Ich denke, der Mann da draußen auf der Bank stirbt gerade, und niemand wird ihm mehr helfen können.«

Samstag, 27. September, 17.42 Uhr, Kriminalkommissariat Westerland

»Und wieder ein sinnlos vergeudeter Samstagnachmittag«, schimpft Kriminaloberkommissar Bastian Kreuzer und entlässt den Mann in die Freiheit, den er und sein Kollege Oberkommissar Sven Winterberg über Stunden vernommen haben. Der magere Dealer sprintet davon, als sei der Teufel hinter ihm her. »Der Typ darf sich jetzt einen netten Abend machen, während ich hier einen ellenlangen Bericht schreiben muss«, seufzt der bullige Kommissar und lehnt sich gegen die schwere Tür des Polizeigebäudes. Dann fährt er sich durch die kurzgeschnittenen Haare und kneift erschöpft die Augen zusammen. Seine beachtlichen Tränensäcke legen sich dabei in wenig schmeichelhafte Falten.

»Nimm's gelassen, Kumpel.« Sven Winterberg, der neben ihm steht, blinzelt in die Sonne. »Immerhin kann Silja das schöne Wetter genießen. Sie wird dir vielleicht nachher davon erzählen«, fügt er mit einem schiefen Grinsen hinzu.

»Na toll. Von schönem Wetter erzählen ist wie Tütensuppe essen, auf der steht: *mit frischen Tomaten zubereitet*. Der ganz große Genuss.« Stirnrunzelnd betrachtet Bastian den Kollegen, der einen halben Kopf kleiner und im Vergleich zu ihm fast schon zierlich ist. Svens dunkle Locken und sein apartes Gesicht lassen in ihm eher einen Feingeist vermuten als einen taffen Ermittler. »Ich wusste gar nicht, dass du so ein Zyniker bist«, fügt Bastian verstimmt hinzu.

»Bin ich nicht. Hab nur versucht, dich aufzuheitern. Glaub mir, ich wäre jetzt auch lieber mit meinen Kids auf dem Spielplatz.«

»Mette geht noch auf Spielplätze?« Bastian weiß genau, dass Svens Tochter im Sommer dreizehn geworden ist. Es gab eine große Party, zu der auch Silja und er eingeladen waren.

»Das ist im Prinzip natürlich völlig unter ihrer Würde«, gibt Sven augenzwinkernd zu. »Zum Glück liebt sie es aber, ihren kleinen Bruder auf der Schaukel zum Jauchzen zu bringen. Das ist für Mäxchen mit seinen zweieinhalb Jahren natürlich das Größte.«

Bastian muss beim Gedanken an den kleinen Kerl unwillkürlich lächeln. »So ein Nachzügler hat's echt gut. Wird von der ganzen Familie verwöhnt.«

»Leider weiß er das auch genau. Er wickelt uns alle drei locker um den Finger.«

»Selbst Anja? Ich dachte immer, sie schafft das mit der ausgleichenden Gerechtigkeit ganz gut.«

»Tut sie auch. Aber hey, sie war bei Mäxchens Geburt Ende dreißig. Und wir haben beide längst nicht mehr mit einem zweiten Kind gerechnet.«

Während des Gesprächs haben die Kommissare die Tür geschlossen und sich wieder dem dämmrigen Inneren des Gebäudes zugewandt. Sie gehen am Pförtner vorbei und die wenigen Stufen zu dem Tresen hinauf, hinter dem die uniformierten Beamten ihren Dienst verrichten. Eigentlich wollen sie weiter in die erste Etage steigen, wo sich ihre Büroräume befinden, aber einer der uniformierten Kollegen hält sie auf.

»Wartet mal kurz. Ich habe hier einen Sanitäter am Apparat, mit dem ihr besser sprechen solltet.«

»Worum geht's?«, fragt Bastian.

Der Kollege zuckt die Schultern und blickt besorgt. »Hört sich, ehrlich gesagt, ziemlich unappetitlich an.«

»War ja klar, dass da noch was kommt. Wenn das Wochenende schon schlecht angefangen hat, geht's meist auch so weiter«, brummelt Bastian, während er sich über den Tresen beugt und nach dem Hörer greift. »Hauptkommissar Kreuzer hier. Was gibt's?«

Die Stimme am anderen Ende der Leitung klingt belegt, was den Kommissar irritiert. Normalerweise sind die Burschen vom Rettungsdienst ziemlich hartgesotten, und nichts haut sie so schnell aus den Latschen.

»Hier ist gerade ein Mann gestorben, direkt unter unseren Händen sozusagen«, beginnt der Sanitäter mit belegter Stimme. »War ein schwieriger Einsatz. Wir sind in der Kampener Vogelkoje ganz hinten auf dem Deich zum Watt. Konnten nicht mit dem Wagen ranfahren, und der Verletzte hatte schon als wir ankamen kaum noch Puls.«

»Welche Verletzungen?«, erkundigt sich Bastian.

»Stichwunden. Sechs Stück. Überall am Körper.«

»Eine Messerstecherei in der Vogelkoje? Ich wusste nicht, dass irgendwelche Banden jetzt schon Eintritt zahlen, um sich abzustechen«, murmelt Bastian ungläubig.

Doch der Sanitäter lässt sich nicht auf den flapsigen Tonfall ein. »Ich denke, das hier war von langer Hand geplant. Es sieht weniger nach einer Tat im Affekt, sondern eher nach einem kaltblütigen Mord aus. Und es ist ganz sicher ein Fall für die Kripo.«

»Verstehe. Ich hab's auch nicht so gemeint. Wir sind schon unterwegs.« Bastian holt tief Luft, verdreht gottergeben die Augen und verabschiedet sich innerlich von dem Gedanken an einen ruhigen Feierabend. Dann gibt er Sven durch ein Handzeichen zu verstehen, dass er die Autoschlüssel von oben aus dem Büro holen soll. Anschließend wendet er sich wieder seinem Gesprächspartner zu. »Kann ich noch ein paar Einzelheiten haben?«

»Der Verwalter der Vogelkoje hat uns alarmiert. Er hat den Mann kurz nach siebzehn Uhr gefunden. Bei einem Routinekontrollgang. Es sieht so aus, als sei das Opfer sterbend auf der einsamen Bank hier hinten am Watt verlassen worden. Wir haben getan, was wir konnten, aber es war zu spät, wir haben ihn einfach nicht mehr stabil gekriegt. Er hat massenweise Blut verloren, und Abbinden ging auch nicht, die Messer stecken wirklich überall. Ist kein schöner Anblick, echt nicht.« Hörbar erschöpft verstummt der Sanitäter.

»Okay, danke erst mal. Ich bin überzeugt davon, dass ihr Jungs einen guten Job gemacht habt. Wir fahren jetzt los, müssten in spätestens einer Viertelstunde bei euch sein. Dann klären wir den Rest.«

Bei Bastians letzten Worten kommt Sven zurück. Er wirft dem Kollegen seine Jacke zu, hält den Autoschlüssel hoch und läuft gleich weiter zur Tür. »Ich bin auf dem Parkplatz und starte schon mal den Wagen«, ruft er über die Schulter, dann ist er draußen.

Bevor Bastian ihm folgt, wendet er sich noch einmal an die Kollegen hinter dem Tresen. »Sagt einer von euch Dr. Bernstein Bescheid? Und passt auf, dass er euch nicht fernmündlich den Kopf abreißt, wir wissen ja alle, wie sehr unser geschätzter Rechtsmediziner es hasst, am Wochenende gestört zu werden. Die Spurensicherung aus Flensburg fordere ich selbst von unterwegs an.«

Während der Kommissar das Gebäude verlässt, wirft er einen Blick auf seine Armbanduhr. Vor acht werden Leo Blum und die anderen Spurensicherer von der KTU kaum hier sein können. Dann wird es am Watt schon dunkel sein, und sie müssen im Scheinwerferlicht arbeiten. Leise fluchend steigt Bastian zu Sven ins Auto.

»Was ist?«, fragt der Kollege, während er den Wagen startet.

»Ich hasse es, wenn die Leute ausgerechnet am Samstagabend umgebracht werden«, mosert Bastian. »Man sollte dringend auch für Mörder eine Fünftagewoche einführen.«

Samstag, 27. September, 18.00 Uhr, Vogelkoje, Kampen

Als Sven Winterberg die wenigen Treppenstufen zu dem Deich hinaufsteigt, der am östlichen Ende der Vogelkoje die Insel vom Wattenmeer trennt, klingt Glockenläuten durch die Luft. Kurz ist der Kommissar irritiert, doch dann erblickt er jenseits des Wattenmeers im Dunst die Silhouette der Keitumer Severinskirche. Es sind ihre Achtzehn-Uhr-Glocken, die durch die Stille hallen. Und wenige Momente später scheint es dem Kommissar, als lieferten die Glocken nicht zufällig die Hintergrundmusik zu dem schaurigen Bild, das sich ihm bietet.

Der Mann liegt lang ausgestreckt auf der Bank, sein Kopf zeigt zur Lister Seite, die Füße ragen in Richtung Kampen über die Kante hinaus. Zwischen den Holzplanken ist Blut auf den Boden gesickert. Viel Blut. Das Opfer ist blutüberströmt, der Hals, der Unterleib, der Brustkorb, sogar die

Hüfte und eine Hand sind durch die Messerstiche verletzt. Das Schlimmste ist aber die rechte Augenhöhle, in der ebenfalls ein Messer steckt. Die Brutalität der grässlichen Wunden steht in krassem Gegensatz zu der überaus sorgfältigen Kleidung.

Anzug und Weste sind grau mit einem feinen Nadelstreifen, das Button-down-Hemd hat ein lila Karo, dessen Farbe sowohl in dem seidenen Einstecktuch als auch in den Socken wiederkehrt. Die sehr edel aussehenden Schnürschuhe sind aus sandfarbenem Leder. Die Schuhe und die unteren Hosenbeine sind nass, als sei der Mann kürzlich durch Wasser gewatet. Das Gesicht des Toten scheint merkwürdig friedlich, dabei muss er doch eigentlich mit Entsetzen auf die Messerstiche reagiert haben, überlegt Sven. Und während das Keitumer Glockengeläut immer noch übers Watt hallt, beugt sich der Kommissar vorsichtig zu dem noch warmen Körper hinunter, um sich die Stichwunden und die Messer, die sie verursacht haben, näher anzusehen.

»Wenn ich mich nicht ganz täusche, sind das Küchenmesser.« Als Sven Bastians Stimme sehr dicht an seinem Ohr wahrnimmt, zuckt er zusammen. Er war so konzentriert auf den Anblick des Toten, dass er die Schritte des Kollegen überhört haben muss. »Die Griffe haben alle die gleiche Form, dieser handschmeichlerische, aus einem Stück gegossene Edelstahl, der direkt in die Schneiden übergeht.«

»Und die Messer sind unterschiedlich groß, das spricht auch für ein Set«, gibt Sven zurück.

Bastian, der dicht neben ihm steht, deutet auf die Brust des Toten. »Guck mal hier, das Teil sieht eindeutig nach einem richtig fetten Sushimesser aus. Und das da unten«, er zeigt auf die linke Hüfte des Toten, in der ein sehr viel kleineres Messer steckt, »ist wahrscheinlich ein Spick- oder ein Garniermesser.«

»Woher weißt du das alles?«, erkundigt sich Sven irritiert. »Guckst du etwa Kochsendungen?«

»Wo denkst du hin. Höchstens mal in einer Werbepause. Oder wenn Silja darauf besteht«, antwortet Bastian entrüstet.

Sven unterdrückt ein Lächeln. »*Ich* gucke Kochsendungen. Sogar ziemlich gern. Das entspannt mich irgendwie. Anja erklärt natürlich, dass sei typisch für einen Mann, der selten kocht.«

Eine tiefe Stimme in ihrem Rücken reißt die beiden Kommissare aus ihrem Dialog. »Ist doch immer wieder interessant, worüber sich Ermittler an Tatorten so unterhalten. Ich habe ja schon viel erlebt, aber die Nummer mit den Kochsendungen ist selbst für mich neu.«

»Ach, hallo, Dr. Bernstein!« Bastian fängt sich als Erster. »Sie sind aber schnell gewesen.«

»Soll ich wieder gehen, damit Sie beide in Ruhe weiter fachsimpeln können?«

Sven bringt ein trockenes Lachen heraus und wendet sich zu dem Rechtsmediziner um. Bernstein trägt wie üblich eine abgewetzte Cordhose und ein Paar seiner geliebten Halbschuhe mit den dicken Kreppsohlen, die vermutlich dafür gesorgt haben, dass beide Kommissare seine Schritte überhört haben. In versöhnlichem Tonfall sagt Sven: »Sie wissen doch, wie das ist. Je grauslicher die Tat, desto schwärzer der Humor.«

»Ich persönlich kann Kochsendungen nicht besonders schwarzhumorig finden«, murmelt Bernstein verstimmt und beugt sich über den Toten.

Eine ganze Weile lang sagt niemand ein Wort. Sven weiß

genau, wie sehr der Rechtsmediziner es hasst, wenn man ihm irgendwelche Befunde entlocken will, bevor er selbst so weit ist, sich zu äußern. Und auch Bastian hält sich an die Regeln. Es ist völlig still am Watt, die Kirchturmglocken sind verklungen, nur gelegentliche Schreie der Wasservögel sind zu hören.

Der Rechtsmediziner inspiziert zunächst die Hände des Toten. Besondere Aufmerksamkeit widmet er den wohlmanikürten Fingernägeln. »Gewehrt hat der sich schon mal nicht«, murmelt er und geht anschließend seufzend in die Knie, während er sich mit einer Hand das Kreuz hält. Dann lässt er sich auf alle viere hinab und mustert die Blutlachen unterhalb der Bank aufmerksam. Stöhnend richtet Bernstein sich schließlich wieder auf.

»Dachte ich mir's doch«, erklärt er befriedigt, um anschließend zu verstummen. Auffordernd blickt er die Kommissare an.

»Und was genau dachten Sie sich?«, erkundigt sich Sven folgsam.

»Der Fundort ist auch der Tatort. Und auch die Reihenfolge der Stiche ist eindeutig. Genau wie ich erwartet habe.«

»Das müssen Sie erklären.« Bastians Stimme ist deutlich ungeduldiger als die seines Kollegen.

»Zuerst wurde in den Hals gestochen«, sagt der Rechtsmediziner mit Missbilligung in der Stimme. »Das sehen Sie schon an der riesigen Blutlache da unten.«

»Okay, ist ja auch logisch, dass ich zuerst eine lebenswichtige Stelle wähle, wenn ich jemanden umbringen will«, antwortet Bastian mürrisch.

»Nicht so schnell«, weist ihn Bernstein zurecht. »Denn schauen Sie mal die Brustwunde an. Die ist keinesfalls als

Nächstes dran gewesen. Da hat das Opfer schon viel weniger geblutet. Es muss also Zeit zwischendurch vergangen sein, in der einiges an Blut aus der Halswunde austreten konnte. Vermutlich wurde als Zweites die Hand durchbohrt.«

»Warum die Hand? Es könnte doch auch der Unterleib oder die Hüfte gewesen sein«, wendet Bastian verwundert ein. »Da gibt es auch nicht besonders viel Blut.«

»Meinen Sie das ernst? Die Reihenfolge liegt doch auf der Hand, um auch mal einen dummen Witz zu machen.«

Sven, der spürt, dass die Stimmung kurz vorm Kippen ist, will verhindern, dass Bernstein gar nichts mehr sagt. Also wagt er eine Hypothese. »Vielleicht wurde die Hand gewählt, damit sich das Opfer nicht mehr wehren konnte.«

»Hat es sowieso nicht getan, aus welchen Gründen auch immer. Habe ich das nicht gerade schon erwähnt?« Bernsteins Blick ist abschätzig, sein Schulterzucken drückt deutliche Herablassung aus.

Sven kann sehen, dass Bastian kurz davor ist, die Geduld zu verlieren. Schnell sagt er: »Wir kommen nicht drauf, also erklären Sie es uns doch bitte.«

»Gern.« Bernsteins Blick ist unverhohlen triumphierend. »Augenscheinlich haben wir es hier mit einem bestens alphabetisierten Mörder zu tun.«

»Hä?« Bastian schüttelt ungeduldig den Kopf. »Ich verstehe nur Bahnhof.«

»Das ist doch wohl offensichtlich«, lässt sich Bernstein endlich zu einer Erläuterung herab. »Unser Mörder hat nicht willkürlich irgendwohin gestochen. Im Gegenteil. Er scheint ein Buchstabenfetischist zu sein. Und das H hat es ihm offenbar besonders angetan.«

»Hals, Hand und Hüfte, okay«, überlegt Sven. »Aber was

ist mit dem Auge, der Brust und dem, nun ja, dem Penis.« Der Kommissar deutet auf die grässlichste aller Einstichstellen genau zwischen den Beinen des Toten.

»Seien Sie doch nicht so phantasiearm«, tadelt ihn Bernstein prompt. »Wenn Sie Auge, Brust und Penis durch Hirn, Herz und Hoden ersetzen, dann haben Sie die komplette Botschaft.«

Es folgt ein längeres Schweigen, in dem die Kommissare das Gesagte erst einmal verdauen müssen. Schließlich ergreift Bastian noch einmal das Wort. »Okay, ein H-Fetischist. Warum auch nicht? Ist mal was anderes. Aber weshalb leiten Sie daraus eine Reihenfolge der Einstichstellen ab?«

»Ganz einfach. Unser Mörder tötet komplett nach dem Alphabet. Erst sticht er in den Hals, das sehen wir an der ausgedehnten Blutung. Dann in die Hand, währenddessen blutet es aus dem Hals fröhlich weiter. Und als der Mörder danach ins Herz sticht, ist der Druck schon um einiges abgefallen.« Bernstein deutet auf den Boden unterhalb des Brustkorbes des Toten. »Hier ist deutlich weniger Blut zu sehen, als man eigentlich erwarten dürfte.«

»Er könnte auch als Zweites in die Hüfte gestochen haben. Oder in den Unterleib«, wirft Bastian ein.

»Wohl kaum. Erst als Viertes folgt das Hirn, das man durchs Auge ganz gut erreichen kann, wenn man halb schräg nach oben zielt. Danach der Hoden und schließlich die Hüfte.«

»Warum sind Sie sich da so sicher?«

Bernstein verdreht die Augen, als habe er zwei besonders begriffsstutzige Exemplare der Gattung Kriminalkommissar vor sich, und antwortet mit nur mühsam unterdrückter Ungeduld. »Auch die zweiten Buchstaben der Worte sind nach dem Alphabet geordnet. Im Lexikon der Körperteile würden Sie das alles fein säuberlich hintereinander aufgeführt finden, meinen Sie nicht?«

Bastian denkt kurz nach. »Doch, schon«, muss er dann zugeben.

»Kann es sein, dass sich so etwas wie eine Botschaft in den Buchstaben versteckt?«, fragt Sven.

»Finden Sie es raus«, ist die wenig hilfreiche Antwort des Rechtsmediziners.

»Zunächst sollten wir herausfinden, um wen es sich überhaupt handelt. Gekleidet ist er schon mal nicht wie ein durchschnittlicher Badegast. Ich kann nur hoffen, dass wir hier nicht irgendeinen Promi vor uns haben«, meint Bastian leise.

Vorsichtig tastet Bernstein die Taschen des Opfers ab. »Kein Handy, keine Papiere. Aber ein Schlüssel, immerhin.«

Der Rechtsmediziner reicht Bastian den schlichten Sicherheitsschlüssel, an dem mit einer Kordel ein hölzernes Seepferdchen befestigt ist. Der Kommissar dreht Schlüssel und Anhänger ratlos zwischen den Fingern.

»Das hilft uns leider nicht weiter«, grummelt er schließlich. »Der Schlüssel könnte zu einem Ferienhaus ebenso passen wie zu einem Hotelzimmer. Ohne Adresse oder Hotelnamen ist das Teil für uns wertlos. Wir werden also auf eine Vermisstenmeldung warten müssen.«

»Was dauern kann«, wirft Sven ein. »Der Typ sieht nicht gerade so aus, als sei er schon seit Tagen unterwegs. Außerdem frage ich mich, wie er überhaupt hierhergekommen ist? Hat der Verwalter der Vogelkoje dazu irgendetwas gesagt? Du hast doch vorhin mit ihm geredet.«

Der Hauptkommissar blickt sich suchend um, kann Ludger Voigt aber nirgends entdecken. »Es gab wenig Gäste heute Nachmittag, wohl nur drei oder vier, meinte er. Und es war ganz sicher niemand so Piekfeines dabei.«

»Er hat aber den ganzen Nachmittag vorn am Eingang an der Kasse gesessen?«

»Angeblich ja.«

»Dann muss unser Toter durchs Wasser gekommen sein. Das passt auch zu den nassen Hosenbeinen«, schlussfolgert Sven.

»Ich werde im Zuge der Obduktion prüfen, ob es sich um Salzwasser handelt«, unterbricht Bernstein die beiden Kommissare. »Aber zunächst möchte ich Sie noch auf ein weiteres interessantes Detail hinweisen.«

»Immer gern.«

»Die Messer«, beginnt Bernstein zögernd. »Ich weiß ja, dass Sie beide sich vorhin schon über Ihre Kochkenntnisse ausgetauscht haben. Vielleicht renne ich also offene Türen ein.«

»Machen Sie es nicht so spannend«, fordert Bastian ungeduldig.

Bernstein scheint sich ein Lächeln zu verkneifen, als er fortfährt. »Es handelt sich hier um absolute Profimesser, daran besteht gar kein Zweifel. Die Verarbeitung ist hervorragend und das Design vom Feinsten. So ein Set kostet locker ab sechshundert Euro aufwärts und wird vermutlich nur von Leuten gekauft, die das Ganze auch von der Steuer absetzen können. Also Menschen, die mit dem Kochen Geld verdienen. Allenfalls noch von Leuten, deren Leidenschaft das Kochen ist.«

Jetzt ist Sven baff. »Woher wissen Sie das so genau?«

»Ich bin passionierter Hobbykoch«, antwortet der Rechtsmediziner trocken. »Bei mir in der Küche steht das gleiche Set.«

»Nicht Ihr Ernst«, bringt jetzt auch Bastian heraus.

»Das haben Sie mir wohl nicht zugetraut, was?«

»Äh, wieso, nein. Ich habe nur nicht damit gerechnet«, versucht Bastian sich herauszureden.

»Schon gut. Vielleicht lade ich Sie demnächst mal zum Essen ein. Das könnte unter Umständen ganz interessant werden«, nuschelt Dr. Bernstein amüsiert, während er sich wieder der vor ihm liegenden Leiche zuwendet.

Samstag, 27. September, 18.38 Uhr, Weststrand, Westerland

So liebt Silja die Insel!

Es ist angenehm warm, ein leichter Wind streicht über ihre Haut und kräuselt das glänzende Wasser, strahlend steht die Sonne am Himmel, und die Menschen um sie herum wirken entspannt und glücklich.

Die Kommissarin schlendert die Westerländer Strandpromenade entlang, fast ist sie schon an deren nördlichem Ende angekommen. Hier ist vom Trubel, der im Zentrum der Inselhauptstadt herrscht, nicht mehr viel zu spüren. Die Surf-Aficionados halten sich ohnehin in der Nähe des Hauptstrandes auf, wo die Ausscheidungen stattfinden und die Reporter aus aller Welt ihre Lager aufgeschlagen haben. Dort sind Strandpromenade und Strand gesäumt von Zelten und Buden, dort wird gefachsimpelt und gefeiert.

Soweit Silja weiß, sind für morgen früh jede Menge Wettkämpfe angesetzt, schließlich will man den verlorenen Tag aufholen, und der Wind soll in der kommenden Nacht auch auffrischen. Nach dem Frühstück werden Bastian und sie ganz sicher zum World-Cup-Bereich spazieren und den Profis bei ihren halsbrecherischen Manövern zuschauen. In der letzten Saison hat Silja sogar einige der Fachbegriffe gelernt, sie aber inzwischen längst wieder vergessen. Was sie aber nicht vergessen hat, ist der Anblick der waghalsigen Loops und Sprünge, bei denen die Surfer die Kraft von Wind und Wellen nutzen, um sich in die Luft schleudern zu lassen, sich dort oben einmal oder sogar mehrmals zu drehen, um anschließend wieder auf ihrem Brett zu landen und einfach weiterzusurfen, als sei das Ganze nichts weiter als ein großer Spaß. Oft halten die Profis dabei das Segel mit nur einer Hand fest, so dass es tatsächlich wirkt, als seien die gewagten Figuren das Einfachste auf der Welt.

Und während bei den deutschen Meisterschaften im Juli die Insel noch voller Sommergäste ist und das Publikum am Hauptstrand entsprechend, zieht der World Cup im September ein ganz anderes Völkchen an. Die Leute sind internationaler und hipper, und manchmal reicht es Silja schon, dem aufgekratzten Jungvolk, das aus der halben Welt angereist ist, in die Gesichter zu schauen, um sofort gute Laune zu bekommen.

Doch heute waren der Kommissarin nach einer Weile das vielsprachige Stimmengewirr, die lauten Beats aus den Boxen und das Gedränge auf der Promenade zu viel, so dass sie nordwärts gewandert ist. Außerdem liegt Bastians und ihre gemeinsame Wohnung im Norden von Westerland, so dass es sich gewissermaßen um ihren Heimweg handelt, auch wenn Silja noch lange nicht bereit ist, sich von Sonne, Wind und Wellen zu trennen. Statt also ins Inselinnere abzubiegen, zieht sie sich kurz entschlossen Schuhe und Strümpfe aus und steigt die Stufen zum Strand hinab.

Der Sand ist trotz des guten Wetters kühl und ziemlich feucht, was die Kommissarin aber nicht davon abhält, bis hinunter ans Wasser zu gehen. Auch hier sind die Temperaturen gewöhnungsbedürftig, in die Wellen springen würde Silja jetzt ganz bestimmt nicht mehr. Trotzdem sieht sie es als Geschenk, dass sie an der Schwelle zum Oktober noch einmal einen solch perfekten Spätsommertag genießen kann.

Die Sonne steht schon ziemlich tief am Horizont, Silja weiß, dass sie in einer halben Stunde untergehen wird, aber gerade jetzt ist das Licht zauberhaft.

Ich lebe auf der schönsten aller Inseln zusammen mit dem Mann, den ich liebe. Silja atmet tief durch, genießt die prickelnde Luft und gibt sich dankbar dem Glücksgefühl hin, das sie durchflutet, als das Klingeln ihres Handys ertönt. *Das ist wahrscheinlich Bastian, der endlich das Verhör mit dem Dealer hinter sich gebracht hat und nun unser gemeinsames Samstagabendprogramm besprechen will.*

Ein Blick aufs Display bestätigt Siljas Vermutung, jedenfalls, was den Anrufer betrifft.

»Hi, bist du endlich fertig?«, begrüßt die Kommissarin ihren Liebsten.

»Ganz im Gegenteil. Es fängt gerade erst an.«

»Was meinst du?«

Einige Minuten lang lauscht Silja schweigend Bastians Ausführungen über den Leichenfund am Watt. Dann beschleicht sie plötzlich ein Verdacht.

»Sag mal, wisst ihr schon, um wen es sich bei dem Toten handelt?«

»Absolut nicht. Er trägt keine Papiere bei sich und hat auch sonst nichts, was Auskunft über seine Identität geben könnte. Kein Handy, keinen Führerschein, keine Kreditkarte, einfach nichts. Allerdings ist er ziemlich ungewöhnlich bekleidet, jedenfalls für einen Ausflug zur Vogelkoje. Er trägt einen Dreiteiler und Schuhe, die so nobel sind, dass sie vermutlich direkt aus London stammen. Ich habe schon überlegt, ob er vielleicht zum Abendessen da vorn im Vogelkoje-Restaurant verabredet war«, erklärt Bastian, wird aber von Silja unterbrochen.

»Ich muss ganz kurz ins Internet, dann schicke ich dir ein Foto, okay? Vielleicht hilft das weiter.«

»Süße, du sprichst in Rätseln. Bist du jetzt unter die Hellseherinnen gegangen, oder was?«

»Schön wär's«, lacht Silja. »Aber nein. Ich hatte vorhin, als ich das Kommissariat verlassen wollte und ihr noch in der Vernehmung wart, eine kurze Begegnung mit einer Dame, die einen Literaturkritiker als vermisst melden wollte. Der Mann war erst wenige Stunden vorher verschwunden, so dass ich sie vertröstet habe. Aber ich habe mir seinen Namen und seine Handynummer geben lassen. Da wird sich im Netz schon ein Bild finden.«

»Du bist unglaublich, echt jetzt mal.« Aus Bastians Stimme spricht die reine Bewunderung.

»Keine Vorschusslorbeeren bitte, ich melde mich gleich wieder«, antwortet Silja ernst und unterbricht die Verbindung. Als sie die ersten Fotos des Kritikers Konrad Otze aufruft, ist ihr eigentlich schon klar, dass ihre Suche ein Volltreffer war. Der Mann trägt fast ausnahmslos Anzug und Einstecktuch und entspricht auch sonst verstörend genau Bastians Beschreibung.

Silja mailt drei der Fotos und muss anschließend keine zwei Sekunden warten, bis ihre Vermutung sich bestätigt. Die SMS von Bastian ist kurz und knackig.

Er ist es. Wer war die Dame, die ihn als vermisst gemeldet hat, und wo können wir sie treffen?

Samstag, 27. September, 19.05 Uhr, Westerheide, List

Unruhig steht Melinda Jakobsen vor dem Terrassenfenster ihres Hauses und beobachtet den Sonnenuntergang. Das Haus thront hoch oben auf einer Hügelkuppe, so dass Melindas Blick weit über die Heidelandschaft nach Westen schweifen kann. Sie sieht die Verbindungsstraße zwischen Kampen und List ebenso wie die große helle Wanderdüne, die alle paar Jahre umgesetzt werden muss, weil sie sonst die Straße unter sich begraben würde. Normalerweise beruhigt sie das Schauspiel der untergehenden Sonne, es erdet sie und gibt ihr Kraft. Doch heute kann nichts ihre Unruhe besänftigen. Immer wieder denkt sie über das Intermezzo bei der Polizei nach. Hat sie alles richtig gemacht? Hätte sie drängender auftreten sollen? Melinda weiß es nicht. Und diese Unsicherheit macht ihr Angst.

Beinahe hätte sie sogar das abendliche Dinner unter einem Vorwand abgesagt, aber Beat Tiedjens, der Programmchef des Senders, in dem ihre Talkshow läuft, ist ein vielbeschäftigter Mann, den niemand einfach so versetzt.

Nervös blickt Melinda auf ihre Rolex. Kurz nach sieben, höchste Zeit also für eine Auffrischung des Make-ups und einen schnellen Garderobenwechsel. Um acht sind sie in der Sansibar verabredet, und einen Beat Tiedjens lässt selbst eine Melinda Jakobsen nicht warten.

Als Melinda gerade den Blazer im Businesslook gegen

eine etwas farbenfrohere Variante ausgetauscht hat, klingelt ihr privates Handy. Aber wo ist das verdammte Ding bloß? Sie stürzt aus dem Schlafzimmer und scannt im Laufen das Mobiliar. Der Couchtisch ist bis auf ein paar Coffee Table Books leer, in der Diele liegt das Handy auch nicht, und im Gästebad war sie seit ihrer Rückkehr gar nicht. Aber sie hat alle drei Handys doch gleich nach ihrer Ankunft aus der Tasche genommen, um ihre Mails zu checken.

Der neue Schreibtisch fällt ihr ein. Es ist ein antikes Stück aus Wurzelholz, viel zu zierlich, um wirklich daran zu arbeiten. Sie hat den Sekretär erst kürzlich auf einer Antiquitätenmesse erworben, und er passt perfekt in die Nische unter der Schräge in ihrem Schlafzimmer. Nur hat sie sich offenbar noch nicht daran gewöhnt, dass sie darauf auch Dinge ablegt. Also zurück ins Schlafzimmer, wo sich tatsächlich alle drei Handys auf der Schreibtischplatte finden.

Inzwischen ist das Klingeln verstummt. Melinda checkt die Liste. Der Anrufer ist offensichtlich nicht in ihren Kontakten, und die Nummer sagt ihr auch nichts. Sie blickt noch einmal auf die Rolex, fast halb acht, und das Taxi braucht von List nach Rantum mindestens zwanzig Minuten, eher länger. Trotzdem ruft Melinda zurück. Noch mehr Unsicherheit ist das Letzte, was sie jetzt ertragen kann. Im übrigen ist sie außerordentlich versiert darin, Anrufer knapp abzufertigen.

Doch bereits bei den ersten Worten ahnt Melinda, dass dieses Telefonat länger dauern wird.

»Silja Blanck, Kripo Westerland. Hallo, Frau Jakobsen, danke dass Sie so schnell zurückrufen.«

»Hat sich etwas Neues wegen Konrad Otze ergeben?«

»Leider ja.«

Melinda hält die Luft an. Sie hat das bisher immer für eine

dämliche Redensart gehalten, denn niemand wird ja wohl im Ernst erwarten, dass die Welt stehenbleibt, nur weil man selbst nicht weiteratmet. Doch genau das hofft sie jetzt.

Selbstverständlich erfüllt sich ihre Hoffnung nicht.

»Frau Jakobsen, sind Sie noch dran?«

»Ja. Ja, natürlich.«

Einatmen, ausatmen, einatmen. Die Ruhe bewahren.

»Frau Jakobsen, es tut mir leid, Ihnen das am Telefon sagen zu müssen, aber wir haben Herrn Otze gefunden. Er ist tot, leider.«

»Was?«

Einatmen, ausatmen, einatmen.

»Sie können sich sicher vorstellen, dass eine ausführliche Aussage von Ihnen nun von enormer Wichtigkeit für uns ist. Wir möchten daher schnellstmöglich mit Ihnen reden.«

»Das wird nicht gehen, ich bin verabredet.«

»Dann muss ich Sie bitten, die Verabredung zu verschieben.«

»Unmöglich.« Melinda hat sich so weit beruhigt, dass sie wieder zu einer normalen Interaktion fähig ist, das heißt: priorisieren und abwimmeln. »Beat Tiedjens erwartet mich in zwanzig Minuten in der Sansibar.« Als keine Reaktion von der Kommissarin kommt, setzt Melinda hinzu: »Sie wissen doch, wer Beat Tiedjens ist, oder?«

»Und wenn er der Papst persönlich wäre, er wird leider warten müssen. Wo halten Sie sich gerade auf, Frau Jakobsen?«

»Ich bin zu Hause. Also hier, in meinem Ferienhaus in List. Aber, wie ich schon sagte, es ist ganz unmöglich, die Verabredung zu canceln.«

»Bitte lassen Sie das unsere Sorge sein. Sagen Sie diesem

Herrn Tiedgen kurz Bescheid, dass Sie sich etwas verspäten. Das wird er schon überleben. Und dann geben Sie mir Ihre Adresse, wir sind so schnell wie möglich bei Ihnen.«

»Tiedjens, er heißt Tiedjens«, wendet Melinda entrüstet ein. Der Gedanke, dass es Menschen gibt, die den prominenten Intendanten nicht kennen, übersteigt ihre Vorstellungskraft.

»Wie Sie meinen. Wichtig ist nur, dass wir so schnell wie möglich mit Ihnen sprechen können. Wir können sehr gern im Wagen reden. Wenn Sie möchten, fahren wir Sie währenddessen runter nach Rantum. Wie klingt das?«

Melinda spürt, wie ihre Widerstandskräfte schwinden. Alles ist plötzlich ein wenig zu viel für sie.

»Ja, okay«, antwortet sie matt. Und dann muss sie sich erst einmal hinsetzen.

Samstag, 27. September, 20.12 Uhr, Parkplatz Sansibar, Rantum

Bastian Kreuzer steuert den Wagen bis an die Dünenkante, bremst und schaltet dann den Motor ab. »Vielen Dank erst mal für die ausführliche Schilderung dieses Literaturcolloquiums«, fasst der Kommissar die bisherige Unterhaltung zusammen. »Sie müssen verstehen, dass es enorm wichtig für uns ist, zu wissen, mit wem Konrad Otze die letzten Tage seines Lebens verbracht hat.«

»Aber niemand von den Teilnehmerinnen und Teilnehmern ist ein Mörder«, entgegnet Melinda Jakobsen entrüstet. »Oder eine Mörderin«, fügt sie leise hinzu.

»Das haben wir auch gar nicht behauptet. Allerdings verfügen einige von ihnen über eine gute Kenntnis der Insel, und der Mörder – oder die Mörderin – hat sich eine ausgesprochen abgelegene Stelle für die Tat ausgesucht. Und zusätzlich muss man auch erst einmal wissen, wo und wann sich Herr Otze auf der Insel aufgehalten hat.«

»Sie haben mir immer noch nicht gesagt, wo genau Konrad Otze umgebracht worden ist«, beschwert sich die Moderatorin. »Und ich war doch nun wirklich überaus kooperativ.«

»Dafür sind wir Ihnen auch sehr dankbar, Frau Jakobsen. Trotzdem müssen Sie Verständnis dafür haben, dass wir die Umstände des Mordes zunächst für uns behalten. Übrigens auch die Art, wie Herr Otze zu Tode gekommen ist, auch wenn Sie bisher gar nicht danach gefragt haben.«

»Ich habe was?«, empört sich Melinda Jakobsen. »Na hören Sie mal, Sie bombardieren mich mit allen möglichen Fragen, sowie ich Ihren Wagen besteige, und hinterher beschweren Sie sich darüber, dass ich nicht zu Wort gekommen bin.«

»Bitte beruhigen Sie sich«, mischt sich Silja von der Rückbank aus ein. Die Kommissarin hat sich während der gesamten Fahrt zurückgehalten und Bastian das Feld überlassen. Aber nun beschließt sie, die Schraube noch ein wenig enger zu drehen. »Wir sind Ihnen überaus dankbar, vor allem für die schonungslose Einschätzung der Teilnehmer Ihres Colloquiums. Und Sie dürfen auch gleich zu Ihrem Date gehen, ich möchte nur noch …«

»Es ist kein *Date*, es ist ein Geschäftsessen«, korrigiert Melinda Jakobsen sie sofort.

Silja kann im Rückspiegel sehen, wie Bastian die Augen verdreht. Sie wissen beide, was ein Abendessen in der Sansibar kostet und dass für dieses Abendessen – wie sicher für viele andere auch – die Steuerzahler aufkommen werden. Aber das ist im Moment ihr geringstes Problem.

»Frau Jakobsen, wenn ich Sie recht verstanden habe, war Konrad Otze ein ziemlich erbarmungsloser Kritiker, der gern kräftig ausgeteilt hat«, setzt Silja noch einmal an.

»Er konnte schon sehr direkt sein, das ist richtig«, antwortet die Jakobsen vorsichtig.

»Und in der letzten Woche haben sowohl Fred Hübner, der für uns im übrigen kein Unbekannter ist, als auch die Bestsellerautorin Saskia Grothe durchaus Anlass gehabt, sich narzisstisch gekränkt zu fühlen«, fährt Silja fort.

»Wenn Sie das so ausdrücken wollen«, ist die schmallippige Antwort.

»Andere Animositäten haben Sie aber nicht beobachten können?«

Unwillkürlich muss Silja noch einmal in den Spiegel blicken. Bastian, der schon bei dem Wort *narzisstisch* die Stirn gerunzelt hat, reagiert auch auf *Animositäten* mit leichtem Kopfschütteln. Aber Silja weiß genau, was sie tut. Es geht darum, Augenhöhe herzustellen. Unbedingt möchte die Kommissarin vermeiden, dass die Moderatorin glaubt, sie könne ihnen beiden etwas vormachen, weil sie auf dem ihr ureigensten Gebiet, nämlich dem der Sprache, überlegen ist.

»Animositäten?«, wiederholt die Jakobsen dann auch nachdenklich. »Nein, eigentlich nicht. Enard Gastmann hat Herrn Otze vielleicht ein wenig zu sehr angehimmelt, aber das ist ja nun wirklich kein Mordmotiv.«

»Kommt drauf an. Wie hat Herr Otze denn auf dieses Angehimmeltwerden reagiert?«

Melinda Jakobsen zuckt die Schultern. »Er hat es weitgehend ignoriert. Dabei schätzt er Gastmanns Literatur über alle Maßen, das weiß jeder.«

»Weiß das auch dieser Gastmann selbst?«

»Aber sicher. Er verdankt Otze diverse Preise, ohne die er sich wohl kaum finanziell hätte über Wasser halten können. Merkwürdigerweise haben sich die beiden vorher nie persönlich getroffen.«

»Oh, das ist interessant. Könnte man also sagen, dass Herr Otze von der Person Gastmann irgendwie enttäuscht war, sosehr er dessen Arbeiten auch geschätzt hat?«

»Das werden wir vermutlich nie erfahren«, antwortet die Jakobsen schnippisch. »Schließlich ist er tot, oder?«

»Vielleicht kann uns Herr Gastmann ja weiterhelfen.«

»Woher soll ich das wissen?«, entgegnet die Moderatorin abwehrend. Es ist überdeutlich, dass sie nur noch raus will und nichts Zielführendes mehr aussagen wird.

»Wir werden Herrn Gastmann selbstverständlich so schnell wie möglich befragen. Und alle anderen Teilnehmer des Colloquiums auch. Sicher haben Sie sämtliche Kontaktdaten. Die bräuchten wir natürlich.«

Melinda Jakobsen zögert nur kurz, dann holt sie ihr Handy aus der Tasche und öffnet eine Datei. »Ich maile Ihnen die Teilnehmerliste. Da finden Sie alles Nötige.«

»Wunderbar. Am besten Sie schicken mir das gleich über AirDrop.«

»*Siljas Handy*?«, fragt die Moderatorin stirnrunzelnd.

»Jepp. Danke. Ist angekommen.«

»Kann ich jetzt gehen?«

»Eines noch«, wendet Bastian ein. »Es wäre überaus hilfreich, wenn Sie das Vorgefallene für sich behalten würden.«

»Das ist nicht Ihr Ernst. Sie wollen einen Mord verschweigen?« Die Jakobsen mustert den Hauptkommissar mit einem entrüsteten Blick.

»Nein, natürlich nicht«, antwortet er ruhig. »Aber wir wollen den Täter finden, und dafür wäre es nicht schlecht, wenn zunächst so wenig Menschen wie möglich vorgewarnt werden würden.«

»Also gut«, seufzt die Moderatorin, »vierundzwanzig Stunden, okay? Danach garantiere ich für nichts.«

»Das kann ich mir vorstellen«, gibt Bastian schärfer als nötig zurück.

»War's das jetzt?« Die Jakobsen wirft ihr Handy zurück in die Designertasche und öffnet die Wagentür.

»Für Sie erst mal schon, für uns noch lange nicht«, grummelt Bastian, aber da hat die Jakobsen bereits das Auto verlassen und hastet über den Parkplatz ihrer Verabredung entgegen.

Samstag, 27. September, 20.49 Uhr, Braderuper Weg, Kampen

»Kommt rein, ihr beiden«, begrüßt Sven Winterberg seine Kollegen. Die drei Kommissare arbeiten seit Jahren so eng zusammen, dass sich längst auch eine private Freundschaft ergeben hat. Und weil Sven heute Abend auf seine Kinder aufpassen muss, haben sie die anstehende Besprechung kurzerhand zu ihm nach Hause verlegt.

»Wollen wir ins Wohnzimmer an den Esstisch, da schreibt es sich besser«, bietet Sven an.

»Nö, lieber gleich in eure Küche. Ist viel gemütlicher«, sagt Bastian und steuert den Raum an.

»Wo ist Anja?«, will Silja wissen, als sie sich an den Küchentisch setzen. »Verbringt ihr den Samstagabend nicht gemeinsam?«

»Ihre Freundin aus der Grundschule ist gerade auf der Insel. Margarete. Deren Mutter ist gestorben und wird morgen beerdigt. Margarete lebt seit Jahren in Rom, wir wollten sie immer mal besuchen, hat aber nie geklappt. Und jetzt hat sich Anja kurzfristig mit ihr für den Abend verabreden können. Wollt ihr Tee, Wasser, Wein? Du ein Bier, Bastian?«

»Später, danke. Erst mal ein Wasser, wenn's geht. Mir brummt jetzt schon der Kopf wegen des neuen Falls.«

»So schlimm?«

»Schlimmer«, stöhnt Bastian, während Sven eine Selterflasche und Gläser auf den Tisch stellt und anschließend einen Teller mit Trauben und Käsewürfeln aus dem Kühlschrank holt.

»Ich wusste nicht, ob ihr schon gegessen habt. Es gibt auch noch Kürbissuppe, die habe ich vorhin für die Lütten gekocht.«

»Käse ist super, danke«, will Silja abwehren, aber Bastian richtet bereits einen verlangenden Blick auf den Herd.

»Wenn's dir nichts ausmacht.«

»Dachte ich's mir doch.« Sven schaltet die Platte unter dem Suppentopf an und setzt sich dann zu den Kollegen an den Tisch. »Dauert noch ein bisschen, bis die wieder heiß ist. Inzwischen könnt ihr berichten.«

»Über den Zustand des Opfers muss ich ja weiter nichts sagen, du hast es mit eigenen Augen gesehen, und Silja weiß auch schon Bescheid«, beginnt Bastian. »Was du aber nicht weißt, ist, dass der Typ prominent war.«

»Ihr kennt also den Namen?«

Bastian nickt. »Konrad Otze, seines Zeichens einer der einflussreichsten Literaturkritiker in diesem Land. Dir ist klar, was das für uns bedeutet?«

»Medienrummel ohne Ende«, seufzt Sven. »Hast du schon mit der Staatsanwältin gesprochen?«

»Vorhin im Wagen, allerdings nur kurz. Nach der Obduktion und den ersten Vernehmungen berichte ich ausführlich nach Flensburg. Also schätzungsweise morgen Mittag. Und davor graut es mir jetzt schon. Die Bispingen wird sicher noch mehr Druck machen als sonst.«

»Wie kommst du darauf?«

Bastian erläutert kurz, was es mit dem Literaturcolloquium auf sich hatte und wer dabei war. Er schließt mit den resignierten Worten: »Es ist also durchaus möglich, dass Fred Hübner in den Fall verwickelt ist.«

»Nee, oder?« Sven denkt kurz nach, dann seufzt er: »Der Ex-Lover unserer Staatsanwältin. Ausgerechnet. Oder hat sich deren Beziehungsstatus inzwischen geändert?«

»Woher soll ich das wissen? Seit dem letzten großen Fall, als die drei Frauen so brutal umgekommen sind, habe ich mit Elsbeth von Bispingen wenig und mit Fred Hübner gar nichts zu tun gehabt. Und ehrlich mal, gefehlt hat mir dabei nichts.«

»Okay, ihr beiden, das ist jetzt aber echt nicht unser Hauptproblem«, unterbricht Silja die Kollegen. Sie zieht einen vollgeschriebenen Zettel aus der Tasche und streicht ihn auf der Tischplatte glatt. »Ich habe vorhin kurz gebrainstormt und die nächsten Schritte skizziert. Wollt ihr hören?«

»*Gebrainstormt*«, mosert Bastian. »*Nachgedacht* hätte es auch getan.«

»Schieß los«, sagt Sven.

»Die Suppe kocht über«, bemerkt Bastian trocken.

»Mist.« Sven springt auf, schaltet den Herd aus und holt zwei Teller aus dem Schrank. Während er beide füllt, beginnt Silja zu berichten.

»Also erstens: Der zu erwartende Medienrummel muss irgendwie kanalisiert werden. Zum Glück ist der Fundort der Leiche so abgelegen, dass bisher niemand von der Presse Wind von dem Mord bekommen hat. Wir sollten sehen, dass das auch so lange wie möglich so bleibt.«

»Meinst du, der Verwalter von der Vogelkoje hält den Mund? Und was ist mit den beiden Sanitätern, die vor Ort waren?«, fragt Sven, während er die Suppenteller auf den Tisch stellt.

»Die wissen alle nicht, wer der Tote war. Noch nicht. Wir haben schließlich keine Papiere gefunden.« Bastian zieht sich einen der Teller heran und schnuppert. »Riecht köstlich.«

»Und woher kennt ihr dann die Identität des Opfers?«

»Am späten Nachmittag hat ihn eine Dame auf der Wache als vermisst gemeldet. Melinda Jakobsen.«

»*Die* Melinda Jakobsen?«, fragt Sven alarmiert.

»Exakt die. Wir haben gerade länger mit ihr gesprochen, und sie hat uns zugesichert, wenigstens in den nächsten vierundzwanzig Stunden die Klappe zu halten.« Während Bastian sich die Suppe schmecken lässt, erklärt Silja, was sie über das Colloquium in der vergangenen Woche erfahren haben.

»Wir sollten also so schnell wie möglich mit allen Teilnehmern reden. Am besten noch heute Nacht, bevor die sich absprechen können«, fügt Bastian hinzu.

»Warum sollten sie?«, will Sven wissen.

»Es waren sieben Figuren bei diesem Colloquium. Otze mitgerechnet. Ohne ihn waren sie also zu sechst. Außer der Moderatorin alles Autoren, die möglicherweise eine ziemliche

Wut auf den Kritiker haben. Und damit auch ein Motiv. Du hast ja gehört, was Bernstein gesagt hat. Der oder die Mörder hat oder haben einen Bezug zu Buchstaben und Worten – oder zum Alphabet generell.«

»Findest du diese These nicht auch ziemlich irritierend? Ich meine, wer kommt denn auf so was?«

»Wenn du mich fragst, ist das total absurd. Aber hey, was weiß ich schon darüber, wie Schriftsteller ticken? Vielleicht sind die bei solchen Wortspielen ganz vorn mit dabei.«

»Dazu kommt die Zahl«, überlegt Sven. »Es steckten sechs Messer in Otzes Körper, und es waren – außer ihm – sechs Teilnehmer.«

»Die sollen sich abgesprochen haben, um den Typen gemeinsam abzustechen? Das glaubst du nicht wirklich.«

»Ausschließen können wir es aber nicht.«

»Silja? Was meinst du dazu?«

»Ich habe vorhin kurz mit Bernstein telefoniert. Wollte ihn dazu bringen, sich den Toten heute noch vorzunehmen. Aber er hat sich nicht erweichen lassen. Die Obduktion ist morgen früh um acht. Aber was er mir gegenüber hervorgehoben hat, war, dass es keinerlei Abwehrverletzungen gibt. Das heißt, der Kritiker kannte seinen Mörder.«

»Oder seine Mörder, Mehrzahl«, murmelt Bastian.

»Was ist mit seiner Familie, eventuellen Feinden, einer Ehefrau, einem Lebenspartner oder der Lebenspartnerin? Das müssen wir auch alles berücksichtigen«, seufzt Sven.

»Klar machen wir das. Doch wie ich schon zu dieser Moderatorin gesagt habe: Der oder die Mörder kennen sich auf der Insel aus. Die Bank ganz am Ende von der Vogelkoje, ich bitte euch, da muss man erst mal drauf kommen. Aber unabhängig davon müssen wir natürlich den Familienstand überprüfen. Die nächsten Angehörigen müssen benachrichtigt werden, und es sollte auch jemand den Toten offiziell identifizieren.«

»Ich habe das vorhin schon in Auftrag gegeben«, wirft Silja ein. »Und eigentlich müsste inzwischen eine Antwort da sein.« Mit gerunzelter Stirn checkt sie ihr Handy. »Hier ist es ja. Konrad Otze, unverheiratet, einziger Sohn von Nelly und Lothar Otze, die beide in Hamburg wohnen.«

»Hast du auch die Adresse?«, will Bastian wissen. Als Silja nickt, fährt er fort: »Wir schicken einen Hamburger Kollegen zu den Eltern. Ist ein super Job am Samstagabend, die werden sich bedanken.«

»Ich kümmere mich darum«, sagt Silja und verlässt die Küche, um ungestört zu telefonieren.

Kaum dass sie draußen ist, fragt Bastian: »Ist noch Suppe da?«

»Vielfraß.« Grinsend füllt Sven Bastians Teller erneut.

»Danke. Verpetz mich nicht, hörst du? Silja findet, dass ich zu fett bin.«

»Keine Sorge. Zurück zum Fall. Wisst ihr schon, wo die ganzen Habseligkeiten unseres Toten sind? Wir müssen da so schnell wie möglich ran. Vielleicht finden wir das Handy, ein Notizbuch oder Ähnliches.«

»Besser wären Erpresserbriefe, anonyme Drohungen oder irgend etwas in der Art.«

»Träum weiter«, grinst Sven.

»Man weiß ja nie.« Bastian legt kurz den Löffel zur Seite und erklärt dann: »Die Pension, in der alle Colloquiumsteilnehmer untergebracht waren, heißt *Seemöwe* und liegt irgendwo im südlichen Wenningstedt. Kennst du die?«

Sven schüttelt den Kopf.

»Ich schicke jemanden hin und lasse das Zimmer versiegeln. Dann können wir uns das morgen in Ruhe ansehen. Jetzt kümmern wir uns erst mal um die anderen Schriftsteller. Silja hat die Liste mit den Namen.«

Wie auf Kommando erscheint Silja wieder in der Küche. »Welche Liste?«

»Die Tatverdächtigen«, sagt Bastian mit vollem Mund.

Die Kommissarin wirft einen leicht spöttischen Blick auf Bastians vollen Teller, verkneift sich aber jeden Kommentar. Stattdessen konsultiert sie ihr Handy. Mit dem Blick aufs Display sagt sie: »Gastmann, Grothe, Hübner, Larsen, Yildirim. Und die Jakobsen selbst natürlich. Nach Aussage der Moderatorin sind sowohl Saskia Grothe als auch Enard Gastmann und Lorena Larsen noch auf der Insel. Fred Hübner ja sowieso. Nur diese Shirin Yildirim wollte angeblich gleich zurück nach Berlin.«

»Und das sollen berühmte Schriftsteller sein? Außer Hübner kenne ich die alle nicht«, wundert sich Sven, korrigiert sich dann aber. »Moment mal. Lorena Larsen, die sagt mir was. Schreibt die nicht Kinderbücher? Ich glaube, Mette hatte ein paar von ihr und mochte die ziemlich gern.«

»Gastmann schreibt Gedichte und die Grothe Ratgeber für Frauen im Klimakterium«, führt Silja aus. »Und diese Shirin Yildirim hat einen ziemlich durchgeknallten Coming-of-Age-Roman geschrieben, der alle Bestsellerlisten gestürmt hat. Trägt den vielsagenden Titel *Latex* und spielt in der Berliner Party- und Drogenszene. Du gehörst zu keiner der Zielgruppen.«

»Ich muss mich also nicht schlecht fühlen?« In gespielter Erleichterung wischt sich Sven den nicht vorhandenen Schweiß von der Stirn.

»Du hast noch mal Glück gehabt«, lacht Silja. »Aber ehrlich, ich kannte die auch alle nicht, bevor ich das vorhin recherchiert habe. Leider gehen aber weder die Yildirim noch dieser Gastmann ans Handy. Auch Lorena Larsen habe ich bisher nicht erreicht. Dafür konnte ich bei Saskia Grothe einen Volltreffer landen.«

»Sie hat gestanden?«, witzelt Bastian.

»Sehr komisch. Konzentrier du dich lieber auf deine Suppe. Und nein, sie hat weder gestanden, noch ist sie ans Handy gegangen, aber ich weiß wenigstens, warum.«

»Dann sei so gut und weih uns ein.« Bastian hat seinen Teller geleert, steht auf und öffnet die Spülmaschine.

Silja schaut auf ihre Uhr. »Viertel nach neun. Vermutlich hat die Grothe gerade ihre Lesung im Kaamp-Hüs beendet. Sie war groß angekündigt und schon seit Tagen ausverkauft, wie ich ihrer Website entnehmen konnte.«

»Bingo. Dann fahren wir da jetzt hin und machen einen kleinen Zwischenstopp auf unserem Weg raus in die Vogelkoje«, entscheidet Bastian. »Sind ja nur zwei Minuten mit dem Wagen.«

»Was ist mit Hübner?«, will Sven wissen, während seine beiden Kollegen schon die Küche verlassen.

»Den heben wir uns für morgen auf. Zuerst will ich erfahren, ob Leo mit seinen Leuten irgendwelche relevanten Spuren gefunden hat, dann rede ich morgen Vormittag noch mal ausführlich mit unserer Staatsanwältin in Flensburg. Dabei lasse ich mir von ihr höchstpersönlich und ganz genau erklären, wie ich Hübner anfassen soll. An dem verbrenne ich mir definitiv nicht noch mal die Finger.«

Samstag, 27. September, 21.20 Uhr, Kaamp-Hüs, Kampen

Vor der Bühne im großen Saal des Kampener Veranstaltungsgebäudes hat sich eine lange Schlange gebildet. Jede der Wartenden, denn es handelt sich ausschließlich um Frauen, hat mindestens ein Exemplar des neuesten Buches von Saskia Grothe in den Händen. Einige der Damen haben sogar zwei oder drei Exemplare gekauft. Die Buchhändlerin hinter dem Verkaufstisch, der seitlich der Bühne aufgebaut ist, strahlt vor Freude, und auch alle Zuhörerinnen, die sich nun ihr Autogramm abholen wollen, wirken auf eine verwirrende Art beseelt, findet Silja, als sie gemeinsam mit Bastian den Saal betritt.

»Worum geht es in Grothes Büchern noch mal?«, wispert Bastian. »Schminktipps? Diäten? Modeberatung?«

»Coaching für Frauen in der Lebensmitte. Verkauft sich rasend gut.«

»Drängeln wir uns vor oder beobachten wir erst mal die Szenerie?«

»Findest du, dass sie nervös wirkt?«, antwortet Silja mit einer Gegenfrage.

Bastian bleibt stehen und mustert die Autorin aus der Ferne. Saskia Grothe sitzt entspannt oben auf der Bühne hinter dem Lesetisch, auf dem einige ihrer Bücher aufgebaut sind. Sie trägt ein kaftanähnliches Kleid in knalligem Türkis, das offenbar ihre nicht unerhebliche Leibesfülle verbergen soll, aber eher das Gegenteil erreicht.

»Wenn sie so stark ist, wie sie breit ist, könnte sie Otze locker die Düne hochgeschleppt haben«, flüstert er.

»Hast du schon mal was von Body Positivity gehört?«, tadelt Silja.

»Ich stelle lediglich Überlegungen zur Tatwahrscheinlichkeit an. Das wird ja wohl noch gestattet sein. Und wenn wir schon mal dabei sind: Mit der fetten Kette, die sie um den Hals trägt, könnte sie durchaus auch jemanden an die Bank am Watt gefesselt haben.«

Mit betont harmloser Miene ignoriert Bastian Siljas tadelnden Blick. Während ihrer leisen Unterhaltung sind die beiden Kommissare seitlich an der Schlange entlanggegangen und stehen nun direkt vor den Stufen zur Bühne.

»Sie müssten bitte erst ein Buch kaufen und sich dann ganz hinten anstellen«, ruft ihnen die Buchhändlerin zu. »Und beeilen Sie sich besser, Sie sehen ja, es gibt nur noch wenige Exemplare.«

Silja bedenkt sie mit einem knappen Lächeln. »Wir möchten nichts kaufen, sondern wir müssen vertraulich mit Frau Grothe sprechen.«

»Das wollen hier vermutlich so einige, leider geht das aber nicht, sonst sitzen wir morgen früh noch hier«, weist die Dame hinter den Bücherstapeln sie zurecht.

Bastian zückt seine Dienstmarke und hält sie ihr unter die Nase. »Wir sind von der Kriminalpolizei. Es geht um eine Mordermittlung«, erklärt er humorlos.

Obwohl Bastian seine Stimme fast gar nicht erhoben hat, hört augenblicklich das Wispern, Tuscheln und Kichern in der Warteschlange auf. Es wirkt, als türme sich eine Welle von Beunruhigung auf, um den Saal zu fluten. Stille legt sich über den Raum, und alle Bewegungen scheinen einzufrieren. Mit großen Augen mustern die Bewunderinnen der Starautorin die beiden Kommissare.

Die Veränderung kann auch Saskia Grothe nicht entgehen.

Mit einer fahrigen Geste legt sie den Kugelschreiber zur Seite und entschuldigt sich kurz bei der Leserin, die ihr gerade das Buch zum Signieren gereicht hat. Nervös wischt sie sich die sehr blonden Haarsträhnen aus dem Gesicht, nestelt kurz an ihrer Kette und ruft schließlich mit volltönender Stimme den Ermittlern zu: »Wie kann ich Ihnen helfen?«

»Es geht um Konrad Otze«, beginnt Bastian vorsichtig, denn natürlich möchte er nicht den ganzen Tathergang in die Öffentlichkeit herausposaunen. Aber neugierig auf Saskia Grothes Reaktion ist er schon.

Und sie enttäuscht ihn nicht.

Wie erstarrt sitzt sie plötzlich auf ihrem Stuhl, reißt die Augen auf, fährt sich mit beiden Händen durchs wohlfrisierte Haar und bringt nach einer ziemlich langen Pause fast stotternd heraus: »Oh Gott! Was ist mit ihm?«

»Können wir kurz unter vier Augen sprechen?« Mit einem Seitenblick auf Silja korrigiert sich Bastian sofort. »Also unter sechs Augen meine ich natürlich.«

Die Autorin nickt, bittet mit wackliger Stimme ihre Bewunderinnen um ein klein wenig Geduld und wuchtet sich aus ihrem Stuhl. Während die Kommissare ihr in einen Nebenraum folgen, der augenscheinlich als Garderobe dient, zischt Bastian Silja zu: »Als Schauspielerin wäre die eine glatte Fehlbesetzung.«

Silja kommt nicht dazu, irgendetwas zu erwidern, denn kaum, dass die Grothe die Tür hinter ihnen geschlossen hat, erstickt sie die Kommissare in einem Wortschwall.

»Ist Otze wieder aufgetaucht? Was ist mit ihm passiert? Wie geht es ihm? Jetzt reden Sie doch schon.«

»Sie verstehen sich gut mit dem Kritiker?«, erkundigt sich Silja mit sehr sanfter Stimme.

»Wir haben eine sehr intensive Woche miteinander verbracht. Da sorgt man sich schon, finden Sie nicht?« Wieder reißt die Autorin die Augen auf. Ihre Hände kneten die Stofffülle des Kleides, sie tritt von einem Fuß auf den anderen, alles an ihr strahlt Unbehagen aus.

»Frau Grothe, leider muss ich Ihnen mitteilen, dass der Literaturkritiker Konrad Otze vor wenigen Stunden ermordet wurde. Und nach unseren Informationen standen Sie ganz und gar nicht auf gutem Fuß mit ihm.«

»Was? Wieso? Wie kommen Sie darauf, dass ich …? Also hören Sie mal, das muss ich mir hier nun wirklich nicht bieten lassen.«

Saskia Grothe greift nach der Kante des Schminktisches, an dem sie lehnt, und hält sich dort fest. Es wirkt, als würde sie andernfalls umkippen.

»Er hat Sie systematisch vor allen anderen Colloquiumsteilnehmern fertiggemacht, so wurde uns berichtet«, sagt Silja kühl.

»Und deshalb soll ich ihn umgebracht haben? Das ist doch lächerlich.«

»Irgendjemand hat es getan«, antwortet Bastian lapidar.

»Ich will Ihnen mal was sagen«, die Autorin holt tief Luft und fährt dann mit empörter Stimme fort, »wenn überhaupt, dann hatte die kleine Yildirim Grund dafür. Er hat sie geknallt und anschließend fallengelassen, das ist sie bestimmt nicht gewohnt bei ihrem augenblicklichen Ruhm.«

»Finden Sie Ihre Wortwahl nicht ein wenig heftig?«, fragt Silja irritiert.

»Ganz und gar nicht. Ich zitiere nur aus *Latex*. Das ist Shirins Bestseller. Die Hälfte der Begriffe, mit denen sie da um sich wirft, würde auch Ihnen die Schamröte ins Gesicht treiben.«

»Sie haben das Buch gelesen?«

»Ich bereite mich gründlich auf meine Auftritte vor. Auf jeden von ihnen.«

»Das Colloquium war also ein Auftritt für Sie?«, fragt Silja erstaunt.

»Das ist jedes Erscheinen in der Öffentlichkeit, wenn man prominent ist«, antwortet die Grothe patzig.

»Aber dieses Colloquium hat doch unter Ausschluss der Öffentlichkeit stattgefunden, oder irre ich mich? Sollte es nicht eine vertrauliche Standortbestimmung sein? Ein Austausch unter Gleichgesinnten? Und trotzdem scheint es nicht gerade so, als hätten Sie sich alle prächtig verstanden.«

»Nein, nein, so war es auch wieder nicht«, wiegelt die Grothe ab. »Die kleine Shirin war schon ganz nett, manchmal sogar ein bisschen schüchtern. Überraschenderweise, muss ich sagen.«

»Das hindert Sie aber nicht daran, Frau Yildirim des Mordes zu verdächtigen.« Bastian zieht die Augenbrauen hoch.

Es wirkt, als habe des Wort *Mord* in Saskia Grothe eine Veränderung angestoßen. Sie strafft ihre Gestalt, ihre Mimik beruhigt sich, ihre Stimme wird weniger schrill. Leise, fast sanft sagt sie: »Also gut. Ich muss möglichst schnell wieder raus zu meinem Publikum. Bitte sagen Sie mir einfach, was genau geschehen ist und wie ich Ihnen helfen kann.«

»Gern. Machen wir's kurz. Konrad Otze wurde mit sechs Messerstichen brutal getötet. Und zwar ziemlich bald nachdem das Colloquium beendet war und Sie alle sich getrennt hatten«, beantwortet Bastian die Frage.

»Dann war er also in der Küche? Da haben wir natürlich nicht gesucht.« Saskia Grothe wirkt jetzt authentisch entsetzt.

»Wie kommen Sie darauf, dass es Küchenmesser waren?«, hakt der Kommissar sofort nach.

Die Autorin starrt ihn verständnislos an. »Ja, gibt's denn noch andere Messer?«

»Jagdmesser, Klappmesser, Wurfmesser, Survivalmesser, Springmesser. Suchen Sie sich was aus«, antwortet Bastian humorlos.

»Okay, meinetwegen, aber ich muss jetzt wirklich wieder raus. Und Sie sind doch vermutlich hier, um nach meinem Alibi zu fragen, oder?«

»Haben Sie eines?«

»Um welchen Zeitraum handelt es sich denn?« Der Tonfall der Autorin ist jetzt kühl und geschäftsmäßig. Ganz offensichtlich hat sie den Schock verarbeitet und wird sich keine Blöße mehr geben.

»Zwischen drei und fünf am Nachmittag, das ist die Zeit, die uns interessiert.«

»Also ziemlich bald nach Beendigung des Essens«, murmelt die Grothe. »Lassen Sie mich überlegen. Meine Sachen waren schon gepackt. Ich habe mich verabschiedet, dann ein Taxi gerufen und bin ins Hotel Rungholt gefahren. Dort habe ich eingecheckt und anschließend einen Bummel durch Kampen gemacht.«

»Hat Sie jemand dabei gesehen?«

»Sicher. Der Concierge des Hotels. Der Page, der mir den Koffer getragen hat. Die Dame, die mich frisiert hat. Die Verkäuferin in der Boutique, in der ich eingekauft habe. Und schließlich der Kellner beim Odin. Reicht Ihnen das?« Jetzt klingt Saskia Grothes Stimme fast schon feindselig.

»Wir müssen das natürlich noch überprüfen«, sagt Silja versöhnlich. »In welcher Boutique waren Sie genau?«

»Loro Piana. Die haben einfach das feinste Kaschmir«, gurrt die Autorin, um gleich anschließend wieder in einen geschäftsmäßigen Ton zu fallen. »War's das jetzt? Dann würde ich nämlich wirklich gern zurück zu meinen Leserinnen gehen.«

»Bitte tun Sie das. Wir melden uns, falls noch Fragen auftauchen. Wie lange bleiben Sie auf der Insel?«

»Bis nächsten Freitag.«

»Bis dahin haben wir den Fall gelöst«, erklärt Bastian.

»Wenn Sie das sagen«, antwortet Saskia Grothe, ohne den Spott in ihrer Stimme verbergen zu können.

Samstag, 27. September, 21.57 Uhr, Vogelkoje, Kampen

Das Watt hinter der Vogelkoje liegt im Dunklen. Nur die Silhouetten einiger Vögel, die auf dem Wasser schaukeln, bilden helle Tupfen im trüben Ungefähr. Auch der schmale Strandstreifen ist von oben gesehen kaum zu erkennen. Selbst der niedrige Zaun, der das Naturschutzgebiet zum Wasser hin abgrenzt, ist nur als Schemen sichtbar. Ganz anders oberhalb des Zaunes, nur ein kleines Stück den Deich hinauf, wo grelles Scheinwerferlicht eine Szenerie erhellt, die gespenstischer nicht sein könnte.

Noch immer liegt die Leiche des Kritikers auf der Bank am Watt. Das Blut auf der Kleidung und am Boden ist mittlerweile von einem dunklen Rostton und so trocken, dass es längst nicht mehr glänzt.

Leo Blum, der Leiter der KTU, steht sehr dicht vor der Bank und blickt auf den Toten hinunter. Zwischen dem sorgfältig gekleideten Kritiker und dem immer ein wenig schluffig wirkenden Leo könnte kein größerer Gegensatz bestehen. Leo ist dünn und schlaksig, er hat die abgewetzte Jeans ebenso wie die Bomberjacke unter dem hellen Ganzkörperanzug verborgen, dessen Kapuze er jetzt abstreift. Seine bereits etwas schütteren Haare sind lang und im Nacken zu einem Pferdeschwanz gebunden. Leo wischt sich den Schweiß aus dem Nacken und zieht das Gummi aus den Haaren. Da er und seine Mitarbeiter hier fertig sind, können seine Haare den Tatort nicht mehr verunreinigen.

Gleich nachdem der Fotograf seine Arbeit getan hat, haben Leos Leute den Toten und die gesamte Umgebung auf Fingerabdrücke und Faserspuren untersucht. Sie haben so viele unterschiedliche Prints und Spuren gefunden, dass Auswertung und Abgleich vermutlich Tage dauern werden. Allein Ludger Voigt, der Verwalter des Naturschutzgebietes, scheint alles Mögliche angefasst zu haben, ein Verhalten, für das er sich bereits mehrfach entschuldigt hat und das ganz eindeutig der Panik zuzuschreiben ist, in die er geriet, als er den Sterbenden entdeckt hat. Wenn man ein Menschenleben retten will, denkt man nicht an später. Leo hat den aufgeregten Mann erst einmal beruhigen und ihm mehrfach versichern müssen, dass er sich nichts hat zuschulden kommen lassen.

Inzwischen ist Ludger Voigt vermutlich längst zu Hause bei seiner Familie, auch der Rechtsmediziner hat sich zurückgezogen. Die Leichenträger warten ungeduldig darauf, den Toten abzutransportieren, um anschließend ebenfalls ihren Feierabend zu genießen.

Aber Leo ist noch nicht bereit, das Opfer freizugeben. Irgendetwas ist ihm entgangen, das fühlt er deutlich, ohne allerdings den blassesten Schimmer zu haben, was es sein könnte. Vorsichtig tritt der Spurensicherer einige Schritte von der Bank zurück, bis er sich außerhalb des Scheinwerferlichts befindet. Nachdenklich lässt er die Umgebung auf sich wirken.

Hinter Leo befindet sich das Watt, aus dem es beständig flüstert und gluckert, als stiegen irgendwelche Geister daraus hervor. Der Deichwall verliert sich links und rechts in der Dunkelheit, und der dichte Bewuchs in der Vogelkoje bildet einen trüben Hintergrund für die groteske Szene auf der Bank. *Kein Gruselfilmregisseur könnte sich das besser ausdenken*, überlegt Leo gerade, als er aus dem Vogelkojenwald Stimmen und Schritte hört. Gleich darauf sieht er auch den Schein einer Taschenlampe durch die Finsternis irrlichtern.

Verwirrt kneift Leo die Augen zusammen. Wer ist zu dieser Stunde hier noch unterwegs? Zwar steht das Tor nach wie vor offen, weil die KTU ja noch alle Gerätschaften abtransportieren muss, aber davon weiß niemand etwas. Und wer abends auf dem kleinen Parkplatz der Vogelkoje ankommt, um das gleichnamige Restaurant zu besuchen, wird sicher nicht um das unbeleuchtete Tor herumschleichen. Oder doch?

Leo Blum steht ganz still und macht sich auf alles gefasst. Könnte es sein, dass der oder die Mörder zurückgekommen sind, um die Leiche abzuholen? Aber dann müssten sie doch das Gerumpel und die leisen Gespräche seiner Kollegen hören, außerdem hätten sie wohl kaum die beiden Einsatzfahrzeuge draußen auf dem Parkplatz übersehen und wären gewarnt gewesen.

Trotzdem kommen die Schritte näher, und das Licht wird heller. Sekunden später stehen Bastian Kreuzer und Silja Blanck vor Leo Blum. *Ach so*, denkt Leo und weiß nicht, ob er erleichtert oder enttäuscht sein soll.

»Moin, ihr beiden. Lange nicht mehr gesehen«, begrüßt er die Kommissare und beschließt, seine kurzfristige Gruselanwandlung für sich zu behalten.

»Tut mir echt leid, dass du zu so später Stunde noch ausrücken musstest. Und dann noch am Samstag.« Leo und Bastian klatschen sich ab, Silja bekommt eine Umarmung.

»Das ist nun mal mein Job. Und solange du den Kerl auf der Bank nicht persönlich abgestochen hast, musst du dich wirklich nicht entschuldigen«, witzelt Leo. Er und Bastian kennen sich noch aus Bastians Flensburger Tagen und haben immer bestens zusammengearbeitet. In der Regel freut sich Leo über jeden gemeinsamen Fall, auch wenn er für dieses Wochenende andere Pläne gehabt hat.

»Und? Gibt's was bahnbrechend Neues?«, will Bastian wissen.

»Nicht wirklich. Jede Menge Spuren, die aber alle zu unspezifisch sind, um uns auf den ersten Blick weiterzuhelfen. Wir werten unsere Ergebnisse natürlich noch aus und bräuchten dazu wie immer alle Fingerabdrücke von möglichen Verdächtigen.«

»Da sind wir dran«, erklärt Silja. »Das Problem ist nur, dass die sich offenbar kurz vor oder nach dem Mord in alle Himmelsrichtungen verstreut und noch dazu ihre Handys ausgeschaltet haben.«

Kaum hat die Kommissarin den Satz beendet, klingelt ihr Mobiltelefon.

»Blanck, Kripo Westerland«, meldet sie sich und reckt

wenige Sekunden später ihren Daumen in die Höhe. Sie entfernt sich ein paar Meter, um in Ruhe reden zu können. Doch das Telefonat dauert nicht lange, sie schließt es mit den Worten: »Bin schon unterwegs.«

»Wer war das«, fragt Bastian.

»Lorena Larsen. Die Kinderbuchautorin. Sie ist noch auf der Insel, hat eine kleine Wohnung in Tinnum und stellt, während sie arbeitet, immer ihr Handy aus. Aber immerhin hat sie anschließend die eingehenden Anrufe gecheckt, mich zurückgerufen und sich bereit erklärt, noch heute Abend mit mir zu reden.«

»Super. Willst du gleich los?«, fragt Bastian.

»Besser isses.« Silja schaut auf die Uhr. »Kann ich den Wagen nehmen, und du lässt dich von Leo absetzen? Oder seid ihr noch nicht fertig?«

»Im Prinzip schon.« Leo Blum deutet auf die Kollegen von der KTU, die inzwischen fast alles zusammengepackt haben. Dann wendet er sich an Bastian. »Bevor wir aufbrechen, sollten wir beide allerdings noch ein paar Dinge durchsprechen. Und das am besten gleich hier am Tatort. Wer weiß, ob uns dabei nicht noch irgendetwas auffällt.«

»Leuchtet ein.« Bastian gibt Silja die Autoschlüssel und die Taschenlampe. »Kommst du in der Dunkelheit zurecht oder soll ich dich begleiten?«

»Nicht dein Ernst.« Kopfschüttelnd macht Silja sich auf den Weg.

Schweigend blicken beide Männer ihr nach. Zuerst verschwindet Silja zwischen den Bäumen, dann auch der Strahl ihrer Taschenlampe.

»Ganz schön langer Marsch vom Parkplatz bis hierher«, murmelt Bastian.

»Vor allem wenn man jemanden tragen muss«, fügt Leo hinzu.

»Vielleicht ist das Opfer ja freiwillig mitgegangen. Habt ihr irgendwelche Fußspuren gefunden?«

»Jede Menge. Aber keine, die von den Schuhen unseres Opfers stammen. Und auch keine, die sich übermäßig tief eingegraben hätten, die also darauf hindeuten würden, dass jemand getragen worden ist.«

»Wir haben uns sowieso schon gefragt, ob der Mörder tatsächlich den langen Weg durchs die Vogelkoje gekommen ist. Zumal er ja vermutlich am Eingang bemerkt worden wäre. Und der Verwalter kann sich absolut nicht daran erinnern, das Opfer gesehen zu haben. Und so einen schnieken Anzug übersieht man nicht so leicht.«

»Der Rechtsmediziner hat dazu ja auch eine andere These«, sagt Leo nachdenklich. »Er glaubt, dass das Opfer und sein Mörder den Tatort übers Watt erreicht haben. Schließlich waren die Klamotten des Opfers nass. Zumindest die Hosenbeine und die Schuhe.«

»Und was denkst du?«

»Schwierig. Da es tagsüber trocken war, müssten dann auf dem Wall schlammige Fußspuren zu sehen sein. Doch so ist es nicht. Und auch an den Sohlen des Toten findet sich kein Schlamm. Sind ziemlich scharfe Treter, übrigens.«

Bastian lacht kurz auf. »Wenn du das sagst. Mir sind Sneakers lieber. Und dich habe ich auch noch nie anders gesehen.«

»Trotzdem erkenne ich Qualität, wenn sie mir unterkommt. Diese Schuhe müssen ein Vermögen gekostet haben.« Mit gerunzelten Augenbrauen mustert Leo den Toten auf der Bank. »Ist das hier etwa einer der Inselbarone?«

»Was meinst du damit?«

»Immobilienhaie, Großindustrielle, du weißt schon.«

»Nee, der ist von auswärts. Ein prominenter Kritiker, der in der vergangenen Woche mal eben noch ein paar arme Dichterlein fertiggemacht hat, bevor es ihn selbst erwischt hat. Vermutlich also eine Rachetat.«

»Dichter, ja? Phantasievoll genug ist die Anordnung hier wirklich.« Mit einer weiten Geste umreißt Leo die Umgebung. »Und Dr. Bernstein sagt außerdem, dass der Mörder in lexikalischer Reihenfolge vorgegangen ist.«

»Ja, merkwürdig. Sonst ist unser geschätzter Rechtsmediziner immer so zurückhaltend mit irgendwelchen Thesen. Und jetzt plötzlich diese Meinungsfreudigkeit.«

»Ich hatte den Eindruck, dass ihm irgendetwas an diesem Fall besonders zusagt.«

»Vielleicht die Tatwaffe. Küchenmesser, die er angeblich selbst auch benutzt.«

»Echt jetzt?« Leo muss lachen. »Ein Alibi hat er aber schon, oder?«

»Ich habe ihn nicht gefragt. Sollte ich?«

Leo zuckt die Schultern. »Auf jeden Fall wirkte er anders als sonst. Irgendwie sehr vergnügt, fast schon euphorisiert.«

»Wie ein Täter nach vollbrachtem Mord, meinst du?« Jetzt kann sich auch Bastian ein Schmunzeln nicht verkneifen. »*Euphorisiert*«, wiederholt er kopfschüttelnd. »Dass mir dieses Wort noch mal im Zusammenhang mit unserem sonst so miesepetrigen Rechtsmediziner unterkommt, hätte ich auch nicht gedacht. Morgen um acht ist die Obduktion. Mal schauen, ob sich seine gute Laune bis dahin halten wird.«

Samstag, 27. September, 22.33 Uhr, Peter-Andresen-Wai, Tinnum

Das flache Haus aus den sechziger Jahren wirkt unscheinbar. Ein mäßig gepflegter Vorgarten führt zu einem schlichten Eingang mit vier Klingelknöpfen. Links und rechts des Eingangs befinden sich jeweils zwei Fenster, von denen eines vermutlich zu der Küche gehört und das zweite, breitere und niedrigere ein zeittypisches Blumenfenster ist. Wenn Silja sich nicht ganz täuscht, dann kann sie hinter dem linken Fenster die Silhouette der Kinderbuchautorin erkennen, die sie gerade gegoogelt hat. Während die Kommissarin auf den Klingelknopf drückt, bemüht sie sich, ihre Gedanken zu ordnen. *Was verrate ich, was behalte ich erst einmal für mich? Wie trete ich auf? Verbindlich? Streng? Oder doch eher geschäftsmäßig cool?*

Bevor die Kommissarin sich für eine Strategie entscheiden kann, wird die Tür geöffnet. Die Frau dahinter ist ihr sofort sympathisch. Lorena Larsen ist klein und zierlich, sie wirkt fast wie ein etwas groß geratenes Kind. Ihr kantiges Gesicht ist nicht unbedingt schön, die Nase zu groß, der Mund zu schmal. Aber Lorena Larsens grüne Augen und die roten Haare, die zu einer verstrubbelten Kurzhaarfrisur geschnitten sind, machen sie eindeutig zu etwas Besonderem.

»Sie wollen ganz bestimmt nicht auf der Türschwelle stehen bleiben«, sagt die Kinderbuchautorin mit einem herzlichen Lächeln und führt Silja in den ziemlich kleinen Wohnraum hinter dem Blumenfenster. »Tee, Saft, Wein?«

»Danke nein.« Silja setzt sich auf ein quietschgrünes Sofa und beobachtet, wie Lorena Larsen auf dem karierten

Ohrenbackensessel ihr gegenüber Platz nimmt. Dann mustert sie in aller Ruhe die Einrichtung. Auf einem Bord neben dem Sessel stehen ein alter Plattenspieler und ein Flachbildfernseher. Auf der Fensterbank liegen neben einer Schachtel mit Buntstiften und Pastellkreiden diverse Skizzen von Tieren. Silja erkennt einen Igel, eine Katze und eine Schlange. An der Wand hinter dem Sessel hängt ein Plakat mit einem Motiv aus Picassos Blauer Periode. Der traurige Gitarrenspieler mit den langen Fingern. Gern wüsste Silja, warum Lorena Larsen ausgerechnet unter diesem Bild ihre Abende verbringt.

»Machen Sie das immer so?«, unterbricht die Autorin Siljas Gedanken.

»Was meinen Sie?«

»Dass Sie Ihr Gegenüber durch Schweigen verunsichern.«

»Oh sorry, das war nicht so gemeint«, lügt Silja und richtet jetzt ihre ganze Aufmerksamkeit auf die andere. »Sind Sie denn verunsichert?«

»Sollte ich das sein?« Die Autorin zieht die Brauen hoch und reißt die Augen auf, so dass ihr Gesicht eine fast schon komische Unschuld zeigt. Doch dann wird sie plötzlich wieder ernst. »Verraten Sie mir jetzt, worum es eigentlich geht? Am Telefon waren Sie ja auch eher verschwiegen.«

»Was glauben Sie denn, warum ich so dringend mit Ihnen reden wollte?«

Eigentlich rechnet Silja damit, dass Lorena Larsen sich empört, nachdem sie nun schon zum zweiten Mal den Trick mit der Gegenfrage angewandt hat. Schließlich lässt sich niemand gern in die Enge treiben.

Doch Siljas Gegenüber reagiert ganz anders. Mit einem verschmitzten Gesichtsausdruck erklärt Lorena Larsen: »Ich mag Ratespiele. Auch wenn ich noch nie eins mit einer Kriminalkommissarin gespielt habe. Soll ich also wirklich raten?«

»Bitte.«

»Mal überlegen. Sie sind von der Kripo und haben mich auf dem Handy kontaktiert. Meine Handynummer haben nicht sehr viele Leute. Die erste Frage ist also, woher Sie die haben. Außerdem werden Sie nicht aus purem Spaß an der Freude Ihren Samstagabend mit mir verbringen. Es muss also zweitens etwas Ungewöhnliches vorgefallen sein, zu dem ich eine Aussage machen könnte.«

»Sie sind auf der Zielgeraden«, ermuntert Silja sie.

Lorena Larsen lächelt unschlüssig. »Jetzt beginnen meine Probleme allerdings schon. Denn das einzige etwas Ungewöhnliche, an das ich mich erinnern kann, ist der plötzliche Aufbruch von Konrad Otze bei unserem Abschiedsessen. Ich muss das kurz erklären, oder wissen Sie von dem Literaturcolloquium?«

»So ist es. Und Ihre Telefonnummer habe ich von Melinda Jakobsen.«

»Okay. Also ist etwas mit Konrad Otze.« Grübelnd verdreht Lorena Larsen die Augen. »Hat jemand ihn wegen Verleumdung angezeigt? Das würde mich nicht wundern, er war nicht gerade nett zu den anderen.«

»War er denn zu Ihnen nett?«

Die Larsen zuckt mit den Schultern. »Kinderbücher sind nicht seine Preisklasse, wissen Sie. Die nimmt ohnehin kaum jemand ernst, da ist es nicht übermäßig schwer, unter den Kritikerblicken durchzutauchen.«

»Mochten Sie ihn?«

»Wen? Otze? Nicht besonders. Aber warum reden Sie im Präteritum von ihm?«

Silja beschließt, die Bombe platzen zu lassen. »Konrad Otze wurde nicht angezeigt, wie Sie gemutmaßt haben, sondern ermordet.«

»Was?« Wieder weiten sich die Augen der Kinderbuchautorin, dann schüttelt sie energisch den Kopf. »Nein, das glaube ich jetzt nicht. Sind Sie sicher? Mord? Vielleicht war es ein Unfall.«

»Es steckten sechs Messer in seinem Körper.«

»Oh Gott. Dann ist er direkt von unserem Abschiedsessen in den Tod gelaufen? Oder wann ist das passiert?«

»Wann haben Sie ihn denn zum letzten Mal gesehen?«

»Habe ich doch eben gesagt.« Lorena Larsen stockt und schüttelt den Kopf, als könne sie immer noch nicht fassen, was sie erfahren hat. »Als wir beim Abschiedsessen waren, ist er plötzlich aufgestanden und rausgegangen. Ich habe mir dabei nicht groß was gedacht. Vielleicht musste er aufs Klo. Oder so.« Sie verstummt und schlägt anschließend die Hand vor den Mund, als würde der unfreiwillige Reim sie erschrecken.

»Frau Larsen, es ist wichtig, dass Sie sich genau erinnern. Wie wir von Frau Jakobsen wissen, hat der Speiseraum in der Pension Seemöwe zwei Türen. Eine führt in die Diele und eine in die Küche. Durch welche Tür ist Konrad Otze gegangen?«

»Da muss ich nachdenken.« Lorena Larsen schließt die Augen. Es wirkt, als ließe sie das Geschehen noch einmal in ihrem Kopf ablaufen. »Also er saß mir schräg gegenüber, rechts von mir war die Tür zum Vorraum und hinter mir die zur Küche. Wenn er dorthin gewollt hätte, dann hätte er um den ganzen Tisch herum gemusst, und das wäre sicherlich viel mehr aufgefallen, nicht nur mir. Aber tatsächlich war er ganz schnell draußen. Ich glaube, die anderen haben sein Verschwinden zunächst gar nicht bemerkt.« Sie hält kurz inne, schaut die Kommissarin mit einem festen Blick an und erklärt entschieden: »Nein, ich bin mir sicher. Er ist nicht in die Küche gegangen. Sonst hätte ich ja auch gar nicht annehmen können, dass er zum Klo musste.«

»Okay, danke. Übrigens, Stichwort Küche. Wissen Sie, wie ich die Küchenbrigade erreichen kann?«

»Leider nicht. Da müssten Sie Frau Jakobsen fragen. Die Visitenkarten des Unternehmens lagen zwar die ganze Woche lang auf dem Rezeptionstresen, und ich glaube, einige der Teilnehmer haben sich auch eine eingesteckt, aber ich hatte keine Verwendung dafür. Obwohl das Essen wirklich ausgezeichnet war. Warum brauchen sie die Adresse überhaupt?«

»Die Küchenmannschaft könnte die Alibis aller Anwesenden bestätigen. Oder auch nicht. Außerdem würden wir gern noch ein paar andere Dinge erfahren.« Silja möchte ungern ins Detail gehen, denn die genauen Informationen über die Messer, die in Otzes Körper steckten, sind eindeutig Täterwissen. Zum Glück gibt sich Lorena Larsen mit der abwiegelnden Antwort zufrieden und blickt die Kommissarin abwartend an.

»Nächste Frage: Was haben Ihre Kollegen getan, nachdem der Kritiker den Raum verlassen hat. Gab es da irgendwelche Reaktionen? Ist ihm vielleicht sogar jemand gefolgt?«

»Nein, gar nicht. Ich denke eher, dass einige es überhaupt nicht richtig mitbekommen haben, wie gesagt. Wir waren immerhin zu siebt am Tisch, außerdem sind die drei vom Catering immer mal wieder rein- und rausgelaufen, um abzuräumen und die nächsten Gänge zu servieren. Irgendwann wurde uns dann aber doch klar, dass er nicht wiederkam. Wir haben sogar mit dem Dessert auf ihn gewartet, und schließlich hat jemand oben in seinem Zimmer nachgeschaut, ob er vielleicht dort ist.«

»Wer war das?«

»Gastmann, glaube ich. Oder nein, doch nicht. Gastmann hat es nur vorgeschlagen. Es war Hübner, der schließlich gegangen ist, der andere Journalist. Aber er hat gesagt, das Zimmer sei abgeschlossen und hinter der Tür sei es ganz still. Also dachten wir, Otze habe unhöflicherweise die Pension verlassen, ohne sich von uns anderen zu verabschieden, und haben das Dessert ohne ihn gegessen.«

»Und dann?«

»War das Colloquium offiziell beendet. Wir restlichen sechs haben noch ein paar Höflichkeitsfloskeln ausgetauscht«, sagt sie achselzuckend. »Dann ist jeder hoch auf sein Zimmer, um sein Zeug zusammenzupacken.«

»Sind Sie da ganz sicher? Sind nach dem Essen wirklich alle in der Pension geblieben?«

»Tja, also«, beginnt Lorena Larsen. »Shirin habe ich mit dem Taxi bis zum Bahnhof mitgenommen, die war auf jeden Fall noch da. Melinda Jakobsen auch, denn sie wollte ja, dass jemand Otzes Zimmer öffnet, um auszuschließen, dass er dort ist und Hilfe braucht. Die Rezeption war aber nicht durchgängig besetzt, denn wir hatten die ganze Pension für uns. Die haben insgesamt nur sieben oder acht Zimmer. Frau Jakobsen hat also einen ziemlichen Aufstand am Telefon machen müssen, bis schließlich eine junge Frau gekommen ist, die ihr Konrad Otzes Zimmer aufgeschlossen hat.«

»Woher wissen Sie das so genau, wenn Sie in Ihrem eigenen Zimmer gepackt haben?«

»Frau Jakobsen hat eine recht eindringliche Stimme.

Außerdem stand mein Fenster offen, und so konnte ich hören, wie unsere Moderatorin die junge Frau vor dem Haus begrüßt hat, als sie endlich mit dem Generalschlüssel kam.«

»Haben Sie auch hineingeschaut?«

»In Otzes Zimmer meinen Sie? Nein, das hat mich nicht so interessiert. Außerdem kam unser Taxi dann auch bald. Shirin und ich sind die Treppe runter, damit wir schnell abfahren konnten. Sie war ein bisschen knapp mit ihrem Zug.«

»Was war mit Enard Gastmann?«

»Er muss vorher schon zur Bushaltestelle Richtung Westerland aufgebrochen sein, wir haben ihn im Vorbeifahren da warten sehen. Eigentlich wollte ich anhalten lassen und fragen, ob er auch mitwill, aber der Taxifahrer hat gemeint, dass der Kofferraum schon voll ist. Außerdem hatte Shirin es eilig. Also sind wir weitergefahren.«

»Bleiben noch Hübner und Saskia Grothe.«

»Saskia habe ich nicht mehr gesehen. Kann sein, dass sie länger zum Packen gebraucht hat, sie hatte ja ziemlich viel Zeug dabei. Und Fred Hübner, ich weiß nicht.« Während Lorena Larsen überlegt, wandert ihr Blick immer wieder zu den Tierzeichnungen auf der Fensterbank. Schließlich sagt sie zögernd. »Also ich denke, dass Hübner noch da war. Ich meine, mich zu erinnern, dass sein Trolley unten im Foyer stand, als Shirin und ich raus sind.«

»Fred Hübner selbst haben Sie aber nicht gesehen?«

Lorena Larsen schüttelt den Kopf. »Vielleicht hat er gewartet, um mit Melinda Jakobsen das Zimmer von Konrad Otze zu durchsuchen. Falls ja, hätte er einen wirklich guten Riecher gehabt, muss ich im Nachhinein feststellen. Er schreibt doch True Crime, oder irre ich mich da?«

»So könnte man das durchaus bezeichnen. Sie meinen also,

er hatte ein Interesse am Verschwinden des Kritikers, das über reine Neugier hinausging?«

Lorena Larsen zögert kurz, Silja kann deutlich sehen, dass sie sich sehr genau überlegt, was sie jetzt sagen soll. Doch dann fasst sie einen Entschluss. »Hören Sie, es ist mir etwas unangenehm, aber ich wage mal eine These. Man soll ja über Tote nichts Schlechtes sagen, aber unter uns: Otze war unglaublich selbstgefällig. Ich glaube, dass niemand ihn wirklich mochte, noch nicht einmal Shirin, und die hat immerhin mit ihm geschlafen.«

»Woher wissen Sie das?«

»Sie hat so eine Andeutung gemacht.«

»Aha. Und was ist jetzt Ihre gewagte These?«

»Niemand von uns war glücklich über Otzes Anwesenheit, sogar Melinda Jakobsen schien irgendwelche Vorbehalte gegen ihn zu haben. Und man hat das auch jedem angemerkt. Nur dieser Hübner, der war irgendwie komisch. Wie aus Eis, habe ich manchmal gedacht. Dabei hat Otze auf ihm fast am meisten rumgehackt. Nach Saskia jedenfalls. Aber sie hat sich immerhin gewehrt. Er gar nicht. Das ist doch nicht normal, oder?«

»Keine Ahnung, ich war nicht dabei«, antwortet Silja vorsichtig. Und als Lorena Larsen nicht weiterredet, erinnert sie sie noch einmal: »Ich warte immer noch auf Ihre These.«

Die Autorin senkt plötzlich den Blick und schaut beschämt in ihren Schoß. »Ach, vergessen Sie's besser. Ich will mich da gar nicht erst einmischen.«

Silja nickt und verzichtet auf jede Nachfrage. Es ist auch so klar, was Lorena Larsen sagen wollte. *Wenn irgend jemand ein wirklich gutes Motiv für den Mord hatte, dann war es Fred Hübner.*

Sonntag, 28. September, 02.17 Uhr, Nösistig, Morsum

Das Watt gärt und zischt, es blubbert und gluckert, immer wieder steigen Blasen auf, die die Vögel aufschrecken. Ludger Voigt steht hoch oben auf dem Deich, der die Vogelkoje nach Osten hin abschließt, und blickt verwundert über das bewegte Wasser. Gerade geht die Sonne hinter dem Festland auf, ein feuerroter Ball, der viel zu groß für die winzigen Scherenschnitte der Windräder ist. Der rote Schein verwandelt das aufgewühlte Wasser zu Ludgers Füßen unversehens in blutigen Schleim, der zäh an jedem Vogelfuß kleben bleibt, der die Federn der Zwergseeschwalben, der Regenpfeifer, der Austernfischer und der Lachmöwen rot anmalt und in dicken Tropfen zurück aufs Wasser platscht, wenn einer der Vögel es schafft, sich in die Luft zu erheben. Vorsichtig klettert Ludger zum Wasser hinunter, um das rätselhafte Spektakel genauer in Augenschein zu nehmen. Er geht auf die Knie, bückt sich und neigt sich nach vorn, um schließlich selbst die Hand in das klebrige Nass zu tauchen. Doch kaum hat seine rechte Hand das Wasser berührt, ist sie gefangen, wie magisch festgehalten. Er kann die Hand nicht mehr bewegen, kann sie nicht zurückziehen und schon gar nicht von dem roten Schleim befreien.

Ludger Voigt kann weder begreifen noch akzeptieren, was da gerade geschieht. Er packt den rechten Arm mit seinem linken, er ruckelt und zerrt, er setzt sich auf den schlammigen Boden und stemmt sich nach hinten, er legt seine ganze Kraft in die Bewegung hinein, doch alles ist umsonst. Er bekommt die Hand nicht aus der Blutsuppe, sie klebt dort fest und wird ihn zwingen, für immer hier an der Wasserkante auszuharren.

Das kann, das darf nicht sein, fährt es Ludger durch den Kopf, und dann beginnt er zu schreien.

Hilfe, kommt und helft. Hallo! Hört mich denn keiner?

Nichts geschieht, allenfalls einige der blutigen Vögel wenden langsam ihre Köpfe und sehen ihn mit ihren starren Augen höhnisch an. *Geschieht dir ganz recht*, scheinen sie zu sagen. *Warum sollen nur wir mit diesem roten Schleim hier kämpfen? Da kannst du mal sehen, was Hilflosigkeit angesichts der übermächtigen Natur bedeutet.*

Ermattet und plötzlich sehr mutlos geworden, sinkt Ludger weiter zu Boden, schon versucht er, sich mit der Situation zu arrangieren und eine möglichst bequeme Position für seinen Körper zu finden, an dem die versunkene Hand hängt wie ein Fremdling.

Da schreckt ihn ein kräftiger Stoß gegen die Schulter auf. Verwirrt blickt Ludger sich um, doch niemand ist zu sehen, nur der Stoß wiederholt sich. Und dann dringt die Stimme seiner Frau Marianne zu ihm durch.

»Ludger! Wach auf! Was ist denn los? Ludger, wach doch endlich auf.«

Verstört dreht Ludger sich um und blinzelt hinüber zur anderen Betthälfte. Erst jetzt fällt ihm auf, dass das träge Blutwasser seine Hand längst freigegeben hat und sie ihm wieder vollständig gehorcht.

»Was hast du bloß geträumt?«, erkundigt sich verschlafen Mariannes Stimme.

»Das willst du gar nicht wissen, glaub mir. Aber danke, dass du mich geweckt hast.«

»Der Tote am Watt, stimmt's? Das muss ein schrecklicher

Anblick gewesen sein«, flüstert Marianne und schmiegt sich an Ludgers Körper.

Er greift fest zu, umfasst sie mit beiden Armen und zieht sie an sich. »Jedenfalls schlimm genug, um mich bis in den Traum zu verfolgen«, murmelt er. »Aber jetzt geht es besser, jetzt habe ich ja dich.«

Sie gibt einen winzigen zustimmenden Laut von sich, dann werden ihre Atemzüge immer langsamer und regelmäßiger. Nur Ludger liegt noch lange wach und hat größte Mühe, sich von den verstörenden Traumbildern zu lösen.

Sonntag, 28. September, 07.52 Uhr, Nordseeklinik, Westerland

Als Silja und Bastian auf dem Parkplatz der Nordseeklinik aus ihrem Wagen steigen, reißt der Wind ihnen fast die Autotüren aus den Händen.

»Das ist wieder mal typisch Sylt«, stellt Silja kopfschüttelnd fest. »Gestern war noch alles eitel Sonnenschein, und heute fegt ein halber Sturm über die Insel.«

»Die Surfer freut's, die werden heute richtig loslegen«, gibt Bastian zurück. »Vielleicht können wir ja am Nachmittag wenigstens auf ein Stündchen am Strand vorbeischauen.«

»Glaubst du doch selber nicht. Da müsste Dr. Bernstein schon mit einer wirklich heißen Spur für die Lösung des Falles aufwarten.«

Die beiden Kommissare gehen am Empfangstresen des Krankenhauses vorbei, grüßen kurz und besteigen anschließend den Fahrstuhl, um nach unten in die Pathologie zu fahren. Dann sind es nur noch wenige Schritte bis zu der hohen Flügeltür, die sie in das Reich des Rechtsmediziners führt.

Grelles Licht und der unverwechselbare Geruch nach Lysol und Tod empfangen sie. Dr. Bernstein hat bereits die schwere Schürze umgebunden und begrüßt sie zwischen den beiden Seziertischen stehend, die in den Fußboden eingemauert sind. Die Tischplatten sind aus Stahl und annähernd zwei Meter lang, die rechte ist leer, und auf der linken liegt die nackte Leiche Konrad Otzes. Die Messer sind aus dem Körper des Kritikers entfernt, so dass nur die klaffenden Wunden zu sehen sind.

»Die Eltern waren schon hier«, begrüßt Bernstein die Kommissare.

»Was? Warum hat uns niemand Bescheid gesagt?«, entrüstet sich Bastian.

»Sie sind mit dem ersten Autozug herübergekommen. Alle beide. Und wollten ausdrücklich ungestört von ihrem Sohn Abschied nehmen. Sie bleiben noch auf der Insel und reden selbstverständlich auch noch mit Ihnen, aber frühestens heute Nachmittag. Das haben sie sich ausbedungen.«

Bastian zuckt die Schultern. »Okay. Dann machen wir es eben so rum. Wie haben sie sich gehalten?«

Bernstein schließt kurz die Augen, als wolle er sich die Szene noch einmal ins Gedächtnis rufen. Leise antwortet er: »War nicht lustig, das Ganze. Die Mutter ist völlig zusammengebrochen. Dabei hatte ich die Leiche bis zum Hals abgedeckt. Aber die Wunde am Auge war natürlich nicht zu kaschieren.«

»Oh Gott«, entfährt es auch Silja beim Blick auf den Toten. »Die armen Eltern.«

»Ja, furchtbar«, murmelt Bernstein, während er sich schon

dem rollbaren Beistelltisch zuwendet, auf dem sauber aufgereiht seine Werkzeuge auf ihren Einsatz warten.

Schaudernd lässt Silja den Blick darübergleiten. Sie hat schon genug Obduktionen gesehen, um genau zu wissen, wofür die einzelnen Teile gebraucht werden. Der Gummihammer und der Kreuzmeißel für die Öffnung der Schädeldecke, die grobe Zange für das Abziehen der harten äußeren Hirnhaut. Und die merkwürdig geformte Schere mit dem nippelförmigen Aufsatz an der Spitze sorgt dafür, dass Bernstein beim Aufschneiden der Darmwindungen nicht hängen bleibt.

Während der Rechtsmediziner sein blutiges Handwerk beginnt, fragt er neugierig: »Und? Sind Sie den Küchenmessern schon auf der Spur?«

»Der Kollege Winterberg redet in einer halben Stunde mit der Caterin, die seine letzte Mahlzeit zubereitet hat«, antwortet Bastian mit Blick auf den Toten, dessen Brustkorb gerade von Bernsteins Skalpell geteilt wird. »Wir wissen es noch nicht genau, aber höchstwahrscheinlich handelt es sich bei den Tatwerkzeugen um ihre Messer. Sie sind nämlich von irgendjemandem aus der Küche entwendet worden. Leider ist das erst beim Zusammenpacken aller Utensilien aufgefallen. Und das war kurz vor fünf am Nachmittag, da lag Otze bereits im Sterben.«

»Merkwürdig, dass die Caterin das nicht gleich bemerkt hat. Köche und ihre Messer, das ist normalerweise eine ziemlich symbiotische Beziehung«, murmelt Bernstein, während er sich tiefer über den Toten beugt.

Silja und Bastian wechseln einen kurzen Blick.

»Das größte Rätsel für uns ist aber immer noch die Frage, warum sich unser Freund hier ausgerechnet in der Vogelkoje hat umbringen lassen«, sagt Bastian schließlich. »Das Gelände ist eingezäunt, der Verwalter hat den ganzen Nachmittag über am Eingang gesessen und außer einer Schulklasse, zwei Familien mit kleinen Kindern und einem Pärchen niemanden hereingelassen. Das Opfer müsste also in jedem Fall übers Watt gekommen sein und der Täter vermutlich auch.«

»Es sei denn, die Kinder waren Staffage oder das Pärchen nur zum Schein eines«, fügt Silja hinzu. »Wir bemühen uns um eine genaue Beschreibung, aber natürlich ist es schwierig, die Leute auf der Insel ausfindig zu machen.«

»Außerdem sind die angeblich alle weit vor siebzehn Uhr wieder rausgegangen. Damit kommen sie kaum als Täter in Frage«, erklärt Bastian.

Inzwischen hat der Rechtsmediziner den großen Y-Schnitt vollführt und den Leib ausgehend von den beiden Schlüsselbeinen bis zum Brustbein und von dort aus bis hinunter zum Schambein geöffnet. Als Erstes nimmt der Rechtsmediziner sich den Magen des Toten vor. Mit größtem Interesse mustert Bernstein dessen Inhalt.

»Sehen Sie mal hier: Das Fleisch ist überhaupt noch nicht verdaut, und auch vom Gemüse ist noch viel übrig. Der Tod ist also etwa zwei Stunden nach der letzten Mahlzeit eingetreten. Wissen Sie, wann die war?«

»Die einzigen beiden Zeuginnen, die wir bisher vernehmen konnten, haben übereinstimmend ausgesagt, dass sie gemeinsam mit Konrad Otze beim Abschiedsessen gesessen haben. Verschwunden ist der Kritiker nach dem Hauptgang und vor dem Dessert.«

»Und wann war das etwa?«

»Gegen drei am Nachmittag. Und gestorben ist er nach Aussagen der Sanitäter um kurz nach fünf.«

»Dann passt das genau. Und innerhalb dieser beiden Stunden hat ihn wirklich niemand gesehen?«

»Bisher wissen wir jedenfalls nichts davon«, muss Bastian zugeben.

»Vor allem dafür wäre es natürlich interessant, die Schulklasse, die Familien und das Pärchen aufzuspüren«, murmelt Silja. »Vielleicht haben die ja irgendwas in der Vogelkoje beobachtet.«

»Sowie wir mit der Todesmeldung an die Öffentlichkeit gehen, können wir sie auch als Zeugen suchen lassen. Aber damit würde ich, wie gesagt, gern noch einige Stunden warten«, bestimmt Bastian. »Wenn wir hier fertig sind, sehen wir uns erst einmal gründlich im Pensionszimmer des Toten um. Vielleicht haben wir ja mal Glück und finden ein Erpresserschreiben oder etwas Ähnliches, das uns zumindest ein Motiv für den mysteriösen Aufenthaltsort des Kritikers liefern würde«, fügt der Kommissar in einem Tonfall hinzu, der keinen Zweifel daran lässt, dass er selbst nicht an diese Möglichkeit glaubt.

»Denk daran, was Leo gesagt hat«, unterbricht ihn Silja sofort. »Es gab keine Schlammspuren an Otzes Schuhen.«

»Wenn das stimmt, müsste ihn jemand zum Tatort geschleppt haben«, folgert der Rechtsmediziner. »Aber ich sehe hier nirgends Abwehrverletzungen. Es stellt sich also die Frage, ob er irgendwie betäubt worden ist.«

»Das können Sie doch rausfinden, oder nicht?«

»Möglicherweise«, antwortet Bernstein ausweichend.

»Leo Blum hat gesagt, dass er keine Fußspuren entdecken konnte, die besonders tief waren.«

»Will heißen?«, fragt Bernstein, ohne sich dabei stören zu lassen, die Leiche von ihren Innereien zu befreien.

»Das Opfer ist vermutlich nicht durch die Vogelkoje getragen worden.«

»Allerdings ist das keine sehr belastbare Aussage«, wirft Silja ein. »Jedenfalls nicht, solange wir nicht wissen, wie viel die anderen Besucher gewogen haben. Es müssen ja nur zwei oder drei etwas schwerere Personen dabei gewesen sein, dann relativiert das den Vergleichsmaßstab schon erheblich.«

»Hast recht«, gibt Bastian zu. »Vor allem, weil der hier«, er deutet auf den schmalen Leib auf dem Obduktionstisch, »höchstens achtzig Kilo wiegt, wenn überhaupt.«

»Dreiundsiebzig, um genau zu sein«, korrigiert ihn Bernstein sofort.

»Sag ich doch.« Bastian verdreht die Augen.

»Das habe ich gesehen«, beschwert sich Bernstein. »Wenn Sie an weiteren Auskünften von mir nicht interessiert sind, brauchen Sie das nur zu sagen.«

»'tschuldigung. War nicht so gemeint«, antwortet Bastian sofort.

»Dann ist ja gut. Ich darf also zusammenfassen: Der Tote war gesund und fit, nach allem, was ich bisher sehen konnte, sind keine Krankheiten oder Beeinträchtigungen erkennbar. Ein Missbrauch hat nicht stattgefunden. Der Tod ist durch einen Stich in die Brust eingetreten, bei der das Herz lebensgefährlich verletzt worden ist. Weitere Stiche und großer Blutverlust davor und danach haben den Sterbeprozess mit Sicherheit beschleunigt.«

Der Rechtsmediziner bricht ab und blickt die beiden Ermittler auffordernd an. Silja merkt, wie sich ihr Puls beschleunigt. Kommt jetzt etwas Brisantes? Irgendetwas, das ihnen eine neue Spur aufzeigen könnte? Auch Bastian scheint alarmiert.

»Sie verschweigen doch was. Jetzt reden Sie schon!«

»Ich dachte, es interessiert Sie vielleicht, wie die Stiche ausgeführt worden sind.«

»Wie meinen Sie das?«, hakt Bastian ungeduldig nach.

»Nun, an der Lage der Leiche auf der Bank und einer ganz leichten Schrägstellung der Einstiche kann man ablesen, dass der Täter ein Rechtshänder war.«

»Linkshänder wäre mir lieber gewesen«, grummelt der Kommissar.

»Kann ich mir denken.« Bernstein begleitet seine Worte mit einem fast schon schadenfrohen Lachen. »Leider habe ich sonst auch nichts weltbewegend Neues. Es liegen keine Abwehrverletzungen vor, was für eine prämortale Betäubung sprechen könnte. Die erforderlichen Blut- und Urintests werden noch durchgeführt.«

»Das war's?« Fragend hebt Bastian die Augenbrauen.

»Für's Erste, ja.«

»Dann sind wir genauso klug als wie zuvor«, murmelt der Kommissar. »Danke trotzdem und einen schönen Sonntag noch!«

»Ebenso«, antwortet der Rechtsmediziner fröhlich. Bastians Sarkasmus scheint ihm komplett entgangen zu sein.

Sonntag, 28. September, 08.38 Uhr, Osthedig, Westerland

Pernille Aurich sitzt angespannt auf einem Küchenstuhl und dreht ihren Teebecher zwischen den Fingern. Sie trägt unter ihrem dunklen Bademantel einen ausgeblichenen Frotteschlafanzug, dessen eines Bein einen langen Riss aufweist. Ihre Füße stecken in abgetragenen Gesundheitslatschen und wippen zu jedem ihrer Worte im Takt. Überhaupt scheint Pernille keine Sekunde still sitzen zu können. Ständig zappelt sie auf ihrem Stuhl hin und her und wirft dem Kommissar scheele Blicke zu. Eine dicke schwarze Katze, die sich anfangs zu den beiden gesellt hatte, hat es schon nach wenigen Minuten vorgezogen, sich leise miauend zu verabschieden.

Sven Winterberg fragt sich ernsthaft, warum die Caterin einen so nervösen Eindruck macht. Denn das Gespräch ist über die einleitenden Präliminarien noch nicht hinausgekommen, und Sven hat bisher darauf verzichtet, der jungen Köchin vom Mord an Konrad Otze zu berichten. Offiziell ist er wegen der verschwundenen Messer bei ihr.

»Sie waren weg, einfach weg«, klagt Pernille gerade, stellt den Teebecher auf dem Küchentisch ab und stützt den Kopf in die Hände. »Wissen Sie, was so ein Set kostet?«

»In etwa, ja. Aber Sie sind vermutlich versichert?«

»Machen Sie Witze? Ich kann mich und mein Unternehmen ja so kaum über Wasser halten.« Fahrig fährt sie sich mit beiden Händen durch die ungekämmten Haare.

»Was macht Sie so nervös?«

»Ihr Ernst jetzt?«

Sven nickt.

»Ich muss wieder meine Eltern anpumpen. Das ist langsam nicht mehr lustig«, seufzt sie. »Das war mein erster großer Auftrag. Ich habe einiges dafür abgesagt und in der letzten Woche echt hart gearbeitet. Außerdem habe ich das ganze Catering zu einem All-inclusive-Dumpingpreis angeboten, der gerade so meine Lohn- und Materialkosten abgedeckt hat. Der Job sollte ein Sprungbrett sein.«

Sven überlegt kurz, warum man so etwas überhaupt tut, dann fragt er: »Wegen des Promifaktors?«

»Ganz genau. Es sollte alles perfekt sein. Auch meine beiden Mitarbeitenden haben sich total ins Zeug gelegt. Aaron, mein Souschef, und Nadine, die noch ziemlich am Anfang ihrer Ausbildung ist. Beide haben mich bis zur Selbstaufgabe unterstützt. Die muss ich schließlich auch noch bezahlen. Und dann verschwinden diese verdammten Messer! Ein neues Set kostet mich locker einen Tausender. Den ich nicht habe, wie gesagt. Stört es Sie, wenn ich rauche?«

Sven schüttelt den Kopf.

Pernilles Finger zittern, als sie sich die Zigarette anzündet. Sie nimmt einen tiefen Zug und lässt sich Zeit, bevor sie den Rauch wieder ausstößt. Schließlich redet sie leise weiter.

»In den letzten Monaten hat sich mein junges Unternehmen mehr schlecht als recht mit kleinen Aufträgen über Wasser gehalten. Und es sah echt nicht so aus, als würde sich daran demnächst etwas ändern. Die Konkurrenz hier auf der Insel ist mörderisch, das habe ich komplett unterschätzt. Aber dann kam plötzlich meine große Chance. Ein Auftrag von Melinda Jakobsen persönlich. Ich habe gedacht, ich höre nicht recht. Ob ich Zeit und die Kapazitäten hätte, eine Woche lang für die Gäste des Literaturcolloquiums zu kochen.«

»Sie haben zugesagt, obwohl Sie sich das gar nicht leisten konnten«, stellt Sven fest, während er weiter aufmerksam die überaus fahrigen Bewegungen seiner Gesprächspartnerin beobachtet.

»Klar habe ich das.« Noch ein tiefer Zug aus der Zigarette. »Dabei hatte ich nicht nur kein Geld, sondern eigentlich auch keine Zeit. Ich habe zwei andere Kunden verprellt, um den Job machen zu können. Und mich notgedrungen sogar mit dieser wirklich steinzeitlich ausgestatteten Küche arrangiert.«

»Alles wegen der Prominenz der Gäste?«

Pernille nickt. »Die Talkshowgröße Melinda Jakobsen, das muss man sich mal reinziehen. Und dazu noch der Literaturkritiker Konrad Otze. Der hat nebenbei auch schon die eine oder andere Restaurantkritik verfasst. Für mich war sofort klar, welchen Werbeeffekt dieser Einsatz haben könnte. Sollten Jakobsen und Otze zufrieden mit der Bewirtung sein, würden sie mich und mein junges Unternehmen weiterempfehlen, und das hoffentlich auch an Freunde und Geschäftspartner, die nicht aufs Geld gucken müssen. *Kutterscholle und Butterstulle* könnte vielleicht bald in der ganz großen Liga mitspielen. So eine Chance bekommt man nicht zweimal.«

»Ich wiederhole meine Frage. Warum sind Sie dann so nervös?«

»Weil ich pleite bin, Mann. Ist das so schwer zu verstehen? Als Koch geht man immer in Vorleistung. Bei jedem Job. Und das kann ich nicht mehr. Zu viele Schulden, kein Kredit. Da nutzen mir eventuelle Nachfolgeaufträge nur noch herzlich wenig.«

»Gibt es denn schon welche?«

Pernille schüttelt den Kopf. »Wir haben gestern Nachmittag zusammengepackt. Alle waren total zufrieden, aber das Ganze muss sich natürlich erst rumsprechen.«

»Vermutlich wird es dabei ein kleines Problem geben«, beginnt Sven vorsichtig.

»Die Zeit, ich weiß. Irgendwie muss ich über die Wartezeit kommen, ohne pleitezugehen.«

»Das meine ich nicht.« Sven richtet sich unwillkürlich ein

wenig auf. Er fühlt sich bei dem Gedanken an den möglichweise tödlichen Stoß, den er Pernille Aurichs junger Firma gleich versetzen wird, gar nicht wohl. »Konrad Otze, auf dessen Propaganda Sie so viel Wert gelegt haben, wird sich leider nicht mehr für Sie verwenden können.«

»Warum das? Hat er sich beschwert?«

»Er ist tot.«

»Was?« Die Zigarette fällt ihr aus der Hand, aber das Zittern hört auf.

»Konrad Otze wurde gestern Nachmittag ermordet.«

Pernille schüttelt kurz den Kopf, dann bückt sie sich, um die Zigarette vom Boden aufzuheben. Die schwarze Katze kehrt in die Küche zurück und streift schnurrend um Pernilles Beine. Die Köchin streichelt ihre Katze, bleibt aber weiterhin stumm.

Sven wartet. Schließlich murmelt Pernille, ohne ihn anzusehen: »Gestern Nachmittag, sagen Sie? Wer hat ihn umgebracht? Und wo?«

»Wenn ich das wüsste, säße ich nicht hier. Es sei denn, Sie wären die Täterin.« Als der Kommissar Pernilles erschrockenen Blick sieht, muss er fast lachen. »Ich brauche Ihre Aussage, Frau Aurich. Konrad Otze hat nur noch zwei Stunden gelebt, nachdem er den Speisesaal der Pension Seemöwe verlassen hat. Sein Aufenthaltsort in der Zeit zwischen fünfzehn und siebzehn Uhr ist also von größtem Interesse von uns.«

»Ich weiß nicht, wohin er gegangen ist. Ich war in der Küche und habe meinen Job gemacht.«

»Hat Konrad Otze während dieses letzten Essens die Küche betreten?«

»Nein, warum sollte er?«

»Okay«, sagt Sven, ohne auf die Gegenfrage einzugehen.

»Er war also nicht in der Küche und hat demzufolge die Pension auch nicht durch die Küche verlassen. Die Küche hat doch eine Außentür?«

»Ja, hat sie, aber Otze ist nicht hindurchgegangen.«

»Gut. Dann überlegen Sie jetzt bitte mal gründlich. Sie haben ja zwischendurch auch serviert, waren also im Speisezimmer. Wann genau haben Sie Herrn Otze das letzte Mal gesehen? Und welchen Eindruck hatten Sie von ihm?«

Pernille Aurich zuckt die Schultern und presst die Lippen aufeinander. Dann bückt sie sich und hebt die Katze auf ihren Schoß. Während sie das Tier streichelt, antwortet sie nachdenklich: »Das muss beim Hauptgang gewesen sein. Ich hatte mir eines meiner persönlichen Highlights bis zum letzten Tag aufgespart. Gratiniertes Filet vom Deichlamm mit Zuckererbsen und Trüffelgnocchi. Perfekt auf den Punkt gegart ist das ein absolutes Gedicht, sage ich Ihnen.«

»Der Kritiker, Frau Aurich«, erinnert Sven ungeduldig. »Wie war er drauf?«

Noch einmal zuckt sie die Schultern. »Er wirkte ausgeglichen, fast schon gleichgültig, würde ich sagen. Ganz im Gegenteil zu den anderen Gästen.«

»Wie meinen Sie das?«

»Die anderen waren deutlich sichtbar erschöpft. Erschöpft, genervt und wahrscheinlich unendlich erleichtert«, antwortet Pernille wie aus der Pistole geschossen. »Die waren alle froh, dass es vorbei war.«

»Interessant. Gab es Spannungen? Animositäten?«, setzt Sven nach.

»Jede Menge. Wenn ich die Zahl der giftigen Blicke schätzen sollte, die im Lauf dieser einen Woche über den Esstisch geschleudert wurden, dann bin ich locker bei über hundert.«

»Was glauben Sie, wer hat wen gehasst und warum?«

»Inhaltlich kann ich dazu gar nichts sagen. Ich war ja immer nur für ein paar Momente draußen. Aber normal wäre doch gewesen, dass sich im Lauf der Woche eine familiäre Atmosphäre einstellt. Schließlich haben diese Leute sieben Tage lang aufeinandergehockt. Stattdessen hatte ich den Eindruck, dass sich ständig die Frontlinien verschoben. Als ob jeder Einzelne von denen sich täglich mit einem anderen überworfen hat.«

»Okay, das hilft schon mal weiter«, erklärt Sven in aufmunterndem Tonfall. »Konnten Sie vielleicht erkennen, ob jemand besonders schlecht auf Konrad Otze zu sprechen war?«

»Die beiden Männer, würde ich sagen.« Pernilles Antwort kommt ohne Zögern. »Die Frauen waren irgendwie immer noch ein bisschen flirtend unterwegs. Aber dieser andere Journalist und auch der Dichter, mir fallen gerade die Namen nicht ein, die haben nicht ein einziges Mal das Wort an Otze gerichtet. Oder er an sie. Jedenfalls nicht, wenn ich im Raum war. Stattdessen gab es jede Menge böser Blicke.« Pernille verstummt abrupt und konzentriert sich ganz auf das Streicheln ihrer Katze.

»Danke Ihnen. Das deckt sich durchaus mit anderen Beobachtungen. Ich möchte aber noch einmal auf Ihren Arbeitsplatz, also die Küche zurückkommen. Die hat eine Außentür, sagten Sie?«

»Ja, das ist üblich, schließlich müssen Zutaten angeliefert werden. Das möchte man ungern an Pensions-, Hotel- oder Restaurantgästen vorbeitransportieren.«

»Verstehe. Kommen wir zum Verschwinden Ihrer Messer. Ihre beiden Mitarbeiter schließen Sie als Diebe aus?«

»Selbstverständlich!«

Sven ignoriert den bösen Blick, der ihn trifft, und fragt weiter. »Dann müsste der Dieb also entweder von außen gekommen sein oder aus dem Kreis der Colloquiumsteilnehmer stammen, ist das richtig?«

»Scheint so«, antwortet Pernille unwirsch. »Worauf wollen Sie hinaus?«

»Das erfahren Sie gleich. Zunächst noch zwei weitere Fragen: War die Küche zwischendurch unbeaufsichtigt? Und war die Außentür während des Essens von innen verriegelt?«

»Nein und nein.« Pernille richtet sowohl ihren Blick als auch ihre ganze Aufmerksamkeit auf die Katze, die ausgiebig gekrault wird.

»Also Sie und Ihre Mitarbeiter haben sich zwischendurch nie zu dritt im Speisesaal aufgehalten, so dass theoretisch niemand hätte von außen eindringen und die Messer an sich bringen können?«

»Wir waren höchstens mal für ein paar Sekunden alle drei draußen, und wie hätte man das abpassen sollen?«

»Ein Blick durchs Fenster, die Küche ist doch ebenerdig«, schlägt Sven vor.

Sie zuckt die Schultern. »Doch, das wäre möglich gewesen.«

»Die Alternative ist, dass einer der Gäste die Messer gestohlen hat.«

»Die waren nicht in der Küche.«

»Sicher?«

Pernille nickt, sieht aber nicht ganz überzeugt aus. »Warum wollen Sie das alles so genau wissen?«

»Dafür gibt es zwei Gründe. Den ersten kennen Sie. Ihre Anzeige gegen Unbekannt wegen der gestohlenen Messer.«

»Und der zweite?«

»Konrad Otze ist höchstwahrscheinlich mit genau diesen Messern ermordet worden.«

Pernille Aurich krallt die Hände in das Fell ihrer Katze und schaut erschrocken auf. »Was?«

»Sechs Stiche aus sechs Profiküchenmessern. Der Abgleich steht noch aus, weil die Messer noch in der Spurensicherung sind. Aber ich denke, dass es sich hier kaum um einen Zufall handeln wird.«

»Dann bekomme ich meine Messer also zurück?« Pernilles Gesicht strahlt.

»Wenn es Sie nicht stört, dass damit vermutlich ein Mensch getötet worden ist«, erwidert Sven schmallippig.

»Wofür ich nichts kann«, entgegnet sie cool.

»Vermutlich nicht.«

»Was soll das heißen?« Alles an der Caterin signalisiert plötzlich Alarmbereitschaft. Selbst die Katze, die bisher schnurrend vor sich hin gedöst hat, hebt den Kopf.

»Wir wissen immer noch nicht, warum das spätere Opfer vor dem Ende der Mahlzeit so überhastet den Tisch verlassen hat. Dafür ist uns bisher nur eine einzige Erklärung eingefallen.«

»Jetzt bin ich gespannt.«

»Kann es sein, dass mit Ihrem Essen irgend etwas nicht in Ordnung war?«

»Wie meinen Sie das?« Pernilles Stimme wird scharf.

»Na ja, vielleicht war eine Zutat schlecht, oder es gab einen anderen Grund dafür, dass Herr Otze plötzlich Magenprobleme bekommen haben könnte.«

»Das ist eine ungeheuerliche Unterstellung«, empört sich die Köchin. »Meine Zutaten sind immer von allererster Qualität.« Sie bemerkt offenbar selbst, wie schrill ihre Stimme plötzlich geworden ist, und bemüht sich sichtlich darum, sich zu beruhigen. »Haben Sie schon mal über weniger beleidigende Gründe nachgedacht? Vielleicht musste er einfach nur mal pinkeln? Das ist schließlich ein ziemlich menschliches Bedürfnis.«

»Mag sein. Nur wäre er dann vermutlich an die Tafel zurückgekehrt. Bei einer Magenverstimmung allerdings …«

»Wo ist er eigentlich umgebracht worden?«, unterbricht Pernille den Kommissar.

»Ein ganzes Stück entfernt von Ihrer Wirkungsstätte. Mehr möchte ich dazu im Moment nicht sagen.«

»Na gut. Ich habe auch nichts mehr zu sagen. Sind wir dann fertig?« Pernille Aurich ist inzwischen sichtlich verärgert und bemüht sich auch nicht, dies zu verbergen. Sie lässt die Katze vom Schoß und steht auf. »Ich würde mich nämlich jetzt gern duschen und anziehen, wenn Sie nichts dagegen haben.«

»Wie könnte ich. Und danke noch mal dafür, dass Sie mich so unkompliziert empfangen haben.«

»Keine Ursache. Ich hoffe, Sie finden Ihren Mörder.«

Das ist nicht mein *Mörder*, will Sven noch erwidern, doch Pernille steht schon in ihrer Diele, um ihn hinauszubegleiten. Als der Kommissar die Wohnung verlässt, faucht ihre Katze hinter ihm her, als habe er sie persönlich misshandelt.

Sonntag, 28. September, 09.05 Uhr, Pension Seemöwe, Wenningstedt

Hinter der schmalen Theke, die als Rezeption dient, steht eine junge Frau in einem dicken Rollkragenpullover, deren Haar im Nacken zu einem straffen Zopf geflochten ist. Ihr Namensschild weist sie als Zoe Blücher aus, und der Blick, mit dem sie die beiden Ermittler mustert, ist mehr neugierig als ehrfürchtig.

»Guten Morgen«, begrüßt Silja die junge Frau, »und danke, dass Sie uns hier unterstützen.«

»Keine Ursache«, erwidert sie fast atemlos. »Ich find's total spannend, dass Sie hier sind.« Ihre sehr hellblauen Augen wandern bewundernd von Bastian zu Silja und wieder zurück. »Ich wollte eigentlich selbst nach dem Abi zur Kripo, wissen Sie, aber leider bin ich durch die Aufnahmeprüfung gefallen. Na ja, war halt Pech. Das hier ist aber nur ein Übergangsjob, bis ich mich noch mal bewerben kann. Vielleicht werden wir dann sogar Kollegen.«

»Da können wir Ihnen nur Glück für die zweite Bewerbung wünschen«, erwidert Silja diplomatisch, während sie die Hand ausstreckt und den Schlüssel präsentiert, den sie bei dem toten Konrad Otze gefunden haben. »Wir würden gern hochgehen und uns das Zimmer ansehen.«

»Ja klar. Sie finden das Seepferdchen außen auf der Tür. Wir haben ja nur sieben Zimmer, da brauchen wir keine Nummern, es reichen Symbole. Muschel, Strandkorb, Sonne, Surfboard, Krabbe, Kutter und eben auch Seepferdchen. Ist irgendwie persönlicher.« Sie begleitet ihre Erklärung mit einem unsicheren Lächeln. Als Bastian nur zerstreut nickt, fragt sie nach kurzem Zögern: »Ich darf nicht vielleicht zugucken, wenn Sie das Zimmer durchsuchen?«

»No way«, antwortet der Kommissar schärfer als nötig, was ihm einen tadelnden Blick von Silja einträgt.

Während beide die Treppe hinaufgehen, zischt er: »Was willst du? Wir brauchen ganz bestimmt keine Praktikantin, die uns erst über die Schulter guckt und anschließend alles ausplaudert.«

»Sie ist möglicherweise eine wichtige Zeugin, es wäre vielleicht schlauer, netter zu sein.«

»Dann geh halt wieder runter und frag sie, ob sie irgendwas Wichtiges beobachtet hat. Aber soweit ich weiß, war sie gestern Nachmittag sowieso nicht hier.«

»Aber unter der Woche jeden Vormittag.«

»Ist ja gut, ich entschuldige mich nachher. Wo ist denn jetzt das Seepferdchen? Ach, da hinten.«

Silja und Bastian streifen die dünnen Handschuhe über, dann steckt die Kommissarin den Schlüssel ins Schloss, entriegelt die Tür und stößt sie mit einem Ruck auf. In dem Raum riecht es muffig, obwohl das Bett ordentlich gemacht ist und auch im Bad alles gerichtet wurde.

»Mist«, entfährt es Bastian. »Das Housekeeping war offenbar schon durch, als er zum Essen hinuntergegangen ist.«

»Otze wollte wegen des Surf Cups noch eine Woche in der Pension bleiben, deshalb haben sie wahrscheinlich ganz normal am Vormittag sauber gemacht. Bei allen anderen Zimmern hat das Housekeeping bestimmt gewartet, bis sie freigezogen waren«, erläutert Silja. Sie blickt sich in dem schmalen Raum mit den schrägen Wänden um und knipst das Licht an. »Ganz schön dunkel, so ein Mansardenzimmer. Aber schau mal, da auf dem Nachttisch liegt Otzes Handy. Wenigstens etwas. Es hängt am Ladekabel, wahrscheinlich war es leer, und er hat es deshalb nicht mit nach unten zum Abschiedsessen genommen«, fügt sie hinzu, während sie das Handy mitsamt Kabel vorsichtig in einen Beweismittelbeutel gleiten lässt.

Doch Bastian scheint nur mit halbem Ohr hinzuhören. Er

ist bereits an den winzigen Schreibtisch getreten, der direkt unter dem Fenster eingebaut ist, und blättert in einem Stapel Papiere.

»Ich glaub's jetzt nicht, aber der schreibt seine Verrisse immer noch mit der Hand.«

»Schrieb«, korrigiert ihn Silja, während sie Otzes Kleiderschrank öffnet und einen ersten Blick hineinwirft. »Mich wundert das, ehrlich gesagt, weniger. Wer selbst auf Sylt in maßgeschneiderten Anzügen herumläuft, benutzt wahrscheinlich auch einen Füllfederhalter und personalisiertes Briefpapier.«

»Jaja, schon möglich«, antwortet Bastian unkonzentriert. Er hebt eines der Blätter hoch und beginnt vorzulesen. *»Die markerschütternde Banalität des Gesagten korreliert auf fast schon beängstigende Weise mit der Simplizität von Syntax und Semantik. Rückschlüsse auf die Komplexität des Gehirns der Autorin drängen sich auf.«* Stirnrunzelnd blickt er sich zu Silja um. »Das ist schon ziemlich beleidigend, oder?«

»Beleidigend? Machst du Witze? Das ist absolut vernichtend. Steht da auch, wer gemeint ist?«

Bastian schüttelt den Kopf, doch dann kommt er auf die Idee, das Blatt umzudrehen. »Saskia Grothe. Kein Wunder, dass die stinkig ist«, murmelt er und greift schon nach dem nächsten Blatt. »Und hör mal dieses hier. Es geht um Fred Hübner. *In den letzten Jahren ist es ihm gelungen, sich in jede, aber auch wirklich jede unappetitliche Geschichte hineinzudrängen, die sich auf der beliebten Ferieninsel ereignet hat. Skrupellos hat er noch die tragischsten Verbrechen für seine ureigenste Gewinnmacherei ausgeschlachtet. Das ist nicht nur gegen jede journalistische Berufsehre, sondern vor allem moralisch allerunterste Schublade.*«

»Wow. Beerdigung erster Klasse, würde ich sagen.«

»Sehe ich auch so.« Bastian lässt das Blatt sinken. »Glaubst du, es könnte sein, dass irgendjemand das hier zu Gesicht bekommen hat?«

Silja überlegt kurz, dann antwortet sie: »Shirin Yildirim vermutlich. Schließlich hat sie eine Nacht mit Otze verbracht, und zwar auf seinem Zimmer, wenn ich mich nicht irre.«

»Das heißt natürlich noch nicht, dass sie hier herumgestöbert hat.«

»Nein.« Silja zuckt mit den Schultern. »Aber ausgeschlossen ist es nicht. Und sie könnte durchaus über ihre Entdeckung geredet haben, jedenfalls nachdem Otze sie so plötzlich fallengelassen hat.«

»Enttäuschte Liebe und Rachegelüste, da haben wir sie wieder, die Spitzenreiter unter den Mordmotiven«, sagt Bastian, während er die Papiere weiter durchsieht.

»Gibt's noch mehr Verrisse, oder war das alles?«

»Hier ist noch ein Entwurf, aber so ganz schlau werde ich daraus nicht.«

»Zeig mal.« Silja schließt den Kleiderschrank, tritt zu Bastian ans Fenster und nimmt ihm das Blatt aus der Hand. Einzelne Sätze stehen quer über das Blatt verteilt, nur verbunden durch wenige hingekritzelte Pfeile. *»Erotische Phantasien, die auf ein nur noch peinlich bedürftiges Begehren schließen lassen«*, liest Silja. *»Leere Floskeln ersetzen die prallen Metaphern früherer Werke. Ein Ausnahmetalent, das sich selbst überlebt hat.* Oje, das klingt ganz nach einer weiteren Abrechnung.«

»Und was glaubst du, wem die gilt? Ein Name steht hier nämlich nicht.«

Silja muss nicht lange nachdenken. »Damit kann eigentlich nur Enard Gastmann gemeint sein. Lorena Larsen als Kinderbuchautorin scheidet beim Thema *erotisches Begehren* ganz sicher aus. Und Shirin Yildirim hat ja erst ein einziges Buch veröffentlicht und damit keine *früheren Werke* aufzuweisen. Und die Talkshowgröße Melinda Jakobsen hat, soweit ich weiß, noch gar nichts veröffentlicht.«

»Was fast schon ein Wunder ist, denn eigentlich fühlt sich heutzutage doch jeder halbwegs Prominente automatisch zum Autor berufen«, fügt Bastian hinzu.

Das kommt bei der bestimmt auch noch, will Silja gerade sagen, als etwas unten auf der Straße ihre Aufmerksamkeit erregt. Sie beugt sich über den schmalen Schreibtisch und blickt durch das Erkerfenster nach unten. Auf der anderen Straßenseite befindet sich ein Riegel von niedrigen Reihenhäusern, die hinter üppig bewachsenen Vorgärten fast verschwinden. Ein schlaksiger Typ in klobigen Sneakers und einer dunklen Jacke steht vor einem der Häuser. Er trägt eine dicke Strickmütze, hat den Kopf in den Nacken gelegt und schaut konzentriert zu dem Fenster von Konrad Otzes Zimmer hinauf.

Silja wendet dem Mann auf der Straße demonstrativ den Rücken zu und sagt leise: »Guck jetzt bitte nicht aus dem Fenster, denn wir sind von unten gut zu erkennen.« Dann zieht sie Bastian ins Innere des Raums und macht das Deckenlicht aus. »So, jetzt kannst du nachsehen, aber vorsichtig. Steht da unten immer noch dieser Kerl? Der beobachtet uns doch.«

»Allerdings.« Mit wenigen Schritten ist Bastian an der Tür. »Komm mit, den schnappen wir uns.«

Als die beiden Ermittler die Treppe hinunterpoltern, blickt Zoe Blücher ihnen aus großen Augen hinterher.

»Sie bleiben da, wo Sie sind«, ruft Bastian ihr noch warnend zu, dann sind die Kommissare draußen. Der frischkalte Wind schlägt die Tür hinter ihnen zu, und ein leichter Nieselregen erinnert sie daran, dass sie in der Eile ihre Jacken nicht übergezogen haben. Doch der Unbekannte auf der anderen Straßenseite ist ihnen wichtiger. Er steht immer noch am gleichen Platz, schaut aber nicht mehr an der Hausfassade hoch, sondern den beiden Ermittlern direkt in die Gesichter. Silja will schnell über die Straße laufen, aber Bastian hält sie zurück. Sekunden später fegt ein dunkler SUV mit überhöhter Geschwindigkeit an ihnen vorbei.

»Dieser Idiot hätte dich fast erwischt«, schimpft Bastian und schickt dem Wagen einen bösen Blick hinterher.

Doch Silja geht gar nicht darauf ein. »Er ist weg«, schimpft sie.

»Klar, so schnell, wie der war.«

»Ich meine den Mann, der uns beobachtet hat.«

»Das kann doch gar nicht sein.« Bastian mustert die Straße in beide Richtungen. »Da hinten in dem Vorgarten, siehst du?«, ruft er hastig und rennt los. Sekunden später entdeckt auch Silja den dunklen Schatten hinter einem hüfthohen Friesenwall, der mit Kartoffelrosen bewachsen ist. Da Bastian dem Fremden den Weg von vorn abschneidet, bleibt ihm nichts anderes übrig, als sich zur Haustür zu flüchten und panisch auf den Klingelknopf zu drücken. Doch als niemand öffnet, steckt er fest. Es gibt ein kleines Gerangel, dann zieht Bastian den dunkel Gekleideten von der Tür weg und aus dem Vorgarten heraus.

Mit festem Griff führt er ihn zurück zur Pension Seemöwe. Dort ist inzwischen die Pforte aufgegangen, weil Zoe

Blücher es offensichtlich nicht im Inneren der Pension ausgehalten hat.

Als Silja und Bastian mit ihrem Fang vor der jungen Frau stehen, reagiert sie allerdings ganz anders, als die beiden Kommissare erwartet hätten. »Herr Gastmann?«, fragt sie verblüfft. »Haben Sie was vergessen?«

Silja tritt einen Schritt zurück. »*Sie* sind Enard Gastmann?«

»Wenn Sie nichts dagegen haben«, erwidert der dunkel Gekleidete mürrisch und versucht, sich aus Bastians Griff zu lösen.

»Ich habe gestern Abend und heute früh x-mal versucht, Sie anzurufen, aber Sie sind nie rangegangen«, erklärt Silja vorwurfsvoll.

»Kein Wunder. Ich habe offenbar mein Handy hier liegenlassen, jedenfalls hoffe ich das. Ist es gefunden worden?«, wendet sich Gastmann an Zoe Blücher, ohne die Kommissare eines weiteren Blickes zu würdigen.

»Keine Ahnung«, sagt die junge Frau entschuldigend. »Wir können aber gleich mal in Ihrem Zimmer nachsehen. Ich glaube, das haben wir noch nicht wieder hergerichtet. Es ist erst ab morgen oder übermorgen vermietet.«

»Ach super, dann liegt es sicher noch auf dem Nachttisch.« Die Erleichterung hält sich nur kurz in Gastmanns Stimme. Als er sich Bastian zuwendet und weiterredet, ist sein Ton umso aggressiver. »Und was bitte sollte dieser Überfall eben?«

»Wir sind von der Kriminalpolizei Westerland. Sie haben sich außerordentlich verdächtig benommen.«

»Weil ich in ein beleuchtetes Fenster geschaut habe?«

»Wussten Sie, wer hinter diesem Fenster wohnt oder gewohnt hat?«

»Konrad Otze«, antwortet Gastmann nach einem kaum wahrnehmbaren Zögern. »Er ist Literaturkritiker, und wir haben die letzte Woche gemeinsam an einem Colloquium teilgenommen. Ich habe das Licht gesehen und eine Frauengestalt und habe mich daher gefragt, wer sich hinter dem Fenster aufhält.« Er zuckt die Schultern und setzt eine unschuldige Miene auf. »Reine Neugier also. Das ist ja wohl kaum strafbar.«

»Lassen Sie uns erst mal reingehen«, schlägt Bastian in etwas versöhnlicherem Tonfall vor. »Und Frau Blücher kann dann auch gleich nachschauen, ob Ihr Handy noch oben ist.«

Nachdem die vier im Foyer der Pension angekommen sind, macht sich die Pensionsangestellte sichtlich widerstrebend auf den Weg nach oben. Ihr ist deutlich anzusehen, dass sie nur allzu gern den Fortgang der Unterhaltung verfolgt hätte.

»Ich komme mit«, erklärt Silja und zwinkert Bastian zu. »Dann kann ich gleich noch einen Blick in Herrn Gastmanns Zimmer werfen.«

»Was soll das denn nun wieder?«, fragt Enard Gastmann aufgebracht. Er lehnt am Rezeptionstresen, schüttelt die Regentropfen von seiner Jacke, zieht sich die Mütze vom Kopf und funkelt den Kommissar wütend an.

»Gegenfrage. Warum sind Sie eben weggelaufen, wenn Sie nichts zu verbergen haben?«

»Ich weiß es nicht«, ist die verblüffende Antwort. »Ein Reflex vermutlich. Jemand scheint dich verfolgen zu wollen, also läufst du weg.«

»Interessant, die Ausrede kannte ich noch gar nicht«, kommentiert Bastian nicht ohne Ironie.

»Also bitte, was wollen Sie überhaupt von mir?«

»Dazu kommen wir jetzt. Es geht um Ihr Interesse an Konrad Otze. War das rein beruflicher Natur?«

»Was? Wie meinen Sie das?«

»Ganz einfach. Sie beobachten eine Frau hinter Otzes Zimmerfenster und reagieren höchst ungewöhnlich. Da fragen wir uns natürlich nach dem Grund. Könnte Eifersucht im Spiel sein?«

»Nein. Quatsch.« Nervös dreht Gastmann seine Mütze zwischen den Händen. »Wie kommen Sie denn darauf? Konrad Otze und ich hatten ein rein berufliches Verhältnis. Er schätzte meine Werke und hat mich sehr gefördert. Seine Weibergeschichten interessieren mich nicht die Bohne.«

Nach kurzem Nachdenken erwidert Bastian: »Hatten Sie dann vielleicht ganz andere Erwartungen an diese erste Begegnung geknüpft? Erwartungen, die womöglich bitter enttäuscht worden sind?«

»Unser Kontakt war nur beruflich, wie gesagt«, beharrt Gastmann mit einer Verve, die verdächtig wirkt.

»Okay, wenn Sie das sagen«, antwortet Bastian maliziös. »Uns liegen allerdings schlagkräftige Indizien vor, die darauf hindeuten, dass es mit Herrn Otzes Wohlwollen, was Ihre Werke betrifft, vorbei war.«

Enard Gastmann schnappt nach Luft. »Das kann ich mir nicht vorstellen. Hat er Ihnen das gesagt?«

»Leider ist er dazu nicht mehr in der Lage. Konrad Otze ist gestern Nachmittag ermordet worden. Unsere Anrufe, die Sie bedauerlicherweise nicht annehmen konnten, dienten dazu, Ihnen dies mitzuteilen und Sie als Zeugen zu befragen.«

»Er ist tot?«

»Das sagte ich gerade.«

»Aber wie? Also warum? Ich verstehe nicht.« Enard Gastmann scheint tatsächlich schwer erschüttert zu sein. Er stößt sich schwankend vom Tresen ab, wobei seine Mütze zu Boden gleitet, dann umrundet er den Tresen und greift nach einem Stuhl. Stöhnend lässt der Dichter sich darauf fallen.

»Haben Sie bei dem Abschiedsessen irgendetwas Verdächtiges beobachtet?«

Bastian formuliert seine Frage bewusst unpräzise. Er will die Erschütterung seines Zeugen ausnutzen, um möglichst an noch unbekannte Details heranzukommen. Doch Enard Gastmann verhält sich komplett abweisend.

»Nein, überhaupt nicht. Es lief alles ganz normal. Bis Konrad Otze verschwand, jedenfalls.«

»Man hat uns gesagt, dass Sie es waren, der darauf gedrungen hat, in seinem Zimmer nach dem Rechten zu sehen.«

»Das war doch eine ganz normale Reaktion«, versichert Gastmann mit zittriger Stimme.

»Aber Sie haben sich geweigert, selbst nach oben zu gehen, so dass Fred Hübner das an Ihrer Stelle übernommen hat.«

»Das stimmt. Es geschah aus reiner Diskretion. Mir war irgendwie nicht wohl bei dem Gedanken, in Herrn Otzes Intimbereich einzudringen.«

»*Intimbereich*. Interessante Wortwahl.«

»Was wollen Sie mir jetzt wieder unterstellen?«

»Nichts«, antwortet Bastian betont harmlos, um allerdings gleich noch eins draufzusetzen. »Was ich aber weiß, ist, dass oben in Herrn Otzes Zimmer eine vernichtende Kritik Ihrer neuesten Texte liegt. Hätte man Ihnen also nachweisen können, dass Sie die kennen, wäre das unter Umständen als Mordmotiv zu werten gewesen.«

Enard Gastmann verdreht die Augen und denkt kurz nach. Dann sagt er empört: »Wenn ich Sie recht verstanden habe, unterstellen Sie mir Folgendes: Auf irgendeine mysteriöse Weise habe ich von Konrad Otzes geplantem Vernichtungsschlag erfahren. Und um den zu verhindern, habe ich ihn kurzerhand umgebracht.«

»Das wäre zumindest ein denkbares Motiv. Soweit ich weiß, leben Sie hauptsächlich von Preisgeldern, die ausbleiben würden, sollte Otze sich von Ihnen abwenden.«

Gastmann springt auf. »Das muss ich mir nicht bieten lassen.«

Bevor er weiterreden kann, kommen Silja und Zoe Blücher die Treppe hinunter. Ihre Hände sind leer, Silja macht eine bedauernde Geste in Gastmanns Richtung.

»Leider konnten wir Ihr Handy nicht finden. Und wir haben wirklich gründlich gesucht.«

»Dann muss es wohl woanders sein«, sagt Gastmann mit plötzlich sehr defensiver Stimme.

»Herr Gastmann, wo haben Sie sich gestern Nachmittag zwischen drei und fünf Uhr aufgehalten?«, unterbricht Bastian die Konversation.

»Ich, äh, ich war auf dem Weg nach Morsum, wo ich für die nächsten zwei Wochen ein Zimmer gemietet habe, um in Ruhe arbeiten zu können.«

»Mit dem Taxi?«, fragt Bastian, obwohl er die Antwort bereits kennt.

»Nein. Ich bin mit dem Bus nach Westerland, dann in den Bus nach Morsum und anschließend weiter zu Fuß bis zum Serkwai.«

»Ein ziemlich langer und umständlicher Weg. Zumal mit Gepäck, und da hatten Sie für insgesamt drei Wochen doch sicher einiges dabei. Gibt es Zeugen für diesen Umzug von Wenningstedt nach Morsum?«

»Woher soll ich das wissen? Gegen fünf bin ich bei meiner Vermieterin angekommen. Das wird sie Ihnen sicher bestätigen können.«

»Dann bräuchten wir die Adresse. Und eines noch: Ich muss Sie dringend bitten, sich für weitere Vernehmungen zur Verfügung zu halten.«

»Im Klartext heißt das, ich darf die Insel nicht verlassen?«

»Sie haben es erfasst.«

Sonntag, 28. September, 10.17 Uhr, Kriminalkommissariat Westerland

Als Bastian und Silja die Tür zu ihrem Büro aufstoßen, empfängt sie Sven mit einem breiten Lächeln und einer Tüte *Bürgermeister*. Das marzipanhaltige Plundergebäck ist der erklärte Lieblingssnack der Kommissare und bestens geeignet, selbst die schlechteste Laune aufzuheitern.

Noch bevor er seine Lederjacke auszieht, greift Bastian in die Tüte und genehmigt sich den ersten großen Bissen.

»Wie war's bei der Caterin?«, erkundigt er sich kauernd.

»Die war nervös. Zu nervös, wenn du mich fragst. Aber vielleicht unterschätze ich auch die Panik, in die man gerät, wenn das eigene Geschäftsmodell zu scheitern droht. Sie ist pleite, und das Verschwinden der Messer scheint ihr den Rest gegeben zu haben. Emotional und finanziell.«

»Hat sie denn irgendeine Idee, wer die Messer genommen haben könnte?«, will Silja wissen.

»Absolut nicht. Ihre Mitarbeiter schließt sie aus, das fand

ich auch glaubhaft. Und bevor ihr fragt: Von den dreien scheint niemand ein Motiv zu haben. Im Gegenteil. Es war Pernille Aurichs große Hoffnung, dass der Kritiker das junge Unternehmen weiterempfiehlt und ihr so der Sprung in vermögende Kundenkreise gelingt.«

Bastian, der inzwischen sein Plunderteilchen verputzt hat, wäscht sich die klebrigen Hände und zieht anschließend die Lederjacke aus. »Die Leute haben entweder kein Motiv oder ein wasserfestes Alibi, das ist doch zum Davonlaufen«, schimpft er leise. »Unsere letzte Hoffnung ist diese Berliner Autorin mit dem Latex-Bestseller. Aber die geht ja nicht ans Telefon. Oder hast du sie inzwischen erreicht?«, wendet er sich an Silja.

»Das nicht, aber ich habe die Berliner Kollegen informiert, die müssten gerade bei ihr zu Hause vorbeischauen.«

»Super. Bleibt noch unser guter alter Freund Fred Hübner. Aber bevor ich mir an dem die Finger verbrenne, rede ich noch einmal mit der Staatsanwältin. Und zwar jetzt gleich, solange der Zuckerflash noch anhält. Wollt ihr mithören?«

»Unbedingt«, antwortet Sven, und auch Silja nickt.

Bastian wirft sich auf seinen Schreibtischstuhl und greift nach dem Telefon. Wenige Sekunden später hallt das Klingelgeräusch durch das Büro. Einmal, zweimal, fünfmal. Schließlich wird das Gespräch angenommen.

»Bispingen hier. Wurde auch Zeit, dass Sie sich endlich melden, Kreuzer. Ein erstochener Promi am Kampener Watt ist nicht gerade das, was ich mir für meinen Sonntag erträume«, erklingt die wohltönende Stimme der Staatsanwältin, in der immer auch eine gewisse Schärfe mitschwingt.

»Glauben Sie bloß nicht, dass wir untätig waren. Es sind fast alle Zeugen der letzten Stunden unseres Opfers vernommen, und die Obduktion hat auch schon stattgefunden. Allerdings ohne nennenswerte Erkenntnisse. Der Tod trat gegen siebzehn Uhr ein, und ab etwa fünfzehn Uhr verliert sich die Spur des Opfers.«

»Sie wissen also weder, wie dieser Herr Otze in die Vogelkoje gekommen ist, noch, warum es ihn dorthin verschlagen hat.«

»So ist es. Allerdings stehen noch zwei Zeugenvernehmungen aus.«

»Ich höre ein leichtes Zögern in ihrer Stimme.«

»Richtig, Frau von Bispingen. Das ist auch der Grund dafür, dass ich Sie jetzt schon anrufe. Einer der Teilnehmer des besagten Colloquiums war Fred Hübner.«

Unwillkürlich hält Bastian die Luft an. Und er würde darauf wetten, dass es Silja und Sven ganz ähnlich geht. Es ist totenstill im Raum, so dass alle drei Kommissare deutlich hören können, wie die Staatsanwältin einen ziemlich undamenhaften Fluch ausstößt.

»Nicht Ihr Ernst, Kreuzer«, schiebt sie nach einer kleinen Pause nach.

»Leider doch«, muss Bastian bekennen.

»Und jetzt erwarten Sie von mir irgendwelche Handlungsanweisungen? Sehe ich das richtig?« Elsbeth von Bispingens Stimme klingt belegt.

»Zunächst wollte ich erfahren, ob Sie rüberkommen wollen und vielleicht die Vernehmung selbst durchführen«, erkundigt sich Bastian vorsichtig.

»Sie glauben tatsächlich, dass das die richtige Methode wäre, um Herrn Hübner dazu zu bringen, mir mein harsches Vorgehen im letzten Mordfall zu verzeihen?«, ätzt die Staatsanwältin.

»Wir alle haben ihn verdächtigt. Die Indizien sprachen absolut gegen ihn.«

»Aber ich habe die entscheidenden Anweisungen gegeben, die letztendlich zu einer unhaltbaren Situation geführt haben und ihn fast das Leben gekostet hätten. – Und bevor Sie fragen, Kreuzer. Seitdem herrscht Funkstille zwischen Herrn Hübner und mir. Er hat weder den Brief gelesen, den Sie damals freundlicherweise mit ins Krankenhaus genommen haben, noch auf irgendeinen anderen meiner Kontaktversuche reagiert. Ich weiß also genauso wenig über Fred Hübner und sein Leben in den vergangenen zehn Monaten und neunzehn Tagen wie Sie.«

»Autsch«, murmelt Silja etwas zu laut.

»Die Kollegen hören mit?«, erkundigt sich die Staatsanwältin, wobei sie weniger pikiert als vielmehr resigniert klingt.

»Nun ja«, beginnt Bastian, wird aber sofort unterbrochen.

»Kreuzer, lassen Sie die Ausflüchte. Wir alle wissen vermutlich mehr voneinander, als für unser professionelles Zusammenarbeiten gut ist. Aber es hilft ja nichts. Sie müssen Ihren Job tun und ich den meinen. Also vernehmen Sie Fred Hübner ebenso unvoreingenommen wie gründlich. Sie können ihn gern von mir grüßen, sie können es aber auch bleiben lassen. Nur einen einzigen Gefallen tun Sie mir bitte: Stellen Sie sicher, dass er nicht zu Unrecht unter Verdacht gerät. Seien Sie gründlich und seien Sie fair. Wir alle haben ihn im letzten Winter nicht gut behandelt. Ich möchte auf keinen Fall, dass sich das wiederholt. Habe ich mich da klar ausgedrückt?«

»Vollkommen, Frau von Bispingen.«

Sonntag, 28. September, 10.44 Uhr, Haus am Dorfteich, Wenningstedt

Fred Hübner war schon lange nicht mehr so glücklich.

So ausgeglichen, verbessert er sich vorsichtig. Oder *so zufrieden* vielleicht. Aber Glück? Ausgerechnet Glück?

Ist das nicht etwas, das nur durch ein außerordentliches Ereignis ausgelöst wird? Durch eine plötzliche Fügung, die alle Probleme löst, zum Bespiel. Durch eine frohe Botschaft, sei sie nun finanzieller oder auch medizinischer Natur. Der Klassiker ist natürlich etwas anderes: Ein plötzliches Sichverlieben ist immer noch der beste Garant für solch ein Glückgefühl.

Fred erinnert sich noch gut daran, wann ihm das zum letzten Mal passiert ist. Dabei wäre es ihm entschieden lieber, er könnte diese Erinnerung auslöschen. Und alles andere, was dazugehört, gleich mit. Die erste Begegnung mit Elsbeth, die schwungvolle Anfangsphase, die mitunter schwierige, aber immer intensive Hochphase ihrer Beziehung und natürlich – dies vor allem – das überaus grässliche Ende. Zerfressen von gegenseitigem Misstrauen sind Elsbeth und er tagelang umeinander herumgeschlichen. Drei Frauen waren bestialisch ermordet worden, und alle oder zumindest erdrückend viele Indizien wiesen ausgerechnet auf ihn als Täter hin. Doch das war noch lange nicht das Schlimmste. Das Allerärgste war, dass Elsbeth diesen Indizien mehr Beweiskraft zubilligte als allen seinen Unschuldsbeteuerungen. Es war einfach nur absurd. Sie verstieg sich dazu, seine Wohnung durchsuchen zu lassen, wobei sich unglücklicherweise weitere Hinweise fanden, die ihn schwer belasteten und in eine bescheuerte Flucht trieben.

An den unglaublichen Rest der Geschichte will sich Fred lieber gar nicht erinnern. Ein Attentat, ein Krankenhausaufenthalt und schließlich Elsbeths ganz und gar lächerlicher Versuch, eine Aussprache herbeizuführen.

Was geschehen war, ließ sich nicht entschuldigen, warum sollte er sich da noch auf irgendwelche dämlichen Erklärungen einlassen? Dann schon lieber ein Ende mit Schrecken. Plötzlich, hart und unumkehrbar.

Und er hat es durchgezogen. Exzessiver Sport hat geholfen und die eine oder andere flüchtige Liebschaft, auch ein neues berufliches Projekt hat er kürzlich an Land gezogen. Lauter Dinge, die ihn abgelenkt und bestätigt haben.

Elsbeth hat ihm von Monat zu Monat weniger gefehlt, oder vielleicht hat er sich an diese Leerstelle in seinem Leben auch einfach nur gewöhnt. Es war besser, dies nicht allzu gründlich zu hinterfragen.

Nur Glück, Glück hat er seiner Erinnerung nach wirklich nie in den vergangenen Monaten verspürt. Warum also jetzt?

Fred schiebt die *FAZ* beiseite, in der er bis vor wenigen Minuten noch gelesen hat. Einen Artikel über Emotionen. Vor allem negativer Natur: Trauer, Bedauern, Verlustängste. Aber eben auch über Glück. Und dabei muss es passiert sein. Irgendein verrückter Hormoncocktail hat ihn überschwemmt und zu diesem völlig unerwarteten Hochgefühl geführt. Sicher hat die Erleichterung darüber, dass dieses verdammte Colloquium endlich hinter ihm liegt, eine nicht geringe Rolle gespielt. Nie wieder, schwört er sich, lässt er sich auf solch eine aufgeblasene und nichtsnutzige Veranstaltung ein.

Die Zukunft der Literatur soll ihm doch gestohlen bleiben, solange sie sich solcher Sachwalter versichern muss, wie sie in der letzten Woche in der Pension Seemöwe versammelt waren.

Fred Hübner steht auf, um sich einen zweiten Espresso zu machen. Während die Maschine läuft, blickt er sich in seiner Maisonette um, die direkt am Wenningstedter Dorfteich liegt. Vielleicht rührt das überraschende Glückgefühl daher, dass ihm gerade nach der grässlichen Woche mit den Kolleginnen und Kollegen klargeworden ist, wie wohl er sich in seinen eigenen vier Wänden fühlt. Diese Wohnung, die er von seinem ersten großen Bucherfolg erwerben konnte, ist für ihn wie eine zweite Haut. Hier tankt er Kraft, hier kommt er zur Ruhe.

Fred zieht die Espressotasse unter der Düse hervor und trägt sie zum Esstisch. Während er nach der *FAZ* greift, geht die Türglocke. Der Journalist ist wenig geneigt, sich am Sonntagvormittag stören zu lassen, und ignoriert das Klingeln. Doch wer auch immer dort draußen steht, ist hartnäckig. Schließlich gibt Fred nach, steht auf und betätigt den Summer für die Haustür.

Als er jedoch sieht, wer im Hausflur steht, wünscht er sich, er hätte sich beide Ohren verstopft und, besser noch, sich gleich tot gestellt.

»Was wollen Sie denn schon wieder von mir?«

»Vielleicht können wir reinkommen und das in Ruhe besprechen«, antwortet Hauptkommissar Bastian Kreuzer und wechselt einen einvernehmlichen Blick mit seiner Kollegin, der Oberkommissarin Silja Blanck.

Fred stöhnt auf, wobei er sich nicht bemüht, besonders leise zu sein, dann lässt er die beiden eintreten.

»Wollen Sie sich kurz zu mir an den Tisch setzen? Ich habe

mir gerade einen Espresso gemacht. Sie wollen sicher nichts, und ich gehe auch nicht davon aus, dass unser Gespräch besonders lange dauern wird.«

»Wissen Sie denn schon, warum wir hier sind?«, erkundigt sich Kreuzer, ohne auf die Provokation zu reagieren.

»Natürlich nicht. Aber ich habe mir nichts zuschulden kommen lassen.«

»Es geht um das Colloquium, an dem Sie bis gestern teilgenommen haben.«

»Ja und?«

»Wie war Ihr Verhältnis zu dem Kritiker Konrad Otze?«

»Wir hatten kein Verhältnis zueinander. Und übrigens auch nicht miteinander, um direkt mal den blöden Witz zu machen, der hier gerade am Wegesrand rumliegt.«

Wieder lässt der Kommissar sich nicht provozieren. »Mochten Sie ihn?«

»Kann man ein Stinktier mögen?«

»Würden Sie das ausführen?«

»Gern. Der Typ ist eingebildet, selbstherrlich und extrem unhöflich. Also nicht gerade ein Sympathieträger. Reicht Ihnen das?«

»Nicht ganz. Sie wissen, dass Herr Otze Ihren Werken äußerst kritisch gegenüberstand?«

»Daran hat er während der vergangenen sieben Tage keinen Zweifel gelassen. Die Frage ist wohl eher: Woher wissen *Sie* das?«

Kommissar Kreuzer lehnt sich in seinem Stuhl zurück und antwortet mit leiser Stimme: »Konrad Otze ist tot, er wurde gestern Nachmittag ermordet. Etwa zwei Stunden nachdem Sie und die anderen Colloquiumsteilnehmer sein plötzliches Verschwinden festgestellt hatten.«

Fred sieht, dass die Blicke beider Kommissare sehr aufmerksam auf sein Gesicht gerichtet sind. Aber er denkt gar nicht daran, sich das triumphierende Lächeln zu verkneifen. »Dann hat es ja ausnahmsweise mal den Richtigen erwischt«, sagt er mit hörbarer Befriedigung in der Stimme.

»Wir reden hier von einem kaltblütigen Mord, Herr Hübner«, weist ihn die aparte Kommissarin pikiert zurecht.

»Und ich rede von einem ausgemachten Arschloch, das jede Brutalität verdient hat.«

»Woher wissen Sie von der Brutalität?«, hakt sie nach, ohne ihre Überraschung zu verbergen.

»Ist nicht jeder Mord brutal?«

»Herr Hübner, Ihnen ist aber schon klar, dass Sie sich mit diesen Einlassungen möglicherweise selbst erheblichen Schaden zufügen. Konrad Otze ist gestern in der Kampener Vogelkoje erstochen worden, und wir können bestätigen, dass sich der Mörder keinesfalls zurückgehalten hat.«

Die Kommissarin guckt ihn streng an, was Fred nicht ganz unerotisch findet.

Er wirft ihr einen eindeutigen Flirtblick zu.

»Wissen Sie, Frau Blanck, als im letzten Winter die drei Frauen sterben mussten, fiel ja bereits ganz am Anfang ein Verdacht auf mich. Die zuständige Staatsanwältin, Frau von Bispingen, die, wie Sie ebenfalls wissen dürften, mir damals durchaus nahestand, ermahnte mich eindringlich, bei allen Vernehmungen nur ja nett zu Ihnen zu sein und meine bekanntermaßen oft bösen Zynismen zu unterlassen. Ich habe mich tatsächlich an ihren Ratschlag gehalten. Und? Hat es mir etwas genutzt? Ganz im Gegenteil. Ich wurde ziemlich bald zu Ihrem Hauptverdächtigen und sah mich einer echten Hexenjagd ausgesetzt.«

Silja Blanck hebt die Hand und will ihn unterbrechen, aber Fred redet einfach weiter.

»Und jetzt scheint sich das Ganze zu wiederholen. Sie kommen hier hereingeschneit und überbringen mir eine Hiobsbotschaft. Jemand ist getötet worden, und ich kannte ihn. Aber diesmal läuft alles anders, das kann ich Ihnen versichern. Denn das Ganze kümmert mich nicht. Finden Sie Ihren Mörder oder lassen Sie's bleiben. Mir ist es gleich. Ich – und darauf möchte ich sehr deutlich hinweisen – habe Konrad Otze jedenfalls nicht auf dem Gewissen.«

»Haben Sie ein Alibi für die Stunden zwischen drei und fünf am gestrigen Nachmittag?«, fragt der Kommissar jetzt ganz direkt.

Fred zuckt mit den Schultern. »Bedaure. Ich habe die Pension verlassen, bin mit meinem Rollkoffer quer durch Wenningstedt gelaufen, habe anschließend hier ausgepackt und dann die Waschmaschine angeworfen. Nichts, was irgendjemand bezeugen könnte, es sei denn, mir und meinem Rollkoffer wäre jemand gefolgt.«

»Sie scheinen das Ganze immer noch lustig zu finden. Aber okay, lassen wir das einmal so stehen«, erklärt Kreuzer. »Trotzdem müssen wir Sie befragen – als Zeugen wohlgemerkt. Und ich möchte dies einmal etwas anders tun, als es üblicherweise geschieht.«

»Da bin ich aber gespannt«, antwortet Fred nicht ohne Ironie.

»Wir haben bereits mit fast allen Colloquiumsteilnehmern gesprochen. Uns sind also die Abläufe des letzten Tages und vor allem des letzten gemeinsamen Essens ziemlich klar. Daher wüssten wir von Ihnen einfach gern, ob es etwas in Ihren Augen Ungewöhnliches gab. Irgendein Detail, das Sie irritiert hat oder Ihnen besonders in Erinnerung geblieben ist.« Erwartungsvoll schauen beide Kommissare den Journalisten an. Er fühlt sich plötzlich unwohl unter ihren Blicken. Ist das jetzt eine Falle? Was haben die anderen gesagt? Hat ihn vielleicht jemand ausdrücklich belastet?

»Es war insgesamt alles recht unangenehm«, beginnt er vorsichtig. »Es gab Spannungen zwischen so ziemlich allen Teilnehmern. Zwischenzeitlich eine kleine verdruckste Affäre zwischen Otze und Shirin. Ein immer wieder durchscheinendes Konkurrenzverhältnis zwischen Melinda Jakobsen und Konrad Otze. Außerdem den wirklich peinlichen Umstand, dass Enard Gastmann, der esoterische Lyriker, Konrad Otze ganz offensichtlich angehimmelt hat. Und dann waren da natürlich Otzes Ausfälle. Es ging vor allem gegen mich und Saskia Grothe.« Als beide Kommissare schweigen, fügt Fred hinzu: »Das ist diese übergewichtige Person, die für frustrierte Frauen schreibt.«

»Wir wissen, wer Saskia Grothe ist, und haben auch bereits mit ihr gesprochen«, unterbricht ihn der Kommissar kühl. »Aber wir wollten das Besondere von Ihnen hören, nicht das, was allen anderen auch aufgefallen ist.«

»Es gab nicht Besonderes.«

»Dann muss ich genauer werden. Als klar war, dass Herr Otze so schnell nicht wieder auftauchen würde, hat Melinda Jakobsen dafür gesorgt, dass Sie einen Blick in sein Zimmer werfen konnte.«

»Ja, eine Mitarbeiterin der Pension kam mit dem Zweitschlüssel.«

»Waren Sie dabei?«

»Wobei?« Fred merkt, dass seine Stimme an Festigkeit verliert, und muss sich räuspern.

»Beim Öffnen der Zimmertür.« Kommissar Kreuzer hat plötzlich alle Freundlichkeit abgelegt und mustert Fred mit finsterem Gesichtsausdruck.

»Hat Frau Jakobsen Ihnen das nicht erzählt?«

»Ich frage aber Sie.«

»Ja, ich war dabei.« Fred zuckt die Schultern und verdreht die Augen. »Mir ist nur nicht klar, was für Wunder Sie jetzt von mir hören wollen. Wir sind reingegangen und haben uns kurz umgesehen. Otze war nicht im Zimmer, auch nicht im Bad. Das Bett war gemacht, daneben stand Otzes Koffer, und im Schrank hingen seine Anzüge. Er war nicht abgereist, aber er war auch nicht aus irgendwelchen obskuren Gründen in seinem Zimmer zusammengebrochen. Mehr wollten wir nicht wissen, und mehr konnte man aus dem Zustand des Zimmers auch nicht schließen.«

»Da täuschen Sie sich, denn das konnte man durchaus. Erinnern Sie sich an den schmalen Schreibtisch unter dem Fenster?«

Fred überlegt. »Doch, da war so etwas wie ein überbreites Fensterbrett, auf dem irgendwelche Papiere gelegen haben.«

»Na also, geht doch. Haben Sie die Papiere angesehen?«

»Nein, habe ich nicht. Was stand denn drauf?«

»Es waren Entwürfe für künftige Kritiken«, antwortet der Kommissar mit kalter Stimme. »Allesamt Verrisse der übelsten Art.«

»Und jeder einzelne Verriss ein veritables Mordmotiv, nehme ich an.« Fred verdreht die Augen.

»Möglich wär's.«

Es entsteht eine ungemütliche Pause, und als Fred klarwird, dass keiner der beiden Ermittler die Pause beenden wird, tut er es selbst.

»Ich habe vermutlich auch mein Fett abgekriegt?«

Kommissar Kreuzer nickt. Dann sagt er leise: »Und zwar nicht zu knapp.«

Sonntag, 28. September, 11.50 Uhr, Kriminalkommissariat Westerland

Oberkommissar Sven Winterberg steht am Fenster und schaut nach unten. Was er sieht, gefällt ihm gar nicht. Da lungern drei Typen herum, die eindeutig nach allzu wissbegierigen Journalisten aussehen. Sie sind aus unterschiedlichen Autos gestiegen, scheinen sich aber zu kennen. Gerade halten sie ein kleines Palaver ab, das nur durch ihre neugierigen Blicke zu dem Bürofenster der Kommissare hinauf unterbrochen wird.

Dafür gibt es eigentlich nur eine Erklärung. Irgendjemand hat nicht dichtgehalten, und nun ist die Nachricht vom Tod des Kritikers in der Welt.

Sven schnappt sich sein Handy und googelt Konrad Otzes Namen. Tatsächlich, da steht es fett im Internet: *Rätselhafter Mord an Großkritiker auf der Prominenteninsel Sylt.*

Na sauber, denkt Sven, *dann können wir uns hier auf eine Belagerung einstellen.* Im gleichen Augenblick geht das Telefon. Sven nimmt den Hörer ab und schnauzt seinen Namen in die Leitung.

Am anderen Ende herrscht Stille, was Sven verwirrt. Erwartet hätte er eine geölte Journalistenstimme, die versucht, ihm möglichst pikante Details zu dem Mordfall zu entlocken.

»Mit wem spreche ich?«, fragt er scharf.

Ein Stöhnen antwortet ihm. Dann Husten. Anschließend eine ziemlich heisere Frauenstimme: »'tschuldigung, ich glaube, ich habe gerade den Kater des Jahrhunderts.«

»Und wer ist *ich*?«

»Shirin. Shirin Yildirim. Ich sollte mich bei Ihnen melden. Die Polizei war gerade hier und hat mich aus dem Koma geklingelt. Sorry, aber ich war feiern letzte Nacht.«

Für Sekunden verschlägt es Sven die Sprache. Längst hat er die junge Bestsellerautorin gegoogelt und dabei einiges über ihr skandalträchtiges Buch *Latex* erfahren. Es spielt in der Berliner Clubszene und liefert jede Menge Details über Drogen, Sex und Fetische aller Art. Natürlich war ihm klar, dass die junge Autorin vermutlich auch aus eigener Anschauung schreibt, aber dass er die Folgen einer Clubnacht jetzt so hautnah miterlebt, irritiert ihn doch.

»Frau Yildirim, zunächst einmal danke ich Ihnen dafür, dass Sie sich melden. Auch wenn es nett gewesen wäre, wenn Sie zwischendurch mal an Ihr Handy gegangen wären.«

»Wie denn? Handys sind im Berghain verboten.« Eine Hustenattacke unterbricht die Ausführungen. Dann hört Sven ein Knistern, als drücke die junge Frau Tabletten aus einer Blisterpackung. Irgendetwas gluckert, anschließend sind hastige Schlucke zu hören. »Sorry. Hab jetzt zwei Ibu genommen und mit Elotrans runtergespült. In zwanzig Minuten müsste ich klarer sein. Soll ich dann noch mal anrufen?«

»Besser wäre es, Sie würden jetzt mit mir sprechen.«

So langsam erkennt Sven den Vorteil, den der desolate Zustand seiner Gesprächspartnerin für ihn bedeuten könnte. Wer müde und mit Restalkohol oder Restdrogen im Körper Rede und Antwort stehen muss, wird wohl kaum besonders taktisch handeln können.

»Also, wenn es Ihnen irgend möglich ist, dann sollten Sie mir gleich ein paar Fragen beantworten. Wir arbeiten mit Hochdruck an der Aufklärung des Falls, und Ihre Aussage ist von großer Wichtigkeit für uns.« Sven hofft, dass die Schmeichelei trotz des sicher eingeschränkten Wahrnehmungsvermögens seiner Gesprächspartnerin ihre Wirkung tut. Aber augenscheinlich täuscht er sich.

»Es ist wegen Konrad, stimmt's? Er ist tot, haben Ihre Kollegen gesagt. Ermordet. Das ist natürlich furchtbar«, nuschelt Shirin Yildirim. Ein Rascheln übertönt fast ihre Stimme. *Die liegt noch im Bett*, erkennt Sven und muss an sich halten, um sich die Szene nicht allzu bildlich vorzustellen.

Zum Glück redet die junge Autorin weiter. »Ich weiß aber auch nicht mehr als die anderen. Und mit denen haben Sie sicher schon gesprochen.«

»Es gibt einen Unterschied zwischen Ihnen und den anderen Colloquiumsteilnehmern. Gerade in Bezug auf Konrad Otze.«

Ein Stöhnen ist die Antwort. »Okay, wir haben gepoppt. Aber nur ein einziges Mal. Und echt jetzt mal. Selten habe ich etwas so bedauert wie das.«

»Darf ich fragen, ob dieser – äh – Beischlaf in Ihrem oder in Konrad Otzes Zimmer stattgefunden hat?«

»Warum wollen Sie das wissen?«

Täuscht sich Sven, oder klingt ihre Stimme plötzlich viel weniger verpeilt, sondern im Gegenteil fast ein wenig alarmiert?

»Bitte antworten Sie einfach.«

»Bei Konrad. Zum Glück. Sonst hätte mich mein eigenes Bett die restlichen Tage immer an diese bescheuerte Aktion erinnert.«

»*Die restlichen Tage* sagen Sie. Das hört sich für mich so an, als habe diese gemeinsame Nacht ziemlich am Anfang der Woche stattgefunden.«

»Eigentlich nicht. Das war – lassen Sie mich nachdenken –, ja genau, das war am Mittwoch, also an unserem vierten Abend. Eine blöde Idee, wie gesagt. Zumal mich Konrad hinterher nicht mehr mit dem Arsch angesehen hat. Sorry, aber das war echt nicht komisch, sondern wirklich unhöflich, oder, um genauer zu sein, sogar ziemlich beleidigend.«

»Gab es einen Grund für Herrn Otzes plötzliches Desinteresse?«

»Keine Ahnung. Bisher hat sich über mich im Bett noch niemand beschwert. Aber … who knows.«

Sie klingt, als würde sie auf Nachfrage durchaus Einzelheiten erläutern, was Sven noch einmal nachhaltig verstört. Doch zum Glück ist ihm im Moment etwas anderes wichtiger.

»Haben Sie sich in Herrn Otzes Zimmer umgesehen?«

»Na ja, wie man das eben so macht, wenn man eigentlich mit anderem beschäftigt ist.«

»Ich will mich genauer ausdrücken: Am Fenster ist ein Schreibtisch eingebaut. Erinnern Sie sich an den?«

Es dauert eine Weile, bis die Antwort kommt. Vielleicht ein Zeichen dafür, dass Shirin Yildirim erst überlegen muss, was sie preisgeben und was sie verschweigen will? Vielleicht ist die Pause aber auch nur eine Folge ihrer Konzentrationsprobleme. Sven gäbe etwas darum, wenn er das beurteilen könnte.

»Hm, ja. Da lagen so Papiere drauf. Warum ist das wichtig?«

»Haben Sie sich diese Papiere angesehen?«

»Nö. Ich bin doch keine Spionin.«

»Es hätte immerhin sein können …«, beginnt Sven vorsichtig.

Doch die Autorin unterbricht ihn. »Reden Sie sich nicht raus. Sie hören sich ganz so an, als ob Sie da längst rumgeschnüffelt haben. Was stand denn auf diesen geheimnisvollen Papieren?«

»Wir haben nach Herrn Otzes Tod natürlich das Zimmer durchsucht. Es ist aber durchaus möglich, dass die Papiere jetzt andere waren als bei Ihrem Besuch am Mittwoch«, wiegelt Sven ab.

Aber so leicht lässt die junge Frau sich nicht abwimmeln. »Das ist mir schon klar. Trotzdem würde mich interessieren …«

»Verrisse, Frau Yildirim«, unterbricht sie der Kommissar. »Auf dem Schreibtisch lagen die Entwürfe von handfesten Verrissen. Offenbar war Herr Otze bei diesem Colloquium vor allem an einem interessiert: seine zukünftigen Opfer kennenzulernen.«

»Das sieht ihm ähnlich«, schnaubt sie und fährt nach einer kurzen Pause fort: »Und dann wundern Sie sich, wenn sich jemand wehrt?«

»Im Gegenteil. Wir fragen uns nur, wer es gewesen sein könnte. Und daher frage ich jetzt Sie? Wem trauen Sie einen Mord zu?«

Sven rechnet nicht wirklich mit einer Antwort, er will die junge Autorin nur ein wenig aus der Reserve locken. Doch sie überrascht ihn aufs Neue.

»Es muss eine Frau gewesen sein«, antwortet sie wie aus der Pistole geschossen. »Die Männer waren alle Schlappschwänze. Enard sowieso, auch wenn er mir wirklich sympathisch war. Und dieser Hübner, also ich weiß nicht. Der hat sich ja noch nicht mal gegen die verbalen Attacken von Konrad zur Wehr gesetzt.«

»Dafür vielleicht hinterher umso heftiger?«

Sven weiß ganz genau, dass die Staatsanwältin ihn für diese Suggestivfrage kreuzigen würde, aber das ist ihm jetzt egal. Endlich ist mal einer ihrer Zeugen ins Reden gekommen, das wird er sich doch nicht entgehen lassen. Doch leider ist Shirin Yildirim inzwischen mehr auf der Hut, als ihm lieb ist.

»Hey, Sie können dem doch keinen Mord unterstellen. Ich jedenfalls tue das nicht.« Die Autorin stockt kurz, als müsse sie über irgendetwas dringend nachdenken. Dann platzt es aus ihr heraus: »Aber Saskia mit ihrem aufbrausenden Temperament wäre durchaus dazu in der Lage. Ich sage nicht, dass sie es getan hat, aber theoretisch wäre sie die ideale Täterin.« Wieder folgt eine Pause, in der das Bettzeug der jungen Frau ausgiebig raschelt. Als sie weiterredet, klingt ihre Stimme ausgesprochen wach. »Das ist überhaupt *die* Idee. Ich schreibe als Nächstes einen Krimi, und die Protagonistin baue ich nach Saskia.« Plötzlich tönt sogar ein helles Lachen durchs Telefon, das sich gar nicht mehr nach einem ausgewachsenen Kater anhört. »Sie haben mich da wirklich auf eine super Spur gesetzt. Danke Ihnen!«

»Frau Yildirim, bitte bleiben Sie doch sachlich«, unterbricht Sven ihren Höhenflug. »Wenn Sie schon die Damen als Mörderinnen ins Spiel bringen, dann verraten Sie mir doch bitte auch, was Sie von den anderen beiden denken.«

»Die Jakobsen ist eiskalt, sonst hätte die nie eine solche Karriere hingelegt. Aber warum sollte sie Konrad Otze den Tod wünschen? Er hat sich bei ihr ziemlich eingeschleimt.«

»Und Frau Larsen, die Kinderbuchautorin?«

»Lorena? Haben Sie die schon kennengelernt? Die wirkt ja total harmlos, aber hey, man soll sich nicht täuschen lassen. Lorena hat's bestimmt faustdick hinter den Ohren.«

»Finden Sie diese Einschätzung nicht ein wenig klischeehaft?«

Jetzt lacht Shirin Yildirim lauthals los. »Na klar. Ich wollte nur mal sehen, ob Sie darauf reinfallen. Lorena ist voll in Ordnung. Wenn ich das nächste Mal auf Sylt bin, kann ich bei ihr übernachten. Das hat sie mir beim Abschied angeboten. Voll nett auf jeden Fall. Allerdings glaube ich nicht, dass ich demnächst Sehnsucht nach Ihrer komischen Insel bekommen werde.«

Unwillkürlich möchte Sven widersprechen, Sylts Schönheiten rühmen und seine Heimat preisen. Aber darum geht es jetzt wirklich nicht. Viel wichtiger ist ihm, wie Shirin Yildirim das Verhältnis zwischen dem Opfer und der Kinderbuchautorin einschätzt.

»Lorena war die Einzige, für die sich Konrad so gar nicht interessiert hat. Also beruflich meine ich. Das hat ihn aber nicht davon abgehalten, sich an sie ranzumachen, nachdem er von mir genug hatte. Zum Glück hat sie ihn abblitzen lassen.«

»Herr Otze hat Frau Larsen also belästigt?«

»Wenn Sie jetzt einen MeToo-Fall konstruieren wollen, dann sind Sie bei mir ganz bestimmt an der falschen Adresse«, ist die pampige Antwort. »Er hat sie angeflirtet, und sie hat ihn ignoriert. Meines Wissens ist beides noch nicht von der Sittenpolizei verboten, oder täusche ich mich?«

»Keineswegs«, gibt Sven zurück und kommt sich plötzlich ziemlich blöd vor. »Frau Yildirim, zunächst einmal danke ich Ihnen für dieses Gespräch und Ihre Offenheit. Eine letzte Frage habe ich aber noch.«

»Die wäre?«

»Was haben Sie gestern zwischen drei und fünf am Nachmittag gemacht?«

»Ich war in der Bahn. Irgendwie musste ich ja zurück nach Berlin kommen.«

»Kann das jemand bezeugen?«

»Keine Ahnung. Ich könnte Ihnen aber eine Kopie meines Bahntickets zukommen lassen.«

»Ist es abgestempelt?«

»Ich glaube nicht.« Erst nach längerem Zögern redet sie weiter. »Kann mich jedenfalls nicht daran erinnern, dass mich jemand kontrolliert hätte. Die sind bei der Bahn ja oft überfordert.«

»Das ist natürlich bedauerlich. Trotzdem wäre es nett, wenn Sie uns eine Kopie mailen würden.«

»Mache ich gern«, antwortet sie kurz angebunden. »Sonst noch was?«

»Zunächst nicht. Ich schicke Ihnen eine SMS mit unserer Mailadresse. Und wenn Sie, aus welchen Gründen auch immer, demnächst wieder einen Anruf von uns nicht beantworten können, dann wäre es schön, wenn Sie sich zeitnah zurückmelden würden.«

»Na klar. War's das?«

»Von mir aus schon«, antwortet Sven. Dann hört er ein letztes Rascheln, ein trockenes Husten und ein gemurmeltes *Scheiße*, bevor die Leitung endgültig tot ist.

Sonntag, 28. September, 13.07 Uhr, Pizzeria Toni, Westerland

Stöhnend lässt sich Bastian auf die Eckbank fallen. Silja rutscht neben ihn, und Sven zieht sich einen Stuhl heran. Die Ermittler sind heute besonders froh darüber, dass der Inhaber der Pizzeria diesen versteckten Platz im hinteren Teil des Restaurants in der Regel für sie frei hält. Hier kann niemand so schnell ihre Gespräche belauschen, hier fühlen sie sich sicher. Und der Eigentümer der Pizzeria, Toni Albarella, weiß außerdem ziemlich genau, was sie so mögen.

»Eine Apfelschorle für die Dame, eine Cola für Signore Winterberg und ein Bier für den Commissario Kreuzer?«, erkundigt er sich lächelnd.

»Die Cola groß und mit viel Eis«, bittet Sven.

»Das Bier noch größer, dafür ohne Eis«, witzelt Bastian.

Silja verdreht die Augen. »Und für mich bitte ein paar Geistesblitze anstelle von Strohhalmen in die Apfelschorle.«

»So schlimm?«, fragt Toni besorgt. »Ich habe vorhin von dem Mord im Radio gehört.«

»Alle Kanäle sind inzwischen voll davon«, schimpft Bastian.

»Und vor dem Kommissariat klumpen sich die Journalisten«, fügt Sven hinzu. »Ich habe mich zum Hinterausgang rausschleichen müssen und bin dann an den Mülltonnen vorbei durch das Loch im Zaun gekrochen, damit wir uns hier überhaupt ungestört treffen konnten.«

»Und das Ärgerlichste ist, dass wir ganz sicher nie erfahren werden, wer da letztendlich geplaudert hat.« Bastian nimmt die gefaltete Serviette zur Hand und schlägt damit heftig auf den Tisch. »Wenn wir wenigstens eine vernünftige Spur hätten, aber so …«

Er verzichtet darauf, weiterzureden, und Toni versteht.

»Ich gehe dann mal und lasse Sie in Ruhe. Aber vorher noch die Bestellung. Ein großer Salat, eine Pizza Calzone und ein Steak?«

»Perfekt«, lobt Bastian, ohne die Reaktion der anderen beiden abzuwarten. Und als kein Protest von ihnen kommt, fügt er schelmisch hinzu: »Vielleicht sollten wir einfach das Büro hierherverlegen. Ihr habt doch einen Hintereingang, aus dem wir unbemerkt hinausschlüpfen können?«

»Si, Commissario. Von der Küche aus ganz leicht zu erreichen.«

»Dann passt bloß auf, dass euch die Messer nicht abhandenkommen.« Als Bastian Signore Albarellas verständnislosen Blick sieht, muss er trotz aller Anspannung schmunzeln. »Kleiner Insiderscherz, nichts für ungut.«

Toni lacht pflichtschuldig, dann lässt er die Kommissare allein und wendet sich anderen Gästen zu. Schließlich ist Sonntag und die Pizzeria gut gefüllt.

»Also, Kollegen«, beginnt Bastian, »lasst uns mal zusammenfassen, was wir haben, damit wir anschließend besser überblicken können, was wir nicht haben.«

»Zunächst vielleicht die Motive und die Alibis«, schlägt Sven vor. Und als Bastian nickt, redet er weiter. »Punkt eins wäre ganz sicher die gekränkte Berufsehre beziehungsweise die Furcht vor dem tödlichen Kritikerwort. Das betrifft Fred Hübner, Enard Gastmann und Saskia Grothe, also alle, über deren Werke wir vernichtende Urteile in Otzes Zimmer gefunden haben. Punkt zwei der Motive wäre dann ein abgewiesenes Liebeswerben oder wie immer ihr das nennen wollt.«

»Shirin Yildirim«, souffliert Silja.

Bastian nickt. »Okay, sehen wir uns die Alibis an.«

»Ich fahre heute Nachmittag bei Gastmanns Morsumer Vermieterin vorbei, um seine Aussage zu überprüfen«, antwortet Silja. »Er behauptet ja, um kurz vor fünf Uhr nachmittags dort eingetroffen zu sein. Völlig erschöpft und verschwitzt, weil er angeblich den ganzen Weg vom Bahnhof mit Gepäck zu Fuß zurückgelegt habe.«

»Um kurz nach fünf ist das Opfer sterbend von Ludger Voigt gefunden worden«, überlegt Bastian. »Falls die Vermieterin das Alibi bestätigt und wir keinen Taxifahrer finden, der Gastmann in einem Höllentempo von der Vogelkoje bis nach Morsum chauffiert und ihn kurz vor seiner Unterkunft abgesetzt hat, können wir ihn als Täter vergessen.«

»Selbst das Taxi braucht fünfundzwanzig Minuten. Das käme also nie und nimmer hin«, wirft Silja ein. »Und die Grothe können wir auch vergessen. Sie hat ein ziemlich lückenloses Alibi, das von unterschiedlichen Leuten bestätigt worden ist.«

»Na bravo, in diesem Fall blieben uns nur noch zwei«, sagt Sven resigniert. »Mit Shirin Yildirim habe ich vorhin sprechen können. Die Berliner Kollegen müssen ihr ganz schön Feuer unterm Arsch gemacht haben, jedenfalls hat sie sich im Kommissariat gemeldet.«

»Und?«, fragen Silja und Bastian wie aus einem Mund.

»Sie ist angeblich gleich mit dem Zug nach Berlin aufgebrochen. Das deckt sich auch mit der Aussage von Lorena Larsen, die sie ja im Taxi bis zum Bahnhof mitgenommen hat. Das Zugticket habe ich als Mail vorliegen, nur ist sie blöderweise nicht kontrolliert worden.«

»Kein Stempel also«, stellt Bastian zufrieden fest. »Dann kann sie theoretisch sonst wann gefahren sein.«

»Allerdings ist ihr Motiv das schwächste«, gibt Silja zu bedenken. »Habt ihr mal in *Latex* reingelesen? Die hat noch ganz andere Sachen erlebt als nur einen unbefriedigenden One-Night-Stand mit einem Promi. Warum sollte sie zu so drastischen Rachemethoden greifen, zumal der Kritiker offenbar nichts gegen ihren Roman einzuwenden hatte? Das ergibt wenig Sinn.«

»Kommt drauf an«, widerspricht Sven. »Vielleicht hat Otze sehr wohl eine negative Kritik ihres Bestsellers verfasst, und sie hat es nur irgendwie geschafft, sie an sich zu bringen.«

»Und wann sollte das gewesen sein?«, hakt Silja nach. »Das wäre Konrad Otze doch vermutlich im Verlauf der nächsten Tage aufgefallen.«

»Kann sein, muss aber nicht«, überlegt Bastian. »Vielleicht war die Kritik schon fertig geschrieben, und er ist immer davon ausgegangen, dass sie sich noch in dem Stapel zwischen den anderen befindet.«

»Klar, unmöglich ist das nicht.« Silja zuckt mit den Schultern.

»Andere Frage. Woher hattest du überhaupt das Buch? Also *Latex* meine ich. Heute ist Sonntag«, will Bastian jetzt wissen.

»Runtergeladen.« Silja lacht. »Kindle? Schon mal gehört?«

»Ich hab's nicht so mit Büchern, weißt du doch«, grummelt der Kommissar und ist sichtbar froh, dass die Getränkelieferung vom Thema ablenkt. Er nimmt einen großen Schluck von seinem Pils, wischt sich den Schaum von der Oberlippe und fordert mit strenger Stimme: »Weiter im Text. Ich will Ergebnisse, und das möglichst bevor unser Essen kommt. Ihr kennt ja meine Maxime.«

»Erst denken, dann essen«, antworten Silja und Sven wie aus einem Mund.

»Okay, ich fasse zusammen: Von den sechs Anwesenden beim Abschiedsessen haben vier ein Motiv, bei einer wackelt das Alibi, aber das Motiv reicht nicht, um einen Mord zu begehen. Von den restlichen dreien haben zwei ein Alibi. Bleibt Fred Hübner mit Motiv, ohne Alibi.«

»Nicht schon wieder«, stöhnt Sven.

»Kann ich mir auch nicht vorstellen.« Silja schaut ihre Kollegen skeptisch an.

»Wir behalten das natürlich im Hinterkopf, müssen aber zusätzlich woanders suchen, jedenfalls solange wir weder bei Lorena Larsen noch bei der Moderatorin Melinda Jakobsen ein Tatmotiv erkennen können«, erklärt Bastian.

»Vielleicht sollten wir der Spur der Messer folgen«, schlägt Sven vor. »Sie sind während oder nach dem Essen aus der Küche verschwunden, ebenso wie Konrad Otze aus der Pension verschwunden ist. Da muss es doch einen Zusammenhang geben, verdammt.«

»Was ist mit der Chefin des Cateringunternehmens? Könnte die ein Motiv haben?«

»Pernille Aurich? Eher im Gegenteil. Ich habe ja ziemlich lange mit ihr geredet, und sie war echt verzweifelt, weil sie sehr auf Konrad Otzes Weiterempfehlung gehofft hatte. Offenbar hat sie sich für diesen Auftrag sogar verschuldet und sah sich nach dem Verlust der Messer schon am Rand des Ruins.«

»Die Messer bekommt sie ja wieder. Aber trotzdem müssen wir sie wohl als Verdächtige vergessen. Hat sie Mitarbeiter?«

»Zwei.«

»Dann sollten wir die auch befragen. Übernimmst du das, Sven?«

»Klar, mache ich.«

»Was ist mit den Besuchern, die gestern Nachmittag in der Vogelkoje waren?«, mischt sich Silja ein. Bisher hat sie dem Wortwechsel schweigend gelauscht und zwischendurch nachdenklich in ihren Notizen geblättert. »Jetzt, wo die Presse ohnehin Bescheid weiß, können wir doch einen Aufruf im Radio starten. Je eher, desto besser, denn wenn die Gäste erst mal wieder auf dem Festland sind, kommen wir gar nicht mehr an sie heran.«

»Das waren eine Schulklasse, ein Ehepaar und eine Familie. Oder erinnere ich mich da falsch?«, murmelt Bastian stirnrunzelnd.

»Ein *Pärchen* hat er gesagt, und das klang so, als seien die eher jünger gewesen. Und es waren zwei Familien mit kleinen Kindern«, korrigiert ihn Silja.

»Ob für die Lütten diese gruseligen Entenmordgeschichten, die in der Vogelkoje dokumentiert werden, das Richtige waren, sei mal dahingestellt. Aber das ist nicht unser Problem. Gleich nach dem Essen lässt du dir die Besucher von gestern Nachmittag von diesem Ludger Voigt noch einmal beschreiben, und dann geben wir das an die Medien.«

»Muss das nicht von der Staatsanwältin genehmigt werden?«, wirft Sven ein.

»Hast du auch wieder recht. Dann warten wir noch damit.«

»Auf jeden Fall rede ich mit Ludger Voigt. Sonntags hat die Vogelkoje bis siebzehn Uhr geöffnet, ich hab's vorsorglich gecheckt«, erklärt Silja. »Und wenn das okay ist, würde ich noch eine zweite Sache überprüfen, wenn ich schon mal dort bin. Ich habe nämlich eine Idee, wie man Konrad Otze zu der Bank am Watt geschafft haben könnte.«

Die Kommissarin legt ihr Handy auf den Tisch und ruft eine Umgebungskarte der Vogelkoje auf. Südlich des eingezäunten Landschaftsschutzgebiets gibt es einen Pfad, der zum Watt hinunterführt.

»Den schaue ich mir sicherheitshalber mal genauer an.

Vielleicht kann man dort mit dem Auto bis zum Wasser fahren und dann das kleine Stück zu der Bank auf dem Deich laufen.«

»Der Zaun unterhalb des Deiches ist unbeschädigt. Er ist zwar nur halbhoch, aber immerhin mit Stacheldraht versehen. Ich glaube nicht, dass man jemanden, der sich wehrt, da so einfach rüberhieven kann«, gibt Sven zu bedenken.

»Otze hat sich nicht gewehrt, keine entsprechenden Verletzungen«, wirft Bastian ein. »Vermutlich hat er seinen Mörder gekannt, vielleicht sind beide einvernehmlich über den Stacheldraht gestiegen.«

»Nicht sehr wahrscheinlich, dass jemand mit einem extrem teuren Anzug so etwas mitmacht. Außerdem würde das Otzes nasse Hosenbeine nicht erklären«, seufzt Silja. »Also ich weiß ja nicht, wie es euch geht, aber ich habe das Gefühl, je länger wir darüber sprechen, desto mysteriöser wird das Ganze.«

»Das hast du klug zusammengefasst, meine Süße«, sagt Bastian mit leichter Verzweiflung in der Stimme. »Und wenn ich an die Journalistenmeute denke, der wir uns nach dem Essen stellen müssen, dann kann ich nur sagen: Sie werden uns in der Luft zerreißen, und das vermutlich zu Recht.«

Sonntag, 28. September, 13.33 Uhr, Haus am Dorfteich, Wenningstedt

Fred Hübner ist unruhig. Immer wieder geht ihm das Gespräch mit Bastian Kreuzer und Silja Blanck durch den Kopf. Sie haben ihn verdächtigt, und er kann es ihnen noch nicht einmal verdenken. Wenn er irgend jemandem wirklich alles Böse dieser Welt hätte wünschen wollen, dann wäre Otze sicher auf Platz eins der Kandidatenliste gelandet.

Doch das ist es gar nicht, was ihn wirklich irritiert. Vielmehr fragt er sich, warum die beiden Ermittler ausgerechnet ihm Informationen über den Mord haben zukommen lassen, während die Presse nach wie vor im Dunklen tappt. Das Netz ist jetzt schon voll mit den abenteuerlichsten Spekulationen, und natürlich schäumen die Kollegen vor Wut, weil außer der Tatsache, dass Otze tot ist, keine weiteren Details an die Öffentlichkeit gedrungen sind.

Er aber kennt den Tatort, die Tatzeit und sogar die Tatwaffe. *Erstochen*, hat die kleine Blanck gesagt, es muss sich also um einen Dolch oder ein Messer handeln. Waren die Ermittler unaufmerksam, unvorsichtig oder gar naiv, als sie ihm das verraten haben? Wohl kaum. Vielleicht hat er sie ja überrumpelt mit seinem unverhohlenen Hass auf den Kritiker, und sie wollten ihm eine Falle stellen. Schon eher möglich. Es könnte aber auch ein anderes Kalkül dahinterstecken.

Es wäre wahrlich nicht das erste Mal, dass er sich in eine Ermittlung einmischt und entscheidend zur Lösung des Falls beiträgt. Sollten die Kommissare diesmal vielleicht direkt darauf spekuliert haben? Fred würde das nicht ganz ausschließen. Wer weiß besser als er selbst, was der Druck der Öffentlichkeit mit einem anstellen kann? Und ein Promimord auf Sylt ist allersaftigstes Zeilenfutter für die Kollegen. Da wird den Ermittlern jede Hilfe recht sein, auch wenn sie das niemals zugeben würden.

Die Frage ist nur, ob Fred sich darauf einlassen soll. Früher oder später wird auch Elsbeth von Bispingen die Szene betreten, das ist völlig klar. Spätestens bei der ersten Pressekonferenz muss sie sich an der Seite der Ermittler präsentieren. Und je mehr er sich einmischt, desto größer wird die Wahrscheinlichkeit, ihr wieder zu begegnen.

Will ich das?, fragt sich Fred. *Meine mühsam erworbene Ruhe aufs Spiel setzen? Das Gefühlschaos zurückholen? Gefahr laufen, dass es wieder weh tut? Mich womöglich gar auf eine Aussprache einlassen, die ich im letzten Winter konsequent verweigert habe?*

Dies sind Fragen, die er im Augenblick weder beantworten kann noch will, denen er irgendwann aber nicht mehr wird ausweichen können. Lieber denkt er stattdessen darüber nach, wie er die exklusiven Informationen anderweitig nutzen kann. *Ich bin immer noch Journalist, und wenn die Herrschaften vom Kommissariat das gelegentlich ausblenden wollen, ist es nicht mein Problem.*

Kurz entschlossen prüft Fred die Öffnungszeiten der Vogelkoje. Passt. Dann geht er in seine Diele, greift nach der dicken Jacke und der Mütze. Er zieht absichtlich keine Fahrradklamotten an, um nicht unnötig Aufmerksamkeit zu erregen. Lieber will er wirken wie ein ganz normaler Tourist. Deshalb legt er, nachdem er sein Rad bestiegen hat, auch ein recht gemächliches Tempo an den Tag. Der Wind kommt von Norden und bläst ziemlich heftig, er muss also ohnehin kräftig in die Pedale treten, um überhaupt vorwärtszukommen. Die Jacke erweist sich als viel zu warm, der Schweiß rinnt ihm aus allen Poren, noch bevor er überhaupt in Kampen angekommen ist. Fred wechselt die Straßenseite, um auf der etwas geschützteren Radspur weiterzufahren. Jetzt ist es nicht mehr weit bis zur Vogelkoje. Nach der nächsten Kurve kann er schon den Wald sehen, der den größten Teil des Naturschutzgebietes ausmacht.

Als Fred an dem schmalen Parkplatz angekommen ist, von dem aus ein Pfad zum Eingang des Naturschutzgebietes und auch zu dem angeschlossenen Restaurant führt, stellt er das Rad am Rand außerhalb des Blickwinkels des Wärterhäuschens ab und wartet ein paar Minuten, bis er weniger außer Atem ist. Dann geht er zum Eingang hinüber. In der unscheinbaren Hütte sitzt eine Aufsicht, bei der man auch das Ticket lösen muss. Fred tritt dicht an das Häuschen heran. Der Mann wirkt übernächtigt, unter seinen Augen liegen tiefe Schatten, das Gesicht ist blass.

»Moin. Nicht viel los heute, was?«, bemüht sich Fred, ein Gespräch zu beginnen.

»Sind alle beim Surf Cup.«

»Ab morgen wird das anders. Wenn erst mal der Mord in aller Munde ist.«

»Woher wissen Sie davon?« Der Mann sieht irgendwie erschrocken aus.

»Das Opfer war ein Kollege von mir. Deshalb hat die Kripo mit mir geredet. Die sind ziemlich hilflos, wie's scheint.«

»Ist ja auch kein Wunder.«

»Muss ganz schön heftig für Sie gewesen sein«, mutmaßt Fred ins Blaue hinein. Schließlich hat er keine Ahnung, was sein Gegenüber mitbekommen hat.

»Es war entsetzlich!« Der Mann in dem Eingangshäuschen blickt sich um. Es wirkt, als lauere hinter ihm eine grässliche Erscheinung. Dann mustert er Fred mit zusammengezogenen Augenbrauen. Offenbar hält er ihn für harmlos, denn nun beugt er sich vor und raunt in fast schon verschwörerischem Tonfall: »Ich habe das Opfer gefunden, da lebte der Mann aber noch.«

»Nein!«

»Doch. Der Mann war blutüberströmt. Sechs Messer steckten überall in seinem Körper. Er atmete kaum noch, und bis dann die Rettungskräfte hier waren, war es längst zu spät.«

Fred muss sich kurz sortieren. Mit so viel Offenheit hat er nun wirklich nicht gerechnet. Vermutlich ist die ganze Sache dem armen Kerl gehörig an die Nieren gegangen, so dass er froh ist, sich einmal aussprechen zu können. *Nur zu*, denkt Fred und blickt sein Gegenüber mitleidig an.

»Wie kam es denn, dass Sie ihn überhaupt gefunden haben? Ich meine, das ist ja eine ganz schöne Wildnis hier.«

»Ich hab ihn auf meiner abendlichen Kontrollrunde entdeckt. Er lag hinten am Watt auf der Bank. Wirkte wie ausgestellt.«

»Erkannt haben Sie ihn aber nicht?«

Kopfschütteln.

»Er war recht prominent. Kein beliebiger Zeitungsfuzzi«, antwortet Fred vorsichtig.

»Promi passt. Bei den vornehmen Plünnen, die der anhatte.«

»Anzug und so, ich weiß. Und diese teuren Schuhe. Ist Ihnen denn sonst noch irgendetwas aufgefallen?«

»Nein, gar nicht. Und ich stand ja auch unter Schock. Oder haben Sie schon mal einen Sterbenden gefunden?« Wieder schleicht sich der vorsichtige Tonfall in die Stimme des anderen.

Vermutlich haben ihm die Ermittler eingeschärft, unter allen Umständen den Mund zu halten. Und ich tue gut daran, ihn nicht übermäßig zu drängen.

»Natürlich nicht. Unvorstellbar, so etwas«, lügt Fred, während sich ihm eine Erinnerung aufdrängt, die er lieber vergessen hätte. Seine große Liebe Susanne, blutüberströmt und tödlich verwundet in seinem eigenen Bett. Es ist Jahre her, aber das Trauma sitzt tief. Fred muss sich mühsam zusammenreißen, um wieder in die Gegenwart zurückzufinden. »Kann ich denn trotzdem aufs Gelände?«, fragt er mit brüchiger Stimme.

»Sicher. Die Kriminaltechnik ist fertig, auch wenn hinten am Watt noch alles abgesperrt ist. Die haben da wirklich in jeden Busch geguckt. Aber gefunden haben sie, glaube ich, nicht besonders viel.«

»Die Polizei ist wirklich nicht zu beneiden«, murmelt Fred, während er die Münzen für den Eintritt aus dem Portemonnaie schüttelt. »Nehmen Sie sich das Ganze nicht so zu Herzen, und alles Gute weiterhin.« Fred hebt die Hand zum Abschied und schlüpft schnell durch das Tor.

Sonntag, 28. September, 13.46 Uhr, Vogelkoje, Kampen

Silja Blanck stellt ihren Wagen auf dem Vogelkoje-Parkplatz ab und steigt aus. Sie ignoriert den Zugang zum Naturschutzgebiet und wendet sich gleich nach rechts, wo der Asphalt nach wenigen Schritten aufhört und in einen grasbewachsenen breiten Pfad übergeht, der in einer weiten Linkskurve zum Wasser führt. Ein Schild informiert darüber, dass es sich hier um einen Deichpflegeweg handelt. Unbefugten ist der Zugang durch eine stabile Metallschranke verwehrt, die mit Stacheldraht umwickelt und überdies mit einem Vorhängeschloss gesichert ist. Alles wirkt unbeschädigt, und weder vor noch hinter der Schranke sind Reifenspuren im Gras zu erkennen.

Trotzdem klettert Silja vorsichtig über die Schranke. Kurz

bleibt sie am Stacheldraht hängen, kann sich aber befreien, ohne ein Loch in ihre Hose zu reißen. Auf ihrem Weg hinunter zum Watt hält die Kommissarin den Blick fest auf den Boden gerichtet. Das zottige Gras ist durchsetzt mit kleinen Steinen. Obwohl es ihr inzwischen unwahrscheinlich scheint, dass der hilflose Kritiker über diesen Zugang ans Watt transportiert worden ist, sucht Silja gewissenhaft nach Fuß- oder Reifenspuren, nach Blut oder irgendwelchen anderen verdächtigen Hinweisen. Aber da ist nichts außer ein paar Zigarettenkippen, zwei leeren Pappbechern und einem Kinderhandschuh, der so schmutzig ist, dass er vermutlich schon seit Monaten hier liegt. Silja sammelt trotzdem alles ein.

Am Watt angekommen wendet sich die Kommissarin nach links und erreicht nach wenigen hundert Metern die Stelle, wo sich jenseits des Zauns die erhöht gelegene Bank befindet. Das ganze Areal ist immer noch weiträumig mit Flatterband abgesperrt. Sicherheitshalber untersucht Silja den hüfthohen Stacheldrahtzaun, der das Naturschutzgebiet einfasst, noch einmal gründlich. Aber es bleibt dabei, auch er ist unbeschädigt, und es hängen keine Stofffetzen oder Ähnliches an dem Metall. Und man müsste schon ein wahrer Hüne mit ellenlangen Beinen sein, um einfach so über diesen Zaun zu steigen. Auf die entscheidende Frage, wie der Mörder mit seinem Opfer zu der Bank gelangt ist, gibt es also immer noch keine Antwort.

Die Kommissarin dreht sich um und lässt ihre Augen über das Watt wandern. Der heftige Wind kraust das Wasser und fährt den Seevögeln ins Gefieder. Nichts deutet darauf hin, dass gestern Nachmittag oben auf der Bank ein Mord geschehen ist. Und es deutet auch nichts darauf hin, dass hier ein Boot überhaupt hätte anlegen können, so seicht und flach ist das Wasser. Einzig vorstellbar wäre ein Ruderboot oder ein Kanu, das Mörder und Opfer hierhergebracht haben könnte. Dann hätten sie aber noch ein paar Meter durchs Wasser gehen müssen, was immerhin die Wasserspuren an Konrad Otzes Hosenbeinen erklären würde. Aber war das überhaupt Salzwasser?

Silja holt ihr Handy aus der Tasche, um Klarheit über dieses Detail bei Dr. Bernstein zu erfragen. Wie oft auf der Insel ist der Empfang ziemlich schwach, und es dauert, bis überhaupt eine Verbindung aufgebaut wird. Während sie wartet, hört Silja von oben hinterm Deich Geräusche. Es raschelt, dann hallen Tritte zu ihr hinüber.

Eigentlich darf sich niemand dort aufhalten, die Flatterbandabsperrung ist eindeutig, und Ludger Voigt vorn am Eingang hat strikte Anweisung, alle Besucher der Vogelkoje auf das Verbot hinzuweisen. *Wer könnte ein Interesse haben, sich dem zu widersetzen? Doch wohl nur der Mörder, um Spuren zu verwischen. Oder sind die Touristen mittlerweile so dreist, dass sie noch nicht einmal vor einer polizeilichen Anweisung haltmachen?*

Silja cancelt ihren Anruf, der vermutlich ohnehin nicht durchgestellt worden wäre, und zieht sich weit genug zurück, um möglichst unerkannt beobachten zu können, was oben auf dem Deich geschieht.

Zunächst bleibt alles ruhig, auch die Schritte sind nicht mehr zu hören. Doch dann kommt jemand die Treppe vom Wald her herauf. Ein Kopf mit dichten, aber sehr kurz geschnittenen grauen Haaren erscheint, das Gesicht ist gesenkt, als suche die Person etwas am Boden. Es ist ein schlanker Mann, der eine gefütterte dunkle Jacke trägt und Silja fast sofort den Rücken zuwendet, weil er sichtbar konzentriert die Bank mustert, auf der der Mord geschehen ist.

Erst als der Mann sich dem Watt zuwendet und den Kopf hebt, erkennt die Kommissarin ihn. Gespannt wartet sie ab. Der Mann steigt den Hügel hinunter und untersucht gründlich den Stacheldrahtzaun, tut also exakt das Gleiche, was Silja eben getan hat.

Verdammt, der Kerl kommt uns schon wieder in die Quere, durchfährt es Silja. Energisch tritt sie näher, wobei sie nicht darauf achtet, besonders leise zu sein.

»Herr Hübner, Sie haben aber schon gesehen, dass hier alles abgesperrt ist?«

Der Journalist fährt zusammen, offenbar ist ihm ihre Anwesenheit bisher tatsächlich entgangen. Er streicht sich kurz durchs Haar, vermutlich um Zeit zu gewinnen, dann antwortet er mit einem eher verschmitzten als schuldbewussten Grinsen.

»Frau Blanck, welche Überraschung und Freude zugleich, Sie hier zu treffen. Und sorry, ja, ich bekenne mich schuldig im Sinne der Anklage. Aber Sie müssen verstehen. Wenn man sieben Tage am Stück mit jemandem verbracht hat, dann trifft es einen irgendwie schon, wenn er plötzlich nicht mehr unter uns weilt.«

»Das klang heute Vormittag aber noch ganz anders. Da hätten Sie am liebsten applaudiert, als Sie vom Tod Konrad Otzes erfahren haben.«

»Ich habe überreagiert, und es tut mir inständig leid«, versichert Hübner. »Wenn ich Ihnen irgendwie behilflich sein kann, dann sehr gern.«

»Indem Sie hier Spuren verwischen und einen abgesperrten Tatort betreten? Machen Sie Witze?«

Der Journalist zuckt kurz mit den Schultern und sieht insgesamt nicht sonderlich schuldbewusst aus.

»Ihnen ist schon klar, dass es in der Regel der Mörder selbst ist, den es an den Ort des Verbrechens zieht?«, setzt Silja nach.

»Frau Blanck, das hatten wir doch schon«, versucht er die Situation ins Komödiantische zu ziehen. »Ich bin nun mal kein Mörder, so gern Sie das vielleicht auch hätten.«

»Was machen Sie dann hier?«

»Neugier? Schon mal davon gehört? Das ist ein ziemlich menschlicher Trieb.«

»Der sich in Ihrem Fall ganz gut zu Geld machen lässt und uns anschließend die Arbeit erschwert.«

»Die freie Presse ist die vierte Gewalt im Staat, vergessen Sie das nicht. Und Ihre Informationspolitik war bisher nicht besonders offen.«

»Wir hatten unsere Gründe, das können Sie mir glauben.«

»Sehen Sie, und ich habe meine. Wenn Sie keine Fragen mehr haben, dann würde ich mich jetzt gern zurückziehen. Oder soll ich Ihnen über den Stacheldraht helfen, damit Sie sich davon überzeugen können, dass ich auch wirklich verschwinde?«

Silja überhört den sarkastischen Unterton und überlegt kurz. Dann kommt ihr eine Idee.

»Würden Sie versuchen, mich hinüberzuheben? Ich bin zwar vermutlich um einiges leichter als unser Opfer, aber ein echtes Schwergewicht war Konrad Otze auch nicht.«

»Und Sie würden gern wissen, auf welche Weise er hierhergekommen ist?«, fragt der Journalist lauernd.

»Haben Sie eine Idee?«

»Ich dachte, ich soll mich nicht in Ihre Ermittlungen einmischen.«

»Seien Sie nicht so pingelig und lassen Sie es uns kurz versuchen.«

Beide treten dicht an den Stacheldrahtzaun heran, dann breitet Silja die Arme aus, damit Fred Hübner sie unter den Achseln greifen kann. Er ächzt kurz und hebt sie mit ausgestreckten Armen hoch. Silja zieht sogar die Beine an, doch wenn Hübner sie jetzt zu sich herüberziehen würde, würden mit ziemlicher Sicherheit ihre Hosen am Stacheldraht hängen bleiben.

»Das können wir vergessen«, entscheidet er und lässt die Kommissarin vorsichtig wieder zu Boden gleiten.

Silja nickt und blickt sich suchend zu den kabbeligen Wellen des Watts um, als schwimme dort die Lösung des Problems.

»Wenn mir noch etwas einfällt, melde ich mich, okay?«, hört sie Fred Hübners Stimme hinter sich. »Viel Erfolg noch bei der Spurensuche.«

Täuscht sie sich, oder ist da wieder eine gewisse Ironie im Spiel? Silja verkneift sich erst mal jede Reaktion. Als die Kommissarin sich schließlich doch umdreht, sieht sie nur noch den Rücken des Journalisten. Er ist bereits oben auf dem Deich angekommen und hebt kurz grüßend die Hand, dann entfernen sich seine Schritte.

Sonntag, 28. September, 14.14 Uhr, Pension Seemöwe, Wenningstedt

Als Bastian Kreuzer die Treppe in der Pension Seemöwe hinaufsprintet, sieht er, dass Nelly und Lothar Otze bereits unschlüssig vor der verschlossenen Tür zu dem

Pensionszimmer stehen, in dem ihr verstorbener Sohn seine letzten Nächte verbracht hat.

»Sorry, dass ich zu spät bin. Sonntagmittag ist in der Innenstadt immer die Hölle los. Alle wollen auf den Autozug, und dafür sind die Westerländer Straßen nun mal nicht ausgelegt.«

»Wir sind auch noch nicht lange hier«, antwortet Konrad Otzes Vater mit Stentorstimme, während die Mutter in sich gekehrt auf ihren Lippen herumkaut. Sie ist eine zierliche Person, deren Gesichtshaut von vielen feinen Falten durchzogen ist. Bastian schätzt sie auf einiges über siebzig, da können auch die sorgfältig blondierten Haare nichts mehr kaschieren. Ihr Mann wirkt viriler und dadurch auch jünger. Trotz seiner zerfurchten Stirn und der tiefen Falten neben den Mundwinkeln scheint eine solide Kraft von ihm auszugehen, die sich auch in seiner durchdringenden Stimme manifestiert.

Bastians Erfahrung sagt ihm, dass man Hinterbliebene in zwei Gruppen einteilen kann: Verdränger und Konfrontierer. Bei den Eltern von Konrad Otze scheint es sich eindeutig um Konfrontierer zu handeln. Es hätte einige Orte gegeben, an denen dieses Treffen hätte stattfinden können, aber sie wollten ausgerechnet das letzte Zimmer ihres Sohnes sehen. Eigentlich hat sich das Kommissariat für solche Treffen bisher bestens bewährt, doch angesichts der Pressemeute vor dem Gebäude hat Bastian das diesmal gar nicht erst vorgeschlagen, sondern war froh über den Wunsch der Eltern.

Und jetzt stehen sie also zu dritt vor der Pensionstür mit dem Polizeisiegel.

»Sie bleiben dabei, dass wir unser Gespräch dort drinnen führen sollen?«, erkundigt sich der Kommissar vorsichtig.

Beide nicken stumm. Die Lippen der Mutter sind fast zwischen ihren Zähnen verschwunden, und Bastian meint sogar einen winzigen Blutstropfen im Mundwinkel zu entdecken. Schnell wendet er den Blick ab, zieht ein Taschenmesser aus der Jacke und ritzt das Siegel mit einer einzigen Bewegung auf.

Die Luft im Inneren des Raumes ist abgestanden, es riecht nach billigem Duschbad, nach Staub und ganz leicht nach Schweiß. Auf dem Schreibtisch liegen immer noch die Blätter mit Konrad Otzes letzten bösartigen Kritiken.

Nelly Otze betritt den Raum mit leicht schwankenden Schritten und atmet die abgestandene Luft mit tiefen Zügen ein. Es wirkt, als wolle sie damit alle möglicherweise vorhandenen Reste der Atemluft ihres Sohnes inhalieren. Ihr Mann dagegen schreitet systematisch das Bett, den Nachttisch, den immer noch geöffneten Schrank und schließlich den schmalen Schreibtisch unter dem Fenster ab. Niemand spricht ein Wort.

Bastian weiß genau, je mehr Zeit er den beiden jetzt lässt, umso einfacher wird das nachfolgende Gespräch. Und richtig, nach einer Weile ergreift Lothar Otze von sich aus das Wort.

»Es sieht ja alles ganz aufgeräumt aus. Eingebrochen ist hier schon mal niemand.«

»Richtig. Bisher deutet auch nichts auf eine Bedrohung oder eine Erpressung hin. Es sei denn, Sie wüssten etwas darüber.«

»Konrad war doch beliebt. Er war ständig im Fernsehen«, empört sich die Mutter des Kritikers.

»Nicht jeder Prominente ist automatisch auch beliebt«, antwortet Bastian vorsichtig.

»Das wissen wir natürlich. Konrad war ja auch nicht gerade zimperlich mit seinen Beurteilungen. Völlig zu Recht im übrigen, wenn Sie mich fragen. Was heutzutage alles unter dem Rubrum Literatur läuft, ist oft wirklich entsetzlich«, stellt Lothar Otze fest.

»Hatte Ihr Sohn Feinde? Gab es Menschen, vor denen er sich fürchtete oder denen er lieber aus dem Weg ging?«

Während Nelly Otze ihren Mann fragend ansieht, wiegt dieser leicht den Kopf. »Konrad war ziemlich furchtlos, also unerschrocken im besten Sinne, würde ich sagen. Er ist keiner Konfrontation aus dem Weg gegangen. Allerdings wüsste ich auch nicht, dass es davon bemerkenswert viele gegeben hätte.«

»Eine würde reichen«, bemerkt Bastian.

»Wir wissen nicht sehr viel über Konrads Leben in den letzten Jahren«, flüstert Nelly Otze jetzt. Sie sagt es mehr zu sich selbst als zu Bastian, hält dabei den Blick gesenkt und streicht mit ausgesprochen zärtlicher Geste über das gemachte Bett, als läge ihr Sohn noch darin. »Er war …«, sie schluckt kurz und versucht vergeblich, die Tränen zu verdrängen, die ihr in die Augen schießen. »Er hatte sein eigenes Leben und einen großen Freundeskreis. Dazu natürlich jede Menge Bekannte. Und wir sind ja auch viel gereist nach der Pensionierung meines Mannes. Vielleicht wäre es anders gewesen, wenn wir Enkelkinder gehabt hätten, aber Konrad …« Wieder unterbricht sie sich, diesmal, um ein Taschentuch aus der Hose zu nesteln und sich anschließend zu schnäuzen.

»Konrad hasste Kinder«, stellt Lothar Otze an ihrer Stelle fest. »Er fand sie unhygienisch und irgendwie nicht elegant genug für sein Leben.«

»Interessante Einstellung«, sagt Bastian in möglichst neutralem Tonfall. Der tote Kritiker wird ihm immer unsympathischer, aber es wäre sicher nicht hilfreich, die Eltern etwas davon spüren zu lassen. »Wie sah es denn mit seinen Beziehungen aus? Gab es da etwas Ernstes?«

Ratlos zuckt Otzes Vater die Schultern. »Nicht in dem Sinne, dass er irgendwann mal bei uns auf dem Sofa saß und uns seine zukünftige Ehefrau vorgestellt hätte.«

»Und in irgendeinem anderen Sinn?«

»Konrad hat für seinen Beruf gelebt.« Inzwischen hat sich die Mutter des Kritikers wieder unter Kontrolle. Ihre schmale Person wirkt jetzt fast krampfhaft aufrecht, die Arme sind seitlich an den Körper gepresst, als wolle sie ihren Leib damit zusätzlich stützen. »Er war nicht sonderlich interessiert an diesem ganzen Getue rund um Partnerschaften und die damit verbundenen Verpflichtungen.«

»Eher so der frei flottierende Don Juan«, pflichtet ihr der Ehemann bei, ohne seine Bewunderung für den Sohn ganz verbergen zu können.

»Verstehe.« Bastian sieht sich im Raum um, als könnten die Einrichtungsgegenstände ihm helfen, doch noch etwas Brauchbares aus dem Elternpaar herauszubekommen. »Eine letzte Frage habe ich. Wie ist Ihr Sohn eigentlich zu seinem Beruf gekommen? Ich habe gehört, dass er als junger Mann fast professionell gesurft ist. Das bereitet ja nicht unbedingt auf eine Karriere als Intellektueller vor.«

»Wie meinen Sie das? Unser Sohn hatte ein hervorragendes Abitur. Er war eben auch zusätzlich sehr sportlich.« Jetzt klingt Lothar Otze fast aggressiv.

»Der Kommissar hat schon recht«, unterbricht ihn seine Frau. »Es war auch für uns eine Überraschung, als Konrad plötzlich das Windsurfen sein ließ und begann, ernsthaft

Literatur und Journalismus zu studieren. Aber wir haben uns natürlich sehr darüber gefreut, dass der Junge mit Mitte zwanzig dann doch noch vernünftig wurde. Schließlich muss man ja auch an seine Zukunft denken, so ein Leben als Surfer, das ist doch keine echte Perspektive.«

»Aber er hat den Sport nicht ganz aufgegeben, wie ich gehört habe«, wirft Bastian ein. »Das Zimmer hier war noch für eine weitere Woche gebucht, und auf der Insel läuft gerade der Surf Cup.«

»Als Hobby ist das natürlich ganz was anderes«, gibt Lothar Otze großzügig zu. »*Mens sana in corpore sano*, das sagt Ihnen ja hoffentlich was.«

Bastian murmelt etwas Unverständliches und sehnt plötzlich Silja herbei, die auf solche Anspielungen immer die richtige Antwort hat. Doch das Ehepaar Otze scheint seine Verlegenheit nicht zu bemerken. Beide nehmen ihre Wanderung durch das Pensionszimmer wieder auf, sie lassen die Blicke schweifen und berühren ab und an einzelne Einrichtungsgegenstände. Auf eine bedrückende Weise wirken sie jetzt ratlos, so als wüssten sie nicht so recht, wie diese niederschmetternde Konfrontation mit der letzten Behausung ihres Sohnes zu beenden sei.

»Wenn Sie noch irgendwelche Fragen haben, stehe ich gern zur Verfügung«, hilft ihnen Bastian.

Nelly Otze hebt den Kopf, in ihren Augen stehen Tränen. »Wann dürfen wir eigentlich …«, beginnt sie, muss dann allerdings ein Schluchzen unterdrücken. »Also ich meine, wann dürfen wir Konrad mitnehmen?«

»Die Untersuchung Ihres Sohnes ist noch nicht abgeschlossen, soweit ich weiß. Es kann also durchaus noch einige Tage dauern.«

»Warum das denn?« Lothar Otzes Stimme klingt ungehalten.

»Es stehen noch einige Ergebnisse aus. Zum Beispiel der Nachweis irgendwelcher betäubenden Substanzen, die uns erklären könnten, wie Ihr Sohn an den doch recht abgeschiedenen Ort gelangt ist, wo er zu Tode kam.«

»Sie meinen Drogen? Unser Sohn hat keine Drogen genommen.«

»Ich will Ihnen nicht zu nahe treten, aber erstens wissen Eltern nicht alles über ihre erwachsenen Kinder, und zweitens muss die Einnahme ja nicht einvernehmlich erfolgt sein.«

»Sie meinen, jemand hat Konrad betäubt und dann zu dieser grässlichen Bank geschleppt?« Nelly Otze hat sichtlich Mühe, die Frage zu stellen.

»Entweder das, oder er war dort verabredet.«

»Um was zu tun?«, fragt Lothar Otze scharf.

Bastian seufzt. »Leider wissen wir auch das nicht. Noch nicht. Aber seien Sie versichert, dass wir mit Hochdruck an den Antworten auf diese Fragen arbeiten. Wir konnten hier im Zimmer das Handy ihres Sohnes sicherstellen. Zurzeit sind unsere Techniker dabei, die Daten auszuwerten und die letzten Anrufe sowie alle Kontakte zu überprüfen.«

Seine Worte versickern im Schweigen der beiden Eltern. Sie wirken alles andere als überzeugt. Nelly Otzes Stimme klingt resigniert, als sie schließlich flüstert: »Aber diese Grausamkeit. Wer macht denn so was? Sechs Messerstiche. Man hat unseren Sohn abgeschlachtet wie ein …«

»Sei still«, unterbricht sie ungehalten ihr Mann. »So etwas darfst du noch nicht einmal denken. Wir müssen jetzt stark sein und darauf vertrauen, dass der Mörder gefunden wird. Auch wenn wir da so unsere Zweifel haben.«

Bastian lässt den kritischen Blick von Otze senior an sich abgleiten und fragt vorsichtig: »Sind Sie so weit? Ich würde die Tür dann gern wieder versiegeln.«

Nelly und Lothar Otze nicken und verlassen mit gesenkten Köpfen den Raum, in dem ihr Sohn die letzte Nacht seines Lebens verbracht hat.

Sonntag, 28. September, 15.02 Uhr, Haus am Dorfteich, Wenningstedt

Fred Hübner sitzt bequem auf seinem Sofa hingelümmelt und tippt eine ihm wohlbekannte Nummer ins Handy. Es läutet ein paarmal, dann meldet sich Stefan Molsheim, der Chefredakteur vom *Sylter Anzeiger*, mit dem Fred schon einige lukrative Deals abgeschlossen hat. Deswegen kann sich der Journalist jetzt auch kurzfassen.

»Ich hab was für Sie.«

»Hübner, alter Hund! Was gibt's?«

Es erstaunt und schmeichelt Fred gleichermaßen, dass der Chefredakteur ihn bereits an der Stimme erkennt. Trotzdem lässt er ihn noch einen Moment zappeln, bis er sich zu einer Antwort bequemt.

»Es geht um den Mord an der Vogelkoje.«

»Das glaub ich jetzt nicht. Die Info ist doch erst seit wenigen Stunden raus.«

»Da können Sie mal sehen. Und es kommt noch besser. Ich weiß nämlich, was bisher niemand weiß. Hab mit dem einzigen Tatzeugen gesprochen.«

Das ist zwar eine freche Übertreibung, denn Ludger Voigt hat nicht die Tat, sondern nur das Sterben des Opfers beobachtet, aber das muss Fred dem Chefredakteur des *Sylter Anzeigers* ja nicht gleich auf die Nase binden.

»Sie kriegen die Titelstory«, bietet der sofort an. »Und ein Spesenkonto für die nächsten Tage. Wann können Sie liefern?«

Fred sieht auf die Uhr. »Ich bräuchte so zwei, drei Stunden, um etwas Saftiges zustande zu bringen. Also spätestens um sechs hätten Sie den Artikel auf dem Tisch.«

»Perfekt, so machen wir es.« Stefan Molsheim, der für seine Entschlussfreudigkeit ebenso bekannt ist wie für seine Ungeduld, klingt, als würde er gleich auflegen.

»Da ist noch etwas, nur eine Kleinigkeit«, fügt Fred an.

»Das Honorar, klar doch.« Molsheim lacht. »Ich glaube, da können wir mal großzügig sein. Details aber erst, wenn ich die Story vor mir habe.«

»Das auch. Aber zunächst sollten wir etwas anderes klären. Diesmal würde ich gern unter Pseudonym publizieren.«

»Warum das denn?«

»Es gibt sonst Trouble mit der Polizei.«

»Für Sie oder für mich?«

Auch ohne den alarmierten Unterton in Molsheims Stimme wüsste Fred, worauf der Chefredakteur anspielt. Als im letzten Jahr kurz vor Weihnachten die drei Frauen auf bestialische Weise ermordet worden sind, hatten direkt nach dem zweiten Mord recht drastische Tatortfotos die Titelseite des *Sylter Anzeigers* geziert – oder besser gesagt verunstaltet. Und selbstverständlich waren die drei Kommissare wenig amüsiert darüber, was Kreuzer dem Chef der Zeitung auch unmissverständlich klargemacht haben muss.

»Den Ärger gibt's höchstens für mich«, gibt Fred Hübner daher sofort zurück. »Kein Grund zur Sorge für Sie also.

Und mein plötzlicher Hang zum Pseudonym hat auch eher persönliche Gründe.«

»Staatsanwältin, ick hör dir trapsen«, entfährt es Molsheim, der nur noch äußerst selten in sein angestammtes Berliner Idiom zurückfällt.

»So ähnlich«, entgegnet Fred ebenso vage wie diskret. »Also was ist? Sind wir im Geschäft?«

»Aber immer!«, ruft Molsheim durchs Telefon und unterbricht die Verbindung.

Fred legt das Handy zur Seite und greift nach seinem Laptop, der neben ihm auf dem Couchtisch bereitsteht. Doch anstatt unverzüglich mit dem Schreiben zu beginnen, googelt er den Namen einer Ikone der Kriminalliteratur und vertieft sich anschließend in die Zusammenfassung eines ihrer berühmtesten Romane.

Sonntag, 28. September, 15.51 Uhr, Kriminalkommissariat Westerland

Als es an die Bürotür der Kommissare klopft, antwortet Sven Winterberg mit einem ziemlich unwirschen *Herein*. Eine uniformierte Kollegin begleitet Aaron Goppel und Nadine Eisleben ins Büro und zieht sich gleich darauf zurück. Sven mustert die beiden Mitarbeiter von Pernille Aurichs Cateringunternehmen mit strenger Miene. Er hat sie telefonisch für halb vier ins Kommissariat gebeten, und er schätzt es gar nicht, wenn man ihn so lange warten lässt. Doch als Sven die verstörten Mienen des ziemlich beleibten jungen Mannes und der sehr schlanken Frau erkennt, ahnt er schon, was sie aufgehalten hat.

»Die versammelten Schreiberlinge da unten haben Sie nicht durchgelassen, was?« Der Kommissar deutet zum Fenster. Es geht auf die Straße hinaus, wo sich eine ständig wachsende Horde von Journalisten aufhält.

»Wenn es nur das wäre. Die wussten einfach alles über uns, als ob sie Pernilles Website auswendig gelernt hätten«, empört sich Aaron Goppel, der Souschef von *Kutterscholle und Butterstulle*.

»Leider ist Konrad Otze kein Unbekannter für die Presse. Und seine Teilnahme an dem Colloquium ist ebenso im Netz zu finden wie ein Lob des von Ihnen servierten Essens. Wir haben uns mal in den sozialen Medien umgesehen. Frau Yildirim hat das auf ihrer Instagramseite ausführlich bebildert und kommentiert. Da ist es nur noch ein kleiner Sprung zu Frau Aurichs Website, wo Sie beide mit Foto verewigt sind und Ihrer beider Werdegang in allen Details nachzulesen ist. So schließen sich die Kreise«, erklärt Sven resigniert.

»Mannomann.« Aaron Goppel lässt sich schnaufend auf einen der Besucherstühle in der Ecke fallen. »Jetzt brauche ich erst mal eine Kippe.« Er sieht sich suchend nach einem Aschenbecher um, und als er keinen entdecken kann, fügt er frustriert hinzu: »Rauchen ist wohl nicht, oder?«

»Seit etlichen Jahren in öffentlichen Gebäuden verboten. Das kann Ihnen doch nicht neu sein.«

»Nee, nee, schon gut. Ich versuch's halt immer mal wieder«, gibt Pernille Aurichs Souschef resigniert zurück.

»Aber einen Kaffee kann ich Ihnen anbieten, auch wenn manche behaupten, dass unsere Maschine eher braune Brühe als echten Kaffee ausspuckt.«

»Nehme ich gern. Schwarz mit Zucker, wenn's keine Umstände macht.«

»Und Sie, Frau Eisleben?«

»Für mich bitte auch einen, mit viel Milch, ohne Zucker.« Die junge Frau streicht nervös ihre Haare zurück, die zu einem frechen Bob geschnitten und sorgfältig geföhnt sind. Die modische Frisur will nicht so recht zu ihrer coolen Baggy-Jeans und dem extrem weiten Sweatshirt mit dem ausgefransten Saum passen.

Sven steht auf und macht sich an der Maschine zu schaffen. Über die Schulter erkundigt er sich: »Hat einer von Ihnen heute noch einmal mit Frau Aurich gesprochen?« Die Frage soll zufällig klingen und wie eine beliebige Gesprächseröffnung wirken, dabei ist es für den Kommissar nicht unerheblich, zu wissen, ob Pernille Aurich ihren Mitarbeitern von der vormittäglichen Vernehmung erzählt hat.

Als beide verneinen, ist Sven erst einmal erleichtert, auch wenn er nicht ausschließen kann, dass die drei sich trotzdem abgesprochen haben.

»Es geht um Folgendes«, beginnt er, während er die Kaffeebecher auf den Tisch stellt. »Die Messer, mit denen Konrad Otze erstochen worden ist, stammen aus der Küche der Pension Seemöwe. Und damit, wie mir Frau Aurich sagte, aus ihrem persönlichen Besitz.«

»Dann war das gar kein Zufall, dass die plötzlich weg waren«, murmelt die junge Hilfsköchin entgeistert.

»Moment mal«, unterbricht ihr Kollege und stellt den Kaffeebecher, nach dem er gerade gegriffen hatte, mit Schwung zurück auf den Tisch. »Nur damit ich das richtig verstehe. Es hat sich einer von den anderen Gästen in die Küche geschlichen, die Messer geklaut und damit dann den Kritiker ermordet?«

»So kann man das nicht sagen. Theoretisch könnte auch

jemand von außerhalb gekommen sein. Die Küche hat ja eine Tür nach draußen, wenn ich das richtig verstanden habe.«

»Ja schon, aber wir waren doch ständig dort«, wirft Nadine Eisleben ein.

»Sie haben doch aber auch das Essen nebenan serviert. Oder gab es da noch einen extra Kellner?«

»Das nicht, aber gemeinsam waren wir drei nur sehr selten draußen. Meistens haben Aaron und Pernille serviert, ich selbst habe die Küche so gut wie nie verlassen.«

»*So gut wie nie* bedeutet nicht *niemals*, Frau Eisleben. Und wenige Sekunden hätten vermutlich für den Diebstahl gereicht. Also ist es für uns extrem wichtig, zu erfahren, ob einer von Ihnen beiden irgendetwas Verdächtiges beobachtet hat.«

Nadine Eisleben und Aaron Goppel wechseln einen kurzen Blick, dann schütteln beide unisono die Köpfe.

»Da war nichts, echt jetzt«, versichert die junge Frau. »Und wir sind ja auch ständig hin und her gerannt. Wer sollte denn da unbemerkt in die Küche kommen?«

»Okay. Aber vielleicht hat sich manchmal einer von den Gästen zu Ihnen verirrt«, schlägt Sven vor.

»In die Küche?«, fragt Aaron Goppel mit fast entrüstetem Tonfall. »Was hätten die da zu suchen gehabt?«

»Was weiß ich. Den Köchen, also Ihnen, über die Schulter schauen, sich ein paar Tricks abgucken. Es laufen doch heutzutage so viele Kochshows im Fernsehen, dass der eine oder die andere schon mal auf solch eine Idee kommen dürfte.«

»Die waren komplett damit beschäftigt, sich gegenseitig anzuzicken. Es war schon ein Wunder, dass sie unsere Kreationen überhaupt genießen konnten. Mir wäre in einem solchen Klima bestimmt der Appetit vergangen.«

Sven nickt nachdenklich, während er sich bemüht, seine Enttäuschung zu verbergen. Alle Spuren verlaufen im Sand, alle Zeugenaussagen führen ins Leere. Es ist wirklich zum Verzweifeln. Doch bevor er aufgibt, beschreitet der Kommissar noch einen anderen Weg.

»Wenn wir das alles ausschließen, bleibt eigentlich nur eine einzige andere Möglichkeit.«

»Jetzt bin ich aber gespannt.« Aaron Goppel trinkt einen großen Schluck von seinem Kaffee und blickt Sven über den Becherrand hinweg an.

»Sie ahnen es, oder?«, gibt der Kommissar zurück.

»Sie wollen jetzt aber nicht uns beiden den Mord in die Schuhe schieben?« Goppels Stimme klingt, als mache er gerade den Witz des Jahrhunderts.

»Sagen wir mal so«, antwortet Sven diplomatisch. »Kannte einer von Ihnen beiden einen der Colloquiumsteilnehmer persönlich? Vielleicht hat einer von Ihnen schon mal einen von denen getroffen?«

»Also aus dem Fernsehen kannte man natürlich schon den einen oder anderen. Aber in echt …«, antwortet Aaron Goppel nachdenklich. »Nein, in echt bin ich keinem von denen schon mal begegnet. Du etwa, Nadine?«

Sie schüttelt den Kopf und sagt mit einem Schulterzucken: »Literatur und Kochen haben ja angeblich viel miteinander zu tun, aber ehrlich jetzt mal: Ich glaube, das sind zwei völlig verschiedene Welten.«

»Aber bei Empfängen, für die gecatert wird, trifft man sich vielleicht doch mal«, setzt Sven nach.

»Wollen Sie ernsthaft darauf hinaus?«, erkundigt sich

Aaron mit plötzlich scharfer Stimme. »Das ist doch absoluter Bullshit. Wir haben diesen Kritiker ganz sicher nicht auf dem Gewissen, auch wenn wir natürlich am einfachsten an die Messer herangekommen wären.«

»Das Ganze war doch eher ein Witz, oder ist es tatsächlich das, was Sie denken?« Die Stimme der jungen Köchin zittert plötzlich.

»Ich denke gar nichts. Aber es wäre sicher hilfreich, wenn Sie beide mir erzählen würden, was Sie in den zwei Stunden gemacht haben, nachdem Sie sich von Frau Aurich getrennt haben.«

»Wir waren was trinken, und einen Happen gegessen haben wir auch«, antwortet Aaron Goppel achselzuckend.

»Und ausführlich geraucht«, fügt Nadine Eisleben hinzu. »Das geht ja in so einer Küche nicht, daher mussten wir erst mal unsere Nikotinspeicher auffüllen.«

»Und wo waren Sie da, wenn ich fragen darf?«

»Wir sind zu Fuß zu *Onkel Johnny's Strandwirtschaft*. Deren Bowls sind die besten, und man kann zum Rauchen super draußen sitzen und hat die Nordsee direkt zu Füßen.«

»Kann das jemand bezeugen?«

»Klar. Moritz ist ein guter Freund von mir, der arbeitet da im Service und hat uns natürlich bedient«, antwortet Aaron Goppel, der sich jetzt wieder beruhigt zu haben scheint.

»Und ich habe doch auch noch Maren und Brigitte getroffen, die beiden Lockenköpfe, weißt du nicht mehr?«, stimmt Nadine ein. »Maren hat mit mir in Büsum Abitur gemacht, und sie ist mit den Eltern und ihrer Schwester jeden Sommer auf der Insel, aber immer fehlte die Zeit, um sich mal zu verabreden. Und jetzt saßen die alle vier direkt am Nebentisch. Das war echt ein krasser Zufall.«

Sven lässt sich die vollständigen Namen und die Adressen der Zeugen geben. Natürlich muss er deren Aussagen noch überprüfen, aber innerlich stellt er sich schon mal darauf ein, dass auch diese Vernehmung ihn nicht weiterbringen wird. Mit fast schon komischer Resignation erklärt er abschließend: »Diese verflixten Messer müssen Beine bekommen und ganz von allein die Küche verlassen haben, um ans Kampener Watt zu wandern und dem Mörder direkt in die Hände zu springen.«

»Ihr Ernst jetzt?«, fragt Nadine irritiert.

Sven lacht und schüttelt den Kopf. »Natürlich nicht. Aber die Sache mit den Messern ist schon irgendwie mysteriös, das müssen Sie zugeben.«

»Zum Glück ist es nicht unser Job, das aufzuklären.« Aaron Goppel stellt den leeren Becher zurück auf den Tisch und wuchtet sich aus dem Besucherstuhl. »War's das jetzt? Ich würde mich nämlich gern ein, zwei Stündchen hinlegen. Heute Abend steigt eine Party bei den Surfern, und mir steckt der Job von letzter Woche immer noch in den Knochen.«

»Sie surfen?« Plötzlich ist Sven hellwach.

»Sehe ich vielleicht so aus?« Der Souschef reibt sich seinen stattlichen Bauch. »Nee, das ist nichts für mich. Aber ich habe ein paar Kumpels, die richtig fett in der Szene sind. Die haben mich eingeladen.«

»Ist der Tod Konrad Otzes da nicht ein großes Thema? Schließlich gehörte er auch irgendwie zu dieser Szene«, erkundigt sich Sven hoffnungsvoll.

»Keine Ahnung. Ich kann mich gern mal umhören. Aber ganz unter uns: Kann ja sein, dass der gern dazugehören wollte, aber er war sicher zwanzig Jahre älter als die anderen

Boys und Girls. Die kennen ihn, wenn überhaupt, als Literaturkritiker aus dem Fernsehen, aber nicht als Surfer aus der Steinzeit.«

»Trotzdem wäre es interessant, zu erfahren, was man sich in dieser Szene so über ihn erzählt. Vielleicht fragen Sie mal nach, das würde helfen«, insistiert Sven.

»Klar, keine Sache, kann ich gern machen.« Aaron Goppel fährt sich durchs Haar und wirft seiner Kollegin einen auffordernden Blick zu. »Kommst du? Dann fahre ich dich noch schnell bei dir vorbei, bevor ich mich hinhaue.«

»Super, danke!« Auch Nadine Eisleben steht auf. Zum Abschied streckt sie dem Kommissar die Hand entgegen. »Ich hoffe wirklich, Sie finden den Mörder bald. Ist keine so tolle Vorstellung, dass sich der Kerl immer noch hier irgendwo rumtreibt.«

»Wie kommen Sie darauf, dass es ein Mann war?«, gibt Sven zurück.

»Wie? Was? Ach so, ja klar. Eine Frau könnte natürlich auch …« Die junge Köchin stockt und blickt den Kommissar verunsichert an. »Trauen Sie das wirklich einer Frau zu?«

Sven verkneift sich ein Lächeln und antwortet nur: »Ich hätte Sie wirklich für emanzipierter gehalten.«

Sonntag, 28. September, 16.22 Uhr, Serkwai, Morsum

Als Silja aus dem Auto steigt, empfängt sie fast völlige Stille. Hier, am östlichen Ende der Insel, ist nichts vom Trubel der Touristenregionen zu spüren. Felder und Wiesen scheinen sich endlos auszudehnen, und die paar Häuser am Ende der Straße wirken wie Tupfen in einer ansonsten unberührten Landschaft. Zum Watt hin begrenzt der Deich die Sicht, gerade steigt ein Vogelschwarm dahinter auf und füllt die Luft mit seinem Gekrächze.

Silja wendet sich dem Klinkerhaus zu, vor dem sie den Wagen geparkt hat. *Familie Burghardt* steht unter dem Klingelschild am Friesentor, und noch bevor Silja auf die Klingel gedrückt hat, öffnet sich die Haustür.

Es erscheint eine junge Frau, die über ihrer Jeans und der bunten Bluse eine getupfte Schürze trägt und die Haare im Nacken zu einem lockeren Knoten gewunden hat.

»Hallo«, begrüßt sie die unerwartete Besucherin. »Unser Fremdenzimmer ist leider belegt. Ich fürchte, ich habe vergessen, das Schild umzudrehen.« Sie tritt ein paar Schritte in den Garten, dreht sich dann um und blickt hinauf zur Hauswand, wo unter dem Vermietungsschild tatsächlich noch das *Frei*-Zeichen hängt.

»Ich komme nicht, um mich einzumieten«, korrigiert Silja, »sondern, um mich nach Ihrem Mieter zu erkundigen. Sie sind doch Frau Burghardt?«

»Cornelia Burghardt, ganz recht. Und wer sind Sie?«

Die Kommissarin stößt das Gartentor auf, stellt sich vor und reicht der anderen ihren Dienstausweis.

»Hat Herr Gastmann irgendetwas angestellt?«, erkundigt die sich erschrocken, nur um gleich anzufügen: »Er wirkt doch so nett und bescheiden.«

»Ncin, gar nicht«, beruhigt Silja sie. »Ich würde nur gern eine Kleinigkeit klären. Wir ermitteln in der Mordsache Konrad Otze, vielleicht haben Sie schon im Radio davon gehört.«

»Eben gerade, das ist noch keine zehn Minuten her. Unglaubliche Geschichte.« Cornelia Burghardts Wangen röten sich deutlich. »Aber wollen Sie nicht reinkommen? Unser Mieter ist doch nicht etwa verdächtig?«

»Da machen Sie sich mal keine Sorgen«, antwortet Silja ausweichend. »Was ich aber gern wüsste, ist Folgendes: Gestern Nachmittag, als er bei Ihnen eingezogen ist, haben Sie ihn da in Empfang genommen?«

Ein Nicken ist die Antwort.

»Wirkte er irgendwie gehetzt?«

Cornelia Burghardt überlegt einen Moment. »Nein, gehetzt gar nicht, aber erschöpft war er und völlig verschwitzt. Ist ja auch ein Wahnsinn, mit dem Rollkoffer vom Bahnhof bis hierher zu laufen. So teuer sind die Taxis nun auch wieder nicht.«

»Und Sie sind sicher, dass er aus keinem Taxi oder irgendeinem anderen Wagen gestiegen ist?«

»Das hätte ich gehört. Sie merken ja selbst, wie still es hier ist. Jedes Auto, das kommt, wird sofort bemerkt. Ihres habe ich auch gleich registriert und mich gefragt, wer das ist.«

»Wissen Sie, ob sich Herr Gastmann hier auskennt? Also ich meine, hat er sich schon einmal bei Ihnen eingemietet?«

»Nein, warum fragen Sie?«

Silja zögert, sie weiß genau, dass Erinnerungen sehr leicht manipulierbar sind. Und sie will alles vermeiden, um durch voreilige Hinweise eine verfälschte Antwort zu bekommen.

»Könnten Sie mir einmal genau beschreiben, wie sich die Ankunft von Herrn Gastmann abgespielt hat?«, bittet sie daher vorsichtig.

Cornelia Burghardt überlegt kurz. Dann weist sie die Straße hinauf in die Richtung, in der sich der Morsumer Bahnhof befindet. »Er kam von dort, ich war gerade in der Küche und habe durchs Fenster schon den Rollkoffer gehört und ihn dann auch gesehen. Kurz vor unserem Haus ist er noch einmal stehen geblieben, um irgendetwas auf dem Handy zu checken. Vielleicht, ob er hier richtig ist oder so. Und weitergegangen ist er erst, nachdem er das Handy weggesteckt hatte.«

»Super«, freut sich Silja. »Da haben Sie mir schon sehr geholfen!«

»Echt jetzt? Wieso?«

Silja muss lachen. »Ich verstehe gut, dass Sie sich wundern. Aber es ging mir tatsächlich um das Handy. Es ist für uns nicht ganz unwichtig, ob Herr Gastmann sein Handy bei sich trug, als er zu Ihnen kam, oder nicht.«

Cornelia Burghardt nickt, schaut dabei aber immer noch ziemlich verwirrt aus. »Und wir müssen ganz sicher keine Angst vor ihm haben? Mein Mann ist viel unterwegs, und dann bin ich mit den beiden Kindern allein.«

»Machen Sie sich bitte keine Sorgen, Herr Gastmann stellt bestimmt keine Gefahr für Sie dar«, beruhigt sie Silja. »Ist er übrigens gerade hier oder noch unterwegs?«

»Ich weiß gar nicht. Das Zimmer hat ja einen eigenen Eingang.« Cornelia Burghardt weist auf eine helle Wendeltreppe, die seitlich am Haus zu einem winzigen Podest hinaufführt.

»Darf ich?« Mit wenigen Schritten ist Silja an der Treppe und steigt behände hinauf. Oben klopft sie energisch an die Tür. Obwohl sie ziemlich lange wartet, öffnet niemand. Fast will sie schon aufgeben, entschließt sich dann aber doch, noch einen zweiten Versuch zu starten. »Herr Gastmann«, ruft sie mit lauter Stimme. »Herr Gastmann, wenn Sie da sind, dann machen Sie doch bitte auf.« Wieder rührt sich nichts.

Silja blickt nach unten, wo Cornelia Burghardt in komischer Verzweiflung die Schultern hebt, dann greift sie kurz entschlossen nach der Klinke und drückt sie herunter. Die Tür ist nicht abgeschlossen, und auf einem ungemachten Bett kauert Enard Gastmann und starrt der Kommissarin aus großen Augen entgegen.

Silja atmet einmal tief durch. »Verstecken Sie sich vor uns?«

»Nein, natürlich nicht. Ich wollte nur, also ich dachte …«, stammelt Gastmann nervös.

»Was dachten Sie?«

»Ich wollte allein sein«, antwortet der Dichter mit einer Stimme, die fast ein wenig patzig klingt.

»Sie haben uns angelogen.«

»Nein! Also warum? Wie kommen Sie darauf?«

»Das Handy, nach dem Sie angeblich heute Vormittag in der Pension Seemöwe gesucht haben, hatten Sie keineswegs dort vergessen. Sie haben es benutzt, um den Weg vom Bahnhof hierher zu finden.«

Enard Gastmann schlägt die Augen nieder. »Das stimmt«, murmelt er entschuldigend.

»Und warum haben Sie dann das Gegenteil behauptet?«

»Ihr Kollege hat mich gefragt, was ich an der Pension zu suchen habe, und um ehrlich zu sein, wollte ich ihm den wahren Grund nicht so gern nennen.«

»Jetzt werden Sie wohl kaum darum herumkommen.«

Während eine tiefe Röte Enard Gastmanns Gesicht überzieht, antwortet er leise: »Ich wollte noch einmal mit Konrad Otze reden. Jedenfalls wollte ich das versuchen. Ich wusste ja, dass er noch eine Woche in der Pension bleibt. Und als ich Licht hinter seinem Fenster gesehen habe, war ich gerade dabei, mir ein Herz zu fassen. Doch dann kam Ihr Kollege wie wild aus dem Haus gestürmt. Da habe ich gar nicht weiter nachgedacht, sondern bin einfach losgerannt.«

»Und das soll ich Ihnen jetzt glauben?«, fragt Silja in scharfem Tonfall.

Gastmann nickt und schiebt ein betretenes »Tut mir leid« hinterher.

Silja mustert den Dichter mit einem skeptischen Blick. »Ihnen ist schon klar, dass Sie sich mit Ihrer Lüge ziemlich verdächtig gemacht haben, oder?«

Enard Gastmann springt auf und geht quer durch den Raum auf die Kommissarin zu. Als er direkt vor ihr steht, sagt er eindringlich: »Nie hätte ich Konrad Otze irgendetwas zuleide tun können, das müssen Sie mir einfach glauben. Ich habe ihn bewundert, nein mehr noch: Ich habe ihn verehrt. Und Sie können sich gar nicht vorstellen, wie sehr mich sein Tod schmerzt.«

»Das mag ja alles zutreffen. Jedenfalls für die Zeit vor dem Colloquium und vielleicht auch noch für die ersten Tage hier auf der Insel. Doch dann könnte sich Ihre Einstellung durchaus geändert haben. Denn Konrad Otze hat sich in seinen letzten Notizen nicht sehr schmeichelhaft über Sie geäußert. Vielleicht haben Sie die gesehen, oder es hat Ihnen jemand davon berichtet.«

»Nein, so war das nicht.« Jetzt schluchzt Gastmann und reibt sich verschämt über die Augen. »Konrad Otze war kalt und abweisend zu mir, das habe ich sehr wohl wahrgenommen, und das hat mich tief getroffen. Das Wissen darum, dass er auch meine neuesten Arbeiten nicht mehr geschätzt hat, trifft mich ebenso sehr. Aber nie, niemals hätte ich ihm etwas angetan. Ich habe … ich habe …«

Silja ahnt genau, was gleich kommen wird, und würde es dem gequälten Mann gern ersparen, es auszusprechen. Doch er ist schneller.

»Ich habe Konrad Otze geliebt«, presst Enard Gastmann heraus und lässt seinen Tränen freien Lauf.

Sonntag, 28. September, 17.00 Uhr, Gosch, Wenningstedt

Bastian Kreuzer ist frustriert. Der Mord ist knapp vierundzwanzig Stunden her, und nichts geht voran. Ausgerechnet die Hauptverdächtigen haben die lückenlosesten Alibis, und der Druck der Medien wird immer stärker.

Der Kommissar ignoriert das Gedrängel und Geschiebe am Tresen des beliebten Restaurants, schnappt sich die doppelte Portion Garnelen vom Grill und das große Bier, das er gerade geordert hat, und sucht sich einen Platz an der weiten Fensterfront. Immerhin das gelingt, er ist sogar allein an dem Vierertisch und kann in Ruhe über die Strandpromenade hinweg aufs Meer blicken. Draußen ist es bewölkt und ziemlich frisch, aber hier drinnen ist es warm, nur die Lautstärke stört. Die Stimmen der Gäste schwirren durch die Halle, Stühlerücken und das Gebimmel der kleinen Sender, die man nach dem Bestellen in die Hand gedrückt bekommt, verstärken den Lärmpegel noch. Überhaupt geht es hier zu wie in einem Bienenschwarm, es ist ein ständiges Kommen und Gehen.

Aber Bastian lässt sich davon nicht stören, er konzentriert sich auf seine Garnelen, die ganz frisch sind und kräftig nach Knoblauch schmecken. Das Bier passt nicht wirklich dazu, aber schon aus Prinzip wird er nicht auf Weißwein umsteigen. Als ein Touristenpärchen sich seinem Tisch nähert und fragt, ob hier noch frei sei, greift Bastian zu einer Notlüge und behauptet, seine Freunde kämen gleich nach. Er fühlt sich noch nicht einmal schlecht dabei, schließlich ist er im Dienst und muss dringend seine Gedanken sortieren. Und hier geht das in jedem Fall ungestörter als im Kommissariat, vor dem die Journalistenmeute immer größer wird, wie ihm Sven gerade am Telefon berichtet hat.

Die Schilderung von Svens Gespräch mit den beiden Mitarbeitern Pernille Aurichs war auch nicht gerade dazu angetan, Bastians Laune zu heben. Nichts Neues allerorten, nirgends eine heiße Spur, im Gegenteil, überall bekommen sie nur Alibis präsentiert, die sich vermutlich sogar als hieb- und stichfest erweisen werden. Selbst Silja hat mit ihrer klugen Nachforschung in Morsum nicht nur Enard Gastmanns Alibi bestätigt, sondern sogar ein plausibles Motiv für seine Handylüge gefunden.

Jetzt bleibt ihnen eigentlich nur noch eine einzige Hoffnung, wenn sie mit ihren Ermittlungen nicht völlig ins Leere laufen wollen. Bastian spießt die letzten beiden Garnelen auf seine Gabel, kaut kurz und spült dann mit dem restlichen Bier nach. Beim Aufstehen fängt er die wütenden Blicke des platzsuchenden Paares ein, das immer noch zwischen den Tischen umherirrt und jetzt natürlich begreift, dass er auf niemanden gewartet hat, sondern einfach nur seine Ruhe haben wollte. Wie Geier stürzen sie sich auf den frei werdenden Tisch.

Draußen ist es stürmischer als erwartet, und der Kommissar schließt schnell den Reißverschluss seiner Windjacke. Dann öffnet er das Auto, wirft sich hinters Steuer und fährt wenige Kilometer nach Süden. Auf dem Parkplatz der Nordseeklinik steigt er wieder aus, betritt das Krankenhaus und eilt zielstrebig in den Keller, wo sich das Reich des Rechtsmediziners Dr. Bernstein befindet.

Bastian klopft, wartet allerdings gar nicht erst auf eine Einladung einzutreten. Entsprechend schmallippig ist dann auch die Begrüßung.

»Kreuzer, ich wüsste nicht, dass wir verabredet wären«, nuschelt Bernstein, ohne groß von der Leiche aufzublicken, über die er sich gerade beugt.

Bastian bemüht sich, den üppigen Frauenkörper zu ignorieren, der nackt auf dem Seziertisch liegt und eindeutig vor der Zeit aus dem Leben gerissen worden ist.

»Ich störe Sie nur ungern, aber hey, ich brauche wirklich Ihre Hilfe.«

»Unser Freund liegt da hinten, falls Sie noch mal einen Blick auf ihn werfen wollen«, antwortet Bernstein mürrisch, während er bei der Frauenleiche zum großen Y-Schnitt ansetzt.

»Ich glaube kaum, dass mir Konrad Otzes toter Körper noch irgendwelche Geheimnisse verraten wird«, sagt der Kommissar mit abgewandtem Gesicht. »Was mich aber brennend interessiert, sind die Ergebnisse seiner Blutuntersuchungen. Aber wahrscheinlich müssen wir darauf noch warten.«

»Warum?«

»Äh, wie meinen Sie das?«

»Die Befunde sind vor einer Stunde gekommen.« Ohne aufzusehen, weist Bernstein auf einen schmalen Beistelltisch, der an einer Längswand steht und mit mehreren Papierstapeln bestückt ist. »Ich hatte allerdings noch keine Gelegenheit, reinzuschauen.«

»Sind Sie von allen guten Geistern verlassen?«

Es ist Bastian plötzlich völlig egal, dass Silja, Sven und auch er selbst sich längst angewöhnt haben, den Rechtsmediziner mit Glacéhandschuhen anzufassen, um ihn nur ja nicht zu reizen.

»Ich habe einen Mord aufzuklären, die Presse sitzt mir im Nacken, von der Flensburger Staatsanwältin gar nicht zu reden, und Sie trödeln hier mit den Untersuchungsergebnissen herum.«

Jetzt schaut Bernstein doch auf, und wenn Bastian sich nicht ganz täuscht, steht sogar so etwas wie die Bitte um Vergebung in seinem Blick. »Ich komme ja schon«, murmelt er jedenfalls, legt das Skalpell aus der Hand, wendet sich von der üppigen Dame auf seinem Seziertisch ab und dem obersten Blatt auf dem Beistelltisch zu.

Bastian kann seine Ungeduld kaum zügeln, und bei dem Gedanken daran, dass Bernstein vermutlich gleich einen seiner umständlichen Vorträge halten wird, bekommt er jetzt schon üble Laune. Endlos lange Sekunden studiert Bernstein schweigend den Befund. Und als er sich schließlich zu einer Erklärung herablässt, übertreffen die Worte des Rechtsmediziners sogar Bastians schlimmste Befürchtungen.

»Was haben wir denn da Feines? GHB, schau mal einer an«, verkündet Bernstein mit Triumph in der Stimme.

»Und was soll das sein?«

»Gammahydroxybutyrat. Das ist eine Substanz, die der Gamma-Aminobuttersäure recht ähnlich ist.«

»Und bitte was ist Aminobuttersäure?«

»Ein Botenstoff, der auch im menschlichen Gehirn vorkommt.«

»Ja, aber wir suchen doch nach einer Substanz, die von außen zugeführt worden ist«, mahnt Bastian ungeduldig. »Wir wollen wissen, ob Konrad Otze irgendwie betäubt oder vergiftet oder sonstwie unter Strom gesetzt worden ist.«

»Sie hören mir nicht zu, wie leider so oft, Kreuzer. Ich habe gesagt *ähnlich*, nicht *gleich*. GHB wurde früher in der Medizin als Narkosemittel eingesetzt, aber es gibt längst bessere, die weniger Nebenwirkungen haben. Trotzdem ist die Nachfrage immer noch riesig – allerdings außerhalb der Medizin.«

»Bitte werden Sie endlich konkret, Bernstein. Ich habe nicht ewig Zeit, um mir Ihre ausufernden Vorträge anzuhören.«

Bastian weiß genau, dass Silja und Sven, wenn sie anwesend wären, ihn spätestens jetzt insgeheim verwarnt und ihn gebeten hätten, Bernstein bloß nicht weiter zu reizen. Aber Bastian hält es vor Ungeduld einfach nicht mehr.

Und erstaunlicherweise reagiert der Rechtsmediziner völlig anders als erwartet. »Schade«, ist alles, was er sagt. Und dabei sieht er eher enttäuscht als beleidigt aus. »Aber wenn Sie es so eilig haben, will ich mal nicht so sein. Der Begriff *Liquid Ecstasy* sagt Ihnen aber schon was, oder?«

»Das ist dieses K.O.-Mittel, das Frauen in Diskotheken oder Clubs verabreicht wird, um sie gefügig zu machen. Kommt auch hier immer mal wieder vor. Ein Teufelszeug und schlecht nachzuweisen obendrein.«

»Ganz recht. Meist wird es in Tropfenform in Getränke geträufelt. Die Flüssigkeit ist farb- und geruchsneutral. Manchmal schmeckt sie etwas salzig, daher auch der Beiname Salty Water.«

»Und das hatte Konrad Otze im Blut?«

»Vermutlich, allerdings konnte ich das bei der Obduktion heute früh nicht mehr nachweisen. Wie Sie schon bemerkt haben, ist die Halbwertzeit von GHB äußerst gering. Im Blut beträgt sie maximal sechs Stunden, danach ist nur noch der natürliche GHB-Spiegel nachweisbar.«

»Aber Sie haben es doch nachgewiesen?«, setzt Bastian ungeduldig nach.

»Ganz recht, allerdings im Urin, wo es sich bei entsprechender Dosis maximal zwölf Stunden hält.«

»Die waren heute früh aber auch schon vergangen.«

»Was Sie nicht sagen.«

Der Rechtsmediziner macht eine Kunstpause und blickt den Kommissar auffordernd an. Bastian weiß nicht genau, was jetzt von ihm erwartet wird. Ein Lob? Eine Demutsgeste? Oder einfach die eindringliche Bitte, doch endlich weiterzureden?

»Ich will Sie nicht länger auf die Folter spannen«, erklärt Bernstein zum Glück. »Weil mir sowohl die Todesumstände als auch der Zustand unserer Leiche spanisch vorkamen, habe ich gleich gestern Abend Urin entnommen und den auf minus zwanzig Grad runtergekühlt. Auf diese Weise kann man dem Zerfall des GHB ein Schnippchen schlagen. Und tatsächlich konnte heute die Intoxikation im Labor nachgewiesen werden.«

»*Intoxikation* ist Vergiftung, sehe ich das richtig?«

»Goldrichtig. Irgendjemand hat Ihrem Opfer Liquid Ecstasy ins Essen oder in ein Getränk gemischt. Und das vermutlich in einer ziemlich heftigen Dosierung. Da muss man dann nur noch eine Viertelstunde warten, und schon hat man die erwünschte Wirkung.«

»Und das ist was genau? Herrgott, Bernstein, jetzt lassen Sie sich doch nicht jedes Detail einzeln aus der Nase ziehen.«

»Niedriger dosiert ist GHB angstlösend und stimulierend, was durchaus auch sexuell gemeint ist. Bei einer höheren Dosis wirkt die Substanz allerdings ganz anders. Dann kann sie Übelkeit bis zum Brechreiz auslösen, gefolgt von Halluzinationen und plötzlichem narkotischen Schlaf. GHB hemmt nämlich den Herzrhythmus und schlimmstenfalls auch das Atemzentrum, so dass es durchaus auch zu einem kompletten Kreislaufversagen mit tödlichem Ausgang kommen kann.«

»Es könnte also sein, dass Konrad Otze bereits tot war, als man ihn mit den Messern attackiert hat?«

»Nein. Wie kommen Sie denn darauf?«

»Na, Sie haben doch eben selbst gesagt …«

»Sie sollten mir besser zuhören, Kreuzer«, seufzt der Mediziner. »Als wir kurz nach dem Exitus bei der Leiche standen, draußen in der Vogelkoje am Watt, daran erinnern Sie sich doch hoffentlich?« Bernsteins Tonfall ist zugleich fragend und vorwurfsvoll.

»Ja klar, das weiß ich noch genau«, beeilt sich Bastian zu sagen.

»Da habe ich Ihnen und Ihrem Kollegen etwas zur Reihenfolge der Stiche erklärt.«

Bernstein verstummt und wartet deutlich sichtbar auf eine Antwort. Bastian kommt sich vor wie ein Schüler in der Chemieprüfung, aber es hilft ja nichts. Er überlegt kurz, dann fällt ihm sogar die richtige Antwort auf die Frage ein.

»Bei den ersten Stichen hat das Opfer sehr viel stärker geblutet.«

»Ganz genau«, antwortet Bernstein zufrieden. »Wenn die Stiche aber postmortal ausgeführt worden wären, hätte es da wohl kaum Unterschiede gegeben.«

»Okay, das leuchtet ein. Also war Konrad Otze lediglich betäubt, als er getötet wurde. Damit erklärt sich auch das Fehlen von Abwehrverletzungen. Wie lange wirkt denn so eine Betäubung mit Liquid Ecstasy?«

»Bis zu drei Stunden, schätze ich.«

Bastian rechnet kurz nach und stellt dann zufrieden fest: »Na, das passt ja super. Um drei Uhr nachmittags ist Konrad Otze plötzlich vom Tisch aufgestanden und verschwunden, vermutlich wollte er aufs Klo, weil ihm übel wurde. Dort muss ihn jemand abgefangen und gewartet haben, bis er völlig wehrlos war. Gestorben ist er dann zwei Stunden später. Wir können also hoffen, dass er von dem brutalen Mord nicht mehr allzu viel mitbekommen hat.«

»Bleibt allerdings die Frage, wie jemand den schlaffen Körper unseres Klienten am Portal der Vogelkoje vorbeitragen konnte, ohne dass der Mann an der Kasse misstrauisch geworden ist«, murmelt Bernstein. Dann zuckt er die Schultern und wendet sich wieder dem Frauenkörper auf dem Seziertisch zu.

»Es gibt noch einen zweiten Weg zum Watt …«, beginnt Bastian.

Bernstein blickt irritiert auf. »Ach, plötzlich? Spielen Sie ein Spielchen mit mir?«

»Vielleicht.« Es freut den Kommissar diebisch, dass er endlich mal den Spieß umdrehen und Bernstein auf die Folter spannen kann.

»Also dann. Rücken Sie schon raus mit Ihrer Erklärung. Oder soll ich erst auf die Knie fallen?«

»So weit wollen wir es dann doch nicht kommen lassen«, antwortet Bastian amüsiert. »Meine Kollegin ist heute Mittag noch einmal vor Ort gewesen. Es gibt, wie gesagt, einen Weg außen am Gelände der Vogelkoje entlang, der ebenfalls zum Watt führt. Er dient zur Deichpflege und ist mit einer fetten Schranke, Stacheldraht und einem Vorhängeschloss gesichert. Mit dem Wagen kommt da niemand durch, aber zwei sehr kräftige Männer würden es möglicherweise schaffen, einen schlaffen Körper über den Stacheldraht zu hieven, ohne Spuren zu hinterlassen. Meine Kollegin war da zwar sehr skeptisch, aber ganz ausschließen wollte sie es auch nicht.«

»Interessante These«, sagt der Rechtsmediziner, greift nach seinem Skalpell und schneidet mit einer energischen Geste den Körper der Frauenleiche auf.

Bastian wendet sich schnell ab, bedankt sich kurz und schickt sich an, zu gehen. Doch als er bereits an der Tür ist, hält ihn die Stimme Bernsteins zurück.

»Und wie erklären Sie sich dann das Wasser an den Hosenbeinen des Opfers? Es ist übrigens eindeutig Salzwasser durchsetzt mit Schlickspuren, wie sie vorwiegend im Watt zu finden sind.«

»Ach Bernstein, dass Sie auch immer den Spielverderber geben müssen«, seufzt Bastian und muss sich widerwillig eingestehen, dass noch längst nicht alle Rätsel gelöst sind.

Sonntag, 28. September, 17.44 Uhr, Staatsanwaltschaft Flensburg

Elsbeth von Bispingen trommelt ungeduldig auf ihren Schreibtisch. Die Staatsanwältin hatte einiges aufzuarbeiten und hat sich daher entschlossen, eine Wochenendschicht einzuschieben. Seit heute früh sitzt sie im Büro, und inzwischen sieht ihr Arbeitsplatz erfreulich aufgeräumt aus, so gut wie alles Liegengebliebene ist erledigt. Doch anstatt sich endlich auf den Heimweg zu machen und wenigstens den Abend zu genießen, treibt sie mehr und mehr der Gedanke an den Sylter Mordfall um. Seit dem kurzen Telefonat am Vormittag, in dem sie von Fred Hübners Verstrickung erfahren und Hauptkommissar Kreuzer gebeten hat, ihn pfleglich zu behandeln, hat sie nichts mehr von der Insel gehört.

Und jetzt hält sie es einfach nicht mehr aus. Kurz entschlossen greift sie zum Hörer und wählt die Handynummer des Kommissars.

Es klingelt endlos, bis er den Anruf annimmt.

»Störe ich Sie?«, fragt Elsbeth pikiert.

»Ganz und gar nicht«, ist die überraschende Antwort. »Und wenn Sie mögen, kann ich Ihnen gleich mal einen Eindruck davon vermitteln, was hier pressemäßig so los ist. Ich bin gerade vor dem Kommissariat angekommen, steige jetzt aus dem Wagen und gehe die paar Meter bis zum Eingang. Da lungern etwa fünfzehn Journalisten herum, und ich wette darauf, dass sie mich gleich mit ihren Fragen bestürmen werden.«

»Kreuzer, warten Sie …«, wendet Elsbeth ein, doch ihre Worte gehen ins Leere. Die Staatsanwältin hört eine Autotür zufallen, dann schnelle Schritte, und nur Sekundenbruchteile später schwappt eine Welle von Fragen durchs Telefon.

»Gibt es Neues zum Tod von Konrad Otze?«

»Haben Sie schon einen Verdächtigen?«

»Warum wird die Presse nicht informiert?«

»Welche Rolle spielen die Teilnehmer des Colloquiums?«

»Wo wurde die Leiche gefunden?«

Und das sind nur die Fragen, die Elsbeth von Bispingen eindeutig verstehen kann. Die empörten Rufe und die atemlosen Satzfetzen, die im Hintergrund zu hören sind, lassen nur einen einzigen Schluss zu:

Auf der Insel ist die Hölle los.

Ein kräftiges Türenschlagen beendet das akustische Inferno so plötzlich, wie es begonnen hat.

»Kreuzer, leben Sie noch?«

»Knapp. Aber ja, ich hab's überstanden. Zwei Sekunden noch, dann bin ich oben im Büro, und wir können in Ruhe reden.«

Elsbeth hört hastige Schritte und erneutes Türenschlagen, anschließend kommt ein erleichterter Seufzer durchs Telefon. »So, Verehrteste, jetzt bin ich hinreichend gestählt und bereit für Ihren Sarkasmus.«

»Bin ich so unausstehlich?«

»Muss ich die Frage beantworten?«

Elsbeth kann ein Lächeln nicht unterdrücken, aber zum Glück kann Kreuzer das nicht sehen. »Ich hoffe, die Ermittlungen haben Fortschritte gemacht.«

Kreuzer bejaht und berichtet anschließend von den Vernehmungen und dem gerade erfolgten Gespräch mit dem Rechtsmediziner.

Elsbeth hört schweigend zu. Als Kreuzer fertig ist, sagt sie zusammenfassend: »Also ein vorsätzlicher Mord. Eine Tat im Affekt scheidet, nach allem, was Sie berichtet haben, aus. Und die Presse ist auf hundertachtzig. Das ist keine besonders angenehme Kombination.«

»Sie sagen es.«

Elsbeth überlegt kurz, dann fasst sie einen Entschluss. »Wir gehen an die Öffentlichkeit. Pressekonferenz morgen früh um zehn. Bereiten Sie alles vor, ich komme mit dem ersten Autozug, dann können wir vorher noch in Ruhe reden.«

Am anderen Ende der Leitung bleibt es still.

»Kreuzer, sind Sie noch da?«

»Ich denke nach.«

Elsbeth verkneift sich den spöttischen Kommentar, der ihr auf der Zunge liegt, und wartet ab. Doch schon nach wenigen Sekunden wird sie ungeduldig. »Fertig?«

»Nicht ganz. Aber eines weiß ich. Um die Pressekonferenz kommen wir nicht herum. Allerdings könnten wir vielleicht vorher noch eine kleine Finte legen.«

»Wie meinen Sie das?«

»Wir könnten unsererseits eine Suchmeldung an die Medien geben. Wir wissen noch nicht genau, wie das Opfer auf das Gelände der Vogelkoje gelangt ist. Es waren aber wohl in der fraglichen Zeit weitere Besucher in dem Naturschutzgebiet. Vielleicht melden sich einige von denen bei uns, wenn wir sie übers Inselradio dazu auffordern. Das könnte den oder die Täter nervös machen. Und nervöse Menschen machen Fehler.«

»Ein paar zusätzliche Zeugen wären in jedem Fall gut. Aber lassen Sie uns mit der Suchmeldung bis morgen früh warten. Es besänftigt die Presse immer, wenn sie gebraucht wird. Vorrangig ist jetzt für uns die Frage, wer während des Abschiedsessens die Gelegenheit hatte, die K.O.-Tropfen zu platzieren. Da kommen doch eigentlich nur das Küchenpersonal und die direkten Tischnachbarn Konrad Otzes in Frage. Oder was meinen Sie?«

Elsbeth von Bispingen wartet überaus gespannt auf die Antwort. Denn eines ist klar: Sollte Fred Hübner nicht ausgerechnet direkt neben dem Kritiker gesessen haben, wäre er fürs Erste aus der Schusslinie.

»Lassen Sie mich nachdenken«, kommt es jetzt aus der Leitung. »Am Kopf des Tisches saß Melinda Jakobsen, rechts neben ihr dann Konrad Otze. Aber wer kam dann?«

Die Staatsanwältin hört es rascheln, dabei murmelt der

Kommissar Unverständliches vor sich hin. Schließlich scheint er gefunden zu haben, was er gesucht hat.

»Also doch. Es war die Yildirim, die rechts von ihm saß und vermutlich am besten an seine Gläser oder auch ans Essen herangekommen ist.«

»Und was bedeutet *also doch* genau?«, erkundigt sich die Staatsanwältin.

»Sie ist die Einzige, die wir noch nicht persönlich vernehmen konnten. Und sie hat ein ziemlich wackliges Alibi, denn sie saß zwar mit Lorena Larsen im Taxi zum Bahnhof, ihr Zugticket zurück nach Berlin ist aber nicht abgestempelt worden. Außerdem hätte sie durchaus ein Motiv. Sie hatte eine kurze Affäre mit dem Opfer, danach muss der Kritiker sie vor aller Augen ignoriert haben. Nicht sehr gentlemanlike.«

»Aber rechtfertigt das einen Mord?«

»Das ist vermutlich Ansichtssache. Was aber feststeht, ist, dass die junge Dame aufgrund ihres Berliner Partylebens einfacher als so mancher andere an dieses Teufelszeug herangekommen sein könnte, mit dem Konrad Otze kampfunfähig gemacht worden ist.«

»Verstehe. Aber sie müsste doch einen Komplizen gehabt haben. Irgend jemanden, der Konrad Otze aus der Pension geschafft hat, während alle Colloquiumsteilnehmer noch miteinander beim Essen saßen.«

»Da sie die Einzige war, die die Verrisse auf Otzes Fensterbrett gesehen haben könnte, was sie naturlich abstreitet, wäre es denkbar, dass sie entweder Saskia Grothe oder Enard Gastmann davon erzählt hat. Die haben beide in der Beurteilung des Kritikers ordentlich ihr Fett abbekommen. Allerdings haben sich diese beiden während des Essens wohl nicht vom Tisch entfernt. Bleibt also, Sie werden es nicht gern hören, Frau von Bispingen, Fred Hübner.«

»Er kam in den hinterlassenen Papieren auch nicht gut weg?«, erkundigt sich Elsbeth vorsichtig, wobei sie sich um einen möglichst neutralen Tonfall bemüht.

»Kann man so sagen.«

»Geht's etwas genauer?«

»Otze hat sich über Herrn Hübners journalistische Arbeiten extrem herablassend, um nicht zu sagen ehrkränkend geäußert.«

Elsbeth ist plötzlich ausgesprochen froh darüber, dass der Kommissar und sie dieses Gespräch am Telefon führen. Könnte Kreuzer jetzt ihre verzweifelte Miene sehen, wäre es vermutlich für ihn ebenso unangenehm wir für sie selbst.

»Was ist mit der Moderatorin? Die saß doch auf der anderen Seite neben Otze«, fragt Elsbeth schnell nach.

»Ich sehe nicht, welches Motiv Melinda Jakobsen haben sollte. Außerdem stehen Wein- und Wassergläser ja rechts vom Teller. Sie hätte sich also ziemlich weit über den Tisch beugen müssen.«

»Das leuchtet mir alles ein. Aber ist es nicht insgesamt ziemlich vermessen anzunehmen, dass an einem Tisch mit sieben Gästen jemand seinem Nachbarn unbemerkt etwas ins Glas oder übers Essen kippen kann?«

»Da haben Sie auch wieder recht. Einfacher wäre das vermutlich für das Servicepersonal gewesen. Leider haben die aber allesamt nicht die Spur eines Motivs.«

»Oder wir kennen es noch nicht«, wirft die Staatsanwältin ein.

»Oder wir kennen es noch nicht«, wiederholt der Kommissar, wobei sich Elsbeth nicht sicher ist, ob sie da nicht eine ordentliche Portion Spott heraushört. Doch sie kommt nicht zum Nachdenken, denn Kreuzer redet weiter. »Nehmen wir mal an, dass Hübner den wehrlosen Kritiker aus den Toiletten in irgendeinen Nebenraum geschafft hat und dann mit der Botschaft, er sei dort nicht, wieder zurückgekommen ist.«

Alles in Elsbeth sträubt sich gegen diese Hypothese, aber sie ist klug genug, um einzusehen, dass alle Wahrscheinlichkeiten dafür sprechen. »Der Kritiker war bewusstlos, die Küchenmannschaft hat in der kommenden Stunde das Feld geräumt, die Skandalautorin konnte am Bahnhof das Taxi verlassen, ihren Koffer einschließen und anschließend mit dem Bus zur Pension zurückkehren.«

»Fred Hübner hätte sogar die Zeit gehabt, sein Gepäck nach Hause zu bringen und sich dann ebenfalls wieder dort einzufinden. Oder er ist in der Pension geblieben, um sicherzustellen, dass Otze nicht doch noch entdeckt wird.«

»Beides wäre denkbar, aber dann fangen die Probleme an«, spinnt Elsbeth den Faden weiter. »Denn wie sollen Frau Yildirim und Herr Hübner ihr betäubtes Opfer zur Vogelkoje gebracht haben? Fred Hübner hat kein Auto und noch nicht einmal einen Führerschein. Und Frau Yildirim war ja wohl auch nicht mit einem Leihwagen auf der Insel, denn sonst hätte sie zum Bahnhof kein Taxi gebraucht.«

»Stimmt, das gibt wenig Sinn«, muss Kreuzer zugeben. »Wir werden sicherheitshalber überprüfen, ob Frau Yildirim eine Fahrerlaubnis hat und ob einer der beiden gestern einen Wagen auf der Insel geliehen hat, aber besonders unauffällig wäre das nicht gewesen. Und sowohl Saskia Grothe als auch Enard Gastmann, die beiden anderen Opfer von Konrad Otzes Giftpfeilen, haben Alibis für die zwei Stunden zwischen Otzes Verschwinden und seiner Ermordung. Sie können also kaum auch noch beteiligt gewesen sein.«

»Das ist insgesamt eine ziemlich undurchsichtige Gemengelage«, seufzt Elsbeth. »Haben Sie schon einmal daran gedacht, die zwei Stunden vor der Tat mit allen Beteiligten nachzustellen?«

»Das wird ein ganz schöner Aufwand.« Die Stimme des Kommissars klingt zögernd.

»So ist das nun mal bei Ermittlungen. Vergessen Sie nicht, was die Presse mit uns veranstaltet, wenn wir nicht bald liefern, Kreuzer.«

»Wir müssten die Yildirim zurück auf die Insel holen«, überlegt der Kommissar. »Aber vermutlich haben Sie recht. Und alle anderen Verdächtigen sind zum Glück noch hier. Ich kümmere mich gleich darum. Wahrscheinlich können wir das am Montagnachmittag, spätestens Dienstag in die Wege leiten.«

»Da werden Sie und Ihre Kollegen heute wohl eine Nachtschicht einlegen müssen«, antwortet Elsbeth und registriert verwirrt, dass ihre Stimme erheblich sanfter ist als üblich.

Sonntag, 28. September, 17.53 Uhr, Kriminalkommissariat Westerland

Silja Blanck ist irritiert. Sie sitzt nur wenige Meter von Bastian entfernt an ihrem Schreibtisch und hat sich eigentlich vorgenommen, die Protokolle der Zeugenvernehmungen noch einmal durchzugehen. Doch sie kann nicht umhin, dem Telefonat zu lauschen. Nicht alles kann sie aus Bastians Antworten erschließen, aber dass nun schon zum zweiten Mal ein deutlicher Verdacht auf Fred Hübner fällt, bekommt sie mit.

Und klar, sie hat ihn selbst am Tatort überrascht, sein Motiv, dort herumzustromern, war mehr als dürftig. Aber trotzdem kann sie sich nicht vorstellen, dass der Journalist ausgerechnet jetzt tatsächlich zum Mörder wird, nachdem sie ihn vor nicht mal einem Jahr schon ziemlich in der Zange hatten. Silja weiß natürlich, dass Fred Hübner sich für den Erwerb seiner Maisonette am Wenningstedter Dorfteich hoch verschuldet hat. Er ist darauf angewiesen, dass seine journalistische Arbeit, seine Buch- und Filmprojekte ordentlich Schotter abwerfen, damit er die Raten bedienen kann. Und Silja weiß auch genau, dass Fred nach seinen früheren Jahren an der Kante zur Obdachlosigkeit eines ganz sicher nicht will: dorthin zurück, wo er hergekommen ist.

Aber reicht das, um zum Mörder an dem Mann zu werden, der vielleicht das Zeug gehabt hätte, um Fred in der Öffentlichkeit zu ruinieren? Und wäre das Konrad Otze überhaupt möglich gewesen? Silja hat da so ihre Zweifel. Klar, seriöse Medien könnten sich von Hübner abwenden, doch andererseits wäre gerade eine Negativpropaganda eben auch Propaganda, zumal für einen Sensationsjournalisten.

Sobald Bastian sein Telefonat beendet hat, werden sie das besprechen müssen, und zwar dringend. Morgen früh sollten sie der Staatsanwältin gegenüber eine fundierte Meinung haben, denn Elsbeth von Bispingen ist in jedem Fall voreingenommen, sosehr sie sich auch um Neutralität bemühen mag.

Das Klingeln des Apparats auf ihrem Schreibtisch schreckt

Silja aus ihren Gedanken. Eine Kollegin von unten ist am Telefon, die einen Anruf zum aktuellen Fall durchstellen möchte.

»Und wen genau habt ihr da in der Leitung?«

»Sein Name ist Beat Tiedjens.«

»Der Name sagt mir irgendwas. Aber ich komme nicht drauf, was genau.«

»Er klingt seriös und wirkt ziemlich energisch.«

»Okay, ich rede mit ihm.«

Sekunden später dringt eine sonore Männerstimme an Siljas Ohr. »Tiedjens, Hamburg. Sie sind die ermittelnde Kommissarin, ja? Ich habe gerade mit dem Verantwortlichen für *M-J-Monthly* geredet.« Der Anrufer macht eine Pause, als erwarte er eine ganz bestimmte Reaktion. Doch Silja schweigt. Entweder steht sie total auf der Leitung, oder der Typ ist doch einer von den Besserwissern, die sich früher oder später in jedem Fall zu Wort melden.

»*M-J-Monthly*, die Talkshow von Melinda Jakobsen. Die werden Sie ja wohl kennen«, fügt er ungeduldig hinzu.

Jetzt fällt bei Silja der Groschen. Am Telefon ist der Typ, mit dem Melinda Jakobsen am Abend des Mordes eine dienstliche Verabredung hatte. Bastian und sie haben die Moderatorin selbst zur Sansibar gefahren.

»Ah ja, natürlich. Entschuldigen Sie, dass ich nicht gleich darauf gekommen bin. Wie kann ich Ihnen helfen?«

»Mir gar nicht, vermutlich. Aber ich Ihnen vielleicht.« Jetzt wird seine Stimme etwas zögerlich. »Es geht um den Mord an Konrad Otze. Die sozialen Medien sind seit einigen Stunden voll davon. Eine offizielle Bestätigung habe ich bisher noch nicht gefunden, aber ich nehme an, es handelt sich hier nicht um eine Ente.«

»Nein, die Information ist zutreffend, auch wenn wir uns vorbehalten, Einzelheiten erst später bekanntzugeben.«

»Das ist Ihre Sache, allerdings kann ich als Medienmensch das kaum gutheißen.«

»Herr Tiedjens, Sie haben mich sicher nicht angerufen, um sich über unser Vorgehen zu beschweren, also kommen Sie bitte zur Sache.«

»Gern. Ich möchte vorausschicken, dass ich Melinda um Gottes willen nicht belasten will, sie war immer eine sehr zuverlässige und korrekte Mitarbeiterin.«

»Aha. Aber?«

Beat Tiedjens räuspert sich mehrmals, es ist ihm hörbar unangenehm, sich zu erklären. »Ich hatte gestern Abend eine Besprechung mit Melinda. Es war ein Treffen, zu dem ich sie gebeten hatte, um ihr etwas extrem Unangenehmes mitzuteilen. Melindas Talkshow, deren Namen Sie, Frau Kommissarin, eben noch nicht einmal zuordnen konnten, auch das ein Hinweis für mich, dass meine Entscheidung längst überfällig war, also diese Talkshow hat seit Monaten immer miserablere Quoten, und daher habe ich mich entschlossen …«

»Die Talkshow abzusetzen?«, beendet Silja den Satz des Intendanten, bevor der sich in noch längeren Wortkaskaden ergehen kann.

»Nein, wo denken Sie hin? Die Show an sich ist gut. Nur Melinda ist eben, wie soll ich sagen? Etwas *out of date* vielleicht?«

»Das kann ich kaum beurteilen, Herr Tiedjens. Aber ich sehe immer noch nicht, was das Ganze mit unserem Fall zu tun haben sollte.«

»Ich sag's Ihnen. Als Ersatz für Melinda war niemand

anderes als Konrad Otze geplant, der Mann, der offenbar wenige Stunden vor unserem Treffen ermordet worden ist.«

»*Vor* Ihrem Treffen, genau. Wenn Sie also Frau Jakobsen erst gestern Abend über Ihren Entschluss informiert haben, wo soll dann der Zusammenhang sein?«

»Seien Sie doch nicht so naiv, Frau Kommissarin. Vielleicht können Sie sich vorstellen, dass gerade die Medienlandschaft ein Tratschverein allererster Güte ist. Es könnte also durchaus sein, dass intern längst etwas zu Melinda durchgedrungen ist. Außerdem haben, wenn ich das richtig recherchiert habe, Melinda und Konrad die vergangene Woche bei einem gemeinsam abgehaltenen Colloquium auf Sylt verbracht. Aus unserer Sicht natürlich eine nicht wirklich ideale Kombi. Daher bin ich auch, so schnell es mein Terminkalender erlaubte, rübergekommen, um Melinda zu informieren. Geplant war das ursprünglich erst für den nächsten Monat.«

»Herr Otze wusste also Bescheid?«

»Selbstverständlich. Wir hätten ihn ja wohl kaum ohne sein Einverständnis zu Melindas Nachfolger machen können.«

»Sie wollen also unterstellen, dass Frau Jakobsen bereits während des Colloquiums von ihrer drohenden Absetzung gewusst oder es in der vergangenen Woche vielleicht sogar von Herrn Otze selbst erfahren hat, und deshalb …«

»Ich unterstelle gar nichts«, fällt der Intendant ihr ärgerlich ins Wort. »Ich informiere Sie lediglich über Hintergründe, die für Ihre Ermittlungen von Interesse sein könnten. Und selbstverständlich möchte ich Sie bitten, diese Infos vertraulich zu behandeln.«

»Selbstverständlich. Darf ich fragen, wie Frau Jakobsen auf die Information, dass sie ersetzt werden soll, reagiert hat?

Zu dem Zeitpunkt, als das Gespräch zwischen Ihnen beiden stattfand, wusste sie nämlich schon von Konrad Otzes Tod. Sie hat es unmittelbar vor Ihrem Treffen von uns erfahren.«

»Also das überrascht mich jetzt wirklich. Gesagt hat sie nämlich nichts davon. Und das wäre doch vielleicht eine naheliegende Reaktion gewesen, oder?«

»Nicht unbedingt. Wir hatten Frau Jakobsen eindringlich um Stillschweigen gebeten. Natürlich ohne zu wissen, dass es in dem bevorstehenden Gespräch ausgerechnet um das Mordopfer gehen würde. Trotzdem noch einmal meine Frage: Wie hat sie auf die Ankündigung ihres Rauswurfes reagiert?«

»*Rauswurf* ist vielleicht ein wenig hart …«

»Die Wortwahl ist jetzt völlig gleichgültig. Bitte beantworten Sie einfach meine Frage.«

»Sehr gern. Melindas Reaktion war nämlich extrem ungewöhnlich für ihr Naturell. Und ich kenne sie wirklich schon lange und sehr gut. Sie hat absolut cool reagiert, fast schon spöttisch. *Na, dann habe ich in Zukunft ja endlich mehr Zeit für meine anderen Projekte.* Das war fast alles, was sie zu meiner Ankündigung zu sagen hatte.«

»Und welche Reaktion hätten Sie erwartet?«

»Ganz klar einen Wutanfall. Und Attacken gegen ihren designierten Nachfolger. Melinda ist eine Wölfin. Sie beißt jeden weg, der ihr in die Quere kommt. Sie wirkt zwar immer so beherrscht und kontrolliert, aber das ist alles Show. Wenn du ihr Probleme machst, dann tut sie alles, um dir noch größere zu machen. Das ist schon immer ihre Devise gewesen, und damit ist sie auch weit gekommen. Bisher jedenfalls.«

»Okay, danke für Ihre Offenheit. Wir kümmern uns darum. Falls wir noch Fragen haben …«

»Jederzeit. Gern. Abschließend hätte ich selbst allerdings noch eine Frage.«

»Bitte.«

»Haben Sie schon einmal darüber nachgedacht, mit uns zusammenzuarbeiten?«

»Soll heißen?«

»Wie auch immer dieser Fall ausgeht, eine Verfilmung würde mit Sicherheit ein Knaller in der Primetime werden. Vor allem, wenn wir ein paar Insiderinfos von Ihnen bekommen könnten.«

»Vergessen Sie's«, faucht Silja und legt grußlos auf.

Sonntag, 28. September, 19.01 Uhr, Westerheide, List

Feuerrot hängt der Sonnenball hinter der Lister Wanderdüne. Die Luft ist fett und feucht, es hat bis vor kurzem gestürmt und geregnet, doch in der letzten Stunde hat sich der Wind gelegt, nachdem er fast alle Wolken vom Himmel gefegt hat. Jetzt stehen Sand und Gräser in Flammen, das unwirkliche Rot verzaubert die Landschaft und lässt Pfützen und Tropfen funkeln und glühen wie kostbare Edelsteine.

Während Bastian das Auto über die gerade Straße steuert, die quer durch die Heide hinauf nach List, Deutschlands nördlichstem Hafen, führt, kann Silja den Blick nicht von dem Spektakel abwenden. *Man kann noch so lange auf der Insel leben,* denkt sie hingerissen, *aber am Sonnenuntergang wird man sich nie sattsehen.*

Silja ist so konzentriert auf den Feuerball und seine

Lichtspiele, dass sie gar nicht mitbekommt, wie Bastian sie anspricht. Und als der mit drängenden Worten noch einmal auf die Begleitumstände von Konrad Otzes Tod zu sprechen kommt, würde sie ihn am liebsten abwimmeln. *Stör mich nicht, lass mich nur dieses eine Mal in Ruhe das Naturschauspiel genießen.* Aber Silja wäre nicht sie selbst, wenn sie schließlich nicht doch auf Bastians Vorstöße eingehen würde.

»Du hast recht, plötzlich passt vieles zusammen«, murmelt sie, während der Sonnenball die Dünenkante anknabbert und einzelne Halme sich wie Speerspitzen in das glühende Rund bohren. »Melinda Jakobsen hat ein fettes Motiv, und sie hatte die Gelegenheit, die K.O.-Tropfen in Otzes Getränk zu versenken, denn sie saß beim Abschiedsessen direkt neben dem Kritiker.«

»Dazu kommt Folgendes«, ergänzt Bastian, während er von der Hauptstraße abbiegt und den Wagen auf einem gewundenen Pfad die Anhöhe hinauflenkt, wo das Ferienhaus der Fernsehmoderatorin steht. »Weil Otze mit seiner Meinung über die anderen Colloquiumsteilnehmer nicht hinterm Berg gehalten hat, konnte die Jakobsen davon ausgehen, dass durchaus auch auf einige der anderen Teilnehmer ein Verdacht fallen würde.«

»Und als sie sich nach Otzes Verschwinden die Tür zu seinem Zimmer hat öffnen lassen, lagen auf dem Fensterbrett wie bestellt die Entwürfe der Verrisse. Eine bessere Bestätigung hätte sie sich nicht wünschen können.«

Während sie redet, beobachtet Silja, wie der Sonnenball in Sekundenschnelle tiefer sinkt. Schon ist er nur noch ein Halbrund, immer mehr Schatten füllen die Dünentäler, das tiefe Rot hebt sich und wird opak, dann plötzlich ist die Sonne weg, der Himmel glüht noch etwas nach, bis auch er sich in sein Schicksal fügen und der Dämmerung Raum geben muss.

Inzwischen hat Bastian direkt vor dem Ferienhaus Melinda Jakobsens geparkt und den Motor abgestellt. Das reetgedeckte Haus hat seinen Eingang und die Zufahrt auf der Nordseite. Hier präsentiert es sich abweisend, mit tiefgezogenem Dach und kleinen Fenstern, in denen zum Teil Butzenscheiben sitzen. Keines der Fenster ist erleuchtet.

»Ich hoffe, wir treffen die Jakobsen überhaupt an«, sagt Bastian, während er aussteigt.

»Du hast sie nicht vorher angerufen?«

»Ich wollte sie nicht vorwarnen. Vermutlich geht sie davon aus, dass wir nicht mehr an ihr interessiert sind.«

Bastian geht zur Haustür, drückt auf den blankpolierten Messingklingelknopf und wartet ab. Nichts geschieht.

»Soll ich mal außen rumgehen und gucken, ob jemand auf der Terrasse ist?«, schlägt Silja vor.

»Bleib noch einen Moment, ich glaube, ich habe Schritte gehört.«

Sekunden später wird die Haustür geöffnet. Melinda Jakobsen trägt einen Strickzweiteiler in hellem Beige, der außer seiner Form nichts mit herkömmlichen Jogginganzügen gemein hat. Er wirkt ebenso schlicht wie teuer *und ist vermutlich aus reinem Kaschmir*, schießt es Silja durch den Kopf.

»Was kann ich für Sie tun?«, erkundigt sich Melinda Jakobsen mit abweisender Stimme. Es ist offensichtlich, dass sie die beiden Kommissare nicht erkennt. Wortlos hält ihr Bastian seinen Dienstausweis unter die Nase.

»Ach, Sie sind es …«, beginnt die Moderatorin, wobei sie ebenso hilf- wie ratlos wirkt. Allerdings macht sie keine Anstalten, Silja und Bastian hereinzubitten.

»Frau Jakobsen, es haben sich einschneidende neue Erkenntnisse ergeben, und wir müssen dringend noch einmal mit Ihnen reden.« Bastian begleitet seine Worte mit einem strengen Blick, der seine Wirkung auf Melinda Jakobsen nicht verfehlt. Nach kurzem Zögern öffnet sie die Tür weit und bittet die Kommissare mit einem Achselzucken herein. »Eines sage ich Ihnen allerdings gleich. Ich bin nicht allein.«

Silja und Bastian wechseln einen Blick, und Silja glaubt zu wissen, dass Bastian das Gleiche denkt wie sie selbst. *Die Jakobsen hat einen Liebhaber zu Besuch.*

Die Diele des Hauses ist geräumiger, als Silja von außen vermutet hätte, und der Wohnraum, den die drei durch eine verglaste Flügeltür betreten, wird durch ein großes Panoramafenster nach Westen belichtet. Doch anstelle eines Kerls sitzt auf dem Sofa eine Frau, die die Kommissare kennen. Die Sachbuchautorin Saskia Grothe lümmelt sich entspannt in die Kissen und staunt nicht schlecht, als sie die Ermittler erblickt. Sie trägt auch jetzt einen ihrer weiten Kaftane, diesmal ist er hellgrün und mit blau schimmernden Pfauen bestickt. Auf dem niedrigen Couchtisch stehen einige Knabbereien und zwei gut gefüllte Rotweingläser.

»Entschuldige, Saskia«, beginnt die Jakobsen mit einer ratlosen Geste, »ich habe nicht ahnen können, dass wir heute Abend noch Besuch bekommen.«

»Sie schon wieder«, seufzt die Grothe, ohne dass sie sonderlich besorgt wirken würde.

»Uns war nicht klar, dass Sie beide eine Freundschaft verbindet«, erklärt Bastian, während er sich auf das zweite Sofa fallen lässt.

Über Saskia Grothes Gesicht huscht ein kleines Lächeln, dann sagt sie ernst: »Wir sind uns tatsächlich erst heute Abend nähergekommen und haben erstaunlich viele Gemeinsamkeiten entdeckt. In der angespannten Atmosphäre des Colloquiums war für solche Annäherungen irgendwie kein Platz.«

Silja ist nicht sicher, aber sie kann das Gefühl nicht abschütteln, dass die Grothe ihre Aussage bewusst zweideutig formuliert. *Sind die beiden jetzt ein Paar, oder redet sie von einer beruflich bedingten Annäherung?* Doch die Kommissarin muss nicht lange warten, bis Melinda Jakobsen die Situation klärt.

»Ich habe Saskia zu einem vertraulichen Gespräch hergebeten, weil ich ihr einen Vorschlag machen wollte, der unser beider berufliche Zukunft betrifft.«

»Interessant«, wirft Bastian ein, und Silja wundert sich ein bisschen, warum er nicht gleich zur Sache kommt.

»Mein Sender will mich aus der Talkshow raushaben. Obwohl die Quoten gar nicht so schlecht sind, wie sie dort behaupten, hatten sie den Plan, mich durch einen populäreren Moderator zu ersetzen.« Die Jakobsen wirft die Worte achtlos in den Raum, als handle es sich um eine Lappalie. Während sie redet, holt sie zwei weitere Gläser aus einer antiken Anrichte und wendet sich fragend an die Ermittler. »Rotwein oder Wasser?«

»Danke, nichts«, antwortet Bastian und setzt sofort nach: »Seit wann wissen Sie von den Absichten des Senders?«

»Seit gestern Abend. Sie beide haben mich selbst zu dem Termin mit Beat Tiedjens gefahren.« Melinda Jakobsen stellt die Gläser zurück in die Anrichte und setzt sich auf einen niedrigen Schemel an der Schmalseite des Couchtischs. Sie greift nach dem dort stehenden Rotweinglas und trinkt bedächtig. Dann stellt sie das Glas vorsichtig wieder ab und redet achselzuckend weiter. »Bedauerlicherweise hat sich der

Sender ausgerechnet für Konrad Otze als meinen Nachfolger entschieden. Jetzt stehen die Kollegen ganz schön dumm da.«

»Moment mal. Nur damit ich das recht verstehe«, unterbricht Bastian. »Sie führen die Talkshow nicht weiter, obwohl Otze ja nun aus dem Rennen ist?«

»Wie komme ich dazu?« Melinda Jakobsen stößt ein kurzes Lachen aus, das leicht hysterisch klingt. »Die wollten mich loswerden, das können sie haben. Ich habe schon vor längerer Zeit eine nicht uninteressante Anfrage eines Privatsenders erhalten. Eine Talkshow für Frauen im besten Alter, moderiert von einem prominenten Duo. Bei der Wahl der Co-Moderatorin hätte ich ein Mitspracherecht. Und die Gage wäre doppelt so hoch wie bei den Öffentlich-Rechtlichen.«

»Verstehe«, sagt Bastian lahm. »Und bei der Co-Moderatorin haben Sie an Frau Grothe gedacht?«

»Ganz recht. Wir kennen uns zwar noch nicht lange, hatten aber immerhin während des Colloquiums eine Woche Zeit, uns ein wenig zu beschnüffeln. Und heute Abend haben wir erstaunlich viele Gemeinsamkeiten entdeckt.«

»Klingt nach erfolgreichen Koalitionsverhandlungen«, murmelt Bastian und schaut dabei ein wenig unsicher drein. Silja ahnt, dass ihm das Gleiche durch den Kopf geht wie ihr selbst. *Wenn die Jakobsen das enorme Risiko auf sich genommen hätte, Konrad Otze aus dem Weg zu schaffen, dann doch vermutlich nur, um ihren Job zu behalten. Wenn sie sich ohnehin beruflich umorientieren wollte, und sei es auch nur aus gekränkter Eitelkeit, dann würde sie sich wohl kaum mit einem Mord belasten.*

Während sie nachdenkt, spürt Silja den Blick Saskia Grothes auf sich. Er ist deutlich amüsiert und kein wenig ängstlich. Auch die Moderatorin scheint sich in der entstandenen Stille wieder auf ihre Souveränität besonnen zu haben.

»Aber was führt Sie beide denn nun heute Abend her?«, erkundigt sich die Jakobsen jetzt geschmeidig. »Man sollte doch wirklich denken, dass Sie mit der Aufklärung des schrecklichen Mordes alle Hände voll zu tun haben.« Wenn sich Silja nicht ganz täuscht, klingt durchaus ein leiser Spott in ihren Worten mit.

Aber Bastian lässt sich so schnell nicht ins Bockshorn jagen. »Wie haben bei der Durchsuchung von Konrad Otzes Zimmer eine interessante Entdeckung gemacht. Dazu würden wir Ihnen gern einige Fragen stellen. Und auch für Sie«, er wendet sich mit einem verbindlichen Lächeln Saskia Grothe zu, »dürften unsere Informationen nicht uninteressant sein.«

Sofort hat Bastian die volle Aufmerksamkeit der beiden Damen. Er berichtet kurz von den beleidigenden Verrissen, die sich auf dem Fensterbrett Otzes gefunden haben, und schließt mit den Worten: »Da Sie, Frau Jakobsen, mit Herrn Hübner ja vor uns in Herrn Otzes Zimmer waren, wüssten wir gern, ob einer von Ihnen beiden Notiz von den Papieren auf der Fensterbank genommen hat.«

Melinda Jakobsen denkt kurz nach, dann schüttelt sie entschieden den Kopf. »Ganz sicher nicht. Ich selbst kann mich noch nicht einmal an irgendwelche Papiere erinnern, und auch Fred Hübner hat nirgendwo herumgestöbert. Wir waren beide viel zu beklommen und auch besorgt, was den Verbleib Konrad Otzes anging. Wir haben das unbenutzte Bett gesehen, dann kurz ins Bad geschaut, anschließend noch geprüft, ob er seine Koffer vielleicht für eine vorgezogene Abreise gepackt hatte, was nicht der Fall war, und dann sind wir wieder abgezogen. Im übrigen frage ich mich, wozu uns die Entdeckung von irgendwelchen beleidigenden Schriften zu diesem Zeitpunkt überhaupt hätte verleiten sollen? Konrad Otze war ja schon verschwunden und vermutlich längst in der Hand seines Mörders. Oder sehe ich das falsch?«

»Nein, nein, das ist schon richtig«, beginnt Bastian, wird aber von Saskia Grothe unterbrochen.

»Um wen ging es denn in diesen abfälligen Kritiken?«

»Um Enard Gastmann und Fred Hübner. Und nicht zuletzt um Sie, Frau Grothe.«

»Dachte ich's mir doch. Das kleine Arschloch hat sich auch an Sachen aufgegeilt, die es überhaupt nicht beurteilen konnte. Wundert mich nicht, dass da jemand durchgedreht ist.«

»Denken Sie dabei an jemand Bestimmten?«, hakt Silja nach, der bewusst ist, dass sowohl Enard Gastmann als auch die Grothe selbst ein lückenloses Alibi für die Tatzeit haben.

»Das tue ich tatsächlich«, flötet Saskia Grothe mit harmloser Stimme. »Aber ich werde einen Teufel tun, hier irgendwelche Verdächtigungen auszusprechen. Schließlich ist es Ihr Job, denjenigen aufzustöbern, der am meisten von Otzes Tod profitiert.«

»Danke, darauf wären wir jetzt von selbst nicht gekommen«, entgegnet Bastian verärgert und setzt gleich darauf hinzu: »Und da Sie offenbar nicht von selbst kooperationsbereit sind, sehen wir uns gezwungen, ein wenig nachzuhelfen.«

»Ach was. Und wie soll das aussehen?« Die Grothe fläzt sich betont entspannt in ihren Sessel. Die Botschaft ist sonnenklar. *Ihr könnt mir gar nichts.*

»Wir müssen Ihrer beider kostbare Zeit leider morgen Nachmittag für zwei Stunden beanspruchen. Zwischen drei und fünf werden wir den Ablauf des Abschiedsessens mit allen Beteiligten nachstellen.«

»Ich bin verbredet«, schnappt die Jakobsen.

»Ich muss mich auf eine Lesung vorbereiten«, assistiert die Grothe.

»Beides wird warten müssen. Sie möchten sicher nicht riskieren, von uniformierten Kollegen zu unserem kleinen Treffen begleitet zu werden. Ich erwarte Sie also morgen pünktlich um drei in der Pension Seemöwe«, kontert Bastian kühl. Dann steht er auf. »Wir wünschen Ihnen noch einen vergnüglichen Abend.«

Silja bleibt noch einen Augenblick sitzen, um die Reaktion der beiden Frauen zu studieren. Doch zu ihrer Enttäuschung zeigen deren Gesichter weder Wut noch Angst. Melinda Jakobsen und Saskia Grothe sehen im Gegenteil tatsächlich ziemlich vergnügt aus.

Sonntag, 28. September, 19.33 Uhr, Kriminalkommissariat Westerland

Schlecht gelaunt hockt Sven Winterberg hinter seinem Schreibtisch und arbeitet eine ellenlange Telefonliste ab. Während Silja und Bastian in den Sonnenuntergang hineingefahren sind, ist es an ihm hängengeblieben, alle Beteiligten zu dem nachgestellten Abschiedsessen vorzuladen. Die Absprache mit der Pension war noch das Einfachste. Da dort ohnehin nur Frühstück angeboten wird, steht ihnen der Speiseraum für den Nachmittag zu Verfügung. Auch Enard Gastmann und Lorena Larsen haben durchaus verständnisvoll reagiert. Schwieriger war es schon mit Pernille Aurich und ihrem Team. Die Caterin selbst wollte partout nicht einsehen, warum sie in ihrer freien Zeit an einer Rekonstruktion des Nachmittags teilnehmen sollte. Und Nadine Eisleben versuchte, sich auf eine schwere Bronchitis herauszureden, die sie ganz plötzlich überfallen habe. Auf Svens durchaus berechtigten Einwand, sie habe doch vor wenigen Stunden noch ganz gesund gewirkt, antwortete sie nur mit einem Hustenanfall, der wenig überzeugend wirkt.

Den meisten Gegenwind bekommt Sven allerdings von Pernille Aurichs Souschef Aaron Goppel, den er gerade am Telefon hat.

»Wie stellen Sie sich das vor?«, unterbricht er den Kommissar gleich nach dessen ersten Worten. »Morgen bin ich den ganzen Tag in Westerland beim Surf Cup. Das wird ein super Tag und bestimmt endlos spannend mit idealen Bedingungen. Wir erwarten Wellen, kabbeliges Wasser und starken Wind.«

»Es tut mir unendlich leid, aber ich kann keine Ausnahme für Sie machen«, versucht Sven es auf die verbindliche Tour.

Doch Aaron Goppel bleibt hart. »Zwei meiner Freunde sind in der Ausscheidung von Slalom und Freestyle. Und gerade Freestyle ist immer mein persönliches Highlight, da werde ich auf keinen Fall fehlen.«

»Herr Goppel, dies ist eine polizeiliche Anordnung.«

»Herr Winterberg, ich bin ein freier Mensch und habe mir nichts zuschulden kommen lassen. Sie werden ohne mich auskommen müssen.«

Und bevor Sven entscheiden kann, ob er es auf eine Konfrontation ankommen lassen möchte, beendet Goppel das Gespräch.

»Scheiße«, murmelt der Kommissar und umkringelt Goppels Namen mit Rotstift auf seiner Liste. Jetzt muss er noch Saskia Grothe, Fred Hübner und Shirin Yildirim benachrichtigen, die immerhin morgen früh aus Berlin anreisen müsste. Wenigstens haben es Silja und Bastian übernommen, Melinda Jakobsen zu informieren.

Das Gespräch mit Saskia Grothe verläuft ganz anders als erwartet.

»Weiß ich schon«, flötet sie fröhlich ins Telefon. »Es passt mir nicht wirklich in den Kram, aber ich werde da sein. Was tut man nicht alles, um die Polizei zu unterstützen.«

Sven bedankt sich und legt auf. Er ist so genervt, dass es ihn nicht interessiert, woher die Grothe ihre Information hat. Lieber ruft er den nächsten Kandidaten an.

»Sie schon wieder.« Fred Hübners Stimme klingt eher amüsiert als angespannt.

Sven entschuldigt sich für die Störung und trägt sein Anliegen vor. Fred Hübners Reaktion erstaunt ihn allerdings.

»Ach so. Ich dachte eigentlich … na, egal«, erklärt der Journalist. »Morgen Nachmittag in der Pension Seemöwe. Warum nicht? Das wird bestimmt lustig.«

»Sie kommen also?«

»Habe ich eine Wahl?«

»Nicht wirklich.«

»Na, dann bis morgen«, verabschiedet sich Hübner, und Sven wird den Verdacht nicht los, dass er etwas ganz anderes meint als das bevorstehende Treffen am Nachmittag. Aber anstatt in nutzlose Grübeleien zu versinken, hakt Sven einfach den vorletzten Kandidaten auf seiner Liste ab. Nun bleibt nur noch Shirin Yildirim, die ihm ganz bestimmt einen Korb geben wird. Vorsorglich denkt der Kommissar schon über die Möglichkeit nach, die Autorin unter Polizeischutz auf die Insel verfrachten zu lassen. Das wäre allerdings ein Vorgehen, das auf jeden Fall von der Staatsanwaltschaft genehmigt werden müsste. *Bis morgen Nachmittag schaffen wir das nie*, denkt Sven mutlos. Aber das muss er Frau Yildirim ja nicht sofort auf die Nase binden.

Bevor er die Berliner Nummer wählt, steht er auf, geht zum Fenster und öffnet es weit. Der Sylter Abend ist klar und windig. Ein ganz leichter Geruch nach Herbst liegt in der Luft, und Sven atmet ein paarmal tief durch. *Dieser eine Anruf noch, dann werfe ich mich ins Auto und mache mir mit Anja ein paar entspannte Stunden*, versucht er sich selbst zu motivieren. Aber das Gefühl, dass in den nächsten Minuten der ganze schöne Plan zerschellen könnte, lässt sich nicht vertreiben. *Jetzt bring's schon hinter dich*, ermutigt sich Sven und kehrt an den Schreibtisch zurück. Das Fenster lässt er offen.

Zu seinem nicht geringen Erstaunen hat er die Skandalautorin sofort am Telefon. Und dann entschuldigt sie sich auch noch.

»Tut mir leid wegen heute Vormittag«, beginnt sie das Gespräch zerknirscht. »Ich war wirklich nicht ganz bei mir. Aber diese letzte Woche, müssen Sie wissen, die hat echt was mit mir gemacht. Das ganze Colloquium war sowieso schon total krass. Aber als ich dann von Ihren Kollegen von dem Mord an Konrad erfahren habe, das war wirklich wie in einem schlechten Film.«

»Ich verstehe Ihre Verstörung sehr gut, und ich kann Ihnen versichern, dass wir alles tun, um diesen Mord aufzuklären«, beginnt Sven diplomatisch. »Und da komme ich auch schon zum Grund meines Anrufs.« Er macht eine Pause, weil er mit einer Nachfrage rechnet, aber in der Leitung bleibt es still. »Wir würden gern die letzten Stunden in Konrad Otzes Leben nachstellen. Genauer gesagt, das Abschiedsessen in der Pension Seemöwe.«

»Geile Idee. Das ist dann echt wie im Film. Ich bin dabei.«

Sven ist platt. Mit dieser Reaktion hätte er am allerwenigsten gerechnet. Doch das dicke Ende kommt noch.

»Nur virtuell natürlich. Aber ich schalte mich gern aus Berlin dazu.«

»Frau Yildirim, wir hätten Sie lieber in echt hier am Tisch.«

»Nicht Ihr Ernst, oder? Das dauert mit der Bahn sechs Stunden und dann noch mal sechs zurück.«

»Es wäre wichtig.«

»Sie können mich aber nicht zwingen, oder?«

»Es wäre mir jedenfalls lieber, wenn ich Sie überreden könnte«, antwortet Sven diplomatisch. Zu seiner großen Verwunderung stellte sich Shirin Yildirim nicht sofort quer.

»Wer zahlt das Ticket?«, erkundigt sie sich pragmatisch.

»Das würden wir übernehmen.«

Schon während er redet, hört Sven das Klackern eines Laptops. Wenige Sekunden später schallt es aus dem Hörer: »Okay, überredet und gebucht. Wird bestimmt ein spannender Nachmittag. Und wenn ich echt als Nächstes einen Krimi schreibe, dann habe ich Erfahrungen aus erster Hand, das kann nie schaden.«

Die hat wirklich ein sonniges Gemüt, überlegt Sven amüsiert und entscheidet sich, auf den humoristischen Tonfall einzugehen. »Unter diesen Umständen ziehe ich mein Angebot zurück, Sie können die Bahnfahrt auch einfach als Recherche von der Steuer absetzen.«

Shirin Yildirim lacht. »Nee, so haben wir nicht gewettet. Das Ticket wird schön von Ihnen bezahlt. Sie können sich noch freuen, dass ich keine Übernachtung brauche. Ich melde mich gleich mal bei Lorena und teste, ob es ihr Ernst war, als sie mir ihre Schlafcouch im Gästezimmer angeboten hat.«

»Wir sehen uns dann morgen um drei in der Pension Seemöwe?«

»Jepp. Ich freu mich drauf.«

Dafür, dass Shirin Yildirim zusammen mit Fred Hübner unsere einzig verbliebene Verdächtige ist, nimmt sie die ganze Sache entschieden zu leicht, denkt Sven frustriert. *Aber was heißt das für uns genau? War der Plan der beiden vielleicht so raffiniert, dass sie sich sicher vor jeder Entdeckung fühlen? Oder sind Bastian, Silja und ich einfach nur total auf dem Holzweg?*

Montag, 29. September, 07.40 Uhr, Sylt-Shuttle, Niebüll

Die Staatsanwältin Elsbeth von Bispingen stellt den Motor ihres BMW-Cabriolets aus und lässt sich im Sitz zurücksinken. Sie hat sich ganz bewusst dafür entschieden, mit dem Wagen auf die Insel zu kommen, obwohl es mit der Bahn vermutlich schneller gegangen wäre. Aber in früher Morgenstunde fröstelnd auf einem Bahnhof stehen und dann vielleicht auch noch auf einen verspäteten Zug warten zu müssen, danach stand ihr nun wirklich nicht der Sinn. Dann schon lieber etwas länger fahren und die eigene Musik hören anstelle von irgendwelchen überlaut geführten Telefonaten.

Die Strecke von Flensburg nach Niebüll war für einen Montagmorgen erstaunlich frei, und auch am Autozug war nicht richtig viel Betrieb. Elsbeth steht mit ihrem Wagen ganz vorn direkt hinter der Lok, sie wird also auf der Insel als Erste vom Shuttle fahren, das hat sie noch nie erlebt und hält es für ein gutes Omen.

Während der Shuttle ruckelnd anfährt, schließt die Staatsanwältin für einige Minuten die Augen. Konzentriert vergegenwärtigt sie sich die bisherigen Ermittlungsergebnisse und überdenkt ihre Strategie für die Pressekonferenz. Zur Vorbereitung hat sie am Kiosk einen Großeinkauf getätigt, auf dem Beifahrersitz liegen drei regionale und zwei überregionale Zeitungen, die sie gleich nach Meldungen über den Vogelkoje-Mord durchforsten wird. Doch nach einem kurzen Blick auf die Gazetten beschließt sie, damit noch zu warten. Zunächst gehört ihre Aufmerksamkeit der friesischen Landschaft, die draußen vorüberzieht.

Nebel liegt über den Feldern und Wiesen, einzelne Krähen fliegen auf, Schafe heben sich verschlafen aus dem nassen Gras und trotten zwischen ihren noch ruhenden Artgenossen herum. Eine matte Sonne steht tief am Horizont, seit einer Viertelstunde kämpft sie eine schier aussichtslose Schlacht gegen Wolkenbänder und Dunst. Als eine Reihe von Heuhaufen ins Bild tritt, muss Elsbeth an die impressionistischen Bilder Monets denken, die sie vor einigen Jahren in Paris bewundert hat. Diffuses Licht, müde Farben und eine Landschaft, die gerade durch ihre Eintönigkeit bezaubert. *Claude Monet hätte auch in Nordfriesland seine Motive gefunden*, denkt Elsbeth verträumt, doch dann reißt sie sich zusammen, schließlich geht es hier und jetzt nicht um Malerei, sondern um Mord.

Entschlossen greift sie nach dem Packen Zeitungen, um zu sehen, was die Journaille aus den wenigen Informationen gemacht hat, die schon vorab an die Öffentlichkeit gedrungen sind. In der *Süddeutschen* gibt es einen trockenen Vierzeiler zu dem Mord, die *FAZ* liefert einen provisorisch klingenden Nachruf auf den Kritiker, ohne groß auf seine Todesumstände einzugehen. Die *SHZ* widmet dem Vorfall immerhin eine halbe Seite, auf der größtenteils über mögliche Feindschaften des Kritikers spekuliert wird, vermutlich um zu kaschieren, dass es kaum konkrete Infos gibt. Auch das *Hamburger Abendblatt* ergeht sich in Spekulationen zur Tat und den Hintergründen, die wahrscheinlich ebenfalls dem Zweck dienen, künftige substanziellere Berichte vorzubereiten.

Als Letztes nimmt sich Elsbeth den *Sylter Anzeiger* vor. Schon auf der Titelseite prangt ein überscharfes Foto der Bank am Watt, im Hintergrund ist deutlich die rot-weiße Polizeiabsperrung zu sehen. Auch die Headline ist reißerisch: *Promi-Kritiker erstochen.* Was Elsbeth allerdings besonders ins Auge springt, ist der Untertitel. *Mord nach Vorlage.*

Vorlage? Welche Vorlage?

Neugierig beginnt Elsbeth zu lesen. Und dann gehen ihr die Augen auf. Natürlich: der Agatha-Christie-Bestseller *Mord im Orient-Express.* Warum ist sie nicht längst selbst darauf gekommen? Und was für Schnarchnasen sind die drei Kommissare eigentlich, dass sie diese Spur nicht von Anfang an verfolgt haben?

Es ist gar nicht so lange her, da hat Elsbeth im Fernsehen die Neuverfilmung des Krimiklassikers gesehen. Eine Gruppe von Reisenden besteigt in Istanbul den legendären Orient-Express, und schon in der ersten Nacht stirbt einer der Gäste durch etliche Messerstiche. Nur durch einen Zufall ist der berühmte Detektiv Hercule Poirot an Bord und klärt den Mord auf, bevor der Zug sein Ziel erreicht. Poirots Fazit: Alle Mitreisenden hatten ein Motiv und haben nacheinander auf das Opfer eingestochen.

Genüsslich werden diese Fakten in dem Leitartikel ausgebreitet und die Parallelen zum aktuellen Mordfall deutlich markiert. Sechs Messer, sieben Teilnehmer des Colloquiums, einer davon das Opfer, das jedem der sechs anderen Übles gewollt haben könnte. Bei den Motiven der möglichen Mörder wird der Artikel ziemlich diffus, lässt aber ahnen, dass sich bei gründlicher Recherche durchaus etwas finden ließe.

Elsbeth muss sich sehr zusammenreißen, um den Artikel zu Ende zu lesen, ohne auf den Verfassernamen zu schielen. Denn schon nach den ersten Zeilen hat sie einen dringenden Verdacht. Die Freude, mit der hier Bildungswissen ausgebreitet und klug kombiniert wird, die Eleganz der Argumentation und die subtil eingefügten Seitenhiebe auf die Sylter Ermittler lassen eigentlich nur einen einzigen Schluss zu: Niemand anderes als Fred Hübner dürfte hinter dem Text stecken, zumal Fred beste Beziehungen zu der Zeitung hat.

Doch als Verfasser fungiert ein gewisser Theobald Tiger, ein Name, der nicht nur ungewöhnlich klingt, sondern Elsbeth auch entfernt bekannt vorkommt. Sie muss nicht lange nachdenken, dann fällt es ihr ein. Theobald Tiger war eines der vielen Pseudonyme, derer sich Kurt Tucholsky bei seinen journalistischen Arbeiten in den zwanziger Jahren bedient hat. *Klar*, denkt Elsbeth sofort, *wenn Fred sich schon für ein Pseudonym entscheidet, dann macht er es nicht unter einem berühmten Namen.*

Die viel spannenderen Fragen sind allerdings andere. *Warum wählt er ein Pseudonym? Warum schreibt er überhaupt über einen Fall, in dem er zum engsten Kreis der Verdächtigen gehört? Und schließlich: Woher, zum Teufel, hat er die Insiderinformationen über die Todesumstände?*

Niemand außer den Ermittlern und Elsbeth selbst weiß davon. Mit einer Ausnahme. Der oder die Mörder wissen ebenfalls Bescheid.

Der Autozug hat inzwischen die Insel erreicht, Elsbeth

befürchtet, dass ihr höchstens noch zehn Minuten zum ruhigen Nachdenken bleiben. Angespannt versucht sie, ihre Überlegungen zu ordnen, bevor sie sich dem Gespräch mit den Kommissaren stellen muss.

Wie wahrscheinlich ist es, dass Fred durch eine Recherche an die brisanten Informationen gekommen ist? Oder andererseits: Wie dumm müsste er sein, diese Dinge preiszugeben, sollte er tatsächlich involviert sein?

Während Elsbeth unkonzentriert das Vorbeirauschen des Morsumer und des Keitumer Bahnhofs, den kurzen Blick auf die Severinskirche im Morgennebel und dann auch schon die schier endlos erscheinende Reihe der Tinnumer Werbetafeln längs der Strecke registriert, wird ihr eines immer klarer: Fred Hübner wird um ein Gespräch mit ihr nicht herumkommen, egal ob es ihm passt oder nicht.

Die spannende Frage ist jetzt nur noch, ob es bei dieser Unterredung ausschließlich um ermittlungstechnische Dinge gehen soll oder ob sie auch versuchen wird, die Kränkungen des letzten Winters und die darauffolgende Funkstille zwischen ihnen beiden anzusprechen.

Montag, 29. September, 09.53 Uhr, Alte Post, Westerland

Einen solchen Presseandrang hat Fred Hübner auf der Insel noch nie erlebt. Der Tagungsraum in dem roten Backsteingebäude der Westerländer Alten Post, der üblicherweise für Lesungen oder größere Sitzungen genutzt wird, platzt aus allen Nähten. Die annähernd siebzig Stühle reichen kaum aus, um den Journalisten, Fotografen und

Kameramännern und -frauen Platz zu bieten. Es sind außer vielen überregionalen Korrespondenten sogar etliche Vertreter ausländischer Medien anwesend. Mikrophone werden in Stellung gebracht, Kameras surren, eifrig klackern die Tastaturen von unzähligen Laptops.

Zweifelsohne ist der Fall des brutal getöteten Kritikers ein echter Medienhit, und alle, egal ob sie für Zeitungen, Fernsehsender oder Klatschmagazine berichten, möchten sich ein Stück vom Aufmerksamkeitskuchen sichern.

Fred ist früh hier gewesen, um noch einen Platz in der ersten Reihe zu ergattern. Doch schnell musste er feststellen, dass auch andere Kollegen diese Idee hatten, so dass er jetzt in der dritten Reihe sitzt, immerhin genau in der Mitte. Vorn auf dem Podium befindet sich ein schmaler, nicht besonders langer Tisch, auf dem zwei Mikrophone installiert sind. Wer wird in wenigen Minuten hier der Presse Rede und Antwort stehen?

So etwas wie einen Pressesprecher hat die Sylter Kriminalpolizei nicht, also wird vermutlich Hauptkommissar Bastian Kreuzer als Leiter der Ermittlungen Auskunft geben. Und der zweite Platz? Fred ist sich sehr sicher, dass er für Elsbeth von Bispingen, die zuständige Staatsanwältin, reserviert ist. Natürlich kennt er den Wagen seiner langjährigen Ex-Partnerin, und bevor er sein Fahrrad vor der Alten Post angeschlossen hat, ist er die Biege am Kommissariat vorbeigefahren, das nur zwei Ecken von der Alten Post entfernt ist. Und tatsächlich stand Elsbeths Auto auf dem Parkplatz neben dem Gebäude. Wenn sie also in wenigen Minuten hier auftaucht, dann wird sie Fred unweigerlich ins Gesicht blicken müssen. Und er ihr.

Da sich der Tagungsraum im Erdgeschoss befindet und

eine Fensterfront zur Straße aufweist, kann Fred den Platz vor dem Gebäude halbwegs gut überblicken. Und tatsächlich erscheinen jetzt dort draußen Kreuzer und Elsbeth mit ernsten Mienen. Schnellen Schrittes nähern sie sich dem Gebäude. Fred schaut auf die Uhr, es ist kurz vor zehn, in wenigen Momenten wird es so weit sein.

Ein Raunen geht durch den Saal, als sich die Tür hinter dem Podium öffnet. Der Raum hat zwei Eingänge, so dass Kommissar und Staatsanwältin sich nicht durch die Menge der Journalisten drängen müssen. Doch den Blick auf die lüsternen Gesichter hinter den Kameras kann ihnen niemand ersparen.

Auch das Gemurmel schwillt nun an, es scheint weniger aus den angespannten Mündern zu kommen, sondern vielmehr irgendwo zwischen den Körpern der Journalisten seinen Ursprung zu haben. Dieses Gemurmel ungeklärter Herkunft ist ein unverzichtbarer Begleiter jeder Pressekonferenz, wie Fred sehr genau weiß, ebenso wie der Geruch nach Kaffee, Zigarettenrauch, Schweiß und zu großzügig aufgetragenem Rasierwasser. Jetzt hält es die Journalisten nicht mehr auf ihren Plätzen, sie springen auf, und schnell bilden ihre Körper einen engen Kreis, in dessen Mitte gerade noch Platz für die langen Galgen der Richtmikrophone ist. Und natürlich für den Tisch, an dem der Kommissar und die Staatsanwältin nun mit außerordentlich ernsten, um nicht zu sagen staatstragenden Gesichtern hinter ihren Mikrophonen Platz nehmen.

Es dauert einen Moment, bis Ruhe einkehrt, und während Bastian Kreuzer seinen Blick, der irgendwie kampfbereit wirkt, über die Anwesenden schweifen lässt, hält Elsbeth ihre Augen gesenkt. Beim Eintreten trug sie eine dünne grüne Kladde in der Hand, die jetzt vor ihr auf dem Tisch liegt und einer letzten Musterung unterzogen wird.

Fred nutzt die wenigen Sekunden vor der offiziellen Eröffnung der Pressekonferenz, um seine Erinnerung an Elsbeth mit der Gegenwart abzugleichen. Ihre Gestalt und auch das Gesicht wirken schmaler, als habe sie gehörig abgenommen. Die üppigen Kurven, die Fred so geliebt hat, sind einer fast schlanken Silhouette gewichen, die durch den strengen Hosenanzug, den Elsbeth trägt, noch unterstrichen wird. Auch das Gesicht hat sich verändert. Fred kann Falten entdecken, die er früher entweder nicht wahrgenommen hat oder die schlicht nicht existiert haben. Das Einzige, das völlig unverändert geblieben ist, sind Elsbeths prächtige Locken, die wie immer feuerrot und leicht ungeordnet ihr Gesicht umrahmen. Und sie sind es auch, die die Staatsanwältin jetzt mit einer energischen Bewegung nach hinten streicht. Sie hebt den Kopf und richtet ihren Blick auf die gut gefüllten Stuhlreihen.

Und damit direkt in Fred Hübners Gesicht.

Das »Guten Morgen« der Staatsanwältin, das vermutlich energisch klingen sollte, kippt mitten im Wort und wird zu einer fast verstotterten Begrüßung. Schnell senkt Elsbeth den Blick wieder auf die grüne Kladde, als gewähre diese ihr Schutz und Sicherheit. Dann fasst sie die bekannten Fakten des Mordfalls zusammen, wobei sie erstmals, soweit Fred es beurteilen kann, auch den genauen Ort des Verbrechens sowie die Art der Tötung beschreibt. Als Elsbeth die sechs Küchenmesser erwähnt, hebt sich ihr Blick wieder, und nach einem kurzen Schwenk über die versammelten Journalisten bohrt er sich direkt in Freds Gesicht.

Zweifellos hat sie die vergangenen Minuten genutzt, um

sich zu sammeln. Und ebenso zweifellos hat sie seinen Artikel im *Sylter Anzeiger* gelesen und sein lächerliches Pseudonym durchschaut.

Plötzlich schämt sich Fred, und er weiß gar nicht mehr, was er sich bei dieser idiotischen Aktion eigentlich gedacht hat. Klar, er wollte Aufmerksamkeit erregen, und zwar Elsbeths Aufmerksamkeit, und das ist ihm eindeutig gelungen. Aber wie soll es nun weitergehen?

Er selbst war es doch, der sich jedem Kontakt verweigert hat. Vielleicht steckt tief in ihm doch noch der Wunsch nach einer Aussprache, auch wenn er sich das bisher kaum eingestehen konnte. Mit dieser Einsicht konfrontiert, muss er sich allerdings fragen, ob ein etwas unauffälligeres Verhalten nicht erheblich zielführender gewesen wäre.

Jetzt ist es an Fred, die Augen niederzuschlagen, er kann den eiskalten Blick seiner Ex kaum mehr ertragen. Nur mit Mühe gelingt es ihm überhaupt noch, ihren Ausführungen zu folgen.

Dafür, dass die Ermittler sich bisher in so konsequentes Schweigen gehüllt haben, sind sie nun erstaunlich auskunftsfreudig. Ausdrücklich bittet Hauptkommissar Kreuzer jetzt um die Mithilfe der Medien und der Öffentlichkeit. Vor allem ist er an Zeugenaussagen zu den zwei Stunden zwischen dem Verschwinden Konrad Otzes und seiner Ermordung in der Vogelkoje interessiert, um Klarheit über den Weg des anscheinend betäubten Opfers von der Wennigstedter Pension zum Kampener Naturschutzgebiet zu erhalten. Seine Ausführungen münden in zwei sehr konkrete Fragen:

»Hat jemand zwischen drei und halb fünf am Tattag einen Wagen an der Pension Seemöwe gesehen, in den eine hilflose Person geladen wurde? Und wer war in der entsprechenden

Zeit in oder an der Vogelkoje unterwegs und konnte etwas Ungewöhnliches beobachten?«

Während die Journalisten Gelegenheit haben, die bisherigen Ermittlungsergebnisse zu kommentieren und Fragen zu stellen, wird ein stark vergrößertes Foto Konrad Otzes an die Wand projiziert, und Kopien davon gehen durch die Reihen. Auch Fred greift sich eine. Doch als er in das selbstgefällige Gesicht des Kritikers blickt, steht ihm plötzlich die ganze vergiftete Atmosphäre des Colloquiums wieder vor Augen. Und wie schon häufiger in den letzten Tagen kann sich Fred kaum gegen den zutiefst unmenschlichen Gedanken wehren, dass es Otze im Endeffekt recht geschehen sei. Während er noch versucht, sein moralisches Über-Ich aus dem Tiefschlaf zu erwecken, ist die Pressekonferenz plötzlich zu Ende.

Mit knappen Worten dankt Elsbeth den versammelten Journalisten für ihre Aufmerksamkeit und bittet noch einmal um ihre Mithilfe. Dann schlägt sie die grüne Kladde zu, aus der sie zwischenzeitlich einige Details zu den Todesumständen zitiert hatte, und schiebt ihren Stuhl zurück. Auch im Saal beginnt ein hektisches Stühlerücken und -schieben. Stimmen branden auf, Kameras werden verstaut und Laptops zugeklappt.

Nur Fred ist unfähig, sich vom Platz zu rühren. Zu viele Eindrücke sind in der vergangenen halben Stunde auf ihn eingestürmt, wie betäubt sitzt er in der Mitte der dritten Reihe und nimmt kaum wahr, dass sich der Raum um ihn herum immer schneller leert. Erst als nur noch einige wenige Kollegen debattierend an der Tür stehen, realisiert Fred, dass sich etwas hinter der zweiten Eingangstür tut, durch die vor wenigen Minuten Kommissar Kreuzer und Elsbeth den Raum verlassen haben. Die Tür öffnet sich einen schmalen Spaltbreit, und ein Schwall roter Locken erscheint. Wieder blickt ihm Elsbeth direkt ins Gesicht, ihre Miene ist streng. Dann schiebt sich ihre Hand durch den Spalt und winkt Fred mit einer knappen Geste nach vorn.

Er nickt, steht auf und geht fast taumelnd am Podium vorbei und auf die Tür zu, hinter der Elsbeth wartet.

Montag, 29. September, 10.47 Uhr, Kriminalkommissariat Westerland

Silja Blanck hat sich hinter dem *Sylter Anzeiger* verschanzt und liest den Artikel über den Mord in der Vogelkoje zum dritten Mal. Der Tee in ihrem Becher ist längst kalt, und ein angebissenes Frühstücksbrötchen, dessen Käsebelag bereits hart wird, liegt vergessen auf ihrem Teller. Immer wieder murmelt Silja einzelne Begriffe vor sich hin.

Svens Stimme schreckt sie auf.

»Jetzt leg doch den Quatsch endlich beiseite. Wir haben wirklich Besseres zu tun.«

»Bist du sicher?« Langsam lässt Silja die Zeitung sinken und bemüht sich, wieder in der Realität anzukommen.

»Sehr sicher. Das Einzige, was ich wirklich interessant an diesem Geschreibsel finde, ist die Frage, wer der Autor ist. Ich lese den *Sylter Anzeiger* regelmäßig, aber ein Theobald Tiger hat da meines Wissens noch nie geschrieben.«

Silja kann sich ein Lächeln nicht verkneifen. »Du musst den Namen einfach mal googeln, dann kommst du drauf. Ist ein Pseudonym, das Kurt Tucholsky oft benutzt hat.« Sie nimmt das angetrocknete Brötchen zur Hand und beißt lustlos hinein.

»Ach so? Und was sagt uns das?«

»Der Autor ist literarisch gebildet. Und filmgeschichtlich auch«, antwortet Silja mit vollem Mund.

»Na toll.«

Die Kommissarin schluckt das trockene Brötchen hinunter und richtet sich auf. »Sven, die Person, die diesen Artikel verfasst hat, verfügt über Insiderwissen zu unserem Fall. Alles, was hier steht, gelangt eigentlich erst genau jetzt an die Öffentlichkeit, nämlich da drüben auf der Pressekonferenz.« Silja unterstreicht ihre Worte mit einer Geste in Richtung des alten Rathauses. »Wir sollten uns schon fragen, woher er oder sie die Informationen hatte.«

»Du hast ja gehört, was die Bispingen dazu gesagt hat: Fred Hübner muss wieder mal herumgeschnüffelt haben.«

»Okay, kann sein. Beweisen kann sie es aber noch nicht.«

»Betonung auf *noch*. Ich möchte heute Vormittag echt nicht in seiner Haut stecken.«

»Wir werden ja sehen, ob er es war oder nicht. Wirklich interessant ist für mich aber etwas anderes. Dieser Theobald Tiger hat nämlich eine These zu dem Mord. Und die bezieht sich vielleicht nicht nur auf den Vergleich mit den Messerstichen.«

»Sondern?«

»Wer auch immer den Mord begangen hat, hat vermutlich bewusst nach dem Agatha-Christie-Vorbild gehandelt. Die Frage ist also: Warum hat er oder sie das getan? Vielleicht sollten wir uns ansehen, was der Tote im Roman sich hat zuschulden kommen lassen.«

»Was soll das bringen? Wir kennen doch längst die Gründe, aus denen Konrad Otze gehasst wurde. Seine Arroganz, die ätzenden Verrisse, die Erbarmungslosigkeit, mit der er die

Leute fertigmachen konnte. Er schien regelrecht Spaß daran zu haben. Das ist natürlich hochgekocht, als er mit einigen seiner Opfer eine ganze Woche zusammensaß. Und dann ist einer ausgerastet.«

»Oder eine. Oder mehrere.«

»Oder eine. Oder mehrere«, bestätigt Sven Winterberg unkonzentriert, während er gespannt aus dem Fenster schaut. »Die Pressekonferenz müsste eigentlich inzwischen vorbei sein. Bin ja mal neugierig, ob Hübner auch da war und ob die Bispingen ihn sich gleich vorgeknöpft hat.«

»Nicht ablenken jetzt«, ermahnt ihn Silja. »Lass uns die Ruhe vor dem Sturm nutzen, um den letzten Gedanken noch einmal weiterzuverfolgen.« Sie nimmt einen Schluck von ihrem kalten Tee, beäugt das vertrocknete Brötchen missmutig und lässt es anschließend in den Papierkorb fallen. »Nehmen wir mal an, du hast recht, und Otze hat es auf dem Colloquium zu weit getrieben. Einer oder vermutlich mehrere aus der Autorengruppe haben beschlossen, es ihm heimzuzahlen. Wer käme überhaupt in Frage?«

»Das haben wir doch längst schon durchgekaut. Aber gut, weil du es bist. Fred Hübner, Saskia Grothe und Enard Gastmann hatten ein Motiv, vielleicht noch Shirin Yildirim, die vermutlich am leichtesten an diese K. O.-Tropfen rangekommen wäre. Die scheint ja mit Drogen einige Erfahrungen zu haben.«

Silja nickt. »Weiter.«

»Grothe und Gastmann haben ein hieb- und stichfestes Alibi.«

»*Stichfest* ist echt gut in diesem Zusammenhang«, wirft Silja ein, aber Sven lässt sich nicht aus der Ruhe bringen.

»Bleiben also Hübner und Yildirim.«

»Ganz genau. Zwar war unter den Verrissen auf der Fensterbank keiner, der sich auf *Latex* bezogen hat, aber vielleicht hat Shirin Yildirim den einfach verschwinden lassen.«

»Da stellt sich die Frage, wann das geschehen sein sollte«, unterbricht Sven. »Nach dem One-Night-Stand hat Otze die Autorin komplett ignoriert, sie wird also kaum die Gelegenheit gehabt haben, sein Zimmer noch einmal zu betreten. Und am Samstag waren ja nur Hübner und die Jakobsen in Otzes Zimmer. Und wenn Hübner den Yildirim-Verriss hätte verschwinden lassen, dann hätte er doch auch seinen eigenen mitgenommen.«

»Stimmt«, muss Silja zugeben. »Es könnte also nur Melinda Jakobsen gewesen sein. Aber leider hat sich das Motiv, das wir ihr unterstellt haben, komplett zerschlagen. Sie hat tatsächlich heute früh ihre Kündigung beim Sender eingereicht, Bastian hat sich das vorhin bestätigen lassen.«

»Wohl dem, der Alternativen hat«, murmelt Sven.

»Findest du, dass eine Wir-Frauen-über-fünfzig-Show im Privatfernsehen eine Alternative zu einer seriösen Talkshow ist?«

»Kommt auf die Bezahlung an.«

»Ich glaube nicht, dass es in erster Linie um Geld geht. Melinda Jakobsen hat die Flucht nach vorn angetreten, weil sie wusste, dass Konrad Otzes Tod nur aufschiebende Wirkung hat. Über kurz oder lang wird der Sender jemand anderen finden, der sie ersetzt, und dann ist sie endgültig raus. Dem ist sie einfach nur zuvorgekommen.«

»Mag sein. Aber du wolltest eigentlich auf etwas anderes hinaus.«

»Genau. Wir haben also Fred Hübner und Shirin Yildirim

als Verdächtige. Wer von beiden könnte die K.O.-Tropfen unbemerkt in Otzes Glas geträufelt haben?«

»Hübner saß am anderen Ende des Tisches, der entfällt. Bleibt Shirin Yildirim.«

»Wobei wir uns alle nicht vorstellen können, wie man so etwas vor versammelter Mannschaft anstellen soll.«

»Sie saß neben Otze …«, beginnt Sven.

»Und dann hat sie einfach so eine Phiole aus der Tasche gezogen und das Zeug in sein Glas gekippt? Und keiner hat's gesehen?« Silja schüttelt energisch den Kopf. »Nein, das ist absolut unwahrscheinlich.«

»Am ehesten hätten die drei von der Küchenbrigade ihr helfen können«, überlegt Sven.

»So ist es. Aber du hast sie selbst vernommen. Von denen hat niemand ein Motiv.«

»Eben.«

»Oder wir sehen es noch nicht«, fügt Silja energisch hinzu. »Und es gibt noch mehr Ungereimtheiten in unserer Beweisführung. Otze verschwand vom Tisch, wir nehmen an, dass er aufs Klo gegangen ist, weil die K.O.-Tropfen wirkten und ihm schlecht oder schwindlig wurde. Aber wie hat er die Pension verlassen? Die Yildirim ist mit Lorena Larsen ins Taxi gestiegen und zum Bahnhof gefahren. Fred Hübner war mit Melinda Jakobsen oben in Otzes Zimmer. Er kann den hilflosen Kritiker also kaum aus dem Klo gezerrt und woandershin verfrachtet haben.«

»Außerdem haben beide keinen Wagen zur Verfügung gehabt«, fügt Sven hinzu.

»Und, um es ganz kompliziert zu machen, von der Küchenbrigade kann es auch keiner gewesen sein, denn die haben alle drei ihre Sachen zusammengepackt.«

»Vielleicht lag Otze die ganze Zeit hilflos in einer der Toiletten.«

»Vielleicht. Aber das Problem mit dem Auto bleibt.«

»Und was willst du jetzt damit sagen?« Ungeduldig blickt Sven seine Kollegin an.

Silja muss sich konzentrieren, allzuviel rauscht ihr gerade durch den Kopf. »Es hat Mittäter oder zumindest Verbündete gegeben, die geholfen haben«, beginnt sie vorsichtig. »Hier war eine Gruppe am Werk, sonst gibt das alles keinen Sinn.«

»Okay, eine ganze Gruppe wie bei Agatha Christie also.«

»Genau. Und weil wir es hier sehr wahrscheinlich nicht mit organisierter Kriminalität zu tun haben, müssen *alle* Beteiligten ein starkes Motiv gehabt haben, um zu solch einer grausamen Tat fähig gewesen zu sein.«

»Theoretisch hast du recht«, stimmt Sven achselzuckend zu. »Aber was heißt das genau für unsere Ermittlungen?«

»Ganz einfach. Wir kennen das zusätzliche Motiv noch nicht.«

»Na toll«, seufzt Sven resigniert.

Doch Silja schnippt mit dem Finger an die Zeitung, die immer noch vor ihr auf dem Tisch liegt. »Aber unser geheimnisvoller Autor hier, *Theobald Tiger*, der gibt uns einen Hinweis auf ein mögliches Motiv.«

Sven runzelt die Stirn, Silja kann sehen, dass er ihr gleich widersprechen wird. Doch dann beginnt er vorsichtig, seine Gedanken beim Reden zu entwickeln. »Langsam verstehe ich. Dass die Täter den Mord wie in Agatha Christies Geschichte inszeniert haben, war möglicherweise kein Zufall, sondern eine logische Folgerung aus der Schuld, die das Opfer auf sich geladen hat.«

»Genau. Und das werden eher nicht die bösen Kritiken gewesen sein.«

»Sondern?«

»Tja, jetzt wird es problematisch«, muss Silja zugeben. »Im Roman hat der Tote ein Kind entführt und umgebracht.«

»Och nee«, seufzt Sven. »Jetzt komm mir nicht damit. Bei aller Hochachtung vor deinem kriminalistischen Gespür, aber du willst nicht wirklich in Otzes Vergangenheit nach einem Kindsmord suchen.«

Bevor Silja antworten kann, wird die Tür aufgestoßen, und Bastian Kreuzer stürmt ins Büro. »Leute«, japst er, »ihr habt wirklich was verpasst. Wie die Bispingen den Hübner auseinandergenommen hat, das war allererste Sahne.«

»Und?«, fragt Silja kühl. »Hat er den Artikel geschrieben?«

»Jepp!«

»Hat er gestanden?«, will Sven wissen.

»Was gestanden? Den Mord?« Bastian ist sichtlich überrascht. »Natürlich nicht.«

»Aber was haben wir dann davon?«

»Er hat uns die ganze Geschichte von *Mord im Orient-Express* erzählt und erklärt, dass wir nach einem anderen Motiv suchen müssen.«

»Das ist jetzt ja mal ganz was Neues«, grinst Sven.

Montag, 29. September, 11.28 Uhr, Haus am Dorfteich, Wenningstedt

Fred Hübner sitzt auf seinem Sofa und starrt ins Leere. Mechanisch hat er gleich nach seiner Rückkehr in die Wohnung die Espressomaschine angeworfen, eine

Kapsel eingelegt und den Startknopf gedrückt. Doch als der Espresso fertig war, hat er vergessen, sich die Tasse zu holen, so intensiv hing er in Gedanken dem gerade erfolgten Gespräch nach. Immer noch sieht er Elsbeths wütende Miene vor sich, hört ihre ätzenden Bemerkungen und erinnert sich nur zu gut an seine kläglichen Bemühungen, sein Vorgehen zu rechtfertigen.

Wenigstens haben weder Elsbeth noch Kommissar Kreuzer versucht, ihm den Mord anzuhängen. Aber natürlich hat es massig Ärger gegeben wegen des Artikels für den *Sylter Anzeiger*. Nachdem sie ihm ordentlich die Meinung gegeigt hatten, durfte Fred immerhin seine Überlegungen zur Motivation des Täters erläutern. Während er sprach, war aus den Pokerfaces von Staatsanwältin und Hauptkommissar allerdings nicht ersichtlich, ob er sie auch überzeugen konnte.

Und jetzt sitzt er hier und weiß nicht mehr weiter.

So viele Erinnerungen sind hochgekommen, als er Elsbeth gegenüberstand. Elsbeth verschlafen morgens im Bett, Elsbeth nackt unter der Dusche. Elsbeth fröhlich, Elsbeth traurig, Elsbeth wütend. Vor allem das. Die Staatsanwältin Elsbeth von Bispingen wütend im Streit mit ihm. Immer wieder haben sie sich gezofft, immer wieder hat sich Elsbeth über seine Einmischungen beschwert. Wie konnte er nur jemals annehmen, dass das gutgehen würde? Ein Wunder, dass ihre Beziehung überhaupt knapp zwei Jahre gehalten hat, bevor es im letzten Winter zum endgültigen Bruch kam.

Fred war damals unendlich gekränkt, verletzt und sauer gewesen. Er hatte seine Partnerin als zutiefst illoyal erlebt und war fest davon überzeugt gewesen, dass sie damit ihrer Beziehung den Todesstoß versetzt hatte. Jeden Versuch Elsbeths, sich zu entschuldigen, hatte er abgewehrt und den Kontakt abrupt abgebrochen.

Und jetzt?

Er sieht sie nach neun Monaten zum ersten Mal wieder, sie zickt rum wie üblich, und wie reagiert er?

Er findet sie sexy.

Wenn das nicht vollkommen irre ist!

Aber was soll er machen?

Während Kommissar Kreuzer und Elsbeth ihm in der vergangenen Stunde zugesetzt haben und er alle verfügbaren intellektuellen Kapazitäten mobilisiert hat, um die beiden von seiner Theorie zu überzeugen, musste er immer wieder den Drang unterdrücken, diese wutschnaubende Furie mit den feuerroten Locken einfach in den Arm zu nehmen. Jeder ihrer Killerblicke erinnerte ihn an hitzige Diskussionen und geistreiche Schlagabtausche, die nicht selten in temperamentvolle Nächte mündeten.

Wie kann es sein, dass ich das nicht längst viel schmerzlicher vermisst habe?

Wie sehr habe ich mich vor mir selbst verstellt, um eine vermeintliche Schmach zu rächen?

Und, dies ist die wichtigste aller Fragen, die Fred Hübner durch den Kopf schießen: *Geht es Elsbeth vielleicht genauso? Oder sieht sie in mir immer noch nur den lästigen Kerl, der sich damals an sie herangewanzt hat, um an Insiderinfos über diverse Verbrechen zu kommen?*

Denn genau das hatte sie ihm in ihrem letzten Streit vorgeworfen, der dann auch den absoluten Endpunkt ihrer Beziehung markiert hat.

Jetzt steht Fred auf, holt die Espressotasse von der Maschine und kippt die Flüssigkeit mit einer einzigen Bewegung hinunter. Der Kaffee ist kalt und schmeckt nicht mehr. Er beschließt, sich noch eine Tasse zu brühen. Schließlich warten sie beim *Sylter Anzeiger* ungeduldig auf weitere saftige Enthüllungen. Oder zumindest auf einen angemessen reißerischen Bericht von der Pressekonferenz. Als jetzt auch noch Freds Handy klingelt, ist er sich sicher, dass der Anrufer nur ein ungeduldiger Stefan Molsheim sein kann, der ihn zur Eile mahnen will. Doch bevor Fred nach seinem Handy greifen kann, schellt es auch an der Tür.

Fred beschließt, das Telefon zu ignorieren, auch wenn er mit ausgesprochen zwiespältigen Gefühlen die Diele durchquert. Er glaubt, genau zu wissen, wer da draußen so ungeduldig klingelt. Es wäre nicht das erste Mal, dass Kommissar Kreuzer sich mit einem Durchsuchungsbeschluss oder zumindest in der Absicht einfindet, ihn ins Kreuzverhör zu nehmen. Aber heute wird der Ermittler auf entschiedene Gegenwehr stoßen, das nimmt sich Fred fest vor. Er öffnet die Tür mit einem energischen Ruck und entsprechend finsterem Gesichtsausdruck.

»Oh, das ist ja mal ein liebevoller Empfang«, flötet Elsbeth von Bispingen, während sie sich zaghaft lächelnd an den Türrahmen lehnt.

»Was machst du denn hier?«, stammelt Fred verwirrt. Der Anblick seiner alten Liebe in vertrauter Umgebung ist eindeutig zu viel für ihn.

»Ich wollte noch einmal mit dir reden. Privat und ohne Zeugen. Darf ich reinkommen?«

»Du traust dich was!«

»Dafür bin ich bekannt. Also, was ist?« Als Fred unschlüssig schweigt, fügt sie leiser hinzu: »Glaub ja nicht, dass es mir leichtgefallen ist, hierherzukommen. Und wenn du mich nicht augenblicklich reinbittest, dann verlässt selbst mich der Mut.«

Wortlos tritt Fred zur Seite und wirft gleichzeitig einen forschenden Blick ins Treppenhaus. Er rechnet immer noch damit, dass Kreuzer plötzlich hinter der Staatsanwältin auftaucht und das Ganze nur eine gut getarnte Ermittlungsfinte ist.

Doch das Treppenhaus bleibt leer, und Elsbeth marschiert allein an ihm vorbei ins Wohnzimmer. Als sie vor dem Sofa stehen bleibt, konstatiert sie befriedigt: »Soweit ich sehen kann, hat sich hier nichts verändert.«

»Bist du gekommen, um das zu überprüfen?« Freds Stimme klingt aggressiver, als er beabsichtigt hat. Aber er ist sich immer noch nicht sicher, was dieser Besuch zu bedeuten hat.

»Ich bin gekommen, um mich zu entschuldigen«, stellt Elsbeth jetzt klar. Dann lässt sie sich mit einem tiefen Seufzer auf die Couch fallen. »So, jetzt ist es endlich raus.« Sie blickt Fred, der immer noch wie vom Donner gerührt neben dem Sofa steht, von unten herauf an. »Es tut mir unendlich leid, dass ich dich letzten Winter verdächtigt habe, und ich bitte dich hiermit in aller Form um Verzeihung.«

»Das ist …«, beginnt Fred und muss erst einmal nach Worten suchen. Schließlich reißt er sich zusammen und sagt mit fester Stimme: »Das ist wirklich groß von dir. Vor allem in dieser Situation.«

Ein Lächeln schleicht sich auf Elsbeths Gesicht. »Ja, nicht wahr? Der böse Journalist pfuscht den Ermittlern schon wieder ins Handwerk, und die verliebte Staatsanwältin hindert ihn noch nicht einmal daran.«

»Hast du eben *verliebt* gesagt?« Fred lässt sich neben sie aufs Sofa fallen.

»Habe ich das? Muss mir einfach so rausgerutscht sein.«

Fred starrt die Staatsanwältin an.

Träumt er, oder geschieht das hier wirklich?

Es gibt nur eine einzige Möglichkeit, diese Frage zu beantworten. Vorsichtig greift Fred nach Elsbeths Hand. »Ich habe dich vermisst. Sehr sogar.«

»Freut mich zu hören. Auch wenn es nicht nötig gewesen wäre, dafür jemanden umzubringen.«

»Du machst Witze!« Der Schreck fährt ihm trotzdem in alle Glieder.

»Ja, klar. Oder warst du es wirklich?«

Ihr verschmitztes Lachen erlöst ihn endlich aus seiner Starre. Er greift in ihre üppigen Locken, schließt die Augen und flüstert ihr ins Ohr: »Allein für deinen Auftritt eben hätte es sich gelohnt, diesen verdammten Otze ins Jenseits zu schicken.«

»Das habe ich jetzt aber nicht gehört«, murmelt sie und küsst ihn endlich.

Montag, 29. September, 12.37 Uhr, Friedrichstraße, Westerland

Beim beliebten Fischimbiss Gosch in der Westerländer Fußgängerzone ist die Hölle los. Alle Tische und Stehtische sind besetzt, dicht an dicht drängen sich Einheimische und Touristen. Darunter jede Menge coole Typen, deren gebräunte Gesichter und betont relaxte Kleidung sie eindeutig als Surfer ausweisen. Die Sonne strahlt von einem knallblauen Himmel, ohne wirklich zu wärmen. Dafür ist der eisige Wind, der in heftigen Böen durch die Straße fegt, viel zu stark. Ideales Surferwetter, wie man sich allenthalben versichert.

Auch die drei Ermittler sind unter den Gästen. Sie sitzen an dem prominenten Hochtisch, der direkt vor der Essensausgabe auf der Ecke zwischen Friedrichstraße und Boysenstraße steht. Während sich Sven nervös und angespannt fühlt und auch Silja ungewohnt still ist, strahlt Bastian eine provokante Fröhlichkeit aus. Das große Bier hat er schon halb geleert, und sein Sahneheringstopf ist ebenfalls fast aufgegessen. Vor Silja und Sven steht jeweils eine Terrine mit Fischsuppe, von der sie beide noch nicht einmal gekostet haben.

»Sagt mal, Leute, was ist denn mit euch los? Ich erledige hier die Arbeit, stehe gemeinsam mit der Bispingen die Pressekonferenz durch, und ihr macht euch einen faulen Lenz und habt obendrein schlechte Laune.«

»Fauler Lenz, du bist gut«, seufzt Sven. »Mir macht die Nachstellung des Abschiedsessens heute Nachmittag jetzt schon Sorgen. Dass dieser Goppel nicht kommt, halte ich für ärgerlich, aber zur Not für verzichtbar. Doch Shirin Yildirim brauchen wir in jedem Fall. Und irgendwie ist die für mich immer noch eine Wackelkandidatin. An ihre Teilnahme glaube ich erst, wenn sie vor mir steht.«

»Goppel?« Bastian runzelt die Stirn. »Hilf mir. Wer war das noch mal?«

»Pernille Aurichs Souschef.«

»Außer dir kennt den noch niemand von uns, das ist wirklich blöd. Hast du ihm denn ordentlich Druck gemacht?«

Sven spürt, wie sich sein Magen zusammenzieht. Er ärgert sich selbst am meisten darüber, dass er gestern Abend am Telefon nicht energischer war. Aber andererseits …

»Was soll ich denn machen? Ich kann ihn ja nicht zwingen«, verteidigt er sich lahm.

»Ist ja auch wurscht«, befindet Bastian jetzt ungewohnt großzügig. »Iss erst mal deine Fischsuppe, die ist bestimmt schon eiskalt. Und du auch, Silja.«

»Ja, Boss«, kontert sie, ohne aufzublicken.

»Hey, das war doch nicht böse gemeint. Welche Laus ist dir denn über die Leber gelaufen?«

»Ich versuche auch, mich auf die bevorstehende Nachstellung zu konzentrieren, das ist alles. Wenn die uns nämlich keinen Durchbruch bringt, stehen wir ganz schön dumm da.«

»Macht euch mal nicht so viele Sorgen. Immerhin sind die Aufrufe an die Sylter Bevölkerung in allen Medien. Vielleicht erfahren wir bald Näheres über den Samstagnachmittag in der Vogelkoje oder über irgendwelche mysteriösen Besucher an der Pension Seemöwe, die geholfen haben könnten, den wehrlosen Otze abzutransportieren.«

»Und wenn nicht?«, murmelt Sven. Er hört selbst, wie mutlos seine Stimme klingt. Insgeheim lässt er immer wieder die Blicke schweifen, weil er hofft, Aaron Goppel doch noch zu entdecken und ihn mit Hilfe seiner Kollegen zur Teilnahme an ihrem Nachmittagstermin bewegen zu können. Doch bisher ist von dem fülligen jungen Mann nichts zu sehen.

Gerade verspeist Bastian den letzten Rest seines Heringstopfs, stippt die verbleibende Sauce mit einem Stück Weißbrot auf und leert dann sein Bierglas. Als der Hauptkommissar es mit einem Knall zurück auf den Tisch stellt, weiß Sven, dass eine Ansage bevorsteht. Und richtig.

»Leute, ich habe gegoogelt«, verkündet Bastian in triumphierendem Tonfall.

»Soll vorkommen«, sagt Silja leise und ohne zu lächeln.

Bastian ignoriert ihren Kommentar. »Außerdem habe ich noch einmal mit Bernstein gesprochen.«

Silja schaut auf. Ihre Neugier scheint ebenso geweckt zu sein wie Svens. Doch Bastian schweigt vielsagend.

»Machst du uns jetzt auch den Bernstein und lässt uns zappeln?«, will Silja wissen. Wenn Sven sich nicht ganz täuscht, wird sie langsam, aber sicher richtig wütend.

»Hey, jetzt seid mal nicht gleich beleidigt, nur weil ich eure schöne Theorie gleich in alle Einzelteile zerpflücken werde.«

»Welche Theorie?«, fragen Silja und Sven wie aus einem Mund.

»Die Mord-im-Orient-Express-Parallele. Schon vergessen?«

Tatsächlich ertappt sich Sven dabei, dass er längst nicht mehr daran gedacht hat. Lustlos fordert er den Kollegen auf: »Also spuck's schon aus. Was hast du herausgefunden?«

»Euer Vergleich hinkt, und zwar gleich in mehrfacher Hinsicht«, erklärt Bastian mit tiefer Befriedigung in der Stimme. »Niemand hat sich offenbar die Mühe gemacht, genau hinzuschauen, auch unser Oberschlaumeier Fred Hübner nicht.«

»Wieso?«, will Silja wissen. »Sechs Täter stechen mit sechs Messern auf jemanden ein, der jedem Einzelnen von ihnen Schlimmes zugefügt hat. Ist doch einleuchtend.«

»Im Orient-Express waren es zwölf Täter und nicht sechs. Damit fängt es schon mal an. Außerdem haben sie alle mit dem gleichen Messer zugestochen und nicht mit sechs verschiedenen wie in unserem Fall. Und drittens, und das hat mir Bernstein vorhin auf Nachfrage mit ziemlicher Sicherheit sagen können, sind die Messerstiche in Konrad Otzes Körper zwar mit unterschiedlichen Messern ausgeführt worden, aber alle von der gleichen Person.«

»Warum ist er sich da so sicher?« Silja wirkt nicht überzeugt.

»Hab ich ihn auch gefragt.« Bastian stützt die Ellenbogen auf den Tisch und mustert seine beiden Kollegen mit einem selbstzufriedenen Lächeln. »Jeder Mensch hat wohl ganz eigene Bewegungsabläufe, und obwohl die einzelnen Messer in unserem Fall sogar extrem unterschiedlich lang und stark waren, sind der Einstichwinkel und die Wucht, mit der zugestochen wurde, einander in allen sechs Fällen so ähnlich, dass es sehr wahrscheinlich ist, von einem einzigen Täter auszugehen.«

»Okay«, wirft Sven ein, »aber das hat ja auch nie jemand wirklich in Frage gestellt, oder?«

»Aber damit hinkt der Vergleich, und zwar ganz erheblich.«

»Bastian, entschuldige, dass ich dir widerspreche«, energisch schiebt Silja ihre halb geleerte Suppentasse zur Seite, »aber das Besondere ist vielleicht nicht so sehr die Anzahl der Stiche oder wer genau zugestochen hat, sondern eher, dass vermutlich nur deshalb mehrere Leute an dem Mord beteiligt sind, weil sie alle ein Motiv haben.«

»Du gönnst mir meinen Triumph nicht«, mault Bastian.

Jetzt muss Silja sogar lächeln. Diplomatisch schlägt sie vor: »Lasst uns einfach alle drei nachher genau hinschauen. Wer kommuniziert mit wem? Verbal oder nicht verbal? Wer reagiert auf wessen Irritation? Wer ist nervös, wer bleibt cool? So hat es Hercule Poirot im Orient-Express auch gemacht. Und glaubt mir, wir werden die Pension Seemöwe nicht ohne neue Erkenntnisse verlassen.«

»Dein Wort in Agatha Christies Ohr«, flötet Bastian und hebt ironisch flehend den Blick gen Himmel.

Montag, 29. September, 15.22 Uhr, Pension Seemöwe, Wenningstedt

Staatsanwältin Elsbeth von Bispingen lehnt entspannt in einer Ecke des Speisesaals der Pension Seemöwe und beobachtet neugierig das Geschehen um sie herum. Dass sie sich endlich mit Fred Hübner aussprechen und versöhnen konnte, hat ihrer Laune einen Booster verpasst, den auch eine möglicherweise scheiternde Nachstellung des Abschiedsessens nicht wird plattmachen können. Aber vielleicht ist heute in mehrfacher Hinsicht ihr Glückstag, und die Konfrontation der Colloquiumsteilnehmer bringt den Durchbruch im Mordfall Konrad Otze.

Nach einigem Hin und Her haben endlich alle Autorinnen und Autoren an dem langen Tisch Platz genommen. Die Sitzordnung entspricht selbstverständlich derjenigen während des Colloquiums und der Mahlzeiten. Schon vor Beginn der Veranstaltung hat Kommissar Kreuzer der Staatsanwältin einen Sitzplan überreicht, auf dem alle Anwesenden mit Namen und Funktion bezeichnet sind. Neugierig gleicht sie die Namen mit den realen Personen ab.

Direkt vor Elsbeth sitzt Fred, mit dem sie bisher weder einen Blick noch ein einziges Wort gewechselt hat, ein Versteckspiel, das ihnen beiden eine diebische Freude macht. Links neben Fred sitzt Shirin Yildirim, die junge und außerordentlich attraktive türkischstämmige Skandalautorin, die sich zur kaum verhohlenen Überraschung der Kommissare in letzter Minute eingefunden hat. Fred gegenüber kauert Enard Gastmann, ein sehr unglücklich wirkendes Jüngelchen, das ganz in Schwarz gekleidet ist, angeblich völlig unverständliche Lyrik produziert und die hässlichsten Sneakers trägt, die Elsbeth je gesehen hat. Weitaus fröhlicher als Gastmann wirkt die Kinderbuchautorin Lorena Larsen, eine rothaarige Person, die rechts von dem Lyriker sitzt, ihn allerdings keines Blickes würdigt, sondern sich angeregt über den Tisch hinweg mit Frau Yildirim unterhält. Neben der Kinderbuchautorin sitzt Saskia Grothe, auf die Elsbeth besonders neugierig war, denn einige Bücher der Bestsellerautorin finden sich auch in ihrem Regal. Der Platz gegenüber der Grothe ist frei, denn dort saß in der ganzen vergangenen Woche das Opfer.

Am Tischende thront Melinda Jakobsen, auch sie ist für die Bispingen keine Unbekannte, denn die Staatsanwältin hat eine Schwäche für gut moderierte Talkshows. In der Tür zur Küche lehnen zwei Frauen. Pernille Aurich, eine giraffenartig wirkende Person mit gelben Fingernägeln und mürrischem Gesichtsausdruck, und daneben die erheblich jüngere Nadine Eisleben, die einen scharf geschnittenen Pony trägt und jede längere Ausführung mit einem trockenen Husten unterbricht, der sich irgendwie unecht anhört. Beide sind von *Kutterscholle und Butterstulle* und haben als Caterinnen die ganze letzte Woche begleitet. Aaron Goppel, der dritte Mitarbeiter der Firma, hat sich offenbar geweigert zu erscheinen, was Elsbeth insgeheim erbost.

Bis eben sind alle drei Kommissare herumgeeilt, um letzte Anweisungen zu geben. Jetzt beziehen Sven Winterberg und Silja Blanck ihre Posten in den beiden Zimmerecken auf der Elsbeth gegenüberliegenden Seite, während sich Bastian Kreuzer zum Erstaunen aller Anwesenden auf Konrad Otzes Stuhl fallen lässt.

Unwillkürlich rücken sowohl die Jakobsen als auch die Yildirim ein winziges Stück zur Seite. Es wirkt, als habe bereits die Tatsache, dass der Kommissar den Platz des Ermordeten einnimmt, eine toxische Wirkung auf die Damen. Kreuzer quittiert diese Reaktion mit einem Stirnrunzeln, hütet sich aber, sie zu kommentieren. Stattdessen richtet er das Wort an das Serviceteam.

»Wie ich gehört habe, gab es vor dem Essen einen Aperitif. Haben Sie den glasweise serviert?«

Nadine Eisleben blickt hilfesuchend zu ihrer Chefin. Die wiederum scheint einen Moment zu brauchen, um sich zu fangen. Interessiert beobachtet Elsbeth, wie sich Pernille Aurich nervös die Hände reibt, während ihre Augenlider flattern. Als sie dem Kommissar endlich antwortet, klingt ihre Stimme allerdings fest und fast schon aggressiv.

»Wir sind zunächst mit einem Tablett herumgegangen. Das Nachschenken erfolgte dann direkt aus der Flasche in die Gläser.«

»Und es war Zufall, wer welches Glas vom Tablett genommen hat?«

»Ja, sicher. Wir drücken den Gästen doch nicht ein ganz bestimmtes Glas in die Hand.«

»Standen die Gäste noch, oder saßen sie bereits?«

»Wir standen noch«, mischt sich jetzt Melinda Jakobsen ein.

»Danke, aber ich frage Frau Aurich«, wird sie sofort von Kreuzer abgebügelt. »Wer trug das Tablett?«

Die beiden Caterinnen wechseln einen irritierten Blick.

»Aaron?«, fragt die Aurich stirnrunzelnd ihre Kollegin.

»Nein, ich war das.« Ein weiterer Hustenanfall schüttelt die junge Frau und lässt ihren Pony beben.

»Und es hatte wirklich jeder freie Wahl, was das Glas

anging?« Kreuzer schickt einen forschenden Blick in die Runde, der auch die anderen Anwesenden zu einer Antwort ermutigen soll. Doch alle schweigen.

»Okay, belassen wir es dabei. Was war mit Ihnen, Frau Aurich? Und mit Herrn Goppel, der uns ja leider für heute einen Korb gegeben hat? Waren Sie beide derweil auch hier im Raum?«

»Natürlich nicht. Aaron und ich haben in der Küche das Menü vorbereitet, jetzt fällt es mir wieder ein«, erklärt die Chefin.

»Zunächst gab es Suppe, oder? Wer hat die serviert?«

»Ich.« Jetzt klingt Pernille Aurich eindeutig schnippisch.

»Sie kamen mit einem oder zwei Tellern aus der Küche und haben die dann vor die Gäste hingestellt?«

»So macht man das für gewöhnlich.«

»Wer bekam als Erstes?«

Pernille Aurich deutet auf Saskia Grothe. »Da es keine Rangordnung gab, habe ich bei dem Gast angefangen, der direkt an der Küchentür saß. Danach ging es im Uhrzeigersinn weiter, also Frau Larsen, Herr Gastmann, Herr Hübner et cetera.«

Der Kommissar blickt die um den Tisch versammelten Personen der Reihe nach an. »Können Sie das bestätigen?«

Allgemeines Achselzucken ist die Antwort. Als Shirin Yildirim die Augen verdreht und murmelt: »So was merkt sich doch kein Mensch«, huscht ein Lächeln über Kreuzers Gesicht. Noch einmal wendet sich der Kommissar an Nadine Eisleben.

»Wer hat die Suppe in der Küche aufgetan?«

»Das war ich. Aber Aaron hat das Finish übernommen.«

Ein paar Herzschläge lang wartet Elsbeth auf das obligatorische Husten, doch diesmal vergeblich. Stattdessen wächst ein unangenehmes Schweigen im Raum.

Natürlich ahnt die Staatsanwältin längst, worauf der Kommissar hinauswill. Es geht ihm um die K.O.-Tropfen und um die Frage, wer von den Anwesenden zum Komplizen des Mörders geworden sein könnte und den Kritiker vielleicht betäubt hat. Und bisher deutet alles auf die drei vom Cateringunternehmen hin. Ein paar Tropfen ins Flusskrebssüppchen oder in den Avocadoschaum und dann schnell den Teller vor den richtigen Gast gestellt. Das wäre durchaus vorstellbar und deutlich wahrscheinlicher, als wenn die Yildirim oder die Jakobsen ihrem Tischnachbarn vor versammelter Mannschaft etwas ins Glass gekippt hätten. Wie sich zusätzlich herausstellt, hat Nadine Eisleben dem Kritiker offenbar zur Suppe einen besonderen Weißwein kredenzt, und das im Glas. Damit hätte sie eine besonders gute Gelegenheit gehabt, ihm etwas in das Getränk zu träufeln.

Ansonsten gibt der Verlauf des Nachmittags weniger Aufschluss über das Verhältnis der Gäste zu Konrad Otze als vielmehr darüber, wie sie zueinander stehen. Der trübsinnige Lyriker schweigt hartnäckig und beschränkt sich darauf, seine saugenden Blicke immer wieder auf Konrad Otzes Platz zu richten, als säße dort immer noch der Kritiker und nicht der peinliche Fragen stellende Kommissar. Es ist überdeutlich, dass er in der vergangenen Woche zu niemandem aus der Gruppe ein Verhältnis aufgebaut hat. Auch Fred hält sich extrem zurück, antwortet nur, wenn er gefragt wird, und hebt kaum einmal den Blick. Die vier Frauen wiederum haben sich zu festen Zweiergrüppchen zusammengeschlossen. Melinda Jakobsen und Saskia Grothe nutzen jede Gelegenheit, um vertraulich miteinander zu wispern, während die beiden jüngeren, Yildirim und Larsen, die sich trotz ihres unterschiedlichen Auftretens gut zu verstehen scheinen, in jeder Gesprächspause völlig ungeniert Mutmaßungen über Konrad Otzes Todesumstände austauschen.

Es ist insgesamt eine ausgesprochen schräge Veranstaltung, und Elsbeth ertappt sich bei dem Gedanken, dass der verstorbene Konrad Otze diese Art von vorzeitigem Leichenschmaus vielleicht genossen hätte. Für die anderen Teilnehmer gilt das nicht unbedingt. Schon bald kann Elsbeth spüren, wie sich Ungeduld breitmacht. Seit einer Stunde sind diese acht Personen den bohrenden Fragen Bastians ausgesetzt, deren Sinn sich ihnen wahrscheinlich nicht immer erschließt.

Aber jetzt ändert sich das. Alle wissen, was nun bevorsteht.

Bastian erhebt sich und geht langsam auf die Tür zur Diele zu. Dann bleibt er stehen und dreht sich um. »Wer von Ihnen kann sich deutlich an den Moment erinnern, in dem Konrad Otze den Raum verlassen hat?«, fragt er mit strenger Miene.

Niemand meldet sich.

Bastian wartet schweigend. Schließlich hebt Nadine Eisleben zögernd die Hand. »Ich glaube, ich habe gerade mit Pernille die letzten Teller des Hauptgangs abserviert, da ist er an mir vorbeigegangen.«

»Sicher?«

Nach kurzem Nachdenken nickt sie.

»Haben Sie in sein Gesicht geblickt? Wie sah er aus?«

»Verkniffen irgendwie. Also ich meine, er hat das Gesicht nicht verzogen oder so, aber es wirkte, als ob er sich Mühe geben musste, um genau das nicht zu tun.«

»Warum erinnern Sie sich so genau daran, wenn es doch niemand sonst tut?«

»Was wollen Sie mir damit unterstellen?«, fragt sie empört.

»Sorry, so meinte ich das nicht. Vielmehr würde mich interessieren, was die anderen in diesem Moment gemacht haben, denn niemand sonst hat offenbar sein Verschwinden registriert.«

»Ja, also ich weiß nicht«, beginnt die Eisleben, doch dann schlägt sie sich mit der flachen Hand vor den Kopf und blickt hinüber zu ihrer Chefin. »Dir ist doch das ganze Besteck vom Tellerstapel gerutscht, erinnerst du dich? Alle haben geguckt. Ich glaube, das war, als Herr Otze gerade aufgestanden ist.«

»Bist du sicher?« Pernille Aurich scheint es ziemlich peinlich zu sein, in aller Öffentlichkeit an ihre Servierpanne erinnert zu werden. Elsbeth kann deutlich sehen, wie eine leichte Röte ihren Hals hinaufkriecht. Als Nadine Eisleben energisch nickt, vertieft sich die Farbe noch.

»Dann wäre das also geklärt«, sagt Bastian höchst zufrieden. »Ich wüsste jetzt gern noch Folgendes von Ihnen: Ist irgendjemand in der Zeit von jetzt an bis zu Ihrer Abreise auf der Toilette hier hinten im Gang gewesen?«

Achselzucken und Köpfeschütteln ist die Antwort.

»Wirklich niemand?«

»Nein«, versichert Melinda Jakobsen entschieden. »Wenn noch jemand verschwunden wäre, wäre das uns allen mit Sicherheit aufgefallen.«

»Und außerdem hatten wir ja bis zur Abreise Zugang zu unseren Zimmern, wo doch für derlei Dinge entschieden mehr Privatsphäre herrschte«, fügt Saskia Grothe hinzu.

»Das überzeugt mich«, antwortet Bastian und wendet sich anschließend direkt an Elsbeth. »Wollen wir jetzt zum zweiten Teil unserer kleinen Übung wechseln?«

Elsbeth nickt, verlässt ihre Ecke und tritt näher an den

Tisch heran. »Wir teilen uns nun auf. Während Hauptkommissar Kreuzer und ich mit den sechs verbliebenen Colloquiumsteilnehmern das Geschehen auf den Gängen, in den Zimmern und vor allem in der Halle an der Rezeption nachstellen, werden die Oberkommissare Blanck und Winterberg mit Frau Aurich und Frau Eisleben die Vorgänge in der Küche rekonstruieren. Wenn Sie mir also bitte folgen wollen.«

Elsbeth ignoriert die genervten Blicke ebenso wie die gemurmelten Kommentare, in denen sie ganz bestimmt nicht besonders gut wegkommt, und schickt sich an, den Speisesaal zu verlassen. Im Vorbeigehen streift sie wie versehentlich Freds Arm.

»Oh pardon, Frau Staatsanwältin«, ruft er ihr lauter als nötig hinterher, und gibt damit Elsbeth die Gelegenheit, sich insgeheim über Kommissar Kreuzers erstaunte Miene zu amüsieren.

Montag, 29. September, 16.16 Uhr, Pension Seemöwe, Wenningstedt

Kaum dass sich die Küchentür hinter Silja, Sven, Pernille Aurich und Nadine Eisleben geschlossen hat, fährt die Caterin die beiden Ermittler an: »Ich begreife wirklich nicht, warum Sie hier mit uns Ihre Zeit verschwenden. Soweit ich weiß, ist Konrad Otze in der Vogelkoje ermordet worden, und daher denke ich …«

»Aber wie ist er dorthin gekommen? Das ist doch eine enorm interessante Frage, finden Sie nicht?«, wird sie von Silja unterbrochen. »Vermutlich eher nicht zum Haupteingang der Pension heraus, denn dort herrschte ja reges Hin und Her, wie es bei Abreisen so üblich ist. Stiller dürfte es dagegen hier hinten gewesen sein. Also nehmen wir an, dass das Opfer entweder direkt durch die Küchentür oder durch den Hinterausgang der Pension, die ebenfalls hier auf diesen kleinen Parkplatz führt, herausgeschafft wurde.«

»Die Küchentür können Sie vergessen«, erklärt Nadine Eisleben energisch. »Wir waren die ganze Zeit entweder hier drinnen oder draußen gleich neben der Tür, um zu rauchen. Völlig ausgeschlossen, dass wir nicht bemerkt hätten, wenn jemand den Kritiker herausgeschleppt hätte.«

»Bleibt also die Hintertür der Pension«, schlussfolgert Sven, öffnet das Küchenfenster und beugt sich weit hinaus. »Da hinten links gibt es durchaus einen toten Winkel, den Sie von der Küche aus nicht einsehen können. Falls jemand seinen Wagen dort geparkt haben sollte, wäre es möglich, Otze hineinzuverfrachten, ohne dass Sie es mitbekommen.«

Schulterzuckend nickt die Eisleben, während Pernille Aurich sich ebenfalls aus dem Fenster beugt, als traue sie der Aussage Svens nicht über den Weg. Trotz ihrer Größe scheint auch sie nicht bis in den letzten Winkel blicken zu können. »Stimmt«, gibt sie zu, »so könnte es gewesen sein.«

»Allerdings bleibt die Frage, ob es nicht zumindest einem von Ihnen dreien hätte auffallen müssen, wenn hier ein Wagen an- oder abgefahren wäre«, führt Silja die Überlegung fort.

»Ganz sicher nicht«, erklärt Nadine Eisleben zu Siljas Enttäuschung. »Wissen Sie, was in einer Küche los ist, wenn man den nächsten Gang vorbereitet? Das abservierte Geschirr kommt in die Spülmaschine, das scheppert schon mal nicht schlecht, die Espressomaschine ist auch ziemlich laut, und dazu kommen noch Pernilles Befehle, die das Ganze koordinieren. Nee, da hört man echt nichts anderes. Und es bleibt schon gar keine Zeit, um müßig aus dem Fenster zu starren und an- oder abfahrende Autos zu beobachten.«

»Schade«, murmelt Silja und überlegt gerade, wie sie vielleicht doch noch eine brauchbare Information aus den beiden Frauen herausholen kann, als es von außen an die Küchentür pocht. Mit wenigen Schritten ist Silja dort und öffnet die Tür.

Draußen steht ein leicht gestresst wirkender Mann in Hoodie und Jeans, der ein etwa sechsjähriges Mädchen an der Hand hält. Beide haben auffallend dicke hellblonde Haare. Der Mann macht einen Schritt ins Innere des Raumes hinein und blickt die dort Versammelten der Reihe nach an.

»Entschuldigen Sie die Störung, Jonas Kohlstedt mein Name, aber ich habe gerade gesehen, dass jemand hier in der Küche ist, und wollte mal nachfragen, ob einem von Ihnen ein weißer Lieferwagen gehört?«

»Leider nein, unserer ist himmelblau«, antwortet Pernille Aurich und blickt nach draußen, wo der auffällig lackierte Wagen mit dem großen Logo von *Kutterscholle und Butterstulle* steht.

»Tja, dann einen schönen Tag noch.«

Bevor der Fragende sich abwenden kann, hält Silja ihn zurück.

»Darf ich erfahren, warum Sie das wissen wollen?«

Er deutet auf das Mädchen, das leicht verängstigt zu ihm aufblickt. »Ich mache mit der Familie Urlaub in dem Haus am Ende der Straße. Meine kleine Tochter hier ist am Wochenende mit dem Fahrrad unterwegs gewesen und hat auch ein paar Runden auf Ihrem Parkplatz gedreht. Dabei ist sie hingefallen und hat eine Schramme in den weißen Wagen gemacht. Es war ihr total unangenehm.«

Er fährt dem Mädchen, das inzwischen aussieht, als würde es gleich losweinen, tröstend über den Kopf. »Aber ich habe ihr gesagt, dass wir für solche Fälle versichert sind, bin gleich rübergelaufen und habe einen Zettel unter den Scheibenwischer geklemmt.«

»Wann war das genau?« Svens Stimme klingt hellwach.

»Am Samstag so gegen Mittag.«

»Nein, später, Papa«, korrigiert ihn die Kleine. »Wir hatten doch schon Mittag gegessen, und ihr wolltet euch ausruhen, deswegen bin ich ja allein mit dem Fahrrad raus.«

»Stimmt, meine Tochter hat recht.« Er fährt sich mit einer fahrigen Geste durchs blonde Wuschelhaar.

»Es ist ganz normal, dass man sich solche Details nicht merkt. Für Sie war das schließlich nicht wichtig, für uns ist es das allerdings schon. Deshalb noch einmal zu Sicherheit: Am frühen Samstagnachmittag hat hier ein weißer Lieferwagen geparkt, dem Ihre Tochter mit dem Fahrrad eine Schramme zugefügt hat?«

»Ja genau. Und ich würde gern für den Schaden aufkommen. Daher habe ich einen Zettel mit meiner Handynummer hinterlassen. Leider hat sich bisher niemand gemeldet. Aber wenn Sie gar nicht wissen, wem der Wagen gehört, dann bringt mich das auch nicht weiter.«

»Wie gesagt: Sie vielleicht nicht, uns aber umso mehr.« Silja wechselt einen triumphierenden Blick mit Sven. »Wir haben uns übrigens noch gar nicht vorgestellt. Oberkommissarin Blanck und Oberkommissar Winterberg von der Kripo Westerland.«

»Hat mich schon jemand angezeigt, oder wie?«

»Keineswegs. Haben Sie zufällig in den letzten Stunden Radio gehört?«

»Äh, nein«, antwortet Jonas Kohlstedt verwirrt. »Warum sollte ich? Wird der Verursacher der Schramme jetzt schon im Rundfunk gesucht?«

Silja lacht. »Absolut nicht, keine Sorge. Aber wir suchen sehr wohl nach jemandem, dessen Wagen in der fraglichen Zeit hier geparkt hat. Und den haben Sie uns gerade geliefert. Haben Sie sich eventuell das Kennzeichen notiert?«

»Nein, ich dachte ja, der Fahrer meldet sich gleich.«

»Genau das würde man ja auch erwarten«, sagt Silja. »Die spannende Frage ist daher, warum jemand sich nicht meldet, obwohl er die Chance hätte, eine Schramme an seinem Wagen kostenfrei reparieren zu lassen.«

»Tja, das verstehe ich auch nicht«, antwortet Jonas Kohlstedt hilflos.

»Wir dafür umso besser.« Siljas Stimme klingt ausgesprochen fröhlich, was außer Sven alle Anwesenden zu irritieren scheint. »Haben Sie vielleicht noch zusätzliche Informationen für uns? Hatte der Lieferwagen beispielsweise eine Aufschrift? Oder wissen Sie möglicherweise das Fabrikat?«

»Eine Aufschrift habe ich nicht gesehen. Aber es war ein *Iveco*, das weiß ich, weil ich die Firma so ungewöhnlich fand.«

»Super«, schaltet sich Sven ein. »Ich klemme mich gleich dahinter und starte eine Abfrage. Aber vorher wüsste ich gern noch, ob der Wagen mit dem Heck zum Haus oder zur Straße geparkt war.«

Jonas Kohlstedt überlegt kurz, dann antwortet er entschieden: »Zum Haus. Ich habe als Erstes die großen Buchstaben der Automarke gesehen. Und die Schramme war auch vorn.«

»Links oder rechts?«

»Links, da bin ich sicher. Sie war nicht sehr tief, unter Umständen kann man sie sogar leicht anschleifen und dann mit einem Lackstift abdecken. Aber der Wagen war ansonsten makellos gepflegt und ohne jeden Kratzer. Deshalb bin ich davon ausgegangen, dass der Geschädigte sich auf jeden Fall melden wird. Darf ich Ihnen also sicherheitshalber meine Versicherungsnummer hierlassen? Sie dürfen sie dann gern weitergeben«, bietet Kohlstedt an. Ihm ist anzusehen, dass er immer noch nicht so ganz versteht, was gerade vor sich geht.

»Ihre Handynummer reicht uns völlig«, sagt Silja lächelnd. »Denn ich glaube nicht, dass der Halter des Wagens sich noch um eine Schramme Sorgen machen wird, wenn wir ihn erst einmal aufgespürt haben.«

Montag, 29. September, 16.21 Uhr, Pension Seemöwe, Wenningstedt

Nachdem die Staatsanwältin und der Kommissar mit den verbliebenen Teilnehmern des Colloquiums das gesamte Abreiseprozedere nachgestellt haben und sich bedauerlicherweise nicht eine einzige neue Spur ergeben hat, bittet Bastian alle Anwesenden noch einmal hinunter in die geräumige Diele der Pension, wo sich auch der Rezeptionstresen befindet. Die Staatsanwältin hält sich im Hintergrund und beschränkt sich aufs Beobachten, während Bastian sich vor den Versammelten aufbaut. Er mustert sie nacheinander mit eindringlichem Blick.

Fred Hübner strahlt aus Gründen, die Bastian völlig schleierhaft sind, wie ein Honigkuchenpferd. Enard Gastmann wirkt dagegen tief deprimiert. Lorena Larsens grüne Augen huschen immer wieder vergnügt zu Shirin Yildirim hinüber, die ihrerseits bemerkenswert still und in sich gekehrt ist. Melinda Jakobsen und Saskia Grothe sind deutlich genervt und warten ungeduldig auf das Ende der Befragung.

Bastian hat die Abschiedsworte schon auf der Zunge, als sein Handy vibriert. Die SMS von Silja ist kurz, aber wichtig. *Weißer Lieferwagen zur Tatzeit auf dem Parkplatz hinter der Pension.*

Bastian simst zurück: *Was heißt Tatzeit? Kommt der für den Abtransport von Otze in Frage?*

Genau.

Danke dir!

Bastian überlegt kurz, dann wendet er sich noch einmal an die vor ihm Versammelten. »Bevor ich Sie erlöse, habe ich noch eine letzte Frage. Wer hat das Cateringunternehmen beauftragt? Und wann ist das geschehen?«

»Das sind zwei Fragen«, unterbricht ihn Melinda Jakobsen humorlos.

Bastian geht nicht darauf ein, sondern fordert mit einer ungeduldigen Handbewegung Antworten.

»Okay, wie Sie meinen«, seufzt die Jakobsen. »Das war ich. Zunächst war eine andere Firma im Gespräch, aber dann kam kurzfristig ein Anruf von denen, dass sie doch nicht liefern können. Sehr unprofessionell, wenn Sie mich fragen.« Sie verdreht die Augen und rümpft sie Nase. »Aber manchmal hat man eben Glück im Unglück. Bevor ich mich auf die Suche nach einer Alternative machen konnte, hat mir Frau Larsen die Firma *Kutterscholle und Butterstulle* empfohlen. Und siehe da, die hatten noch Kapazitäten.«

»Woher kannten Sie das Unternehmen?«, wendet sich Bastian an die Kinderbuchautorin.

Das Lächeln auf Lorena Larsens Gesicht wirkt säuerlich.

»Na ja, empfohlen ist vielleicht zu viel gesagt. Ich hatte auf Umwegen von denen gehört und dachte, ich kann vielleicht helfen.«

»Und wie hieß das ursprünglich beauftragte Unternehmen?«

Bastian ignoriert die erstaunten Blicke aller Anwesenden, sogar die Staatsanwältin runzelt die Stirn. Doch der Kommissar bleibt nachdrücklich. Er ist fest entschlossen, jede noch so kleine Spur zu verfolgen.

»Was Sie so alles wissen wollen.« Melinda Jakobsen macht aus ihrem Unverständnis keinen Hehl. Sie rümpft die Nase und schaut mit strengem Blick auf ihre Uhr. »Wenn ich mich an jede Firma erinnern sollte, die *nicht* mit mir zusammengearbeitet hat, dann hätte ich ja viel zu tun.«

»Frau Jakobsen, bitte.«

Sie seufzt theatralisch. »Also gut. *Bistro to go* hießen die, und ich kann sie, wie gesagt, nicht empfehlen.«

Der Kommissar notiert sich den Namen und nimmt sich vor, das Unternehmen sofort zu durchleuchten. »Danke für Ihre Geduld noch mal, das war's auch schon. Ich wünsche Ihnen noch einen angenehmen Tag.« Bastian deutet eine Verbeugung an und schickt ein Lächeln in die Runde. Als alle Anwesenden sich daraufhin zur Tür wenden, fasst er Shirin Yildirim am Arm und hält sie zurück.

»Auf ein Wort.«

Der Blick der jungen Autorin geht zu Lorena Larsen. »Wartest du kurz?« Erklärend fügt sie an Bastian gewandt hinzu: »Ich wohne bei Lorena. Als sie mir das bei der Abreise vor zwei Tagen angeboten hat, dachte ich echt nicht, dass ich so schnell darauf zurückkommen würde.«

»Wir sind Ihnen sehr dankbar, dass Sie sich noch einmal

auf den Weg hierher gemacht haben«, beginnt Bastian verbindlich.

Shirin Yildirim zuckt die Schultern. »Hatte ich eine Wahl? Außerdem schreibe ich vielleicht als Nächstes einen Krimi, das habe ich Ihrem Kollegen ja schon erzählt. Dann kann ich alles, was ich hier erfahre, verwerten.«

Bastian quittiert die Aussage mit einem schiefen Lächeln. »Nicht, dass ich dann auch noch darin vorkomme.«

»Überschätzen Sie sich mal nicht. Für einen Bestsellerkommissar bräuchten Sie noch ganz andere Qualitäten.«

»Wie Sie meinen«, grinst Bastian und denkt sich seinen Teil. »Was ich mit Ihnen aber besprechen wollte, ist Folgendes: Wie Sie vielleicht mitbekommen haben, sind wir am Vormittag mit allen Infos zu dem Verbrechen an die Öffentlichkeit gegangen und haben um Mithilfe in einigen Punkten gebeten. Und wie das so ist, trafen direkt danach die unterschiedlichsten Anrufe mit mehr oder weniger interessanten Infos bei uns ein. Natürlich ist da auch immer viel Blödsinn dabei, Leute, die sich wichtig machen wollen und Ähnliches. Aber ein Anruf hat mich doch aufhorchen lassen.« Er macht eine Kunstpause und beobachtet interessiert die Reaktion Shirin Yildirims.

Sie verschränkt die Arme vor dem Körper und geht ganz eindeutig in Abwehrstellung. »Und was hat das mit mir zu tun?«

»Der Anruf kam vom Feuilletonchef der *Zeit*.«

»Ja und?«

»Er hat mir erzählt, dass Konrad Otze den Auftrag hatte, einen langen Artikel über Ihr Buch zu schreiben. Und wenn ich es richtig verstanden habe, dann ging mein Gesprächspartner davon aus, dass es ein Verriss werden würde.«

»Ach so?« Shirin Yildirim wird blass.

»Um genau zu sein, sprach er von einer *Beerdigung erster Klasse*. Ich zitiere ihn nur.«

Shirin Yildirim presst die Lippen zusammen und ballt die Hände zu Fäusten. Sie denkt kurz nach, dann sprudelt es aus ihr heraus: »Hat der Typ Ihnen auch gesagt, wann er und Konrad sich darauf geeinigt haben, dass er mir mal so richtig eins reinwürgen soll? Denn darum ging es doch, oder?«

»Komisch, dass Sie ausgerechnet nach dem Datum fragen. Denn tatsächlich habe ich ihn genau das auch gefragt. Und die Antwort war ganz klar. Der Auftrag wurde erst am vergangenen Donnerstag erteilt. Also während Sie alle hier schon zusammensaßen.«

»Jetzt wird mir einiges klar«, schnaubt Shirin Yildirim, und ihre dunklen Augen versprühen Zornesfunken. »In der Nacht davor hatten wir noch Sex, am nächsten Morgen muss Konrad den Anruf bekommen haben. Da ist ihm wahrscheinlich aufgegangen, dass man es mit der Recherche auch übertreiben kann. Denn schon beim Frühstück hat er mich komplett ignoriert.«

»Okay, das würde einiges erklären. Trotzdem noch einmal meine Nachfrage: Nach dieser einen Nacht von Mittwoch auf Donnerstag, die Sie, wenn ich recht informiert bin, auf Herrn Otzes Zimmer verbracht haben, sind Sie nicht mehr in sein Zimmer gelangt?«

»Nein. Wie sollte ich? Und vor allem: Warum sollte ich? Sehe ich so aus, als hätte ich es nötig, irgendwelchen Kritikerarschlöchern hinterherzuhecheln?«

»Natürlich nicht«, versichert Bastian eilig. »Ich frage mich nur, ob Herr Otze vielleicht schon in den nächsten Tagen einen Entwurf für den Zeitungsartikel verfasst hat.«

»Haben Sie denn einen gefunden?«

»Eben nicht.«

»Na, dann habe ich ja wohl noch einmal Glück gehabt«, ist die schnippische Antwort.

»Oder jemand hat den Entwurf an sich genommen.«

»Ach, darauf wollen Sie hinaus? *Die gekränkte Autorin rächt sich für emotionale Kälte und berufliches Bashing.*« Sie äfft erstaunlich gekonnt Bastians Stimme nach. »Also ehrlich mal, Sie haben entschieden zu viel Phantasie.«

»Wenn hier jemand zu viel Phantasie hat, dann ist das wohl eindeutig der Mörder Konrad Otzes«, erwidert Bastian humorlos.

Montag, 29. September, 16.55 Uhr, Catering *Bistro to go*, Tinnum

Elisa Werner platziert das letzte Lachsröllchen auf dem Cracker und deckt das Tablett dann vorsichtig mit Klarsichtfolie ab. Jetzt noch schnell die zwanzig Cocktailgläser mit dem Geflügelsalat füllen, Ananasstückchen obendrauf, und dann ist das kalte Buffet für den sechzigsten Geburtstag des Kunden aus Westerland fertig. Draußen auf dem Parkplatz steht schon der Fahrer und wartet mit laufendem Motor auf die letzten beiden Platten. Die Lieferung ist für Viertel nach fünf bestellt, damit das noch klappt, müssen sich jetzt alle beeilen.

Als das Telefon klingelt, erwägt Elisa, den Anruf gar nicht erst anzunehmen. Bis sieben muss sie noch eine weitere Bestellung bearbeiten, das wird ohnehin extrem knapp. Andererseits könnte es sich um eine Kundenanfrage handeln, und sie haben für die kommenden zwei Wochen durchaus noch Kapazitäten. Also wischt sich Elisa die Hände ab und hetzt zum Telefon.

»*Bistro to go*, was kann ich für Sie tun?«

Eine sonore Männerstimme antwortet. Der Anrufer stellt sich als Kriminalkommissar Kreuzer vor und bittet höflich um Auskunft zu einer zurückliegenden Bestellung.

»Das ist jetzt ganz schlecht. Kann ich Sie morgen zurückrufen?«

»Nein.«

»Aber ich habe jetzt wirklich keine Zeit und müsste erst nachsehen …«, beginnt Elisa, wird aber energisch unterbrochen.

»Keine Chance, es geht um eine Mordermittlung. Bestimmt haben Sie von dem Fall gehört. Der Tote in der Vogelkoje? Das ist möglicherweise ein wenig wichtiger als die Einhaltung Ihrer Termine.«

Elisa erinnert sich an einige verstörende Radiomeldungen, doch da heute in der Firma Hochdruck herrscht, hat sie dem Ganzen nicht viel Beachtung geschenkt. Und sie hat auch jetzt weder Lust noch Zeit, sich länger mit dem Thema zu beschäftigen. Aber zum Glück hat sie eine Idee. »Lassen Sie mich bitte erst Ihre Identität überprüfen, bevor ich vertrauliche Details preisgebe. Ich rufe gleich mal bei der Kripo an und frage nach Ihnen. Dann melde ich mich wieder unter der Nummer, die hier auf meinem Display steht, okay?«

Bevor der Mann am anderen Ende der Leitung antworten kann, hat sie schon aufgelegt. Mit fliegenden Händen füllt sie den Geflügelsalat in die Gläschen und platziert die Ananasstücke obendrauf. Fertig. Während der Fahrer die Platte mit den Lachscrackern zum Wagen trägt, deckt Elisa schnell die

Gläschen mit einer einzigen großen Folie ab und bringt sie selbst nach draußen.

»Beeil dich«, ruft sie dem anderen zu, der schon hinter dem Steuerrad sitzt. Bernd ist ein umsichtiger Mitarbeiter und fährt stets besonders behutsam, allerdings neigt er auch dazu, mal eine etwas längere Pause zwischendurch einzuschieben. Daher fügt Elisa vorsichtshalber hinzu: »Und komm bitte sofort wieder zurück, die nächste Lieferung geht runter nach Hörnum, du weißt ja, wie lange das dauert.«

Bernd brummelt eine Antwort und setzt den Lieferwagen zurück, um zu wenden. Währenddessen läuft Elisa wieder in die Küche, hektisch sucht sie nach der Nummer der Westerländer Polizeistation und lässt sich verbinden. Als sich eine Beamtin meldet, fällt ihr auf, dass sie den Namen des Kommissars vergessen hat. Stammelnd erklärt Elisa der Beamtin den Sachverhalt.

»War es vielleicht Sven Winterberg?«, hilft diese ihr.

»Nein, sicher nicht. Der Name war irgendwie knackiger.«

Vielleicht stellt sich der Anruf tatsächlich als Fake heraus, dann kann ich wenigstens in Ruhe die nächsten Platten vorbereiten, denkt Elisa gestresst. Doch die nächsten Worte der Beamtin lassen ihre Hoffnung wie einen Luftballon platzen.

»Dann kann es eigentlich nur Hauptkommissar Kreuzer gewesen sein.«

»Ja, genau, das kommt hin. Vielen Dank auch.«

Kurz überlegt Elisa, den Rückruf bis nach sieben aufzuschieben, aber dann siegt ihr schlechtes Gewissen über ihr Berufsethos. Als sie wenige Sekunden später den Kommissar wieder am Apparat hat, begrüßt er sie mit den Worten: »Ich hätte fast drauf gewettet, dass Sie sich nicht zurückmelden.«

Elisa schämt sich ein wenig dafür, wie durchschaubar sie

ist, aber sie lässt sich nichts anmerken und fragt entrüstet: »Wie kommen Sie denn darauf?«

»Erfahrung und Instinkt«, ist die lakonische Antwort. »Aber diesmal scheine ich mich ja getäuscht zu haben. Mit wem spreche ich eigentlich?«

»Elisa Werner. Ich bin die Co-Geschäftsführerin von *Bistro to go*.«

»Dann bin ich bei Ihnen richtig. Es geht um den Auftrag für das Literaturcolloquium letzte Woche, den Ihr Unternehmen offenbar kurzfristig bei Melinda Jakobsen abgesagt hat.«

»Da sind Sie aber gehörig auf dem Holzweg.«

»Ich verstehe nicht ganz«, beginnt der Kommissar, doch in Elisa kocht schon die Wut hoch.

»Hören Sie, ich weiß ja nicht, wer Ihnen diesen Unsinn erzählt hat, aber in Wirklichkeit war es komplett andersherum. Und sehr ärgerlich dazu. Wir hatten uns auf eine Woche Exklusiv-Catering eingestellt, alle anderen Anfragen abgesagt und sogar noch einen Leihkoch engagiert. Und dann ruft mich acht Tage vor dem Veranstaltungsbeginn so eine schnöselige Assistentin von der Jakobsen an und erklärt mir lapidar, dass man es sich anders überlegt habe und den Auftrag zurückziehe.«

»Interessant. Aber ist das nicht Vertragsbruch?«

»Eigentlich schon. Aber Sie glauben doch nicht im Ernst, dass wir uns einen aufwendigen Prozess leisten können? Und die Anzahlung wird erst am siebenten Tag vor Auftragsbeginn fällig. Pech für uns also.« Am anderen Ende der Leitung ist es still. »Wenn das alles war, was Sie wissen wollten, dann würde ich jetzt gern weitermachen.«

»Moment noch. Waren Sie selbst es, die den Anruf dieser Assistentin entgegengenommen hat?«

»Ja.«

»Erinnern Sie sich vielleicht an deren Namen?«

»Leider nein. Allerdings bin ich mir nicht sicher, ob sie überhaupt einen Namen genannt hat. Es war ein ziemlich kurzes Gespräch.«

»Schade. Aber eine letzte Frage hätte ich noch. Ihre Firma hat doch bestimmt einen oder mehrere Lieferwagen.«

»Einen.«

»Welche Farbe und welches Fabrikat?«

»Warum wollen Sie das denn nun wieder wissen?«

»Antworten Sie bitte einfach.«

»Er ist weiß und von Iveco.«

»Tatsächlich?« Die Stimme des Kommissars trieft vor Ironie, was Elisa ebenso beunruhigt wie erbost.

»Haben Sie etwas dagegen?«

»Überhaupt nicht. Ganz im Gegenteil. Und ich nehme mal an, dass der Wagen auch keinen Firmenaufdruck trägt.«

»Ganz im Gegenteil«, zitiert ihn Elisa kühl. »Warum sollten wir uns die Chance entgehen lassen, mit unserem Wagen Werbung für unser Unternehmen zu machen? Das große grasgrüne Logo von *Bistro to go* ist auf beiden Seiten und noch mal am Heck aufgedruckt. Das können Sie gar nicht übersehen.«

»Wäre es möglich, dass Sie mir ein Foto davon schicken?« Die Frage hört sich schon deutlich kleinlauter an.

»Kann ich machen. Im Moment ist unser Fahrer unterwegs, aber spätestens gegen sechs wird er wieder zurück sein. Reicht Ihnen das?«

»Selbstverständlich. Und das war's auch schon. Fast jedenfalls. Eines wüsste ich noch gern. Haben Sie eine Ahnung, wer den Auftrag fürs Catering an Ihrer Stelle bekommen hat?«

»Nein, leider nicht. Aber wenn ich die erwische, drehe ich denen den Hals um. Die müssen sich mit einem Dumping-Angebot dazwischengedrängt haben. Das ist wirklich schlechter Stil, so geht man unter Kollegen nicht miteinander um.«

»Das mit dem Halsumdrehen habe ich jetzt nicht gehört«, erwidert der Kommissar belustigt. »Denn wissen Sie, ich hab schon mit der einen Mordermittlung genug zu tun.«

Montag, 29. September, 18.48 Uhr, Keitumer Chaussee, Westerland

Hauptkommissar Sven Winterberg flucht leise vor sich hin. Er sitzt in seinem Dienstwagen und hat die undankbare Aufgabe, alle Halter eines weißen Iveco-Kastenwagens aufzusuchen, ihr Alibi für den Samstagnachmittag zu überprüfen und, wenn möglich, eine Schramme am vorderen linken Kotflügel zu identifizieren.

Die Abfrage beim Kfz-Amt hat insgesamt neun Anmeldungen solcher Autos auf der Insel ergeben, davon sind drei Firmenwagen. Auf den Homepages der jeweiligen Betriebe konnte Sven zum Glück erkennen, dass diese drei auch das Firmenlogo spazieren fahren. Darunter war auch der Lieferwagen von *Bistro to go*, was Bastians Bericht bestätigt hat.

Gerade hat Sven das Kommissariat verlassen, der Abendhimmel ist klar, der Sturm hat sich gelegt, ein sehr sylttypischer herrlicher Spätsommertag geht zu Ende. Sven wird zunächst den Weg über Archsum nach Morsum nehmen, wo jeweils zwei Wagen registriert sind. Die Eigentümer der restlichen beiden Wagen wohnen in List an der

Nordspitze der Insel. Selbst wenn Sven alle Fahrzeughalter antreffen sollte, wird ihn sein Auftrag locker bis nach neun beschäftigen. Und das ist auch der Grund für seine leisen Flüche. Nichts liebt Sven so sehr, wie seinem kleinen Sohn Max abends eine Gutenachtgeschichte vorzulesen und ihn anschließend ins Bett zu bringen. Auch Mette, die dreizehnjährige Tochter der Winterbergs, wartet insgeheim immer noch auf den Gutenachtkuss ihres Vaters, auch wenn sie es mit frühreifer Dringlichkeit jederzeit abstreiten würde.

Aber Dienst ist Dienst, und aus dem abendlichen Vater-Kinder-Ritual der Winterbergs wird heute wohl nichts werden. Also fügt sich Sven ins Unvermeidliche und stellt den Klassiksender im Autoradio ein. Zu den beschwingten Klängen einer Mozart-Sonate fährt er durch Tinnum, passiert dann den Kreisverkehr vor Keitum und biegt auf die Landstraße nach Archsum ein.

Die beiden dortigen Iveco-Besitzer wohnen nur wenige hundert Meter voneinander entfernt, und als Sven vor dem ersten Haus anhält, sieht er verwundert, dass gleich beide Archsumer Ivecos davorstehen. Wie sich herausstellt, gehören sie zwei verschwägerten älteren Herren, die beim Autohändler einen Mengenrabatt herausgehandelt haben. Da die beiden die siebzig längst überschritten haben und außerdem gemeinsam mit ihren Frauen zur Tatzeit beim Kaffeekränzchen gesessen haben, ist die erste Recherche schneller erledigt, als Sven zu hoffen gewagt hat.

Seine Laune bessert sich deutlich, und als er am Morsumer Ortseingang an der Barke mit den Matrosen vorbeikommt, überlegt er, wann denn eigentlich die Besatzung der Jolle die winterlichen Friesennerze angezogen bekommt. Noch sind die vier lebensgroßen Puppen zünftig in blau gestreifte Hemden gekleidet und haben die typischen roten Halstücher umgeknotet. Jeder Sylter weiß genau, was es mit der Besatzung des Eisbootes auf sich hat. Vor dem Bau des Hindenburgdamms wäre Sylt in eisigen Wintern völlig vom Festland abgeschnitten gewesen, wenn nicht eben dieses Eisboot regelmäßig übergesetzt hätte, um nicht nur die Post, sondern vor allem lebenswichtige Medikamente und überhaupt Lebensmittel heranzuschaffen.

Sven ist so in Gedanken an das harte Leben der Inselbewohner in der Vergangenheit vertieft, dass er fast an der nächsten Adresse vorbeigerauscht wäre. Denn Ole Renner, der dritte Fahrzeughalter, wohnt nur wenige Meter hinter dem Eisboot in einer kleinen und ziemlich verwahrlost wirkenden Kate. Auf Svens Klingeln hin tut sich nichts, doch wie sich herausstellt, werkelt der Eigentümer im Garten hinter dem Haus an einem Brunnenschacht herum. Er ist ein kräftiger Kerl mit jeder Menge Tattoos auf Nacken und Armen, dessen glühende Gesichtsfarbe ihn eindeutig als Hypertoniker ausweist.

Als Sven ihm zur Begrüßung das übliche *Moin* zuruft, fährt der Mann erschrocken auf. Mit hochrotem Kopf fährt Ole Renner den Besucher an: »Was machen Sie hier? Das ist ein Privatgrundstück.«

Sven lässt sich gar nicht erst auf lange Diskussionen ein, sondern präsentiert gleich seine Dienstmarke und fragt nach dem Wagen, den er vor dem Haus nicht hat entdecken können.

»Der ist in der Werkstatt«, wird ihm unfreundlich beschieden.

»Warum? Und in welcher Werkstatt?«

»Geht Sie gar nichts an.«

Es bedarf einiger deutlicher Worte, bis Ole Renner einknickt und von dem kürzlich diagnostizierten Motorschaden erzählt, der ihn sicher zweitausend Euro kosten wird.

»Und seit wann ist der Wagen in der Reparatur?«

»Zwei Wochen sind es mindestens schon. Die blöde Firma muss die Teile erst versenden, das dauert und dauert.«

Ein kurzer Anruf bei der Werkstatt, die zum Glück noch geöffnet hat, bestätigt Ole Renners Aussage. Bevor dieser sich allerdings länger über die Probleme mit den weltweiten Handelsketten auslassen kann, verabschiedet sich Sven, um den vierten Kandidaten zu überprüfen.

Sein Weg führt den Kommissar nach Osterende an den Südzipfel von Morsum. Als Sven vor dem Klinkerhaus am Rand der Ortschaft anhält, stutzt er plötzlich. Die Adresse kennt er doch irgendwoher. Aber er kommt nicht drauf, bis eine junge Frau in Jeans und T-Shirt hinter dem Friesentor erscheint und beim Anblick seines Dienstausweises stöhnt: »Schon wieder die Polizei? Das wird mir aber langsam unheimlich.«

Fragend runzelt Sven die Augenbrauen.

»Sie kommen doch sicher wieder wegen unseres Untermieters.« Sie deutet auf das Schild *Fremdenzimmer zu vermieten*, unter dem ein rotes *Belegt*-Zeichen hängt.

»Stimmt«, erinnert sich Sven plötzlich wieder. »Herr Gastmann ist bei Ihnen abgestiegen.«

»Genau, und wenn mich nicht alles täuscht, wurde er heute Nachmittag doch schon von Ihnen einbestellt. Ganz schön aufregend, das Ganze, nicht nur für Herrn Gastmann«, fügt sie ein wenig sensationslüstern hinzu.

Sven hütet sich, ihrer Neugier Nahrung zu geben. In neutralem Ton fragt er: »Sie sind Frau Burghardt, das ist doch richtig, oder?«

»Cornelia Burghardt, genau. Wollen Sie reinkommen?«

»Nicht unbedingt, aber ich würde ganz gern Ihren Mann sprechen. Das da drüben ist doch sein Wagen?«

Sven deutet auf einen blitzblanken weißen Iveco-Lieferwagen, der neben dem Haus in der Garageneinfahrt steht.

»Hans, kommst du mal?«, ruft Cornelia Burghardt jetzt zu der Garage hinüber, worauf ein schlanker, hochgewachsener Mann in einem Monteursoverall erscheint.

»Was gibt's?«, fragt er unwirsch, dann entdeckt er den Kommissar und verzieht das Gesicht zu einem halbherzigen Lächeln.

»Habe ich Sie bei der Autowäsche gestört?«, erkundigt sich Sven in harmlosem Tonfall.

»Nö. Hab nur ein bisschen da drinnen herumgebosselt.« Der Blick Hans Burghardts geht zu seinem Auto und nicht zur Garage.

»Darf ich fragen, was Sie beruflich machen?«

»IT-Spezialist mit eigener Firma. Wer will das wissen?«

Wieder präsentiert Sven seinen Dienstausweis und erklärt sich kurz. Dann fragt er direkt nach Hans Burghardts Alibi für den Samstagnachmittag.

»Freiwillige Feuerwehr, Notfallübung. Machen wir jeden Monat. Sie können gern die Kollegen fragen.«

»Und Ihr Auto?«

»Wie? Und mein Auto? Das war hier. Unsere Wache ist doch gleich da vorn im Serkwai, und noch bin ich nicht fußkrank.«

»Darf ich den Wagen mal ansehen?«

»Wenn's sein muss.«

Langsam geht Sven um den Lieferwagen herum. Er kann zwar keinen Kratzer erkennen, aber möglicherweise könnte eine gründliche Ausbesserung mit einem Lackstift die Schramme komplett verbergen. Auf jeden Fall beschäftigt den Kommissar die Tatsache, dass hier nicht nur Enard Gastmann abgestiegen ist, sondern sich auch eines der verdächtigen Autos befindet.

Unschlüssig kehrt Sven an das Gartentor zurück, wo die beiden Burghardts miteinander flüstern. »Sie haben das Auto in der fraglichen Zeit nicht durch Zufall Ihrem Feriengast geborgt?«

»Geht's noch? Sie haben sich doch gerade selbst davon überzeugt, dass ich den Wagen hüte wie meinen Augapfel. War ja auch teuer genug. Da werde ich das Auto ja wohl kaum so zwielichtigen Gestalten wie diesem Gastmann überlassen.«

»Hans!«, weist ihn seine Frau in tadelndem Tonfall zurecht.

Doch Hans Burghardt lässt sich nicht unterbrechen. »Na, ist doch wahr. Irgendwie ist mir der Kerl unheimlich. So maulfaul und mucksch, wie der immer tut.«

»Mein Mann hat prinzipiell etwas dagegen, dass ich das Gästezimmer an Fremde vermiete«, erklärt Cornelia Burghardt schnell. »Er macht sie alle schlecht. Ausnahmslos.«

Bevor das Scharmützel in einen echten Ehekrach ausarten kann, verabschiedet sich Sven. Während der langen Fahrt über Keitum und Kampen hoch nach List hat er genügend Gelegenheit, über die beiden nachzudenken. Sollte es wirklich einer dieser fiesen Zufälle sein, dass sich einer der verdächtigen Wagen ausgerechnet in unmittelbarer Nähe eines Colloquiumteilnehmers befand? Oder gibt es irgendeinen Zusammenhang, den er einfach nur nicht erkennen kann?

Während hinter dem Weststrand die Sonne untergeht, erreicht Sven schließlich Deutschlands nördlichste Ortschaft. Das Riesenrad am Lister Hafen glänzt im letzten

Tageslicht wie eine überdimensionale von Möwen umflatterte Orangenscheibe. Und der fünfte Iveco-Transporter steht direkt daneben, denn er gehört dem Betreiber des Riesenrades. Das Auto ist allerdings so ramponiert, dass ein zusätzlicher Kratzer auf dem Kotflügel vermutlich noch nicht einmal dem Eigentümer auffallen würde. Trotzdem steigt Sven aus und überzeugt sich davon, dass die Blessuren schon älter sind. Etliche weisen dicke Rostränder auf, andere sind unter tiefen Schmutzkrusten verborgen. Dieser Wagen hat ganz sicher nicht vor zwei Tagen makellos und frisch glänzend auf dem Parkplatz der Pension Seemöwe gestanden. Ohne sich dem Eigentümer auch nur vorzustellen, macht sich Sven zur letzten Adresse auf seiner Liste auf.

Das Haus steht weit abseits und ziemlich allein auf einem der Hügel an der Blidselbucht. Es wirkt unbewohnt und auf eine kostspielige Weise schlicht. Die Fenster sind alt, aber in einem einwandfreien Zustand, das Reetdach ist makellos gedeckt und der Vorgarten sylttypisch bepflanzt. Heckenrosen, Buchs und dicke Hortensienbüsche, die in einem fast schon unwirklichen Blau blühen, verraten die Handschrift eines kundigen Gärtners. Weit und breit ist kein Wagen zu sehen und schon gar kein weißer Transporter. Ein Mercedes oder ein Jaguar würde auch viel besser vor dieses Haus passen, überlegt Sven, während er nach der Klingel sucht. Niemand öffnet, was den Kommissar nicht wundert. Wahrscheinlich kommen die gut betuchten Eigentümer jedes Jahr nur für ein paar Wochen auf die Insel. Unschlüssig sieht Sven sich um. Keine Menschenseele ist in Sicht, und seine beiden Kinder schlafen wahrscheinlich längst, also kann er genauso gut ein bisschen hier herumschnüffeln. Die Terrasse hinter dem Haus bietet einen phantastischen Blick über die Dünen und das Watt bis hinüber zum Festland, wo im Dunst die Rotoren der Windkraftanlagen flattern wie verwirrte Vögel im Nebel. Die hintere Haustür ist ebenso abgeschlossen wie die vordere, alles andere hätte Sven auch sehr gewundert. Neugierig späht er durch das Terrassenfenster ins Innere des Hauses, graue Sofas, ein merkwürdig geformter Steintisch und mehrere Skulpturen füllen den Raum. Und jetzt erinnert sich Sven auch, warum der Name des Fahrzeughalters ihm entfernt bekannt vorgekommen ist. Bernd Stüber ist ein recht renommierter Bildhauer, der auf Sylt, aber auch in Südfrankreich arbeitet und ausstellt. Damit erklärt sich auch der Besitz eines Transporters, denn die lebensgroßen Skulpturen aus Speckstein sind sicher nicht leicht.

Sven holt sein Handy heraus und ruft die Website des Künstlers auf. Dort findet sich nicht nur eine Mail-Adresse, sondern erstaunlicherweise auch eine Handynummer. Während Sven, der mit dem Rücken zur sinkenden Sonne steht, beobachten kann, wie sein Schatten ins Unendliche wächst, um dann ganz plötzlich zu verschwinden, lässt er es bei Bernd Stüber klingeln. Als der Kommissar gerade aufgeben will, nimmt Stüber den Anruf doch noch an.

Der Künstler hat eine unerwartet hohe Stimme und klingt leicht erkältet. Nachdem Sven sich vorgestellt und sein Anliegen vorgetragen hat, lacht Stüber heiser.

»Da sind Sie leider an den Falschen geraten, Herr Kommissar. Ich bin schon seit einem Monat hier unten an der Cote d'Azur, und zum Herbst nehme ich den Transporter immer mit. Wenn Sie möchten, schicke ich Ihnen gern ein Beweisfoto per SMS.«

Sven bedankt sich und kann schon Sekunden später neidvoll auf ein traumhaftes südfranzösisches Küchenpanorama blicken, vor dem ein weißer Iveco mit dem passenden Kennzeichen steht.

Enttäuscht geht der Kommissar zurück zu seinem Wagen. Wie es aussieht, hat er sich den Abend ganz umsonst um die Ohren geschlagen.

Montag, 29. September, 19.42 Uhr, Kriminalkommissariat Westerland

»Das gibt's doch nicht, die Tante geht einfach nicht an ihr Handy«, schimpft Bastian Kreuzer, nachdem er zum dritten Mal innerhalb der letzten beiden Stunden versucht hat, Melinda Jakobsen zu erreichen.

Silja und er sitzen immer noch im Kommissariat fest, denn die Liste der Anrufer, die sich nach ihrem Hilfegesuch in der Öffentlichkeit gemeldet haben, ist lang und muss gründlich abgearbeitet werden. Bisher hat sich allerdings noch nichts wirklich Wertvolles ergeben, was Silja langsam, aber sicher mutlos werden lässt. *Wenn jetzt auch noch Bastian die Flinte ins Korn wirft*, überlegt sie, *dann gehen uns bald endgültig die Ideen aus.*

»Versuch es doch mal mit Nummernunterdrückung, vielleicht will sie einfach nur nicht mit dir reden, geht sonst aber aus Neugier ans Handy«, schlägt Silja pragmatisch vor.

»Sehr gute Idee, meine Liebste, allerdings bin ich da nach zwei vergeblichen Anrufen schon selbst drauf gekommen. Hat aber nichts genutzt.«

Die beiden Ermittler wechseln einige ratlose Blicke, dann wendet sich Silja wieder ihrer Liste zu. Mehrere Anrufer wollen Konrad Otze noch am Sonntag auf der Insel gesehen haben und tun tatsächlich so, als könne die Polizei einen Toten nicht von einem Lebenden unterscheiden. Silja seufzt gequält. Doch dann stutzt sie plötzlich.

»Das hier ist interessant«, ruft sie zu Bastian hinüber, der sofort aufsteht, um auch einen Blick auf die Notiz zu werfen, die die Kollegen unten auf der Wache angefertigt haben, währen die drei Ermittler den Ortstermin in der Pension Seemöwe durchgeführt haben. *Hinnerk Gerhard, Rentner aus Westerland*, liest er, *wollte am Samstagnachmittag die Vogelkoje besuchen, aber das Kontrollhäuschen war nicht besetzt. Er hat dann einen Kaffee auf der Terrasse des Restaurants nebenan getrunken und ist nach einer halben Stunde wiedergekommen, aber es war immer noch niemand an der Kasse, und der Zugang war versperrt.*

»Wenn das wirklich stimmt, dann brauchen wir uns ja nicht darüber zu wundern, dass sich niemand von den angeblichen Besuchern des Naturschutzgebietes meldet«, murmelt Bastian.

»Du meinst, die waren nur ausgedacht?«

»Was weiß ich. Jedenfalls stimmt hier irgendetwas nicht.« Der Kommissar geht zum Kleiderständer hinüber und greift nach seiner Jacke. »Wie hieß der Typ noch gleich, der in der Vogelkoje arbeitet und den Kritiker gefunden hat?«

»Nicht so schnell. Lass uns vorher lieber noch mal zusammenfassen, was wir bisher haben«, schlägt Silja vor und redet auch gleich weiter. »Zunächst ist da die Sache mit dem weißen Lieferwagen. Auch wenn Sven eben nicht gerade erfolgreich war, gibt es noch einige andere Erklärungsmöglichkeiten. Der Wagen kann auf dem Festland zugelassen sein, oder es hat einfach einer der Zeugen gelogen. Also entweder die beiden Alten aus Archsum oder dieser Hans Burghardt, bei dem *zufällig* auch Enard Gastmann wohnt.«

»Wäre möglich«, gesteht Bastian zögernd ein.

»Außerdem gibt es noch einen anderen merkwürdigen Zufall, der mir nicht aus dem Kopf geht.«

»Was meinst du?«

»Nadine Eisleben hat sich als Einzige daran erinnert, wann genau Konrad Otze den Speisesaal verlassen hat. Nämlich beim Abräumen des Hauptganges. Niemand sonst hat das mitbekommen. Und warum nicht? Weil Pernille Aurich ausgerechnet in diesem Augenblick irgendetwas runtergeworfen hat.«

»Das Besteck ist ihr vom Tablett gerutscht«, korrigiert Bastian.

»Meinetwegen. Ein merkwürdiger Zufall bleibt das trotzdem.«

»Okay, vielleicht hast du recht. Außerdem ist da natürlich die Sache mit der Stornierung der Cateringfirma. Niemand will's plötzlich gewesen sein. Das stinkt doch zum Himmel«, schimpft Bastian. Sekunden später klingelt sein Handy. Nach einem Blick aufs Display erklärt er triumphierend: »Wenn man vom Teufel spricht.« Dann nimmt er den Anruf an.

Offenbar ist Melinda Jakobsen am Apparat und entschuldigt sich sogar dafür, dass sie Bastians Anrufe ignoriert hat. Erstaunlicherweise scheint sie gerade nicht besonders zickig, sondern ziemlich auskunftsfreudig zu sein. Jedenfalls registriert Silja amüsiert, dass Bastian während des Gesprächs sogar seine Flirtstimme bemüht.

»Du glaubst es nicht«, sagt er, nachdem er sich von Melinda Jakobsen verabschiedet hat, »aber sie konnte uns eben wirklich weiterhelfen.«

»Ich bin gespannt.«

»Die Absage des ersten Cateringunternehmens kam nicht von ihr und auch von keiner ihrer Mitarbeiterinnen. Das klang eindeutig glaubhaft. Stattdessen hat wohl jemand von *Bistro to go* bei ihr angerufen und ziemlich harsch die Vereinbarung gekündigt, was für sie natürlich ein echtes Problem war. Und zu ihrem *großen Glück*, so hat sie es eben selbst ausgedrückt, klingelte gleich darauf Lorena Larsen aus irgendeinem anderen Grund bei ihr durch. Die Jakobsen hat der Kinderbuchautorin wohl ihr Leid geklagt, worauf die Larsen mit der Empfehlung für *Kutterscholle und Butterstulle* herausgerückt ist. Und die hatten dann sogar kurzfristig Zeit.«

»Sven hat erzählt, dass Pernille Aurich ein paar andere Aufträge storniert hat, weil sie auf den Promibonus scharf war.«

»Kann sein, kann auch nicht sein. Jedenfalls sollten wir Pernille Aurich noch mal genauer durchleuchten. Aber zuerst knöpfen wir uns jetzt diesen Ludger Voigt vor. So hieß er doch, der Verwalter von der Vogelkoje, oder?«

Silja nickt. »Auf geht's.«

Montag, 29. September, 20.07 Uhr, Nösistig, Morsum

»Du magst meine Bratkartoffeln doch sonst immer so gern.«

Besorgt mustert Marianne Voigt ihren Mann. Seit einigen Tagen schläft er schlecht, und sein sonst so guter Appetit scheint sich völlig verflüchtigt zu haben.

»Ich verstehe ja, dass es furchtbar gewesen sein muss, diesen blutüberströmten Sterbenden zu entdecken und nicht helfen zu können, aber schlussendlich ist es ja nicht deine Schuld, was ihm zugestoßen ist.«

»Trotzdem«, murmelt Ludger mit gesenktem Kopf, »nimmt mich das unendlich mit. Ständig träume ich davon. Mir graut inzwischen schon vor dem Einschlafen.«

»Du Armer!« Marianne steht auf und nimmt ihn in den Arm. »Aber du musst das irgendwie hinter dir lassen, sonst fällst du mir noch völlig vom Fleisch.«

Er lacht, doch es klingt gequält. »Wenn ich ein paar Pfund abnehme, schadet das gar nichts.«

»Darum geht es nicht, und das weißt du auch.« Marianne will weiterreden, aber die Haustürklingel unterbricht sie. »Erwartest du noch jemanden?«

Ludger schüttelt den Kopf. »Vielleicht ist es Cornelia, die ein bisschen mit dir schnacken will«, mutmaßt er.

Doch als Marianne an die Tür geht, stehen zwei Leute vor ihr, die sie noch nie gesehen hat. Ein ziemlich bullig wirkender Mann mit kurzgeschorenen Haaren und eine zierliche Frau mit sympathischem Gesicht, die erheblich kleiner ist als ihr Begleiter. Die beiden stellen sich vor und halten ihr zwei laminierte Plastikkärtchen vor die Nase. Trotzdem versteht Marianne zunächst nicht recht, um wen es sich bei dem unerwarteten Besuch handelt.

»Sie sind wirklich von der Kriminalpolizei?«

Die beiden nicken und fragen, ob Ludger zu Hause ist.

»Kommen Sie rein. Mein Mann ist da, aber ehrlich gesagt, geht es ihm nicht besonders, seit er diesen Kritiker gefunden hat. Dass einen das so mitnehmen kann …«

Als die drei die Küche betreten, blickt Ludger kaum auf. Marianne ärgert sich insgeheim über das Eintreffen der Kriminalpolizei, weil sie vermutet, dass alles noch viel schlimmer wird, wenn die Kommissare die üblen Erinnerungen wieder heraufholen werden, die Ludger viel lieber verdrängen möchte. Doch zunächst stellen sie eine völlig harmlose Frage.

»Dürfen wir erfahren, welches Auto Sie fahren?«, beginnt der Kommissar.

Ludger räuspert sich, dann antwortet er mit heiserer Stimme: »Einen roten Golf, warum?«

Ohne auf die Gegenfrage einzugehen, redet der Kommissar weiter. »Und mit dem waren Sie auch am vergangenen Samstag an der Vogelkoje?«

»Ganz genau.« Ludgers Stimme wird fester, und er richtet sich auch ein wenig auf.

»Herr Voigt, Sie haben ausgesagt, dass Sie Konrad Otze bei ihrer abendlichen Routinerunde gefunden haben, das ist doch richtig, oder?«

Ludger nickt matt.

»Und vorher haben Sie den ganzen Nachmittag vorn in dem Kassenhäuschen gesessen?«

»Das stimmt.«

»Wir haben allerdings die Aussage eines Zeugen, der gern die Vogelkoje besucht hätte, Sie aber leider nicht dort angetroffen hat.«

»Dann war ich wohl kurz mal für kleine Jungs.«

»Der Zeuge hat von mindestens einer halben Stunde gesprochen, die er auf Sie gewartet hat.«

Der Kommissar schaut Ludger forschend an, jede Freundlichkeit ist aus seinem Gesicht gewichen. Nur seine Kollegin, die sich neugierig in der Küche umsieht, bedenkt Marianne zwischendurch immer wieder mit einem beruhigenden

Lächeln. Die beiden Ermittler haben sich gar nicht hingesetzt, sondern stehen direkt neben dem Küchentisch, an dem Ludger sitzt und den Teller mit den kalten Bratkartoffeln fixiert, als könne er dort die Antworten auf ihre Fragen finden.

»Eine halbe Stunde. Ja, also …«

Ludger bricht zögernd ab, blickt kurz auf und schaut Marianne, die direkt hinter ihm steht, ins Gesicht. Sie fragt sich, warum ihr Mann ausgerechnet jetzt unter der Tischplatte die Hände zu Fäusten ballt.

Sekunden später bricht ihre Welt zusammen.

»Kann ich mit Ihnen beiden allein sprechen?«, fragt Ludger, und nun sieht er Marianne nicht mal mehr an.

»Selbstverständlich«, antwortet der Kommissar. »Sollen wir einen Moment nach draußen gehen?«

Ludger nickt und erhebt sich mit so schwerfälligen Bewegungen, dass er wie ein alter Mann auf Marianne wirkt. Ohne sich noch einmal umzusehen, verschwindet er mit dem Kommissar durch die Haustür.

Bevor Marianne sich irgendwie zu dem Vorgefallenen verhalten kann, bietet die hübsche Kommissarin ihr an: »Wenn Sie mögen, bleibe ich solange hier drinnen bei Ihnen.«

Marianne nickt nur. Ihr ist plötzlich, als hätte sie die Sprache verloren. Und nicht nur das, auch jede Bewegung scheint ihr unendlich schwer zu fallen. Sie lässt sich auf den Küchenstuhl fallen, auf dem eben noch Ludger gesessen hat.

»Wie's aussieht, hat das Ganze Ihren Mann ziemlich mitgenommen«, hilft ihr die Kommissarin.

»Er träumt schlecht. Und er isst fast nichts mehr«, flüstert Marianne.

»Kannte er das Opfer vielleicht?« Die Stimme der Kommissarin klingt mitfühlend, aber Marianne ahnt die Absicht hinter der Frage.

»Wenn Sie meinem Mann jetzt irgendetwas anhängen wollen, dann sind Sie bei mir an der Falschen«, zischt sie, während ihr Kampfgeist erwacht. »Überhaupt verstehe ich nicht, warum Sie Ludger immer wieder bedrängen. Sie sehen doch selbst, wie sehr es ihn mitnimmt.«

»Er hat uns angelogen«, stellt die Kommissarin kühl fest. Und jetzt ist auch aus ihrer Stimme alle Freundlichkeit gewichen.

Stimmt, muss Marianne sich eingestehen. *Er hat nicht nur die Polizei angelogen, sondern mich offensichtlich auch.*

Montag, 29. September, 21.13 Uhr, Norderstraße, Westerland

Bastian schließt die Wohnungstür auf, hängt seine Jacke an die Garderobe und kickt die Sneakers in die Ecke. Silja räuspert sich tadelnd, dann stellt sie ihre Schuhe betont ordentlich neben seine.

»Sorry«, murmelt Bastian und geht voran in die Wohnküche, ohne sich noch einmal nach seinen Schuhen zu bücken. »Wein?«, fragt er, während er schon die Kühlschranktür öffnet.

»Unbedingt«, antwortet Silja und wirft sich aufs Sofa. Noch während Bastian die Flasche entkorkt, beginnt Silja zu reden.

»Was Ludger Voigt dir da unter vier Augen präsentiert hat, war ja wohl die älteste und abgeschmackteste Ausrede überhaupt. Oder was denkst du?«

»Es soll tatsächlich Männer geben, die ihre Frauen betrügen und sich dafür auch mal von ihrem Arbeitsplatz wegstehlen. Nicht, dass ich damit irgendwelche Erfahrungen hätte.« Bastian reicht Silja ein gut gefülltes Glas, wirft ihr eine Kusshand zu und nimmt für sich selbst ein Bier aus dem Kühlschrank.

»Aber dass dieser Voigt sich geweigert hat, dir den Namen seiner Geliebten zu nennen, damit sie sein Alibi bestätigen kann, ist schon irgendwie komisch«, beharrt Silja.

»Er will sie schützen, schließlich ist sie auch verheiratet, das hat er doch gesagt.« Bastian lässt sich neben Silja aufs Sofa fallen und legt ihr den Arm um die Schultern. Er will sie an sich ziehen, doch sie macht sich frei.

»Und dafür macht er sich eines Mordes verdächtig? Das überzeugt mich nicht.«

»Silja, du übertreibst. Er hat lediglich ein falsches Alibi, aber noch lange kein Motiv.«

»Oder wir kennen es noch nicht.«

»Er fährt auch keinen weißen Transporter.«

»Oder wir wissen noch nichts davon.«

»Du bist bist ja ganz besessen von dieser Theorie.«

»Ich bin nur logisch. Überleg doch mal: In den letzten zwölf Stunden haben wir bei genau drei Leuten, die mittelbar oder unmittelbar mit dem Verbrechen zu tun haben, Unstimmigkeiten festgestellt.«

»Ludger Voigt hat uns ein falsches Alibi präsentiert, okay, das ist richtig. Aber sonst?« Bastian überlegt kurz. »Irgendetwas stimmt nicht mit dem geänderten Auftrag fürs Cateringunternehmen. Meinst du das?«

»Ganz genau. Und wer ist dafür verantwortlich?«

»Ehrlich gesagt, hat mich die Jakobsen vorhin am Telefon von ihrer Unschuld überzeugt.«

»Sie meine ich auch nicht. Ich denke eher an unsere Kinderbuchautorin Lorena Larsen, schließlich hat sie die Jakobsen im richtigen Moment kontaktiert und die neue Caterin vorgeschlagen, die dann auch sofort zugesagt hat. Und am Tag des Mordes hat ausgerechnet diese neue Caterin in genau dem Augenblick das Besteck zu Boden fallen lassen, als Konrad Otze aus dem Raum getorkelt sein muss. Das sind ein paar Zufälle zu viel, finde ich.«

»Du spinnst dir da was zusammen. Das Einzige, was Lorena Larsen und Pernille Aurich in meinen Augen verbindet, ist, dass sie beide ebenfalls kein Motiv haben.«

»Oder wir kennen es noch nicht«, wiederholt Silja.

»Herrje«, seufzt Bastian, »du kannst ganz schön hartnäckig sein.«

»Ich weiß nicht, wie es bei dir war, aber mir hat man genau das in der Ausbildung beigebracht«, entgegnet Silja und kneift ihn in die Seite.

»Aua, das ist mein Hüftgold. Das habe ich mir im Schweiße meines Angesichts angefressen. Geh gefälligst etwas sorgfältiger damit um.«

»Du bist unmöglich«, lacht Silja, wird aber schnell wieder ernst. »Diese drei, also Voigt, Larsen und Aurich, haben übrigens tatsächlich etwas gemeinsam, worüber wir noch nie gesprochen haben.«

»Und das wäre?«

»Sie stammen alle drei von der Insel. Und zwar als einzige von allen am Geschehen Beteiligten.«

»Echt?« Bastian überlegt kurz, dann stimmt er ihr zu. »Nur was hilft uns das?«

»Es erhöht die Wahrscheinlichkeit, dass auch das Motiv etwas mit Sylt zu tun hat.«

»Na super. Kommst du mir jetzt wieder mit deiner These von der Agatha-Christie-Analogie?«

»Gut, dass du mich daran erinnerst.«

»Silja, jetzt mal ganz im Ernst.« Er richtet sich auf und blickt ihr direkt in die Augen. »Ich weiß, wie schwer es für dich war, den Mord an deiner kleinen Schwester zu verarbeiten ...«

»Und schließlich aufzuklären, vergiss das nicht«, unterbricht sie ihn.

»Auch das. Aber kann es nicht sein, dass du nur aus diesem Grund besonders sensibel auf die Mord-im-Orient-Express-Parallele reagierst, die uns Fred Hübner untergeschoben hat? Schließlich ist auch in dem Roman ein kleines Mädchen entführt und umgebracht worden.«

Silja schweigt eine Weile, und Bastian lässt ihr die Zeit, die sie braucht. Als sie schließlich das Wort ergreift, muss sie zugeben: »Vielleicht hast du recht. Ich bin befangen und voreingenommen und sehe möglicherweise Zusammenhänge, wo es keine gibt. Andererseits hatte ich schon immer großen Respekt vor Hübners Spürsinn. Also lass mich bitte noch eine einzige Sache überprüfen, bevor ich mich von meiner These verabschiede.«

»Alles, was du willst«, antwortet Bastian und ist trotzdem erstaunt, als Silja aufsteht und sich wieder anzieht.

»Was hast du vor?«

»Ich fahre noch mal kurz ins Kommissariat, ein paar Dinge im Intranet checken.«

»Hat das nicht bis morgen Zeit?«

»Nein, Chef, hat es nicht«, entgegnet Silja und schlüpft aus der Wohnung.

Montag, 29. September, 21.57 Uhr, Peter-Andresen-Wai, Tinnum

Silja stoppt den Wagen und löscht das Abblendlicht. Sie hat genau gegenüber dem Wohnhaus von Lorena Larsen geparkt und kann nun direkt in deren hell erleuchtetes Fenster sehen. Nicht dass die Kommissarin dieses Ziel von Anfang an im Auge hatte, doch als sie schon vor dem Kommissariat angekommen war, sah sie oben Licht im Fenster. Das konnte eigentlich nur Sven sein, der ganz offenbar Überstunden machte. Silja beschloss spontan, weiterzufahren. Sie wollte jetzt nicht mit dem Kollegen reden, sondern allein sein, um sich über einiges klar zu werden. Und da sich die meisten ihrer Gedanken mittlerweile um Lorena Larsen drehten, fand die Kommissarin ganz von allein den Weg in den Tinnumer Peter-Andresen-Wai, wo sie die Larsen gerade vorgestern zu einer ganz ähnlichen Zeit vernommen hatte. Doch während die Kinderbuchautorin am Samstag allein war, hockt sie nun gemeinsam mit Shirin Yildirim auf dem Sofa. Vor den beiden stehen auf einem niedrigen Tisch eine Flasche Rotwein und zwei halb gefüllte Gläser, daneben zwei Schalen, in denen offenbar Knabbereien sind. Es scheint ein lebhaftes Gespräch im Gange zu sein, beide Autorinnen gestikulieren heftig und fallen sich häufig gegenseitig ins Wort. Da aber zwischendurch auch sehr gelacht wird, geht Silja davon aus, dass es sich bei dem Gespräch nicht unbedingt um ernstere Themen handelt. Alles wirkt harmlos und unverdächtig, zwei Frauen, die sich sympathisch sind, verbringen einen angeregten Abend miteinander.

Und doch sind es einige Ungereimtheiten in den Aussagen der Larsen, die Silja nach wie vor beunruhigen.

Bei ihrem ersten Gespräch hat die Kinderbuchautorin freimütig erzählt, wann und unter welchen Umständen Konrad Otze den Pensionsspeiseraum verlassen hat. Am heutigen Nachmittag wollte sie sich – ebenso wie alle anderen Colloquiumsteilnehmer – daran plötzlich nicht mehr erinnern können. Und auch die Aussagen zu ihrer Beteiligung an der Catering-Vermittlung waren anfänglich ganz andere. Zunächst wollte sie gar nichts damit zu tun gehabt haben, sagte sogar, dass sie das Unternehmen nicht kenne. Später gab sie zu, nur ganz am Rande beteiligt gewesen zu sein. Doch inzwischen scheint es so, als habe die Larsen das Unternehmen von Pernille Aurich sogar selbst ins Spiel gebracht.

Sind diese Widersprüche purer Zufall? Oder was könnte die so unschuldig scheinende Autorin zu verbergen haben? Und vor allem: Welches Motiv könnte überhaupt hinter ihren unterschiedlichen Aussagen stecken? Oder ist sie vielleicht einfach nur unkonzentriert, nimmt die polizeilichen Ermittlungen nicht wichtig genug und erzählt daher immer etwas anderes? Längst weiß Silja, dass Zeugen, die immer ganz genau dasselbe, möglichst sogar wortwörtlich, zu Protokoll geben, nicht unbedingt die glaubwürdigsten sind. Gerade die kleinen Abweichungen in den Aussagen machen diese oft authentischer.

Wahrscheinlich hat Bastian recht, und ich steigere mich in etwas hinein, überlegt Silja gerade, als sich hinter der Panoramascheibe etwas tut. Der Fernseher wird ausgeschaltet, die Weingläser werden geleert, und offensichtlich schicken die beiden Frauen sich an, ins Bett zu gehen. Schon löscht Lorena Larsen das Licht, und beide Frauen verschwinden durch eine Tür, die in den Flur führt, wie Silja sich erinnert.

Ich sollte nach Hause fahren und mich schlafen legen. Diese ganzen Grübeleien führen doch zu nichts. Morgen ist ein neuer Tag, der bestimmt mehr Klarheit in die Ermittlungen bringen wird.

Während der nächsten Minuten spürt Silja immer deutlicher, wie müde sie ist, und lässt schließlich den Wagen an. Da flammt unerwartet das Licht in Lorena Larsens Hausflur auf. Schnell dreht die Kommissarin den Zündschlüssel zurück. Sekunden später tritt die Kinderbuchautorin aus dem Haus. Sie trägt eine dicke Jacke und hat eine Pudelmütze über ihr rotes Haar gezogen. Mit energischen Schritten marschiert sie Richtung Bahnhof.

Wo will sie hin? Was hat sie vor?

Silja wartet, bis der Abstand groß genug ist, dann startet sie den Wagen erneut und rollt langsam hinter der Autorin her. Tatsächlich ist deren Ziel der Westerländer Bahnhof. Mit schnellen Schritten überquert Lorena Larsen das Areal, in dem die Busse halten, und verschwindet aus Siljas Blickfeld, als sie hinten am Bahnhofsgebäude vorbei in Richtung der Gleise geht.

Silja stoppt den Wagen und springt hinaus. Sie kann sehen, dass ein Zug abfahrbereit auf dem Gleis wartet. Schon ertönt die finale Lautsprecherdurchsage. Die Kommissarin spurtet quer über den Platz, biegt um die Ecke und erreicht wenige Sekunden später den Bahnsteig. Doch es ist zu spät, der Zug nimmt gerade Fahrt auf, und Silja kann ihm nur noch hinterherblicken. Der Bahnsteig ist leer.

Die Kommissarin flucht leise. So hat sie sich ihre Verfolgung nicht vorgestellt. Frustriert blickt sie hinauf zu der Anzeigetafel, wo noch die Daten zu dem gerade abfahrenden Zug zu sehen sind. Es ist der RE 6 in Richtung Husum. Abfahrt 22.20 Uhr, die nächsten Stopps sind Keitum 22.25 Uhr und Morsum um 22.30 Uhr.

Wie wahrscheinlich ist es, dass Lorena Larsen nachts und ohne Gepäck aufs Festland flieht? Oder vielleicht will sie nur nach Keitum? Aber niemand der anderen Beteiligten wohnt dort. Eher dürfte Morsum als Ziel interessant sein, denn dort ist mit Enard Gastmann immerhin einer der Hauptverdächtigen untergekommen. Schnell läuft Silja zurück zu ihrem Wagen. Doch noch bevor die Kommissarin dort ankommt, wird ihr klar, wie unwahrscheinlich es ist, die Strecke nach Morsum mit dem Auto in zehn Minuten zu bewältigen. Schließlich haben Bastian und sie vorhin eine knappe Viertelstunde gebraucht, und ihre Wohnung liegt noch nicht einmal in der Westerländer Innenstadt. *Aber vielleicht schaffe ich es in fünf Minuten zum Keitumer Bahnhof*, schießt es Silja durch den Kopf, *dann könnte ich dort noch schnell in den Zug springen.*

Silja pappt das Blaulicht aufs Dach und braust los. Zum Glück ist am Montagabend auf den Sylter Straßen nicht besonders viel Verkehr, so dass die Kommissarin auf der schnurgeraden Keitumer Landstraße ordentlich Gummi geben kann. Nach immerhin fünfeinhalb Minuten ist sie auf dem großen Parkplatz angekommen.

Doch der Zug war schneller, und sie kann ihm auch hier nur wieder hinterherschauen.

Wütend schlägt Silja aufs Lenkrad. Aber dann hat sie eine Idee. Sie wird direkt zum Haus der Burghardts fahren, sich unter einem Vorwand bei Enard Gastmann melden und dort auf Lorena warten. Der Fußweg, den Lorena vom Bahnhof aus zurücklegen muss, ist lang genug, so dass Silja in jedem Fall vor der Autorin bei dem Lyriker eintreffen sollte.

Die Larsen wird Augen machen, wenn ich sie dort bei ihrem vermeintlichen Geheimtreffen in Empfang nehmen werde.

Inzwischen ist Silja wieder hellwach und hat sogar Vergnügen an ihrer nächtlichen Spritztour gefunden. Sie braust über leere Straßen, fegt durch etliche Kurven und hat streckenweise das Gefühl, das einzige Wesen in dieser windumtosten, sternenübersäten Landschaft zu sein. Rekordverdächtige sechs Minuten später steht Silja vor dem Haus der Burghardts.

Alles ist dunkel. Vor dem Haus parkt kein Auto, das Garagentor ist geschlossen. Die Kommissarin steigt aus ihrem Wagen, öffnet das Friesentor am Grundstückseingang und inspiziert die Vordertür. Es gibt nur eine einzige Klingel, auf dem Schild darüber steht *Familie Burghardt*. Aber da ist ja noch die gewendelte Außentreppe, die direkt zum Gästezimmer hinaufführt. Doch zunächst umrundet Silja das Gebäude neugierig. Auch hinten brennt kein Licht, Familie Burghardt scheint bereits in Morpheus' Armen zu liegen, oder sie ist ausgeflogen.

Nur ganz oben aus dem Dachfenster leuchtet eine Lampe. *Enard Gastmann ist also noch wach*, überlegt Silja. *Ob die Larsen einfach hinaufmarschieren wird? Oder wird sie Gastmann vorher auf dem Handy kontaktieren? Vermutlich eher das. Vielleicht kommt er dann herunter, damit beide draußen ungestört reden können – worüber auch immer.*

Silja beschließt, vor dem Haus zu warten. Inzwischen müsste der Zug längst Morsum passiert haben und Lorena Larsen schon auf halbem Weg hierher sein. Silja wartet zehn Minuten und dann noch einmal zehn. Der kalte Nordseewind lässt ihre Wangen prickeln und ihre Haare fliegen. Trotzdem steigt sie nicht wieder ins Auto. So bleibt sie immerhin wach und aufmerksam. Doch niemand erscheint. Nach weiteren zehn Minuten verliert Silja die Geduld und klingelt ihrerseits den Lyriker auf seinem Handy an.

Enard Gastmanns Stimme klingt verschlafen. »Hallo? Wer ist da?«

In diesem Moment hat Silja eine Idee.

Es ist nicht besonders professionell, was sie jetzt macht, und legal schon gar nicht, aber vielleicht nützt ihr der Überraschungseffekt.

»Ich bin's, Lorena«, flüstert sie und fügt gleich noch hinzu: »Kommst du runter?«

»Was?« Gastmann stockt kurz, als müsse er sich erst besinnen. »Was soll das? Ich liege schon im Bett.«

»Wir waren doch verabredet«, fügt die Kommissarin hinzu, obwohl sie schon ahnt, dass sie hier einem ganz blöden Irrtum aufgesessen ist.

»Spinnst du? Es ist mitten in der Nacht. Stehst du wirklich vor der Tür?«

Silja fühlt sich mit einem Mal unendlich dumm. Sie schämt sich furchtbar für diese ganze abendliche Aktion und vor allem für das falsche Telefonat.

»Sorry, hab mich verwählt«, kann sie gerade noch stammeln, dann legt sie auf, ohne Gastmanns Antwort abzuwarten. *Mist! Mist! Mist!*

Entmutigt steigt Silja wieder in ihren Wagen, die Müdigkeit legt sich wie ein schweres Tuch über sie. Langsam fährt die Kommissarin die Strecke zum Morsumer Bahnhof zurück. Immerhin ist es nicht ganz ausgeschlossen, dass Lorena ihr hier doch noch in die Arme läuft. Aber da ist niemand. Keine Lorena Larsen und auch sonst keine Menschenseele. Der nächtliche Bahnhof liegt einsam und still unter gelbem Laternenlicht. Nur eine verirrte Möwe trippelt den Bahnsteig entlang und findet schließlich eine verschmierte Tüte mit ein paar übrig gebliebenen Pommes, an denen sie herumpicken kann.

Montag, 29. September, 22.55 Uhr, Kriminalkommissariat Westerland

Sven Winterberg sitzt seit einer geschlagenen Stunde ratlos vor mehreren mit Schaubildern und Symbolen bekritzelten Papierblättern, die er im Lauf des Abends hergestellt hat. Nach den anscheinend so ergebnislosen Besuchen bei den sechs Fahrzeughaltern hat ihm der Fall keine Ruhe gelassen, und er ist noch einmal ins Kommissariat zurückgekehrt. Seine Frau Anja, die er natürlich angerufen hat, war zwar nicht begeistert davon, wieder einen Abend ohne ihren Mann zu verbringen, hatte aber letztendlich Verständnis.

Leider muss sich Sven eingestehen, dass ihn auch ausführliches Kombinieren nicht weitergebracht hat. Akribisch ist er alle Vernehmungsprotokolle noch einmal durchgegangen, hat die Aussagen miteinander verglichen und versucht, irgendwelche Widersprüche zu finden. Dann hat er die Fahrzeughalter der weißen Ivecos überprüft. Doch niemand von denen ist vorbestraft oder sonst irgendwie auffällig geworden. Und letztendlich haben sie entweder ein Alibi, oder der Wagen passt nicht ins Profil. Auf jeden Fall scheiden die beiden älteren Herren mit den identischen Wagen als Verdächtige aus, ebenso der Bildhauer, der Riesenradbetreiber mit dem total zerschrammten Auto und der Morsumer Freak, dessen Auto mit einem Motorschaden in der Werkstatt steht. Nur bei Hans Burghardt, dem zweiten Morsumer, ist die Lage etwas komplizierter. Zwar war er zu der fraglichen Zeit tatsächlich bei der freiwilligen Feuerwehr, wie Sven gleich im Anschluss an seinen Besuch überprüfen konnte, aber ist es wirklich ein Zufall, dass Enard Gastmann ausgerechnet bei Familie Burghardt logiert?

Was, wenn entweder Burghardt selbst oder seine Ehefrau den Lyriker decken? Ein Motiv für den Mord hätte der allemal, eigentlich sogar ein doppeltes. Sowohl erotisch als auch beruflich muss sich Enard Gastmann von dem Kritiker schroff abgewiesen gefühlt haben.

Sicherheitshalber hat Sven die Familie Burghardt gründlich durchleuchtet und sich alle verfügbaren Informationen über das Ehepaar Hans und Cornelia besorgt. Beide sind auf der Insel groß geworden und haben dieselbe Schule besucht. Hans ist Einzelkind, Cornelia kommt aus einer größeren Familie, die inzwischen im ganzen Bundesgebiet beheimatet ist, nur einer ihrer drei Brüder lebt noch auf Sylt.

Sven stutzt plötzlich und ruft sich noch einmal den Eintrag im Einwohnermeldeamt auf:

Cornelia Burghardt, geborene Voigt. Eltern: Manuela und Manfred Voigt.

Voigt. Das ist doch derselbe Name, den auch der Verwalter der Vogelkoje trägt, schießt es dem Kommissar durch den Kopf. *Und er ist es, der den sterbenden Konrad Otze gefunden hat. Ist das jetzt wieder einer dieser dämlichen Zufälle, die jedem Kommissar die Laune verderben können? Oder steckt mehr dahinter?*

Schnell ist auch der Eintrag von Ludger Voigt beim Einwohnermeldeamt gefunden. Und jetzt kann Sven einen Triumphschrei nicht unterdrücken.

Bingo!

Cornelia Burghardt und Ludger Voigt sind Geschwister. Somit ist der Vogelkoje-Verwalter der Schwager des Morsumer Fahrzeughalters, dessen Transporter als Einziger zur Tatzeit verfügbar war. Und beide wohnen in Morsum, nicht allzu weit voneinander entfernt. Es wäre also theoretisch möglich gewesen, dass sich Ludger Voigt das Auto seines Schwagers leiht, um den betäubten Konrad Otze zu transportieren.

Theoretisch, muss sich Sven allerdings eingestehen. Denn zeitlich wäre das Ganze durchaus knapp, und von einem Motiv Ludger Voigts, der dann ja vermutlich auch den Mord begangen haben müsste, ist weit und breit nichts zu ahnen.

Trotz der späten Stunde und seiner Bedenken greift Sven zum Telefon und klingelt bei Bastian und Silja durch. Der Anruf wird sofort angenommen. Doch bereits nach Svens ersten Worten unterbricht Bastian ihn verblüfft: »Du bist auch im Kommissariat? Seid ihr weitergekommen?«

»Weitergekommen schon«, antwortet Sven überrascht. »Aber wen meinst du mit *ihr*?«

»Ist Silja nicht bei dir?«

»Nope.«

»Schon weg, oder wie?«

»Nein. Sie war nie hier.«

»Was? Das gibt's doch nicht. Ich melde mich gleich wieder.«

Und schon hat ihn Bastian abgehängt. Verwirrt starrt Sven auf das Telefon. Natürlich versucht er sofort, Silja zu erreichen, doch ihr Handy ist besetzt. *Wahrscheinlich macht ihr Bastian gerade die Hölle heiß*, überlegt Sven und beschließt, jetzt endlich nach Hause zu fahren. Dann wird er den Kollegen eben morgen früh von seiner Entdeckung berichten.

Doch als der Kommissar gerade das Licht im Büro löschen

will, hört er Schritte auf der Treppe. Sekunden später steht Silja vor ihm.

»Wo warst du? Bastian ist stinksauer, scheint's«, empfängt er die Kollegin.

»Frag lieber nicht«, stöhnt sie. »Ich dachte, ich hätte eine heiße Spur, aber irgendwie ist alles nicht so ausgegangen, wie ich mir das vorgestellt habe. Und mit Bastian habe ich gerade gesprochen, der wird sich schon wieder beruhigen. Eigentlich wollte ich auch gleich zu ihm fahren, aber dann habe ich gesehen, dass hier immer noch Licht ist, und wollte kurz nach dir sehen.«

»Wenn du einen Moment hast, erzähle ich dir, was ich gerade entdeckt habe«, beginnt Sven und erläutert die verwandtschaftlichen Beziehungen zwischen den Familien Burghardt und Voigt. Zu seinem nicht geringen Erstaunen reagiert Silja total emotional.

»Ich bin ja so blöd«, ruft sie aus und schlägt sich mit der flachen Hand vor die Stirn. »Dass ich darauf nicht selbst gekommen bin!«

Sven versteht nur Bahnhof, bis ihm Silja von ihrer abendlichen Rundfahrt berichtet. Sie schließt mit den Worten: »Und während ich vor dem verwaisten Haus der Burghardts gewartet habe, werden die sich wohl alle drei bei Voigts am Esstisch versammelt haben.«

»Du meinst, Lorena Larsen, Ludger Voigt und Hans Burghardt stecken unter einer Decke?«

»Nur so ergibt das alles einen Sinn.«

»Aber die haben doch überhaupt kein Motiv. Warum also sollten sie Konrad Otze umgebracht haben?«

»Das ist nach wie vor die Hunderttausend-Euro-Preisfrage«, erwidert Silja. »Und bevor wir da nicht irgendeinen Verdacht haben, sollten wir sie vielleicht in Ruhe wiegen. Zum Glück hat die Larsen eben nichts von meiner Verfolgungsaktion bemerkt.«

»Sollen wir gleich noch mal recherchieren?«, schlägt Sven vor, aber Silja winkt ab.

»Lass uns das besser auf morgen verschieben. Dann sind wir alle drei ausgeschlafen und haben vielleicht auch frischere Ideen. Ich weiß ja nicht, wie es dir geht, aber meine Batterien sind gerade ziemlich leer.«

»Also dann bis morgen früh. Dann knacken wir den Fall gemeinsam«, verabschiedet sich Sven, als sie miteinander auf dem Parkplatz angekommen sind. Doch der zweifelnde Tonfall seiner Stimme widerspricht den hoffnungsvollen Worten aufs entschiedenste.

Dienstag, 30. September, 00.13 Uhr, Peter-Andresen-Wai, Tinnum

Unruhig wälzt sich Shirin Yildirim auf der Schlafcouch in Lorena Larsens Gästezimmer. Die Matratze ist durchgelegen und die Luft in dem kleinen Raum stickig. Außerdem ist Shirin es nicht gewohnt, schon um halb elf in der Falle zu liegen. Aber was sollte sie machen? Lorena schien urplötzlich einen Müdigkeitsanfall zu haben und machte alle Anstalten, um den gemeinsamen Abend zu beenden. Shirin ist dankbar dafür, dass sie überhaupt bei Lorena Unterschlupf gefunden hat, und wollte keinesfalls unhöflich sein. Also ist sie brav im Gästezimmer verschwunden, hat noch ein wenig im Internet gedaddelt und dann das Licht ausgemacht.

Lorena selbst schien tatsächlich todmüde gewesen zu sein, jedenfalls waren ihre Schritte nur noch einige Minuten aus der Diele zu hören. Dann wurde es still.

Shirin hätte gern noch den einen oder anderen Schluck von dem Rotwein getrunken, es war sicher noch ein Glas voll in der Flasche, aber sie hat höflich gewartet, bis sie annehmen konnte, dass Lorena wirklich schläft, um sie nicht zu stören. Dabei muss Shirin sogar selbst eingenickt sein. Doch jetzt ist sie wieder wach, denkt immer noch an den Wein und braucht außerdem dringend frische Luft. Sie wühlt sich aus der Bettwäsche, schlüpft in einen Slip, zieht ein T-Shirt über und tapst nach draußen.

Die Küchentür steht offen, aber die Tür zu Lorenas Schlafzimmer ist zu. Leise schleicht sich Shirin erst zu dem Regal mit den Weingläsern, dann zum Kühlschrank. Aber natürlich steht hier keine Rotweinflasche, hätte sie sich ja gleich denken können. Als Shirin nach kurzem Suchen auf dem Fensterbrett fündig wird, will sie gerade nach der Flasche greifen, als draußen etwas Merkwürdiges geschieht.

Direkt vor Lorenas Haus steht eine Straßenlaterne, unter deren Licht erscheint eine dunkel gekleidete Gestalt und huscht zum Hauseingang. Ein Schlüsselbund klappert, die Vordertür fällt ins Schloss, und Sekunden später dreht sich ein Schlüssel in Lorenas Wohnungstür.

Shirin erschrickt. Wer kann das sein? Und weiß Lorena von dem ungebetenen Gast? Ohne groß nachzudenken, schlüpft sie in Lorenas Schlafzimmer und zieht leise die Tür hinter sich ins Schloss. *Besser zu zweit dem Eindringling begegnen als allein*, denkt sie sich. Mit klopfendem Herzen horcht sie auf die Schritte im Flur. Jemand zieht sich die Schuhe aus, eine Jacke raschelt beim Aufhängen.

Komisch, dass Lorena das nicht auch hört. Aber vielleicht ist sie gerade im Tiefschlaf. Shirin tastet nach dem Lichtschalter, um die Kollegin aufzuwecken. Doch als es hell wird, erschrickt sie erneut. Lorenas Bett ist unberührt.

Dann wird es wohl meine Gastgeberin selbst sein, die da gerade nach Hause gekommen ist. Offenbar war ihre Müdigkeit nur vorgespielt, weil sie noch etwas zu erledigen hatte, schlussfolgert Shirin. *Aber was könnte das sein?*

Obwohl Shirin ihren kurzfristig anberaumten Sylt-Aufenthalt bisher ziemlich cool genommen und als willkommene Recherche für einen geplanten Krimi angesehen hat, wird ihr jetzt mulmig zumute. Immerhin hat es einen Mord gegeben, und alle Colloquiumsteilnehmer sind verdächtig. Bisher hat Shirin diese Verdächtigungen eher für großen Quatsch gehalten und stattdessen an einen mysteriösen Unbekannten geglaubt, der Konrad auf dem Gewissen hat. Aber jetzt kommen ihr Zweifel an der Harmlosigkeit einiger ihrer Kollegen.

Fred Hübner mit seiner obercoolen Attitüde der Unverletzlichkeit war ihr eigentlich von Anfang an suspekt. Und was Enard Gastmann dachte und fühlte, konnte sowieso niemand erraten. Doch dass ausgerechnet die gutmütige und fröhliche Lorena irgendeinen fiesen Mordplan ausgeheckt haben könnte, will Shirin einfach nicht in den Sinn.

Trotzdem möchte sie ungern von ihrer Gastgeberin in deren Schlafzimmer überrascht werden. *Zur Not rede ich mich auf den Versuch hinaus, ein erotisches Abenteuer anleiern zu wollen*, denkt sie noch, *aber besser wäre es, ich käme hier irgendwie wieder raus, bevor Lorena mich entdeckt.*

Doch dazu besteht keine Chance, denn jetzt wird die Tür zu Lorenas Schlafzimmer mit einem Ruck geöffnet. Die beiden Frauen stehen sich im grellen Licht der Deckenlampe gegenüber. Lorena in einer schwarzen Jeans und einem dunklen Hoodie. Shirin nur mit dem T-Shirt und einem ziemlich knappen Slip bekleidet.

»Was machst du denn hier?«

»Ich wollte … also das ist kompliziert«, beginnt Shirin, wird aber gleich unterbrochen.

»Spionierst du hier herum, oder was?«

Lorenas Tonfall ist aggressiver, als Shirin erwartet hat, und er macht ihr jetzt wirklich Angst. Sie beschließt sofort, keine Ausrede zu gebrauchen, sondern schlicht die Wahrheit zu sagen. Furchtsam drückt sie sich an der Wand entlang, um irgendwie zur Tür zu kommen, und erklärt dabei kleinlaut: »Nein, natürlich spioniere ich dir nicht hinterher. Warum sollte ich auch? Aber ich habe nicht damit gerechnet, dass du noch weggehst, und als ich dann plötzlich den Schlüssel an der Tür gehört habe, fand ich das unheimlich und dachte, hier bricht jemand ein. Ich wollte dich einfach nur wecken. Ich wusste ja nicht, dass du gar nicht da bist.«

»Das kann ja jeder sagen.« Wütend funkelt Lorena die Kollegin an. »Morgen bist du hier weg. Ich bin doch nicht so blöd und beherberge jemanden, der mir hinterherspioniert.«

»Das habe ich wirklich nicht, das musst du mir glauben«, bittet Shirin, die inzwischen die Tür zur Diele erreicht hat.

»Raus!«

Verschreckt verlässt Shirin Lorenas Schlafzimmer und zieht sich ins Gästezimmer zurück. Einem Impuls folgend, dessen Ursprung sie lieber nicht näher ergründen will, schließt sie die Tür hinter sich ab. Dann lässt sie sich erschöpft auf das Schlafsofa fallen. Es dauert einige Minuten, bis sie das gerade Erlebte noch einmal vorurteilslos Revue passieren lassen kann.

Irgendetwas stimmt hier nicht.

Zum Glück hat Lorena nicht noch einmal versucht, Shirin zur Rede zu stellen, sondern ist erst im Bad und dann in ihrem Zimmer verschwunden. Trotzdem will Shirin plötzlich nur noch weg, möglichst bevor Lorena es sich anders überlegt. Aber wohin, so mitten in der Nacht? Und was wird Lorena sagen, wenn sie merkt, dass Shirin sich Hals über Kopf aus ihrer Wohnung stiehlt? *Egal!*

Shirin tritt ans Fenster und blickt hinaus. Ihr Zimmer geht zur Seite und liegt ebenerdig über einem kleinen Weg. *Da auszusteigen dürfte kein Problem sein*, erkennt sie erleichtert. Als Nächstes googelt Shirin ein paar der besseren Hotels, deren Rezeption wahrscheinlich auch nachts besetzt ist. Dann tätigt sie zwei Anrufe, fragt jedes Mal nach einem freien Zimmer und hat beim zweiten Mal Erfolg. Schnell zieht sie sich an, wirft all ihre Sachen in die Reisetasche und bestellt ein Taxi zu einer Adresse, die einige Hausnummern von Lorenas Haus entfernt ist. Nur kein Aufsehen erregen jetzt und nicht wieder den Zorn von Lorena auf sich ziehen.

Vorsichtig lässt Shirin ihre Reisetasche jenseits des Fensters zu Boden gleiten und steigt selbst hinterher. Mit leisen Schritten stiehlt sie sich davon. Erst als sie auf der Rückbank des Taxis sitzt, dem Fahrer die Hoteladresse genannt hat und dieser losgefahren ist, spürt sie, wie sehr ihr Herz klopft.

Dienstag, 30. September, 07.10 Uhr, Kriminalkommissariat Westerland

Silja und Bastian treffen Sven schon auf dem Parkplatz des Kommissariats. Es ist ein heller Morgen,

Sonnenflecken tanzen auf dem Asphalt, die Luft ist frisch und kalt.

»Hat es dich auch so zeitig aus dem Bett getrieben?«, begrüßt Bastian den Kollegen.

»Wenn der Spürhund die Fährte wittert, hält ihn nichts mehr an der Leine.«

»Oha! Am frühen Morgen schon so literarisch unterwegs.« Bastian knufft den Kollegen in die Seite.

»Schließlich haben wir es ja auch mit einem literarischen Verbrechen zu tun.« Sven zwinkert Silja zu, während alle drei das Kommissariat betreten. Sie begrüßen kurz die uniformierten Kollegen, fragen nach, ob es Neuigkeiten gibt, und gehen dann nach oben in ihr Büro.

»Jetzt fang du bitte nicht auch wieder mit der Agatha-Christie-Nummer an«, seufzt Bastian, während er die Tür aufschließt.

»Hat Silja dir gestern Nacht noch damit zugesetzt?«

»Ich habe lediglich darauf hingewiesen, dass Fred Hübner vielleicht einen Grund hatte, diesen Vergleich zu bemühen«, verteidigt sich die Kommissarin.

»Da ging es um die Messer, das hatten wir doch schon.« Bastian hängt seine Jacke auf, geht zur Kaffeemaschine, schüttet den letzten Rest aus der Kaffeedose in den Filter und füllt anschließend den Tank mit Wasser. »Zu Weihnachten wünsche ich mir von der Bispingen eine neue Kaffeemaschine«, murmelt er.

»Träum weiter«, grinst Sven und holt ein frisches Paket Filterkaffee aus seiner Aktentasche. »Aber dafür bekommst du das hier von mir. Sofort und gratis und dazu noch ganz ohne Weihnachtsgedöns.«

»Du bist der Beste!«

Silja, die sich nicht an dem Gespräch beteiligt hat, trommelt nachdenklich auf ihren Schreibtisch. Sie kämpft einen Moment lang mit sich, entschließt sich dann aber, noch einmal auf das heikle Thema zurückzukommen.

»Erinnert ihr euch noch daran, dass Fred Hübner mit seiner Agatha-Christie-Analogie nicht nur die Messer gemeint hat? Keiner von uns hat ihn bisher nach seiner These zu dem Verbrechen gefragt.«

»Also jetzt hör endlich auf. Der hat sich nach der Pressekonferenz genügend wichtig gemacht«, grantelt Bastian. »Wir werden diesen verdammten Fall selbst lösen, und zwar pronto. Das kann doch nicht so schwer sein.«

Dankbar sieht Silja, wie Sven den Hauptkommissar beruhigend an der Schulter fasst. »Lass stecken, Bastian. Wir brauchen jede Idee, die uns weiterhelfen kann. Und wie Silja schon gestern Abend klug erkannt hat, sind ausgerechnet unsere momentanen Hauptverdächtigen Lorena Larsen, Ludger Voigt und Hans Burghardt echte Inselkinder. Und Fred Hübner …«

»… ist genau das nicht«, unterbricht ihn Bastian. »Zwar hat er lange hier gelebt, aber er ist nicht hier geboren, nicht hier aufgewachsen und nicht hier zur Schule gegangen.«

»Seine Erinnerungen an die heißen siebziger und achtziger Jahre haben uns schon bei anderen Ermittlungen geholfen«, mischt sich Silja ein. »Und wenn es tatsächlich um eine alte Schuld gehen sollte, dann weiß er vielleicht was.«

»*Alte Schuld*, wenn ich das schon höre«, seufzt Bastian genervt.

»Vorschlag zur Güte«, versucht Sven zu vermitteln. »Ich gucke jetzt mal, ob ich irgendwelche Verbindungen von der Larsen zu den beiden anderen finde.«

»Vergiss nicht Pernille Aurich, die ist auch hier aufgewachsen. Und die könnte da auch irgendwie mit drinhängen«, fügt Bastian schon friedlicher hinzu.

»Guter Punkt.« Sven fährt seinen Rechner hoch und startet eine Personenabfrage. Anschließend hackt er wie wild auf seine Tastatur ein. Silja linst ab und an neugierig zu dem Kollegen hinüber, ist aber klug genug, sich nicht einzumischen. Stattdessen kümmert sie sich um die einzige Sache, die noch niemand befriedigend verfolgt hat. Konrad Otzes Vergangenheit als Surfer. Seine Eltern haben von einem plötzlichen Sinneswandel geredet, der sie ziemlich überrascht, aber auch erfreut habe, was Silja während des Gesprächs sehr nachvollziehbar fand. Die beiden wirkten auf die Kommissarin recht gutbürgerlich, da ist es natürlich netter, wenn der Filius eine Karriere als Journalist anstrebt, als wenn er sich in der wilden Surfer-Community herumtreibt.

Aber so ganz scheint Otze ja nicht von seinem Hobby gelassen zu haben, schließlich wollte er noch eine weitere Woche auf der Insel bleiben, um seine alten Kumpels wiederzusehen. Vielleicht hätten wir einfach mal nach denen suchen sollen, überlegt Silja, während sie *Konrad Otze windsurfen* in die Suchmaschine eingibt.

Frustriert muss sie allerdings feststellen, dass es keinen einzigen brauchbaren Treffer gibt. Die Erklärung dafür liegt leider auf der Hand. Bei seinem Tod war der Kritiker Mitte vierzig. Wenn er schätzungsweise mit Anfang zwanzig in der Community aktiv war, dann ist das etwa fünfundzwanzig Jahre her, liegt also vor der Blütezeit der sozialen Medien.

Doch Silja ist weit davon entfernt, aufzugeben. *Wir haben immerhin sein Handy*, schießt es ihr durch den Kopf. *Und dort gab es einige Chatverläufe mit seinen alten Kumpels, die uns zunächst nicht interessiert haben. Es ging vorzugsweise um Termine für die kommende Woche. Restaurantreservierungen und Ähnliches. Aber so komme ich an deren Namen und kann mal nachfragen, ob ihn etwas Bestimmtes bewogen hat, sich vom Surfen abzuwenden.*

Als Silja gerade aufstehen will, um sich Otzes Handy zu besorgen, klappt Sven seinen Laptop mit einem satten Knall zu.

»Ihr werdet es nicht glauben«, verkündet er triumphierend, »aber die Aurich und der Voigt sind zusammen zur Schule gegangen. Und nicht nur das, sie sind gleichaltrig und waren auf dem Gymnasium sieben Jahre lang in einer Klasse, kennen sich also ziemlich gut.«

»Interessant«, sagt Bastian langsam. Er lässt sich auf seinem Bürostuhl nach hinten fallen, verschränkt die Hände hinter dem Nacken und schließt die Augen. Silja und Sven schauen ihn neugierig an. Sie kennen ihren Kollegen gut genug, um zu wissen, dass gleich noch etwas nachkommen wird.

Und richtig.

Mit immer noch geschlossenen Augen zählt Bastian auf: »Fassen wir zusammen: Konrad Otze sagt seine Teilnahme an dem Colloquium zu. Daraufhin bewirkt irgendeine Person, die wir noch nicht kennen, die vermutlich nicht Melinda Jakobsen, vielleicht aber Lorena Larsen ist, dass die Cateringfirma gewechselt wird. Pernille Aurich, die neue Caterin, oder einer ihrer Mitarbeiter hätte durchaus die Gelegenheit gehabt, das Betäubungsmittel in Otzes Getränk oder auch in sein Essen zu tun. Auf jeden Fall lenkt die Aurich die Aufmerksamkeit der anderen Gäste auf sich, als Otze angeschlagen den Raum verlässt. Ob absichtlich oder nicht, wissen wir noch nicht. Zwei Stunden später findet ausgerechnet ihr langjähriger Schulkamerad Ludger Voigt den sterbenden Otze. Die Messer, mit denen er getötet worden ist, gehören niemand anderem als wiederum Pernille Aurich. Sowohl sie selbst als auch Nadine Eisleben oder Aaron Goppel könnten sie beiseitegeschafft haben. Und auf dem Parkplatz der Pension wurde zu genau der Zeit, als Otze irgendwie abtransportiert worden ist, ein Lieferwagen gesehen, der vermutlich Hans Burghardt gehört, dem Schwager Ludger Voigts. Und genau der hat uns für genau diesen Zeitraum ein falsches Alibi präsentiert. Er könnte sich also durchaus den Wagen geborgt und Otze zur Vogelkoje transportiert haben.«

»Es war zwar keine Schramme zu sehen, aber die kann man überpinseln. Da muss die KTU ran.« Sven greift nach dem Telefon.

Während des ganzen Gesprächs, das der Kommissar mit dem Spurensicherer Leo Blum führt, herrscht Schweigen im Raum. Unkonzentriert lauscht Silja Svens Worten. *Irgendetwas fehlt noch*, ahnt sie, ohne jedoch das *missing link* benennen zu können.

Mehrmals spürt die Kommissarin Bastians verwunderten Blick auf sich ruhen. Schließlich fragt er sie leise: »Was ist mit dir? Bist du jetzt zufrieden?«

»Wie könnte ich.« Energisch schüttelt sie den Kopf. »Sitzen wir nicht immer noch in einer ganz blöden Zwickmühle? Wir hatten von Anfang an vier Verdächtige, die ein richtig fettes Motiv für den Mord haben könnten: Enard Gastmann, Shirin Yildirim, Saskia Grothe und natürlich auch Fred Hübner. Aus ganz unterschiedlichen Gründen können sie es aber nicht gewesen sein, zumindest nicht jeder für sich allein, aber irgendwie auch nicht zusammen. Deshalb haben wir uns nach Leuten umgeschaut, die die Gelegenheit für den Mord oder zumindest für die Beihilfe dazu hatten. Da haben wir jetzt drei gefunden. Pernille Aurich, Ludger Voigt und Hans Burghardt. Die kennen sich überraschend gut und werden durch unterschiedliche Indizien belastet. Es gibt nur ein Problem. Sie haben nicht den Schatten eines Motivs.«

»*Oder wir kennen es noch nicht*, um dich mal zu zitieren«, murmelt Bastian schuldbewusst.

In diesem Moment geht sein Telefon, und ein Anruf wird von den Kollegen unten durchgestellt. Bastian hebt ab und stellt Sekunden später den Lautsprecher an. Aus dem Apparat dringt eine Frauenstimme, die den drei Kommissaren nicht unbekannt ist, auch wenn sie sie noch nie so aufgeregt gehört haben. Shirin Yildirim berichtet von den merkwürdigen Vorfällen der letzten Nacht und schließt mit den Worten: »Ich will Lorena wirklich nicht in irgendetwas reinziehen, aber sie hat mir echt Angst gemacht. Ich bin noch in der Nacht abgehauen, weil sie total unheimlich wirkte und auch – wie soll ich sagen – auf eine Weise aggressiv, die die Situation gar nicht hergab.«

»Sie wissen aber nicht, wo sich Frau Larsen während ihrer Abwesenheit aufgehalten hat?«, fragt Bastian sofort.

»Leider nein. Ich hatte das Gefühl, dass sie sofort auf mich losgehen würde, wenn ich auch nur eine falsche Frage stelle«, gibt die Yildirim kleinlaut zu.

»Machen Sie sich keinen Kopf«, beschwichtigt Bastian. »Sie haben alles richtig gemacht, und es ist super, dass Sie uns gleich informiert haben.«

Nachdem er aufgelegt hat, nickt er Silja zu. »Das bestätigt auf jeden Fall deinen Verdacht. Die Frage ist jetzt nur, welcherart eine Verbindung zwischen der Larsen und den anderen drei Syltern sein könnte.«

»Lass uns mal kurz das Altersgefüge checken«, schlägt Silja vor.

»Negativ«, kommt es von Sven. »Die Larsen ist ganze fünf Jahre jünger als Aurich und Voigt, wir haben hier das Geburtsdatum in der Vernehmungsakte. Und bei dem Altersunterschied ist es schon sehr unwahrscheinlich, dass die drei sich zu Schulzeiten irgendwie nähergekommen sind. Fünf Jahre sind in der Pubertät fast ein halbes Menschenleben.«

»Aber Lorena Larsen ist doch nicht ohne Grund in der letzten Nacht unterwegs gewesen. Und als sie zurückkam, hat sie auf verständliche Nachfragen total aggressiv reagiert. Das kann doch kein Zufall sein«, gibt Silja zu bedenken.

»Leute, es hilft nichts, wenn wir hier weiter rumspekulieren. Wir lassen Lorena Larsen erst mal in Ruhe. Wenn wir Glück haben, irritiert sie das Verschwinden der Yildirim so, dass sie irgendeinen Fehler macht. Wir warten das mal ab und rücken stattdessen den anderen dreien auf die Pelle. Sven, du übernimmst Pernille Aurich, Silja kümmert sich um Familie Burghardt, und ich nehme mir noch einmal Ludger Voigt zur Brust. Und zum Mittagessen können wir uns gern bei *Toni* treffen. Vielleicht frage ich sogar die Bispingen, ob sie dazustoßen und sich auf den neuesten Stand bringen lassen will.«

»Du traust dich was«, lächelt Sven, während er seine Sachen zusammenpackt. »Nicht, dass unsere geschätzte Staatsanwältin dir noch den Appetit verdirbt.«

»Never ever.«

»Was macht dich so sicher?«

»Bis zum Mittagessen haben wir den Fall gelöst«, erklärt Bastian, macht ein Victoryzeichen und verlässt mit energischen Schritten den Raum.

Dienstag, 30. September, 08.52 Uhr, Serkwai, Morsum

Zum zweiten Mal innerhalb von zwölf Stunden fährt Silja in den Inselosten. Die Herbstsonne steht noch niedrig über den Wiesen und Feldern und lässt den Nachttau schimmern. Alles wirkt wie frisch geputzt. Der Wind hat aufgefrischt, er fegt jetzt über die Insel, zaust Sträucher und Bäume. *Ideales Surferwetter*, schießt es Silja durch den Kopf und erinnert sie daran, dass sie unbedingt noch die Sportfreunde des Mordopfers kontaktieren will.

Doch zunächst muss sie das Ehepaar Burghardt noch einmal befragen. Die Kommissarin ist fest entschlossen, sich diesmal nicht unverrichteter Dinge wieder zurückzuziehen. Sie wird Klartext reden und die beiden Burghardts keinesfalls mit Samthandschuhen anfassen.

Doch kaum ist Silja aus ihrem Wagen gestiegen, kommen ihr Zweifel an der Schuld des Paares. Allzu idyllisch ist der Anblick, der sich ihr bietet. Cornelia Burghardt kniet, angetan mit einer Gärtnerschürze und festen Handschuhen, im Vorgarten. Neben sich hat sie einen beachtlichen Haufen Blumenzwiebeln, von dem sie sich bedient, um die Zwiebeln in die Erde zu setzen. Ihr Mann sitzt in einem dicken Rollkragenpullover in der Morgensonne auf einer weiß lackierten Bank direkt neben der Haustür und hat einen aufgeklappten Laptop auf den Knien. Ab und an trinkt er aus dem Kaffeebecher, der auf dem kleinen Tisch vor ihm steht.

»Guten Morgen«, ruft Silja über den Gartenzaun. »Ich müsste Sie beide noch einmal sprechen. Es geht immer noch um die Ermittlungen in der Mordsache Konrad Otze.«

Hans Burghardt blickt auf und klappt seinen Laptop zu. »Kommen Sie ruhig rein, die Pforte ist offen.«

Seine Frau hebt nur den Kopf und deutet dann auf ihre erdverschmierten Handschuhe. »Ich wüsste wirklich nicht, was wir noch beizutragen hätten«, murmelt sie und widmet sich anschließend wieder dem Beet.

»Setzen Sie sich zu mir, wer weiß, wie oft wir in diesem Jahr noch so einen schönen Herbsttag erleben. Vielleicht mögen Sie auch einen Kaffee«, bietet der Hausherr freundlich an.

»Das ist nett, aber danke, nein.« Silja lässt sich auf die Bank fallen und beginnt gleich mit der Befragung.

»Darf ich erfahren, was Sie beide gestern Abend gemacht haben?«

»Darf ich erfahren, warum Sie das wissen wollen?«, gibt Hans Burghardt amüsiert zurück.

»Wir prüfen Ihre Verbindung zu Ludger Voigt, der ins Zentrum unserer Ermittlung gerückt ist.«

»Ludger ist mein Schwager, das wissen Sie vermutlich längst. Und ansonsten ist er ein extrem besonnener Zeitgenosse. Es ist einfach lächerlich, ihn mit einem Mord in Verbindung bringen zu wollen.«

»Gestern Abend«, beharrt Silja. »Wo waren Sie da?«

»Hier«, kommt Cornelia Burghardts Stimme aus dem Beet. »Wir haben zwei kleine Kinder, da können wir nicht einfach so abends abhauen.«

»Was haben Sie gemacht?«

»Ferngesehen«, sagt der Hausherr achselzuckend. »Es gab sogar mal einen interessanten Film. *Das Zeugenhaus*. Spielt 1945 und 1946 in Nürnberg. Sieben oder acht Leute werden von den Amerikanern in einer Villa untergebracht, um bei den Nürnberger Prozessen auszusagen.«

»Ihre Frau war auch dabei?«

»Natürlich. Was denken Sie denn?« Cornelia Burghardts Stimme wird langsam unleidlich. Sie richtet sich auf und kommt ein paar Schritte näher. »Was brauchen Sie als Beweis? Eine Inhaltszusammenfassung? Die Besetzungsliste?«

»Wann lief der Film denn?«

»Auf arte, 21.45 Uhr ging's los.«

»Aha.« Silja runzelt die Stirn. »Ich war zwischen halb elf und elf hier vor dem Haus. Da war alles dunkel, kein Fernsehlicht zu sehen.«

»Und was bitte machen Sie zu dieser Uhrzeit hier draußen genau?« Hans Burghardt wartet vergeblich auf eine Antwort. Schließlich redet er weiter. »Aber um auf Ihre unausgesprochene Frage zurückzukommen: Wir waren im Keller, da haben wir seit ein paar Jahren ein gemütliches Fernsehzimmer. Ist ganz praktisch, weil die Kids auf diese Weise nicht ständig mit der Kiste konfrontiert sind.«

»Kann ich das Zimmer mal sehen?«

Er seufzt, steht aber auf. »Wenn's der Wahrheitsfindung dient.«

Als sie die extrem steile und enge Kellertreppe hinuntersteigen, erst die Kommissarin, dann der Hausherr, als Letztes die Hausherrin, fährt Silja ganz plötzlich ein Angstschauer durch den Körper. Sie kennt so etwas gar nicht, aber jetzt hat sie eindeutig die Vision, dass Hans Burghardt sie nur zu schubsen bräuchte, und sie würde sich alle Knochen brechen oder Schlimmeres. Unwillkürlich bleibt sie mitten auf der Treppe stehen und sieht sich um.

Unverständnis und leichtes Amüsement prägen das Gesicht des Hausherrn.

Seine Frau wirkt einfach nur ungeduldig. »Was ist? Müssen wir wirklich da runtersteigen, oder glauben Sie uns auch so?«, faucht sie über die Schulter ihres Mannes hinweg.

»Ich schau mich nur mal kurz unten um, wenn ich darf«, antwortet Silja und nimmt die letzten Stufen in Angriff. Niemand schubst sie, niemand bedrängt sie.

Unten gibt es einige normale Holztüren und eine stählerne Feuertür, die Hans Burghardt aufstößt. »Überzeugen Sie sich selbst.«

»Nach Ihnen«, sagt Silja bestimmt.

Achselzuckend betreten beide Burghardts den Raum, erst dann wagt sich Silja hinein. Doch anstelle eines verborgenen Verlieses erwartet sie ein ganz normaler Raum. Das Fernsehzimmer wirkt gemütlich und ist authentisch unaufgeräumt. Chipskrümel auf dem Sofa, ein Rotweinfleck auf der Fernsehzeitung, die aufgeschlagen auf dem niedrigen Couchtisch liegt. Der Arte-Film ist eingekringelt. Neben der Fernsehzeitung befindet sich ein iPad, nach dem Silja unwillkürlich greift.

»Darf ich?«

Hans Burghardt zuckt die Schultern. »Wir haben nichts zu verbergen.« Er nimmt ihr das iPad aus der Hand und entsichert es mit seinem Daumenabdruck. Es erscheint die Wikipedia-Seite des Arte-Films. Silja überprüft den letzten Klick. Gestern Abend um 23.39 Uhr, also knapp zehn Minuten nach Ende des Films, hat das Ehepaar Burghardt offenbar nach weiteren Infos gesucht.

»Das reicht mir, danke für Ihre Kooperation.« Silja legt das iPad wieder auf den Tisch und wendet sich zum Gehen. Sie hat Mühe, ihre Enttäuschung zu verbergen. Als sie die steile Treppe sieht, kriecht wieder das unangenehme Gefühl in ihr hoch, und sie achtet darauf, als Erste hinaufzugehen.

Oben angekommen verabschiedet sich Silja schnell und steigt in ihren Wagen. Doch anstatt direkt nach Westerland zurückzufahren, schlägt sie den Weg zur alten Morsumer Kirche ein und parkt davor.

Der schlichte weiße Bau, der auf großen Steinquadern ruht, glänzt im Sonnenlicht. Silja steigt aus und lehnt sich an das nachtkalte Mauerwerk. Ihr Blick gleitet hinüber zu dem gedrungenen Glockenturm, der einige Meter von der Kirche entfernt steht. Die Steine in ihrem Rücken strömen eine beruhigende Sicherheit aus, genau das, was Silja jetzt braucht. Kein Mensch ist in der Nähe, nur das Kreischen und Zirpen der Vögel über den Feldern ist zu hören. Silja prüft die Qualität des Funksignals und stellt erfreut fest, dass es hier ganz ordentlich ist.

Die Kommissarin hat sich direkt vor ihrem Aufbruch das Handy Konrad Otzes vorgeknöpft und sich die Nummern der beiden Surferfreunde notiert, mit denen der Kritiker vor seinem Tod gewhatsappt hat. Jetzt versucht sie ihr Glück und kann tatsächlich nacheinander alle beide erreichen. Doch obwohl Silja sich am Telefon besonders verbindlich gibt, bleibt jeder von ihnen zugeknöpft. Außer der Bestätigung, dass man sich auf der Insel treffen wollte, um gemeinsam einen draufzumachen und alte Zeiten zu feiern, kann die Kommissarin nichts Ungewöhnliches in Erfahrung bringen. Im Grunde genommen klingen die Freunde Otzes sogar leicht vorwurfsvoll, als habe die örtliche Kripo bei der Aufgabe versagt, den Kritiker angemessen vor seinem Mörder zu schützen, und damit eine Mitschuld auf sich geladen.

Silja bemüht sich weiterhin um Freundlichkeit und erfragt abschließend die Alibis für den Nachmittag der Tat, was sie natürlich nicht beliebter macht. Beide Männer haben die entsprechenden Stunden in einer größeren Runde am Strand verbracht, was durch jede Menge Fotos bezeugt wird, die sie freizügig mit der Kommissarin teilen. Als Silja realisiert, dass auch diese Spur sie nicht weiterbringen wird, wächst ihre Enttäuschung noch mehr. Die Kommissarin bedankt sich und verzichtet fürs Erste darauf, die beiden zu einem Gespräch ins Kommissariat zu laden. Sie verstaut ihr Handy in der Jackentasche und atmet tief durch.

Bisher führen alle Spuren ins Leere, muss sie sich eingestehen. *Und wenn Sven und Bastian ebenso wenig Erfolg haben wie ich, dann können wir unsere schöne Theorie komplett vergessen und müssen noch einmal ganz von vorn anfangen.*

Frustriert löst sich Silja von der Kirchenwand und schleppt sich zurück zum Wagen. Eine Lachmöwe segelt dicht über ihren Kopf hinweg und stößt ihr charakteristisches *Kek, kek, kek* aus. »Mach dich nur lustig über mich«, murmelt Silja, entriegelt den Wagen und lässt sich hinters Steuer fallen. Als sie starten will, sieht sie, dass die Möwe sich offenbar direkt auf ihren Ärmel entleert hat. *Das war ja so was von klar*, schießt es ihr durch den Kopf, während sie im Handschuhfach nach einem Papiertaschentuch sucht.

Aber vielleicht bringt mir der Möwenschiss ja wenigstens Glück.

Dienstag, 30. September, 09.29 Uhr, Osthedig, Westerland

Sven Winterberg blickt ratlos an der schlichten Fassade des Mehrfamilienhauses hinauf. Er hat bereits mehrmals geklingelt, ohne dass es eine Reaktion gegeben hätte. Damit, dass Pernille Aurich nicht zu Hause ist, musste er rechnen, aber dass sie auch nicht ans Handy geht, irritiert ihn doch. Allerdings werden vermutlich ihre beiden Mitarbeiter wissen, wo sich die Caterin aufhält, überlegt der Kommissar und ruft als Erstes Nadine Eisleben an.

Doch bevor Sven die erste Frage stellen kann, kommt die junge Frau ihm zuvor. »Unsere Chefin ist irgendwie verschwunden. Stecken Sie vielleicht dahinter?«, erkundigt sie sich aggressiv.

»Ganz sicher nicht. Ich habe gerade selbst vergeblich versucht, Frau Aurich zu erreichen.«

»Also, dann verstehe ich gar nichts mehr. Wir haben eine fette Bestellung für heute Mittag, und wenn Pernille nicht bald auftaucht, müssen wir passen. Zu zweit schaffen wir die Vorbereitungen unmöglich.«

»Herr Goppel ist also bei Ihnen?«

»Aaron ist hier, aber wie gesagt …«, beginnt Nadine Eisleben ihr Lamento von vorn.

»Und wo ist *hier* genau?«, unterbricht sie der Kommissar.

»Na in unserer Garage. Also in der Garage von Pernilles Eltern, besser gesagt. Die hat Pernille zur Küche umgebaut, dort lagern wir auch unsere Vorräte, und die beiden Gefriertruhen stehen auch hier. Und natürlich das Geschirr und das Besteck und die Gläser …«

»Okay, so genau wollte ich das gar nicht wissen. Wenn Sie mir nur verraten würden, wo genau Sie beide jetzt sind, dann käme ich nämlich gleich mal vorbei.«

»Das passt jetzt überhaupt nicht. Wir haben echt alle Hände voll zu tun. Das habe ich Ihnen doch gerade erklärt.«

»Frau Eisleben, es geht um eine Mordermittlung«, sagt Sven ruhig aber bestimmt. »Da sollten Sie besser nicht querschießen.«

»Na gut.« Ein tiefer Seufzer begleitet ihre Worte. »Wenn Pernille nicht auftaucht, kriegen wir das eh nicht rechtzeitig hin. Dann haben wir wenigstens eine plausible Ausrede.«

»Die Adresse bitte«, fordert Sven, ohne weiter auf ihre Bemerkung einzugehen.

»Wir sind in der Friesischen Straße, das ist gleich um die Ecke von Pernilles Wohnung. Und unser Lieferwagen steht direkt vor der Garage, können Sie gar nicht verfehlen.«

»Danke. Ich kenne die Straße. Bin in zwei Minuten bei Ihnen.«

Sven unterbricht die Verbindung, wirft sich ins Auto und startet den Wagen. Wenig später parkt er direkt hinter dem Transporter des Cateringunternehmens, das durch seine fette Werbeschrift auf den Hecktüren schon von weitem erkennbar ist. Mit schnellen Schritten betritt Sven die zur Küche umgebaute Garage, deren Tor weit offen steht.

Schlichte Einbauschränke mit extrem tiefen Arbeitsplatten befinden sich zu beiden Seiten des rechteckigen Raums. Am Kopfende stehen zwei riesige Gefrierschränke und ein ebenso breiter Kühlschrank. In der Mitte prangt eine große Kochinsel mit sechs Gasbrennern. Nadine Eisleben und Aaron Goppel sind beide tief über die Arbeitsplatten gebeugt, wo diverse Gemüse darauf warten, geschält zu werden, ein großes Stück Filet neben etlichen Spicknadeln, mehreren Scheiben Speck und drei dicken Kräuterbündeln liegt. In Schüsseln und Schälchen stehen Gewürze, Zwiebeln und Knoblauch bereit zur Weiterverarbeitung. Erst als Sven sich ausgiebig räuspert, blicken der Koch und die Köchin auf.

Bevor Sven etwas sagen kann, erkundigt sich der Souschef ungeduldig: »Haben Sie Pernille inzwischen gefunden?«

»Natürlich nicht. Ich bin gleich nach dem Telefonat zu Ihnen gefahren.«

Aaron Goppel verdreht die Augen. »Ich verstehe das alles nicht. Schon als ich die Aufträge für heute an Land gezogen habe, war Pernille nicht begeistert. Dabei brauchen wir das Geld dringender denn je. Und jetzt lässt sie uns einfach hängen. Das passt überhaupt nicht zu ihr.«

»Wann haben Sie sie zuletzt gesehen?«

»Gestern Nachmittag. Da haben wir das Buffet für eine Surferparty geliefert. Heute früh habe ich die Platten und das Geschirr abgeholt. Pernille hätte eigentlich schon ab halb acht hier sein müssen und das Mittagessen für einen sechzigsten Geburtstag oben in List vorbereiten.« Mit einer hilflosen Geste weist er auf die Lebensmittel, die vor den beiden auf der Arbeitsfläche stehen. »Und das hier ist nur der Hauptgang. Mit der Vorspeise und dem Dessert haben wir noch nicht einmal angefangen. Um zwölf wollen die schon essen, das schaffen wir nie.«

»Ab wann waren Sie denn heute hier?«, wendet sich der Kommissar an Nadine Eisleben.

»Ich bin um neun gekommen. Das war so abgemacht. Aber ich war die Erste, und Pernille ist bisher nicht aufgetaucht.«

»Und geht auch nicht ans Handy?«, fragt Sven nach.

»Nope.«

»Wissen die Eltern vielleicht etwas? Sie wohnen doch wahrscheinlich gleich hier drüben.« Sven deutet nach links, wo die Garage an ein schlichtes Einfamilienhaus grenzt, wie er beim Ankommen gesehen hat.

»Die sind seit drei Wochen verreist. Rentner müsste man sein«, ist die entmutigende Antwort.

Sven überdenkt seine Möglichkeiten, dann fasst er einen

Entschluss. »Ich lasse ihr Handy orten, das dauert zwar etwas, aber bis zum Nachmittag müssten wir Klarheit haben. Sollte Frau Aurich vorher hier auftauchen oder sich sonstwie melden, sagen Sie mir bitte sofort Bescheid. Kann ich mich darauf verlassen?«

Beide nicken, wobei sie ziemlich beklommen aussehen. Als der Kommissar schon halb aus der Garage ist, ruft ihm Aaron Goppel hinterher: »Übrigens, da wäre noch etwas. Wahrscheinlich nicht wichtig, aber …«

»Ja?« Sven dreht sich um.

»Sie sagten doch, ich solle mich mal umhören wegen der Surfervergangenheit von diesem Otze. Gestern Abend, als ich das Buffet bei der Surferparty aufgebaut habe, da war da so ein Waldschrat, älterer Typ mit Halbglatze und viel zu langem Nackenhaar, der war schon ganz schön hinüber und hat ständig von den guten alten Zeiten schwadroniert, als irgendein Konny noch die ganzen Girls aufgemischt hat.«

»Okay. Und weiter?«, sagt Sven ungeduldig.

»Na, nichts weiter. Ich dachte nur, dieser Konny könnte ja vielleicht Konrad Otze gewesen sein.«

»Haben Sie den Waldschrat danach gefragt?«

»Nö. Geht mich im Grunde ja auch nichts an.«

»Herrgott nochmal, ein bisschen mehr Einsatz hätten Sie schon zeigen können«, platzt es aus Sven heraus. »Wissen Sie wenigstens den Namen von dem Kerl?«

»Glauben Sie vielleicht, ich verderbe es mir mit unseren Auftraggebern, indem ich bei deren Gästen rumschnüffele?«, ist die patzige Antwort.

Sven schluckt die wütende Entgegnung hinunter, die ihm auf der Zunge liegt, und murmelt nur: »Schon in Ordnung, danke trotzdem.«

Dann verlässt er innerlich fluchend die Garage und fordert die Handyortung für Pernille Aurich an.

Dienstag, 30. September, 10.12 Uhr, Vogelkoje, Westerland

Bastian Kreuzer biegt schwungvoll auf den Parkplatz an der Vogelkoje ein. Während die Straße noch in helles Sonnenlicht getaucht war, umfängt ihn hier die verschattete Stimmung des Ortes. Alte Bäume und wildwachsendes Strauchwerk umgeben den Parkplatz. Weil das gleichnamige Restaurant seitlich des Zugangs zur Vogelkoje so früh am Vormittag noch nicht geöffnet hat, parken hier nur wenige Autos. Der Kommissar sieht gleich, dass der rote Golf von Ludger Voigt nicht darunter ist. Dabei müsste der Zugang zur Vogelkoje doch ab zehn Uhr besetzt sein. Doch in dem kleinen Einlasshäuschen sitzt niemand.

Unschlüssig blickt Bastian ins Naturschutzgebiet, das sich urwaldgleich hinter dem Zaun ausbreitet. Knorrige Bäume überragen dichtes Unterholz. Ein Geruch nach Feuchtigkeit und Moder steht in der Luft.

Bastian versucht vergeblich, Ludger Voigt telefonisch zu erreichen. Dann wartet er weitere zehn Minuten vor dem Tor, ohne dass der Gesuchte erscheint. Unschlüssig geht der Kommissar hinüber zu dem flachen Restaurantbau und sucht den Kücheneingang. Zwei sehr junge südländisch aussehende Männer stehen rauchend vor der Tür. Doch als Bastian sich nach dem Verwalter erkundigt, zucken sie nur bedauernd die Achseln und beteuern, dass sie mit dem Naturschutzgebiet nun wirklich nichts zu tun hätten, sie würden nur als

Aushilfen in der Küche arbeiten. Bastian bedankt sich und klingelt noch einmal Ludger Voigts Handy an, wieder erfolglos. Dann wählt er die Festnetznummer des Verwalters. Nach einigen Sekunden hebt seine Ehefrau Marianne ab.

Auf die Frage, ob ihr Mann noch zu Hause sei, reagiert sie verstört. »Nein, wieso? Ludger ist doch schon vor einer Dreiviertelstunde aufgebrochen. Pünktlich um zehn öffnet er die Kasse.«

»Ich stehe direkt davor, aber hier ist niemand«, gibt der Kommissar knapp zurück.

»Das kann ich mir gar nicht erklären. Ludger ist doch immer so pflichtbewusst.«

»Heute offenbar nicht. Kann ich kurz bei Ihnen vorbeikommen?«

»Ja, natürlich, aber vielleicht wollen Sie doch noch etwas warten, vielleicht hat es unterwegs einen Stau oder einen Unfall gegeben, und er kommt noch.«

»Kein Stau, kein Unfall. Das wüsste ich«, gibt der Kommissar knapp zurück. Dann unterbricht er die Verbindung, läuft zum Wagen und startet ihn. Während Bastian über Munkmarsch und Keitum nach Morsum düst, telefoniert er erst mit Silja, dann mit Sven. Dass die Burghardts ein Alibi haben, nimmt er noch gelassen hin, aber dass Pernille Aurich ebenso verschwunden zu sein scheint wie Ludger Voigt, kann er unmöglich für einen Zufall halten. Und ziemlich schnell ist ihm klar, wie sie weiter vorgehen werden.

»Planänderung«, erklärt er Sven knapp. »Du fährst sofort bei Lorena Larsen vorbei und checkst, ob sie zu Hause ist. Falls ja, bringst du sie ins Kommissariat wegen Verdunkelungsgefahr. Ab jetzt gibt's keine Schonfrist mehr. Falls du sie nicht antriffst, was ich für wahrscheinlicher halte, versuchst du es übers Handy. Falls auch das nichts bringt, kommst du raus nach Morsum. Wir treffen uns dann direkt bei Marianne Voigt. Sie ist das schwächste Glied in der Kette, und wir setzen sie jetzt unter Druck. Irgendetwas wird sie schon wissen, auch wenn ihr das selbst vielleicht gar nicht klar ist.«

»Okay, verstanden.« Svens Stimme klingt trotzdem zögernd.

»Was?«

»Nichts. Ich habe nur kein besonders gutes Gefühl.«

»Geht's genauer?«

»Es sind mir zu plötzlich zu viele Leute verschwunden. Nicht dass es noch weitere Morde gegeben hat.«

»Jetzt mal den Teufel nicht an die Wand und mach dich auf die Socken.« Bastian beendet das Telefonat und wählt Silja an. »Wo bist du?«

»Auf dem Weg ins Kommissariat.«

»Du drehst um und kommst zurück nach Morsum.«

»Warum das denn?«

»Pernille Aurich und Ludger Voigt sind verschwunden. Auch nicht telefonisch erreichbar, obwohl beide eigentlich jetzt gerade Verpflichtungen haben. Wir treffen uns bei Voigts Frau, Sven kommt auch. Hast du die Adresse?«

»Das schon. Aber was versprichst du dir davon?«

»Power Pressing. Jetzt ist Schluss mit lustig. Die führen uns doch alle an der Nase rum.«

Als Silja widersprechen will, lässt Bastian sie nicht ausreden. »Beweg deinen Arsch, meine Süße, und lass mich machen. Wenn du hier bist, kannst du meinetwegen gern den guten Cop geben. Aber alles andere ist ohne Diskussion.«

»Okay, du bist der Boss. Soll ich die Bispingen informieren?«

»Dafür ist später noch Zeit. Falls wir uns endlos blamieren, muss sie nicht live dabei gewesen sein.«

Dienstag, 30. September, 10.49 Uhr, Nösistig, Morsum

Marianne Voigt sitzt am Küchentisch und starrt ihr Telefon an. In den letzten zwanzig Minuten hat sie sicher zehnmal versucht, Ludger anzurufen. Ohne Erfolg. Selbst als sie schon ziemlich aufgelöst eine panische Nachricht per Whatsapp abgesetzt hat, ist nichts passiert. Ihr Mann hat nicht zurückgerufen und sich auch sonst nicht gemeldet.

Marianne fühlt sich wie erstarrt, sie weiß nicht, was sie denken soll. In Sekundenschnelle laufen alle möglichen Horrorszenarien vor ihrem inneren Auge ab. Ludger, der in einen schweren Verkehrsunfall verwickelt ist. Ludger, der hinter dem Steuer einer Herzattacke erlegen ist. Und schließlich das Schrecklichste: Ludger, ihr vernünftiger und verlässlicher Ehemann, der plötzlich durchdreht und mit einer Geliebten auf und davon geht. Denn es muss irgendetwas geben, was er vor ihr geheim hält. Welchen anderen Grund sollte Ludger schließlich sonst gehabt haben, bei seiner Aussage zum Alibi am Nachmittag des Mordes allein mit dem Kommissar reden zu wollen?

Und da Ludger ganz bestimmt nicht in diesen mysteriösen Mord verwickelt ist, kann es eigentlich nur eine Erklärung für sein Vorgehen geben. Er hat eine Affäre. Und sie hatte keine Ahnung. *Möglicherweise bin ich bisher zu gutgläubig oder zu naiv gewesen, aber blöd bin ich nicht,* schießt es Marianne durch den Kopf. *So erklären sich auch seine Albträume. Ver-*

mutlich war ihm schon direkt nach der Entdeckung des Toten klar, dass jetzt alles auffliegen würde. Plötzlich scheint Mariannes ganze Ehe auf tönernen Füßen zu stehen. Fast wünscht sie sich einen Verkehrsunfall als Grund für Ludgers mysteriöses Verschwinden, doch der Kommissar hat eindeutig erklärt, dass er davon wissen würde.

Ohne dass es Marianne aufgefallen wäre, rinnen seit Minuten Tränen über ihr Gesicht. Erst als sie fühlt, wie ihre Nase zuschwillt, bemerkt sie, dass Wangen, Hals und selbst der Rand ihres T-Shirts völlig nass sind. Schwerfällig steht sie auf und holt die Rolle mit den Küchentüchern aus der Schublade neben dem Herd. Sie schnäuzt sich und merkt gleichzeitig, dass die Tränen nur noch heftiger fließen. Sie möchte schreien, doch kein Ton verlässt ihre Kehle. Sie möchte etwas zerschlagen, aber ihre Hände zittern so sehr, dass sie kaum das Küchentuch halten kann. Die Verzweiflung ist überall, sie umgibt sie wie eine dichte Mauer, die vielleicht unsichtbar schon länger da war, aber erst jetzt ebenso greifbar wie bedrohlich wird.

Und zu allem Unglück wird auch noch die Kripo jeden Moment auftauchen. *Was wollen die bloß von mir? Die sollen mich einfach in Ruhe lassen*, denkt sie gerade, als es schellt. Marianne schnäuzt sich ein weiteres Mal, wischt notdürftig die Tränen ab und geht mit schwankenden Schritten zur Tür. Bevor sie öffnet, schießt ihr die absurde Frage durch den Kopf, was wohl geschehen würde, wenn sie nicht öffnen würde. *Brechen die dann die Tür auf? Und muss ich hinterher für den Schaden aufkommen?*

Draußen steht nicht nur der Kommissar, mit dem sie telefoniert hat, sondern es sind gleich drei Personen. Zwei Männer, ein schmaler jüngerer und der massige ältere, den sie schon kennt. Dazu die Frau, die bei der letzten Vernehmung mit ihr in der Küche geblieben ist, während Ludger draußen sein schmutziges Alibi zu Protokoll gegeben hat. Das Alibi, von dem sie auf keinen Fall erfahren sollte.

Alle drei Kommissare halten Marianne ihre Plastikkarten unter die Nase, deren Schriftzüge sofort vor ihren Augen verschwimmen. »Kommen Sie rein, ich will nicht, dass die Nachbarn mich so sehen«, murmelt sie hilflos.

Im Wohnzimmer lässt sie sich auf Ludgers Sessel fallen, springt aber gleich wieder auf, weil sie dort ganz sicher nicht sitzen will. Plötzlich spielt ihr Kreislauf verrückt, sie schwankt und stürzt fast. Die Kommissarin, die ihr als Einzige schon an der Tür zugelächelt hat, greift stützend nach Mariannes Oberarm.

»Können wir Ihnen irgendwie helfen? Möchten Sie vielleicht ein Glas Wasser?«

Marianne schüttelt den Kopf und lässt sich aufs Sofa fallen. Auch die Kommissare setzen sich. Die Frau direkt neben sie, die beiden Männer links und rechts von ihr in die Sessel. Marianne fühlt sich eingekesselt, aber das ist jetzt auch egal. Irgendetwas an der ganzen Situation ist grundverkehrt, das spürt sie genau. Doch was das sein könnte, will ihr nicht einfallen. Sie stützt die Unterarme auf die Schenkel und versucht, sich zu beruhigen. Als es ihr etwas besser geht, stellt sie nur eine einzige von den vielen Fragen, die ihr im Kopf herumschwirren. Es ist beileibe nicht die wichtigste, aber die einzige, die die Beamten beantworten können. »Was wollen Sie eigentlich von mir?«

Der massige Kommissar, der Ludger schon gestern vernommen hat, antwortet sofort. »Sagt Ihnen der Name Pernille Aurich etwas?«

So heißt sie also, die Schlampe, denkt Marianne verstört. *Natürlich musste Ludger der Kriminalpolizei ihren Namen nennen, damit sie sein Alibi bestätigt.*

»Ich kenne niemanden, der so heißt«, presst sie heraus, während sie erneut gegen die Tränen kämpfen muss.

»Bitte denken Sie genau nach.« Die Stimme des Kommissars ist ebenso unerbittlich wie seine Miene. »Vielleicht hat Ihr Mann früher einmal von Frau Aurich erzählt. Die beiden sind miteinander zur Schule gegangen.«

»Ludger und ich haben uns erst Jahre nach seinem Abitur kennengelernt. Ich komme aus Bremen und dachte bisher immer, dass er keinen Kontakt zu seinen ehemaligen Schulfreunden mehr hat.« Sie stockt, fügt dann aber tapfer hinzu: »Und zu seinen Schulfreundinnen auch nicht.«

»Keine Klassentreffen oder Ähnliches?« Der Kommissar glaubt ihr nicht, das kann sie deutlich sehen.

»Doch, da war mal was. Das ist aber schon Jahre her. Ludger ist, soweit ich weiß, nicht hingegangen.«

Marianne versucht, sich zu erinnern. Nein, er wollte definitiv nicht dabei sein, was sie damals nicht ganz verstanden hat. War vielleicht schon vor Jahren alles nur vorgeschützt, damit sie keinen Verdacht schöpft? Wieder kommt die Verzweiflung über sie, doch dann hat sie eine Idee.

»Diese Frau Aurich, Sie sagten doch *Aurich*, oder?«

Der Kommissar nickt.

»Die war in seinem Jahrgang?«

Er nickt wieder.

»Und sie haben miteinander Abitur gemacht?«

»Ganz genau.«

»Dann müsste es in Ludgers Abibuch doch ein Foto von ihr geben.«

»Es gibt ein Abibuch? Sehr interessant. Wissen Sie, wo es ist?«

»Auf dem Dachboden. Ludger sagte schon vor Jahren, er wolle mit den alten Geschichten nichts mehr zu tun haben.«

Marianne steht auf. Plötzlich ist ihr nicht mehr schwindlig, und die Verzweiflung weicht einer gesunden Wut. *Jetzt habe ich einen Namen und bald auch ein Bild. Es gibt eine Adresse für meinen Hass.*

»Ich begleite Sie.« Der jüngere der beiden Kommissare, der sich bisher zurückgehalten hat, wechselt einen kurzen Blick mit dem älteren, dann springt er auf.

Marianne nickt nur und geht voran. Ein einziger Gedanke füllt ihren Kopf. *Was ist, wenn Ludger das Abibuch inzwischen vernichtet hat? Er scheint ja ziemlich gut darin zu sein, seine Spuren zu verwischen.*

Doch nachdem sie die Leiter zum Spitzboden ausgeklappt hat und hinaufgestiegen ist, findet sie das Gesuchte bereits in der zweiten Kiste zwischen alten Heftern und einer stockfleckigen Hausarbeit. Mit spitzen Fingern zieht sie das blau eingebundene Buch hervor. Als sie sich umdreht, steht der schmale Kommissar direkt hinter ihr auf der Leiter und streckt ihr bereits die Hand entgegen, um das Abibuch an sich zu nehmen.

»Kann ich nicht zuerst …«, beginnt sie, erntet aber nur ein energisches Kopfschütteln. Mit behänden Bewegungen verlässt der Kommissar die Leiter und eilt zurück ins Wohnzimmer.

Marianne schließt zuerst die alte Kiste und dann die Bodenluke. Sie ist plötzlich froh darüber, dass sie einige Sekunden zum ungestörten Nachdenken hat. Und jetzt fällt ihr auch auf, was an der ganzen Situation nicht stimmt.

Wenn es nur um die Bestätigung von Ludgers Alibi ginge, bräuchte die Kripo wohl kaum das Abibuch. Es ist nur für mich wichtig, nicht für die drei da unten. Sie haben bereits den Namen und vermutlich auch eine Adresse. Aber sie sind trotzdem ganz scharf auf das Buch. Die Frage ist also nach wie vor: Was will die Kripo von Ludger?

Dienstag, 30. September, 11.19 Uhr, Nösistig, Morsum

Mit ungeduldigem Blick beobachtet Bastian, wie Sven Winterberg und Marianne Voigt den Raum verlassen, um auf den Dachboden zu steigen. Kaum ist die Tür hinter ihnen ins Schloss gefallen, springt der Kommissar auf.

»Was hast du vor?«, will Silja wissen. »Und was soll der Hype um dieses Abibuch? Wir wissen doch längst, dass Pernille Aurich und Ludger Voigt sich aus der Schule kennen. Und dass sie mit der fünf Jahre jüngeren Lorena Larsen damals vermutlich eher weniger zu tun hatten, können wir uns denken. Da helfen uns alte Bildchen nicht weiter. Was wir nicht wissen, ist, wo sich die Larsen gerade aufhält. Und das werden wir aus so einem angestaubten Heft ganz bestimmt nicht erfahren.«

»Es geht nicht ums Abibuch. Ich wollte Marianne Voigt nur aus dem Weg haben, mehr nicht«, gibt Bastian knapp zurück. Er tigert durch das Wohnzimmer, zieht Schubladen auf und schaut hinter Bücher. »Irgendwas stimmt doch hier nicht. Hast du nicht gesehen, wie die drauf war? Hat gezittert wie Espenlaub und sich kaum beherrschen können. Dafür gibt's eigentlich nur eine Erklärung. Sie weiß ganz genau, wo ihr

Mann ist. Und die Geschichte mit dem Abibuch hat sie möglicherweise nur aufgebracht, um von uns wegzukommen.«

»Warum sollte sie?«

»Vielleicht wollte sie was verstecken oder heimlich Kontakt zu ihrem Mann aufnehmen, was weiß ich.«

»Sind wir deswegen zu dritt angerückt?«

Bastian nickt. »Du hast ja gehört, was Sven gesagt hat, bevor wir hier geklingelt haben. Die Larsen ist auch verschwunden. Ans Handy geht sie natürlich auch nicht. Fehlanzeige auf allen Kanälen sozusagen. Marianne Voigt ist die einzige Spur, die wir noch haben. Wir müssen alles tun, um sie nicht zu verlieren.«

»Sollten wir dann nicht das Haus durchsuchen?«

»Was glaubst du, was ich vorhabe?«

»Aber ohne Beschluss?«

»Wenn wir die Bispingen einschalten, kostet uns das nur Zeit. Und außerdem ist nicht sicher, dass sie einwilligt. Nee, das müssen wir anders anpacken, sonst gibt's hinterher nur Ärger«, brummt Bastian und zieht im Regal reihenweise Bücher nach vorn, um dahinterzugucken.

»Okay, ich schleich mich ins Schlafzimmer. Da verstecken Frauen alles, was ihnen wichtig ist. Und diese Frau Voigt wird wohl kaum mit Sven im Schlepptau da reingehen.«

»Trotzdem, sei vorsichtig. Lass dich nicht erwischen. Und lass die Wohnzimmertür angelehnt, damit ich hören kann, wenn sie wiederkommen.«

Bastian lässt sich auf die Knie nieder und beginnt, die unteren geschlossenen Schränke des Bücherregals zu durchsuchen. Dabei lauscht er angespannt nach draußen. Die Treppe nach oben ist aus Holz, da wird jeder Schritt deutlich zu hören sein, hofft er. Und als es tatsächlich nach einigen Minuten laut poltert, schafft der Kommissar es gerade noch, Ordner, Hefter und ein paar uralte Elektrokabel zurück in den Schrank zu stopfen und die Tür zu schließen.

»Was machen Sie denn da auf dem Boden?«, erkundigt sich Marianne Voigt sofort, nachdem sie das Zimmer betreten hat.

Bastian weist auf seinen linken Sneaker, der zum Glück Schnürsenkel hat. »Ich habe die Zeit genutzt, um den Senkel mal ganz neu einzufädeln. Irgendwie war die eine Seite immer länger als die andere, man kann da wirklich ganz blöd drüberstolpern.«

Sven, der hinter Marianne Voigt steht, muss unwillkürlich grinsen, was Bastian mit einer hochgezogenen Braue quittiert. Sofort hat sich Sven wieder unter Kontrolle. »Frau Voigt hat das Abibuch gefunden. Ging schneller als gedacht.«

»Wo ist eigentlich Ihre Kollegin?«, will die Voigt jetzt wissen.

»Sie musste mal raus zum Auto, dringendes Telefonat«, improvisiert Bastian in der Hoffnung, dass das Voigt'sche Schlafzimmer sich nicht ausgerechnet über dem Wohnraum befindet und sie demnächst Siljas Schritte über sich hören werden.

Aber noch ist alles still.

Um jede weitere Diskussion abzukürzen, greift sich Bastian das Abibuch und pflanzt sich damit in einen der Sessel. Er beginnt sofort, das Buch zu durchpflügen, während Sven ihm über die Schultern schaut. Marianne Voigt steht etwas hilflos daneben. Doch Bastian bittet sie immer wieder um Kommentare zu einzelnen Bildern und Einträgen, denn es ist ihm wichtig, sie einzubinden und am Verlassen des Raums zu hindern.

»Was soll ich dazu schon sagen? Die meisten der ehemaligen Mitschüler meines Mannes kenne ich gar nicht«, wehrt sie ab, beugt sich aber trotzdem tief über das Buch, in dem sich die üblichen Interviews, Selbsteinschätzungen und humoristischen Beiträge befinden. Ganz gemächlich blättert Bastian Seite für Seite um, damit Silja bei ihrem Suchauftrag oben im Schlafzimmer möglichst viel Zeit bekommt.

Nach einer Weile stößt Bastian auf ein Gruppenfoto. Festlich herausgeputzt stehen an die dreißig Abiturientinnen und Abiturienten vor dem Schulgebäude und lachen mehr oder weniger künstlich in die Kamera. »Wo ist denn Ihr Mann auf diesem Foto?«, erkundigt sich der Kommissar bei Marianne Voigt.

Nach kurzem Zögern deutet sie auf einen stämmigen Kerl in der zweiten Reihe, der einen knapp sitzenden Anzug trägt. Mit leiser Stimme fragt sie: »Die Frau da neben ihm. Ist das diese Pernille Aurich?«

Bastian, der sich nur kurz darüber wundert, dass sie sich den Namen gemerkt hat, und der Pernille Aurich natürlich längst entdeckt hat, sie steht ganz vorn am linken Rand, richtet seine Aufmerksamkeit erst jetzt auf die neben Ludger Voigt stehende Person. Sie ist eine aparte junge Dame, zwei Köpfe kleiner als Voigt, hat eine freche dunkle Kurzhaarfrisur und ein Gesicht, das ihm irgendwie bekannt vorkommt.

»Fällt dir hier was auf, Sven? Oder sehe ich schon Gespenster?«, wendet sich der Kommissar an seinen Kollegen, der immer noch hinter ihm steht.

»Die Kleine neben Ludger Voigt? Das Gesicht erinnert mich deutlich an unsere Kinderbuchautorin. Das Problem ist nur, dass Lorena Larsen wirklich fünf Jahre jünger ist als Voigt und Aurich. Sie kann also unmöglich mit denen Abitur gemacht haben.«

»Aber sie ist es, oder? Die Statur, das Gesicht, alles stimmt. Auch wenn sie damals noch keine roten Haare hatte, aber die kann man ja färben. Nur frage ich mich: Was zur Hölle macht sie auf diesem Bild?« Bastian beugt sich noch tiefer über das alte Abibuch, er riecht einen leichten Anflug von Schimmel, und Staub kitzelt ihn in der Nase. Erst jetzt erinnert er sich an Marianne Voigts Frage.

»Nein, diese Frau ist nicht Pernille Aurich«, antwortet er verspätet. »Aber eigentlich müssten Sie trotzdem etwas über sie wissen. Schauen Sie mal genau hin. Ihr Mann hat seinen Arm um ihre Schulter gelegt. Es wirkt, als wären die beiden ein Paar.«

»Ach so, ja. Das muss dann seine Jugendliebe gewesen sein.« Marianne Voigt wirkt seltsam desinteressiert. »Anita hieß sie. Ist ein Jahr später tödlich verunglückt. Eine tragische Geschichte irgendwie. Ludger redet nicht gern darüber.«

»Wissen Sie den Nachnamen?« Svens Stimme klingt so dringlich, dass es ihm einen erstaunten Blick von Marianne Voigt einträgt.

»Von dieser Anita? Nein, ich kann mich jedenfalls nicht erinnern. Wieso ist das wichtig?«

»Das können wir jetzt nicht erklären.« Bastian springt so abrupt auf, dass der ganze Sessel ins Wackeln gerät. »Machst du gerade mal eine Abfrage zu Lorena Larsen, Sven? Vielleicht hatte sie eine Schwester.«

»Es gibt doch zu jeder Person einen Eintrag hier im Buch«, mischt sich Marianne Voigt ein. »Also wenn Sie den Nachnamen wissen wollen …«

»Stimmt, super Idee.« Bastian setzt sich wieder und beginnt hastig zu blättern. Nach wenigen Sekunden hat er die Doppelseite entdeckt, auf der die Wiedergängerin von Lorena Larsen mit schelmischem Blick in die Kamera guckt. Dem nebenstehenden Steckbrief entnimmt er, dass sie Sport und Geschichte studieren will, um Lehrerin zu werden, dass sie sich für Hip-Hop interessiert und in ihrer Freizeit gern surft und Schach spielt. Erst dann liest er den Namen, der quer über der Seite steht. »Sie heißt Anita Mönkemüller«, murmelt Bastian enttäuscht.

»Aber die Ähnlichkeit mit Lorena Larsen ist so groß, das kann doch kein Zufall sein«, beharrt Sven. »Und außerdem, schau mal da unten.« Er zeigt auf eine Reihe winziger Fotos, die den unteren Seitenrand säumen. Anita im Bikini am Weststrand, Anita neben einem Pferd, Anita vor einem Schachbrett und Anita Arm in Arm mit einer Freundin, die sie locker um zwei Köpfe überragt. »Wenn mich nicht alles täuscht, ist das niemand anders als Pernille Aurich.«

Bastian nickt. Nachdenklich sagt er: »Lass mich mal kurz zusammenfassen. Diese Anita sieht aus wie Lorena Larsen, war liiert mit Ludger Voigt und ganz offenbar gut befreundet mit Pernille Aurich.«

»Und sie ist tot. Wissen Sie zufällig, wie sie ums Leben gekommen ist?«, wendet sich Sven an Marianne Voigt, die inzwischen ziemlich ratlos neben den Kommissaren steht und deutlich sichtbar den Überblick verloren hat. Schulterzuckend erklärt sie: »Ein Unfall, ich glaube beim Windsurfen. Ludger hat mir nie viel darüber erzählt. Es ist irgendwie eine traumatische Erinnerung, an die er nicht ranwollte. Inzwischen ist das ja auch ewig her.«

Während sie redet, geht die Wohnzimmertür auf, und Silja betritt den Raum. »Da bin ich wieder«, erklärt sie betont harmlos, wirft Bastian einen Blick zu und zuckt dabei bedauernd die Schultern. »Die Recherche war leider ergebnislos. Alles in Ordnung bei euch? Von was für einem Surfunfall ist hier die Rede?«

Mit wenigen Sätzen weihen Bastian und Sven sie ein.

»Aber *Anita Mönkemüller* und *Lorena Larsen*, das geht trotz der Ähnlichkeit irgendwie nicht zusammen«, schließt Bastian die Erklärung ab.

»Es sei denn *Larsen* ist ein Pseudonym. Das gibt es doch bei Autoren häufiger. Und *Lorena Larsen* hört sich erheblich besser an als *Lorena Mönkemüller.*«

»Kann man denn so ein Pseudonym auch im Alltag benutzen?«

»Ich glaube, das kannst du sogar amtlich eintragen lassen.«

»Okay. Machst du mal eine Abfrage beim Einwohnermeldeamt?«

Silja nickt und geht bereits mit dem Handy am Ohr aus dem Raum. Es dauert nur einige Minuten, bis sie zurückkommt und triumphierend verkündet: »Volltreffer. Anita Mönkemüller ist die fünf Jahre ältere Schwester von Lorena Larsen. Gestorben ist sie ein gutes Jahr nach dem Abitur an einem 30. September. Sie wurde auf dem evangelischen Friedhof in Westerland begraben und …«

»Was sagst du da?«, unterbricht Sven die Kollegin.

»Sie ist eindeutig die Schwester von unserer Kinderbuchautorin«, wiederholt Silja.

»Das meine ich nicht.« Der Kommissar blickt von Bastian zu Silja und wieder zurück. »Habt ihr nichts gemerkt? Das Todesdatum. Es ist der heutige Tag. Ich glaube, wir wissen jetzt, wo wir nach unseren drei Verdächtigen suchen müssen.«

Dienstag, 30. September, 12.27 Uhr, St. Niels, Westerland

Der kleine Friedhof liegt still im Sonnenlicht. Gelegentliche Windböen fegen die ersten Blätter durch die gepflegten Grabreihen, und Vögel picken an den Samen der Pflanzen. Nur sehr wenige Menschen gehen zwischen den Gräbern umher. Ein alter Herr trägt schwer an einer grünen Gießkanne, aus deren Tülle Wasser schwappt. Eine Frau mit einer teuer aussehenden Kamera macht Fotos von den alten Grabsteinen, die seitlich aufgereiht zwischen hohem Gras lehnen. Ein Rentnerpärchen bestaunt die Klinke in Fischform, die die Kirchentür ziert.

Am hinteren Ende des Friedhofs stehen mehrere Personen an einem Grab, das etwas versteckt hinter Büschen liegt. Das Grab ist gut eingewachsen, Rosenstöcke und Strandhafer, Heidepflanzen und Erika wechseln sich ab. Der Stein ist hell, mit schlichten Lettern stehen nur ein Name und ein weiteres Wort darauf.

Anita Mönkemüller
Unvergessen

Obwohl es sich also um kein frisches Grab handelt, haben die drei Personen Rosen in der Hand. Ludger Voigt eine rote, Pernille Aurich eine gelbe und Lorena Larsen drei weiße. Mit gesenkten Köpfen stehen sie am Grab der Verstorbenen und murmeln ein Vaterunser. Dann legen sie vorsichtig, als handle es sich um überaus kostbare Gaben, die Blumen vor dem Grabstein ab. Schweigend verweilen die drei einen Moment, dann heben sie die Köpfe, umarmen sich kurz und wenden sich langsam dem Ausgang zu.

Dass ihnen von dort zwei andere Personen entgegenkommen, bemerken sie erst, als die beiden Grüppchen sich auf dem schmalen Pfad, der zwischen den Gräbern verläuft, gegenüberstehen. Ludger Voigt hebt als Erster den Kopf. In seinem Blick steht eine merkwürdige Mischung aus Erstaunen und Erleichterung.

»Was machen Sie denn hier?«, fragt er die beiden Ermittler, obwohl er die Antwort vermutlich kennt.

»Wir haben Sie gesucht«, erklärt Bastian Kreuzer mit leiser Stimme.

»Uns alle drei? Warum das denn?«, will Pernille Aurich wissen. Sie schüttelt den Kopf, als sei das Vorhaben der Beamten ebenso unsinnig wie unverständlich. In diesem Moment sprintet Lorena Larsen los. Sie hechtet über mehrere Gräber und läuft eilig dem Friedhofstor entgegen. Aber sie hat nicht mit Siljas Reaktionsvermögen gerechnet. Die Kommissarin setzt sich sofort auf die Spur der Flüchtenden und holt sie kurz vor dem Tor ein. Silja packt Lorenas Schultern und hält sie fest.

»Es ist das Grab Ihrer Schwester, an dem Sie gestanden haben, oder?«, fragt sie mit sanfter Stimme.

Lorena nickt und senkt den Kopf. »Woher wissen Sie das?«

Silja geht nicht auf die Frage ein. »Wir wissen noch viel mehr. Frau Aurich war die beste Freundin Ihrer Schwester. Und Ludger Voigt war Anitas Freund. Sie alle drei muss Anitas Tod schwer getroffen haben.«

»Es war furchtbar«, murmelt Lorena, während sie sich widerstandslos von Silja zurück zu den anderen führen lässt.

Und als die Kommissarin das Trio am Grab so vor sich

sieht, wird ihr einiges klar. Plötzlich glaubt sie zu wissen, wo sich Lorena Larsen am Vorabend aufgehalten hat. Warum sollte die Kinderbuchautorin erst nach Morsum fahren, wenn es doch mit dem Friedhof einen längst vertrauten Treffpunkt für die drei Verbündeten gab?

»Wenn ich mich nicht ganz täusche, waren Sie schon gestern Nacht hier verabredet.«

»Wir mussten reden«, murmelt Lorena mit aufsässiger Miene. »Das ist ja wohl nicht verboten.«

»Sie waren nicht vielleicht ein klein wenig aufgeschreckt von unseren Ermittlungen?«

»Warum sollten wir?«, mischt sich Ludger Voigt ein. Die erstaunten Mienen der drei wirken aufgesetzt.

»Es wurde langsam ziemlich eng für Sie«, konstatiert Bastian trocken. »Sie drei könnten Konrad Otze durchaus gemeinsam umgebracht haben. Die Indizienkette wurde seit gestern immer dichter. Das konnte Ihnen kaum entgehen.«

Lorena Larsen senkt den Kopf und stützt sich schwer auf den Grabstein ihrer toten Schwester. Ludger Voigt atmet einige Male tief durch. Es wirkt, als bemühe er sich, einen Entschluss zu fassen. Nur Pernille Aurich sucht mit kämpferischem Gesichtsausdruck den Blick des Kommissars.

»Und was wollen Sie jetzt tun?« Die Stimme der Caterin klingt aggressiv.

»Wir suchen nach Ihren Motiven für die Tat. Warum haben Sie alle zusammen Konrad Otze so abgrundtief gehasst?«

Bei der Nennung des Kritikernamens geht ein Ruck durch die drei Gestalten. Ihre Mienen versteinern, ihre Fäuste ballen sich.

»Dieses Schwein hat Anita umgebracht«, faucht Pernille.

»Erst verführt und dann umgebracht«, ergänzt Ludger.

»Moment, Moment«, unterbricht Bastian. »Könnten wir in aller Ruhe darüber reden? Vielleicht drüben in der Kirche.«

»Der Trauergottesdienst für Anita hat dort stattgefunden«, flüstert Lorena und deutet auf den hellen Bau. Aus ihren Worten ist nicht ersichtlich, ob das ein Argument für oder gegen das Betreten der Kirche ist.

»Vielleicht hilft Ihnen die Erinnerung daran, die richtigen Worte zu finden«, schlägt Silja vor und geht auf den gedrungenen Kirchenbau zu. Dann drückt sie die fischförmige Klinke herunter und stößt die schwere Tür für die drei Trauernden auf.

Im Inneren des Gotteshauses ist es kühl und still. Niemand sonst hält sich hier auf, Sonnenflecken spielen auf den hellen Bänken, und selbst die dunklen Deckenbalken wirken nicht bedrohlich, sondern strahlen eine beruhigende Behaglichkeit aus. Silja kann sehen, wie sich die beiden Frauen fast augenblicklich entspannen, nur Ludger Voigt wirkt weiterhin extrem nervös. Er knetet seine Hände und kaut auf den Lippen herum, und als er an der Kommissarin vorbeigeht, treten seine Kiefermuskeln deutlich hervor.

Bastian, der die Kirche als Letzter betreten hat, raunt Silja zu: »Lass sie sich alle erst mal in Ruhe hinsetzen, dann reden wir mit ihnen.«

Zögernd bewegt sich die Dreierriege nach vorn zum Altar. Es wirkt, als schüchtere sie die imaginäre Anwesenheit eines Sarges ein, der vor etwa zwanzig Jahren dort vorn gestanden hat. Silja findet es auffällig, dass zwischen Lorena, Pernille und Ludger kein einziges Wort fällt. Auch blickt niemand von ihnen auf oder berührt einen der anderen. Jeder Einzelne wirkt wie eingesponnen in einen ganz speziellen Kokon, der vermutlich aus Erinnerungen und vielleicht auch aus

Schuldgefühlen bestehen mag. Vorsichtig nehmen die drei schließlich in der ersten Reihe Platz, wobei Ludger am Gang sitzt, neben ihm Lorena und außen Pernille.

Erst jetzt nähern sich die beiden Kommissare und hocken sich vor den dreien hin.

»Warum behaupten Sie, Konrad Otze habe Anita umgebracht?«, fragt Bastian leise, wobei er es vermeidet, eine Person speziell anzusprechen.

Lorena räuspert sich. Sie sucht nach Worten und beginnt schließlich zögernd: »Schuld ist nichts, was man anfassen kann. Manchmal kann man sie noch nicht mal genau benennen. Aber man spürt, sie ist da. Dieser Mann hat Anitas Unerfahrenheit ausgenutzt. Er war gar nicht so viel älter als sie, aber ihr irgendwie in allem überlegen. Sie hat ihn bewundert, sie wollte sein wie er.«

»Kaum hatte sie ihn kennengelernt, hat sie sich überhaupt nicht mehr bei mir gemeldet«, bricht es jetzt aus Ludger Voigt heraus. »Dabei waren wir vorher ein Herz und eine Seele. Unser Glück war vollkommen, wir haben uns ohne Worte verstanden. Aber dann war plötzlich Sendepause. Ich kam einfach nicht mehr an sie heran.«

»Und Sie beide? Ging es Ihnen auch so?«, wendet sich Bastian an die beiden Frauen.

Pernille Aurich und Lorena Larsen nicken, und es entsteht ein längeres Schweigen, in dem alle ihren Gedanken nachhängen. Schließlich sagt Pernille leise: »Sie wollte mit ihrem neuen Glück allein sein. Sie wollte es nicht teilen.«

»Anita und Konrad waren also ein Liebespaar?«, konkretisiert Silja. »Da sind Sie sich sicher?«

»Unsere Mutter hat mir erzählt, dass sie angefangen hat, die Pille zu nehmen.« Lorena Larsens Stimme ist heiser, mit beiden Händen fährt sie sich durch ihre roten Strubbelhaare, die sich dadurch noch mehr aufstellen. »Noch nicht einmal darüber hat Anita mit mir geredet. Obwohl wir sonst nie Geheimnisse voreinander hatten.«

»Sie waren alle drei gekränkt. Sie fühlten sich verlassen, zurückgesetzt, grundlos ins Abseits geschoben«, fasst Silja vorsichtig zusammen. »Kann man das so sagen?«

Ein dreifaches Nicken ist die Antwort.

»Wir waren doch die vier Musketiere«, ruft Pernille Aurich plötzlich, ihre Stimme klingt jetzt wütend. »Und dann kommt da dieser Schnösel vom Festland und nimmt uns Anita weg.«

»Wie haben sich die beiden eigentlich kennengelernt?«, fragt Bastian nüchtern.

»Ach, das wissen Sie gar nicht?« In Lorena Larsens Gesicht spielt Unsicherheit. *Vielleicht befürchtet sie, dass sie uns längst zu viel verraten haben,* überlegt Silja. Doch dann beantwortet Ludger Voigt die Frage ebenso knapp wie aussagekräftig.

»Beim Surfen. Erst war er ihr Surflehrer, dann ihr Verführer und schließlich ihr Mörder.«

»Konrad Otze hat sie umgebracht?«, hakt Silja nach. »In unseren Unterlagen steht, es war ein Unfall.«

»Er hat sie trotz aller Warnungen aufs Brett und damit auf die stürmische See gelockt, und dort ist sie dann ertrunken, während er seine gloriosen Künste vorgeführt hat«, erklärt Lorena Larsen bitter. »Er hat noch nicht einmal gemerkt, dass sie jämmerlich abgesoffen ist. Erst als die Leute am Strand nicht mehr auf ihn, sondern auf das einsam treibende Bord geguckt haben, ist ihm aufgefallen, dass irgendwas nicht stimmte.«

»Ich dachte eigentlich, dass man beim Windsurfen mit einem Riemen am Bord festgeschnallt ist, damit man es nicht verliert.«

»Das ist auch so. Aber wenn einen der Mast im Sturz erwischt, hilft das wenig.« Pernille Aurichs Stimme klingt schrill.

»Sie haben also alle drei Konrad Otze die Schuld am Tod Anitas gegeben und diesen Vorwurf jahrelang mit sich herumgetragen«, fasst Bastian zusammen.

»Wir haben seine Karriere verfolgt. Er durfte leben und genießen, während Anitas schöner Körper da draußen unter der Erde verfaulen musste«, stößt Ludger Voigt hervor.

»Aber Sie drei haben doch weitergelebt. Partner gefunden, Berufe erlernt. Niederlagen erfahren, Erfolge gehabt. Hilft das nicht, Abstand zu gewinnen?«

»Nur bedingt«, antwortet Lorena zögernd. »Der Stachel sitzt tief. Und wir sorgen dafür, dass die Wunde offen bleibt, das haben wir uns damals geschworen. Jedes Jahr an Anitas Todestag treffen wir uns hier. Nur wir drei, niemand sonst weiß davon. Aber Anita soll nicht vergessen werden, sie soll wissen, dass wir weiterhin für sie einstehen.«

»Hatten Sie die ganze Zeit über Rachepläne?«, erkundigt sich Silja vorsichtig.

»Eigentlich nicht. Für uns war Konrad Otze ja nicht erreichbar«, murmelt Ludger.

»Er war ein weit entferntes und dadurch extrem verlässliches Hassobjekt? Könnte man das vielleicht so sagen?«, schlägt Silja vor.

»So habe ich das noch nie gesehen. Aber ja, Sie haben wohl recht«, antwortet Ludger Voigt zögernd.

»Und während der ganzen Jahre wusste Ihre Frau nichts

von diesem alten Hass, der immer noch an Ihnen nagte?«, will Bastian jetzt wissen.

»Lassen Sie meine Frau aus dem Spiel. Sie hat nichts mit der ganzen Sache zu tun.«

»Nein, natürlich nicht. Aber vielleicht wäre es hilfreich gewesen, sich einmal auszutauschen.«

»Ich wollte das nicht. Anita ist zwar tot, aber die Erinnerung bleibt. Sie ist mir kostbar, ich will sie nicht teilen.« Ludger Voigt senkt den Blick und faltet seine Hände wie zum Gebet.

Doch Bastian Kreuzer gewährt der sakralen Geste keinen Raum. Mit kühler Stimme stellt er die entscheidende Frage: »Wann haben Sie erfahren, dass Konrad Otze auf die Insel zurückkehren würde?«

»Lorena hat es uns erzählt. Und auch, dass er an Anitas Todestag hier sein würde«, erklärt Pernille Aurich mit leiser Stimme. Sie schließt die Augen und spricht wie in Trance. »Ich erinnere mich genau an das Gespräch. Plötzlich war der Hass wieder da. Lodernd, beißend. Wie ein hungriges Feuer, das alles verschlingen will. Und dann haben wir angefangen, uns Konrad Otzes Ende auszumalen.«

»Wie bitte?«, fragt Silja fassungslos.

»Sie haben ganz richtig gehört«, mischt sich Lorena Larsen ein. »Wir haben anfangs nur rumgesponnen, mehr nicht. Überlegt, wie wir uns alle drei an ihm rächen können. Ich könnte versuchen, Pernille als Caterin zu gewinnen. Pernille könnte versuchen, diesem Schwein ein Betäubungsmittel ins Getränk zu tun. Ludger könnte den Wehrlosen mit dem Wagen seines Schwagers zur Vogelkoje bringen. Dort könnte er ihn mit Pernilles Messern erstechen. Niemand würde Pernille oder Ludger verdächtigen, höchstens noch mich, weil ich beim Colloquium dabei war. Aber auch da wäre ich vermutlich eine der wenigen, die keinen Grund hatten, auf Otze wütend zu sein.«

»Sie haben sich das also alles zu dritt ausgedacht«, beginnt Bastian, aber Pernille unterbricht ihn sofort.

»Es war ein Spiel, verstehen Sie? Nichts weiter. Wir haben uns abreagiert, indem wir uns das vorgestellt haben. Keiner von uns hat damit gerechnet, dass es funktionieren würde.«

»Hat es aber«, wirft der Kommissar humorlos ein.

»Das hat uns vielleicht am meisten überrascht«, erklärt jetzt Ludger Voigt. »Schon damit, dass Pernille einfach so den Auftrag fürs Catering bekommen würde, haben wir nicht wirklich gerechnet. Und so ging es dann weiter. Pernille hat es problemlos geschafft, das Betäubungsmittel zu organisieren, in der Gastronomie sind Drogen offenbar gang und gäbe, das war uns gar nicht klar.« Er richtet sich in der Kirchenbank auf und schüttelt verwundert den Kopf, als könne er selbst nicht glauben, was er gerade erzählt. »Wir waren jederzeit bereit, das Experiment abzubrechen. Wir wollten das Schwein doch nicht wirklich umbringen, wir wollten nur sehen, wie weit wir mit unserem Plan kommen. Aber dann klappte irgendwie alles. Meine Schwester leiht mir öfter mal den Transporter, ohne dass Hans davon erfährt. Er hat sich immer so mit seinem Wagen, da erzählen wir ihm das gar nicht mehr. Cornelia hat sich also nicht gewundert, als ich sie wieder einmal fragte. Und dann ist Otze tatsächlich in den Toiletten beim Speiseraum zusammengebrochen und nicht oben auf seinem Zimmer, was ja auch hätte passieren können. Da wäre ich gar nicht hingekommen. Aber so …« Er stockt und öffnet die Hände zu einer Geste der Entschuldigung. »Es war fast, als wolle das Schicksal, dass wir unseren eigentlich völlig idiotischen und überkandidelten Plan ausführen. Niemand stellte sich uns in den Weg, niemand beobachtete mich, als ich ihn aus der Pension geschleift und ins Auto verfrachtet habe.«

»Und Sie haben den wehrlosen Mann tatsächlich quer durch die Vogelkoje getragen?«, fragt Silja ungläubig.

»Es gibt eine Schubkarre für die Erdarbeiten.«

»Aber er hatte Salzwasser an den Hosenbeinen. Und Spuren von Schlick«, wirft Bastian ein. An seiner Wortkargheit erkennt Silja, dass er offenbar genauso fassungslos ist wie sie selbst.

»Dafür habe ich mit einer Gießkanne gesorgt, um Sie zu täuschen.«

»Und dann?«, fragt die Kommissarin atemlos. »Es ist doch ein Unterschied, ob man sich vorstellt, jemanden zu töten, oder ob man es tatsächlich tut. Das müssen Sie doch auch gespürt haben.«

»Ja, das war merkwürdig.« Der Verwalter der Vogelkoje schließt die Augen, und seine Stimme bekommt einen fast hypnotischen Klang. »Er lag da vor mir, reglos, wehrlos, fast schon leblos. Eigentlich war er gar kein Mensch mehr, sondern nur noch das Medium, durch das Anita gerächt werden konnte. Und es war alles so einfach. Ich hatte die Messer, ich hatte Handschuhe, meine Kleidung würde ich vernichten. Das hatten wir alles vorher besprochen. Und niemand hatte sich unserem Plan in den Weg gestellt. Es war vielleicht ein Fingerzeig. Alles sollte wohl so klappen. Ich durfte am Ende nur nicht versagen.« Ganz plötzlich öffnet Ludger Voigt die Augen wieder. Sein Blick wandert hinauf zum Kruzifix, das über dem Bogen zur Apsis hängt. »Und dann habe ich zugestochen. Einmal, zweimal, sechsmal. Ich habe alle Messer benutzt, und mit jedem Mal hat es mir weniger ausgemacht. Die Messer waren scharf, es ging ganz leicht.«

Er verstummt und senkt den Blick.

»Es ging ganz leicht«, wiederholt Silja seine Worte leise, während sie sich bemüht, zu begreifen. *Er kann die Tat immer noch nicht an sich heranlassen. Trotzdem ist sie geschehen, und er wird sich seiner Verantwortung stellen müssen.*

Mit mühsam ruhig gehaltener Stimme erkundigt sie sich: »Und danach? Sie haben die Einsatzkräfte alarmiert. Was, wenn die es geschafft hätten, Otze zu reanimieren? War das auch alles abgesprochen und genauso geplant?«

Jetzt zögert Ludger Voigt, vielleicht weil ihm bewusst wird, dass seine Aussage in einem Prozess entscheidend für das Strafmaß sein könnte. Vielleicht aber auch nur, weil langsam die seltsame Trance von ihm abfällt, in der er sich eben noch befunden hat. Als er schließlich antwortet, klingt seine Stimme kraftlos. »Ich weiß genau, wie lange es dauert, die Vogelkoje zu durchqueren. Und als ich anrief, war Otze in seinen letzten Zügen. Er hatte keine Chance mehr, ebenso wenig wie Anita, als sie im Sturm vom Mast getroffen wurde. Ich war der Einzige, der Otze noch hätte retten können, so wie er der Einzige gewesen ist, der vielleicht durch ein schnelleres Manöver Anita hätte helfen können. Aber er hat nur an sich selbst gedacht und an den Beifall des Publikums am Strand. Er hat keinen einzigen Blick für die sterbende Liebe meines Lebens gehabt.«

Mit einem tiefen Seufzer beendet Ludger Voigt seine Aussage. Auch Pernille Aurich und Lorena Larsen wirken nicht so, als wollten sie dem noch etwas hinzufügen. Alle drei blicken jetzt stumm nach vorn, wo gerade ein Sonnenstrahl quer durchs Kirchenschiff fällt und genau die Stelle beleuchtet, an der man einen Sarg platzieren würde. Staub flimmert im Licht, die Blicke der drei bündeln sich auf dem Sonnenfleck, und kurz scheint es, als seien sie wieder zu viert.

Dienstag, 30. September, 17.43 Uhr, Haus am Dorfteich, Wenningstedt

»Ausgerechnet diesen Fall hat Kreuzer in Rekordtempo gelöst. Meinetwegen hätte er sich gern etwas mehr Zeit lassen können«, murmelt Elsbeth von Bispingen, während sie sich genüsslich in Fred Hübners Bett räkelt.

Der neben ihr liegende Journalist blinzelt zu seiner Liebsten hinüber. »Nicht dein Ernst, oder?«

»Wieso? Findest du nicht, dass wir es verdient hätten, unseren zweiten Honeymoon noch etwas länger zu genießen?«

»Ich stand auch auf der Verdächtigenliste, das war kein besonders gutes Gefühl.«

»Aber du warst es doch nicht.« Sie streicht versonnen über Hübners schweißglänzende Schenkel. »Und solch eklatante Fehlurteile sind in unserer Republik wirklich extrem selten.«

»Sehr komisch.« Er fährt ihr durch die roten Locken und schlingt sie spielerisch in Elsbeths Nacken zu einem Knoten. »Aber jetzt mal im Ernst: Hättest du geglaubt, dass ausgerechnet die harmlose Lorena Larsen so tief in dieser Sache drinsteckt?«

»Ausgemacht ist das noch nicht. Bisher gibt es nur die Geständnisse von Pernille Aurich und Ludger Voigt. Frau Larsen hat nur zugegeben, dass sie mit *Kutterscholle und Butterstulle* das Cateringunternehmen ins Spiel gebracht hat.«

»Das heißt, es werden nur die Ausführenden bestraft und nicht die Anstifterin?«

»Wer sagt denn, dass die Idee von ihr war? Niemand hat sie bisher belastet.«

»Es ist jedenfalls extrem nett von dir, dass du mich ausnahmsweise direkt nach Abschluss der Ermittlungen eingeweiht hast«, murmelt Fred und vergräbt das Gesicht in ihrem Haar.

»Bilde dir bloß nicht zu viel darauf ein. Das ist durchaus in Absprache mit den Kommissaren geschehen, von denen ich dich übrigens sehr herzlich grüßen soll.«

»Wie komme ich denn zu dieser Ehre?«

»Sie sind dir dankbar. Immerhin hat dein Zeitungsartikel, sosehr wir uns anfangs auch darüber geärgert haben, die Ermittler auf die richtige Spur gesetzt.«

»Wie meinst du das?«

»Na, der Hinweis auf den Mord im Orient-Express kam doch von dir.«

»Das schon. Mir war die Parallele mit den Messerstichen aufgefallen. Aber was hat das letztendlich mit den Ermittlungen zu tun gehabt?«

Elsbeth richtet sich auf und blickt ihren Liebsten verwundert an. »Es waren nicht nur die Messer, sondern vor allem der Aspekt, dass es mehrere Täter geben könnte, von denen jeder Einzelne ein Motiv hat. Das hat den Blick der Kommissare für andere Zusammenhänge geöffnet. Und das war ja wohl auch die Absicht deines Hinweises, oder?«

»Nö«, gibt Fred Hübner freimütig zu und zieht sie an sich. »Das war doch nur so dahergesagt. Aber trotzdem vielen Dank für die Blumen, Frau Staatsanwältin.«

Exklusive Leseprobe aus dem zwölften Band der Sylt-Krimi-Reihe – erscheint im Frühjahr 2025.

Prolog

Quirin

Er schaut über die Sylter Dünen aufs Meer. Hinter ihm liegt das weiße Hotel, Bäderarchitektur, Bullaugenfenster im Dachgeschoss. Eines davon ist seines. Jedenfalls für die nächste Woche. Könnte er sich eigentlich gar nicht leisten. Früher ja, jetzt längst nicht mehr. Er hat in London investiert, gleich nach dem Brexit. Dachte, dass es so schlimm schon nicht kommen werde. Und die Preise fielen ja, da musste er zugreifen. Büro, beste Lage, Mitarbeiter eingestellt. Kommunikationsagentur. Können die jetzt gebrauchen, die Briten, dachte er. Naiv, frisch von der Uni.

War jedenfalls die falsche Idee. Das Erbe seiner Eltern war in Windeseile futsch, sie würden sich im Grab umdrehen. *Junge, was machst du denn bloß? Die Ersparnisse von dreißig Jahren.* Etwas über eine Million ganz schnell in den Sand gesetzt.

Und jetzt sitzt auch er im Sand, nur ohne die Million. Blickt hinüber zum Strand, noch ist niemand zu sehen, niemand, der ihn stört, niemand, der ihn beobachtet.

Denn jetzt ist er es, der beobachtet.

Sie wohnt eine Etage unter ihm, wenn er kräftig auftritt, hört sie ihn vielleicht sogar. Nein, wohl eher nicht. Das Hotel wirkt ziemlich solide. Und in den Nächten ist es so still im

Haus, dass man von seinen eigenen Seufzern aufwachen könnte. Natürlich nur, wenn es etwas zu seufzen gibt, wie in seinem Fall.

Die Frau, für deren Beobachtung er bezahlt wird, und das gar nicht mal schlecht, ist allein hier. Jedenfalls hat sie das ihrem Gatten erzählt. Ein bisschen ausspannen, ein bisschen runterkommen, ein bisschen Wellness, man kennt das ja.

Auch der Gatte sollte es kennen. Er ist Investmentbanker und sicher vertraut mit diesen Kreisen. Trotzdem wurde er misstrauisch. Vielleicht weil Isabelle so viel jünger ist als er – und attraktiver sowieso. Haut wie Puderzucker, Haare wie dunkle Schlangen, die sich vor Vergnügen kringeln. Augen, in denen der Schalk wohnt, manchmal jedenfalls. Dann lacht sie in kleinen hüpfenden Tönen und scherzt mit dem Personal.

Er wünschte, sie würde es auch mit ihm tun. Aber sie sieht ihn gar nicht. Soll sie ja auch nicht. Denn er ist ihr Schatten, dafür bezahlt man ihn. Nicht für seine geheimen Träume. Ihr Körper in der Sauna, ihr Körper unter der Dusche.

Wenn sie wüsste.

Seit zwei Tagen geht das jetzt schon so. Und eigentlich glaubt er nicht, dass noch jemand auftaucht. Ein heimlicher Lover, ein verstecktes Kind aus einer vorherigen Beziehung, was auch immer. Isabelle spannt aus und hat ihren Spaß dabei. Und vielleicht könnte auch er ein wenig Spaß haben. Ein zufälliger Blick, ein Abend an der Bar, ein gemeinsamer Absacker auf seinem Zimmer. Oder in Isabelles Suite.

Jetzt kommt sie an ihm vorbei, ist auf dem Weg zum Strand. Strasssandalen, knappe Shorts, den Bastkorb mit den Beach-Utensilien über der Schulter. Er wartet ab, erhebt sich dann langsam und greift nach seinem eigenen Korb. Steht auf jedem Zimmer, darf man sogar mit nach Hause nehmen. Die Reichen lieben solche Geschenke. Wohlstand macht sehr bequem.

Als er am Strand ankommt, sitzt sie schon in der Sonne. Ultraknapper Bikini, über den Brüsten nicht mehr als eine Häkelblume. Er nickt ihr kurz zu und pflanzt sich in den Nachbarstrandkorb. Seine Vorsicht schmilzt wie Butter in der Sylter Sonne. Sein Anstand auch.

Er wartet zwei volle Stunden. Rührt sich nicht von der Stelle, blättert routiniert die Seiten in seinem Buch um, liest keinen einzigen Satz. Schließlich steht er auf und nimmt die Jaeger-LeCoultre ab. Schön langsam und genau in ihrer Sichtachse. Er ist groß, schlank und durchtrainiert. Kann sich durchaus sehen lassen, vor allem nach diesem faulen Sommer, den er mangels Alternativen vorwiegend im Freibad verbracht hat.

Sie guckt. *Na also, geht doch*, denkt er und lässt die Uhr direkt neben ihrer Hüfte in den Strandkorb fallen.

»Würden Sie wohl kurz darauf achtgeben? Ich will nur ein paar Schläge kraulen. Eigentlich ist sie wasserfest – aber bei so einem Erbstück weiß man ja nie.«

Sie lächelt, nickt und hebt die Uhr auf. Lässt sie spielerisch um den Finger kreisen. Unlackierte Nägel, perfekt manikürt. Er läuft schnell ins Wasser, bevor er Schnappatmung bekommt. Und bevor sein kleiner Freund ihn verrät. Kraulen kann er gut, und ihre Blicke, die ihn doch hoffentlich begleiten, feuern ihn zusätzlich an. Als er zurückkommt, Wasserperlen auf dem vorher eingeölten Körper, verschlingt sie ihn mit den Augen.

»Sie sind auch allein hier?«, wagt er sich vor und greift nach der Jaeger-LeCoultre, die auf ihrem Oberschenkel liegt. Ein paar Tropfen Nordseewasser fallen auf ihre Haut. »Oh, Pardon, ich habe mich gar nicht vorgestellt. Quirin von Korsfeld.« Das *von* ist gelogen, aber das muss sie nicht wissen. Die Korsfelds gibt's wirklich.

Sie lächelt ihm zu. »Wir könnten heute Abend zusammen essen.«

»Gern. Um acht im Speisesaal?«

Isabelle

Tage verträumen, Füße im Sand, und dann ab in die Nordsee. Oder doch lieber einen Aperol im Strandbistro? Nachmittags ins Spa. Ein Paradies für Körper und Sinne. Duftend, großzügig, entspannend. Perlendes Wasser, bequeme Liegen, weiche Decken. Abends, wenn die Sonne sinkt, am Holztisch sitzen, oben in den Dünen, den Blick übers Meer. Und nachts endlose Stille, tiefer Schlaf.

Ferien auf Sylt.

So hatte sich Isabelle ihre kleine Auszeit vorgestellt. Und so begann sie auch. Gleich am ersten Morgen mit frischem Backwerk, duftendem Friesentee und holsteinischen Spezialitäten vom Hotelbuffet. Es war alles da. Früchte, Säfte, Eierspeisen. Und ein Tischnachbar, der unverschämt gut aussah. Sie wechselten Blicke, manchmal. Aber er sprach sie nicht an. Zunächst.

Dann ging alles sehr schnell. Ein Flirt am Strand, ein Abendessen, eine heiße Nacht. Und noch eine.

Jetzt sind sie wieder zum Dinner verabredet. Schon beim Anziehen prickelt es auf Isabelles Haut. Sie stellt sich vor, die Seide ihres Kleides wäre sein Körper, der sich an ihr entlangschiebt. Langsam, genüsslich. Jetzt noch in die High Heels schlüpfen, und dann ab nach unten.

Er schiebt ihr den Stuhl zurecht, trägt einen teuren Anzug und wieder diese Uhr, deren Wert sie längst gegoogelt hat. Und was ein Aufenthalt hier kostet, weiß sie auch genau. Wenn sie ihren Mann schon betrügt, soll es sich lohnen. Quirin bestellt den teuersten Weißwein von der Karte und Austern dazu.

Es wird sich lohnen, da ist sie jetzt ganz sicher.

Als der Kellner den Wein dekantiert, entsteht Unruhe im Raum. Jemand durchquert ihn mit viel zu schnellen Schritten. Sie dreht sich um und erstarrt. Was macht ihr Mann denn hier? Er kommt direkt auf ihren Tisch zu, aber er wendet sich nicht an sie, sondern an ihren schönen Tischherrn mit der teuren Uhr. Er reicht ihm wortlos einen gut gefüllten Umschlag und streckt gleichzeitig die andere Hand aus. Die Jaeger-LeCoultre kehrt zu ihrem Besitzer zurück. Wie konnte sie nur so dumm sein, die Uhr nicht zu erkennen?

»Du wolltest mitten im Rennen das Pferd wechseln?«, sagt ihr Mann mit eiskalter Stimme. »Leider stand das neue Pferd in meinen Diensten. Pech gehabt.«

Quirin steckt den Umschlag ein und erhebt sich. Er wirft ihr einen letzten Blick zu. Ist er bedauernd oder triumphierend? Sie wird es nie erfahren.

Der zwölfte Sylt-Krimi von Eva Ehley – erscheint im Frühjahr 2025.

Hedderichstr. 114, D-60596 Frankfurt am Main

Die Sylt-Krimi-Reihe von Eva Ehley

1 Engel sterben Auf der Insel verschwinden drei kleine Mädchen spurlos. Es gibt keine Zeugen, keine Hinweise, keine Lösegeldforderung, nur die blicklosen Puppen in dem leerstehenden Watthaus.

2 Frauen lügen Der Journalist Fred Hübner trifft seine große Liebe wieder. Als sie über eine Scheidung von ihrem vermögenden Mann nachdenkt, muss sie sterben. In Fred Hübners Bett.

3 Männer schweigen Bei Sonnenaufgang sitzt eine rothaarige Schönheit allein im Strandkorb. Sie ist nackt, und sie ist tot. Und eine andere, die ihr bis aufs Haar ähnelt, ist in größter Gefahr.

4 Mörder weinen Zwei Morde innerhalb von 12 Stunden. Drei Kommissare unter extremem Zeitdruck. Vier Kunstwerke, die Rätsel aufgeben. Und ein Journalist, der alles enthüllen kann.

5 Mädchen töten Sylt im Herbst. Satanisten feiern schwarze Messen am Strand. Und dann findet die Polizei ein menschliches Ohr in den Dünen.

6 Sünder büßen Eine Tote beim Biikebrennen. Ein Gefangener im Keller. Und über allem die Frage: Gibt es das perfekte Verbrechen? Ohne Spuren? Ohne Tatort? Ohne Leiche?

7 Falscher Glanz Ein Schmuckverkäufer, schön wie Adonis, liegt juwelengeschmückt in seinem eigenen Blut. Gier, Sex und Eifersucht sind ein giftiger Cocktail.

8 Einsames Grab Am Morsum-Kliff wird ein kopfloses Mädchenskelett entdeckt. Könnte es eine Verbindung zu Silja Blancks Schwester geben, deren Mörder nie gefunden wurde?

9 Böser Abschied Ein tödlicher Junggesellenabschied und ein Kommissar unter Verdacht. Hat Sven Winterberg wirklich einen Menschen auf dem Gewissen? Und wohin ist er verschwunden?

10 Toter Blick Nebel hüllt die Insel ein. Da wird eine Frau erschlagen und an einen Baum gefesselt aufgefunden. Während die Kommissare Silja Blanck und Bastian Kreuzer fieberhaft nach Motiv und Täter suchen, geschehen weitere Morde. Und ein alter Bekannter gerät ins Visier der Ermittler.

11 Bitteres Ende Die Kampener Vogelkoje war schon immer ein mörderischer Ort. Früher starben hier nur Enten. Doch nun wird der Literaturkritiker Konrad Otze mit sechs Messern im Körper auf einer einsamen Bank hoch oben auf dem Deich gefunden. Ein Mord nach literarischem Vorbild?

Eva Ehley
Toter Blick
Ein Sylt-Krimi

Die toten Frauen von Sylt
Die Strandkörbe sind weggeräumt, Nebel hüllt die Insel ein. Da schreckt ein Mord die Westerländer Gemeinde auf: Eine Frau wurde erschlagen und nackt an einen Baum im Wald gefesselt. Und während die Kommissare Silja Blanck und Bastian Kreuzer fieberhaft nach Motiv und Täter suchen, geschehen weitere Morde. In den Kreis der Verdächtigen gerät dabei auch jemand, der den Kommissaren nicht unbekannt ist …
Der zehnte Fall für das frisch verheiratete Ermittler-Duo Silja Blanck und Bastian Kreuzer. Kann der suspendierte Sven Winterberg ihnen helfen, das Rätsel zu lösen?

368 Seiten, broschiert

Weitere Informationen finden Sie auf
www.fischerverlage.de